Als Ernest Hemingway 1948 nach Venedig reist, ist er in einer schweren Krise. Starke Depressionen haben dazu geführt, dass er lange keinen Roman mehr veröffentlicht hat. In der Einsamkeit eines Landhauses in der Lagune versucht er, wieder zum Schreiben zu finden. Halt gibt ihm die Freundschaft zu einem jungen Fischer, der ihn auf der Entenjagd begleitet. Aber auch die Liebe zu einer achtzehnjährigen Venezianerin führt ihn ins Leben zurück. Langsam entsteht ein Venedig-Roman, während der junge Fischer die Atmosphären einer ganz anderen Geschichte wittert: Die von einem alten Mann und seiner Liebe zum Meer ...

HANNS-JOSEF ORTHEIL wurde 1951 in Köln geboren. Er ist Schriftsteller, Pianist und Professor für Kreatives Schreiben und Kulturjournalismus an der Universität Hildesheim. Seit vielen Jahren gehört er zu den beliebtesten und meistgelesenen deutschen Autoren der Gegenwart. Sein Werk wurde mit vielen Preisen ausgezeichnet, darunter dem Thomas-Mann-Preis, dem Nicolas-Born-Preis, dem Stefan-Andres-Preis und dem Hannelore-Greve-Literaturpreis. Seine Romane wurden in über zwanzig Sprachen übersetzt.

Hanns-Josef Ortheil

Der von den Löwen träumte

Roman

btb

Je connais un pays étrange où les lions volent et marchent les pigeons.

(*Jean Cocteau*)

I

An einem Herbstnachmittag überquerten sie die Brücke, die vom Festland nach Venedig führte. Als er das weite Meer sah, bat er den neben ihm sitzenden Chauffeur, langsamer zu fahren. Er starrte zur Seite auf das stille Blau, das hier und da zu weißen Schlieren gerann. Einige Möwen tanzten über ihnen, wendeten und segelten in die Ferne. Sein Mund stand leicht offen, und als seine Frau den starren Blick bemerkte, glaubte sie, Züge von starker Rührung zu erkennen.

Sie wollte ihm ein paar Worte zuflüstern, tat es dann aber doch nicht. Abwesend schaute sie aufs Meer, das sich mit jedem zurückgelegten Meter weitete und die schmale Brücke vergessen machte, auf der sich der Wagen fortbewegte. Plötzlich spürte auch sie, wie das Mitgebrachte an Bedeutung verlor und die aufgespannte Wasserfläche alle Aufmerksamkeit an sich zog.

Als er weiter schwieg und mit zusammengekniffenen Augen das große Bild fixierte, redete sie ihn leise mit seinem Vornamen an. Er fand wieder zu sich und reagierte mit einem fragenden Laut, dann fuhr er sich mit der Rechten mehrmals über das Haar und blickte zu ihr, nach hinten. Sie lächelte, und er versuchte es auch, brachte aber nur eine kurze Aufheiterung in seinem Mienenspiel hin.

Im Fond links neben ihr saß die Übersetzerin seiner Werke ins Italienische, die sie erst vor Kurzem kennengelernt hatten. Es war eine ernste, oft etwas irritiert wirkende Frau. Sie schaute nach der anderen Seite, ließ aber nicht das geringste Erstaunen oder sonst eine Regung erkennen.

Als müsste er sich für die baldige Ankunft präparieren, griff er nach seiner Kappe, zog sie auf und richtete sie. Jetzt sah er wieder so aus wie der Mann, den sie liebte, einer, der sich aufs Fischen verstand und viel vom Wasser und Meer wusste. Dieses Wissen hatte er seit der Kindheit bewahrt und vertieft, niemand kannte sich, was Fische, Boote und Wasser betraf, besser aus. ›Seltsam ist‹, beruhigte sie sich, ›dass er mir nie länger von diesen Kindheitszeiten erzählt hat. Wir kennen uns noch nicht lange, daran mag es liegen, wir hatten noch nicht Zeit genug, uns viel zu erzählen.‹

Die Genauigkeit und die Geduld, mit der er die Welt anschaute und dann auch von ihr sprach, mochte sie sehr. Seit den Jugendtagen, als er noch als Journalist gearbeitet und Reportagen geschrieben hatte, war er, dicht an den Dingen und Ereignissen bleibend, jeder kleinen Spur in seiner Umgebung gefolgt. Alles, was ihm auffiel, nahm er ernst, ging ihm nach, notierte seine Eindrücke, ließ sie sich setzen und machte aus ihnen nach einer Zeit der Klärung eine Geschichte, die beschrieb und zusammenfasste, was er herausbekommen hatte.

Sie hatte kein einziges Mal mit ihm darüber gesprochen, denn er sprach nicht gern über das Schreiben. In den nächsten Wochen jedoch hoffte sie mehr davon zu erfahren. Sie würden eine Weile allein sein, fern von den vielen Menschen, die ihm häufig zu nahe kamen. Sie hatte sich vorgenommen, einen einsamen, stillen Ort für ihn zu finden, an dem er wieder genesen konnte. So, wie er jetzt neben ihr saß, angespannt, konzentriert, das Meer nicht mehr aus den Augen lassend, sah er wie ein gesunder, kräftiger und attraktiver Mann um die fünfzig aus. Fünfzig würde er in der Tat bald werden, das stimmte, doch er war nicht gesund.

Der Mann vor ihr, der das Meer nicht mehr aus den Augen ließ, war vielmehr sehr krank, so krank wie noch nie in seinem bisherigen Leben.

2

Sergio Carini stand in der kleinen Bar einer der Garagen, in denen die vom Festland kommenden Wagen in Venedig geparkt wurden. Seit einiger Zeit arbeitete er gelegentlich als Reporter für die venezianische Tageszeitung *Il Gazzettino*, deren Redaktion eine anonyme Nachricht erhalten hatte. Da niemand wusste, ob an ihr etwas dran war, hatte man

Carini zu den Garagen geschickt, wo der große Mann angeblich eintreffen sollte. Der unbekannte Informant hatte behauptet, der Fremde komme in seinem eigenen Wagen, einem Buick, den er aus Cuba auf einem Schiff mit über den Atlantik gebracht habe.

Carini langweilte sich und schaute alle paar Minuten auf seine Uhr. Noch zehn Minuten, dann würde er seinen Posten aufgeben. Er unterhielt sich mit dem schmächtigen Barmann, der von seiner Frau erzählte. Es war ein stiller Oktobernachmittag des Jahres 1948, nichts deutete darauf hin, dass etwas Besonderes geschehen würde.

Carini wollte seinen Caffè bezahlen, als er Schreien und Rufen hörte. Aus einer schmalen Straße strömte eine Gruppe von Kindern, denen ein schwerer, amerikanischer Wagen folgte. Er bog auf den Platz vor der Bar ein, die Türen wurden fast alle zugleich geöffnet. Als Erstes sah Carini den Mann, den er schon unzählige Male auf Fotos gesehen und dessen Bücher er fast alle gelesen hatte. *Dio*, er war es tatsächlich! Er trug eine helle ärmellose Daunenjacke und auf dem Kopf eine Kappe, wie sie auch die Fischer in der Lagune trugen. Als er die kleine Bar erkannte, nickte er kurz, als habe er damit gerechnet, sie geöffnet vorzufinden.

Er wartete aber noch und half der Frau, die hinter ihm gesessen hatte, aus dem Fahrzeug. Längst war auch der Chauffeur zur Stelle, ein junger, blasser Mann in einem dunkelroten Pullover, der den Trupp der schreienden Kinder mit heftigen Gesten verscheuchte. »Que bella macchina! Que bella macchina!« schrien sie immer wieder und beäugten das Innere des Wagens durch die Scheiben.

Carini kam das Ganze vor wie eine Filmszene, so reißerisch und dramatisch empfand er das Erscheinen des überproportionierten Wagens und die elegante Besatzung der beiden Frauen und Männer, die sich nun umschauten und Zeit ließen. Der Barmann war an die Tür geschlichen und schaute sich diesen Auftritt ebenfalls an. »Wer ist das?« fragte er Carini leise, als hätte ihm die Szene Angst eingejagt.

»Ich muss telefonieren«, antwortete Carini, »wo ist das Telefon?« Der Barmann zeigte kurz zur Toilettentür, neben der sich der Apparat in einer dunklen Ecke befand. Carini ging sofort hin und wählte eine Nummer, und der Barmann hörte ihm zu, als die Verbindung hergestellt war: »Ihr werdet es nicht glauben, aber unser Informant hatte recht. Hemingway ist gerade hier eingetroffen, in einem blauen Buick mit roten Ledersitzen. Ein Chauffeur und zwei Frauen begleiten ihn, eine ist, vermute ich, seine Frau, die andere ist erheblich jünger und, ich wette, eine Italienerin. Hübsche, nein, sehr hübsche Erscheinung! Vielleicht die Geliebte?! Wie auch immer, wir werden es herausbekommen. Wie soll ich vorgehen? Soll ich ihn ansprechen? ... Ja, ich soll?! Meine Herren, Ihr mutet mir einiges zu. Und weiter? ... In Ordnung, ich werde Kontakt mit ihm aufnehmen und melde mich wieder. Wir bringen das alles morgen auf Seite eins!«

Carini legte auf und kam zur Theke zurück. »Es ist ein Amerikaner, habe ich recht?« fragte der Barmann. – »Es ist Ernest Hemingway, der weltweit bekannteste Schriftsteller auf dieser kaputten Erde«, antwortete Carini. – »Den Namen habe ich schon mal gehört«, sagte der Barmann, aber Carini sprach nicht länger mit ihm, sondern ging noch einmal zum Telefon zurück. Er wählte eine zweite Nummer und flüsterte: »Paolo?! Wo bist Du gerade? ... Besorg Dir eine gute Kamera und komm mit Deinem Boot hierher, zur Anlegestelle an den Garagen. Ernest Hemingway ist wahrhaftig gerade hier eingetroffen. Sag Onkel Tonio Bescheid, dass er sich mit der Gondel bereithält. Wir werden den großen Mann nicht aus den Augen lassen.«

3

Carini wollte nach draußen und langsam auf die eingetroffenen Fremden zugehen, als er sah, dass Hemingway sich mit dem Chauffeur unterhielt und zur Bar herüberschaute. Anscheinend gab er ihm einige Anweisungen, denn der Fahrer löste sich von der Gruppe und kam geradewegs auf die Eingangstür zu. Drinnen grüßte er und bestellte eine gut gekühlte Flasche Champagner. »Champagner?« lächelte der Barmann, »tut mir leid, den haben wir nicht. Einen gut gekühlten Prosecco aus der Region, den kann ich servieren.« – »Öffnen Sie zwei Flaschen«, sagte der Chauffeur leise, »zwei Flaschen und dazu vier Gläser!«

Carini tat, als hörte er nicht zu, und blätterte in einer Zeitung. Als der Chauffeur darum bat, telefonieren zu dürfen, holte er so versteckt wie möglich einen Block aus der Manteltasche und machte sich erste Notizen: *Drei Flaschen Prosecco aus der Region, sechs Gläser!* Er drehte sich etwas zur Seite und bekam mit, dass der Chauffeur mit dem Hotel *Gritti* telefonierte. Sie sollten ein Wassertaxi schicken, für drei Personen. Er selbst werde den Wagen abstellen und später mit dem Gepäck ins Hotel nachkommen.

Dann verließ er die Bar und kehrte zu der Gruppe zurück, die hinüber auf die nahen Häuser der Stadt blickte. Die schwarzhaarige hübsche Frau schien sich gut auszukennen, sie sprach ununterbrochen, als hielte sie einen Vortrag. *Sie weiß Bescheid,* notierte Carini, *aber sie ist nicht von hier. Alter? Höchstens dreißig Jahre. Vermutung: Eine Intellektuelle aus dem Norden. Hat zu viel gelesen, auch reichlich Lyrik. ›Venedig als Traumstadt‹ – mit solchen Metaphern geht sie hausieren ...*

Er schloss den Block und grinste, ja, das gefiel ihm, er war dabei, eine gute Reportage zu schreiben. Sie handelte von einem großen, weltberühmten Schriftsteller, der nach Italien zurückgekehrt war. Vor etwa dreißig Jahren hatte er im Ersten Weltkrieg als Achtzehnjähriger auf der Seite der Italiener gekämpft. Damals war er etwas weiter im Norden schwer verwundet und in einem Mailänder Lazarett lange gepflegt worden. Es hätte nicht viel gefehlt, und er wäre gestorben. Mit achtzehn! Fast noch ein Kind! Zehn Jahre später hatte er darüber einen Roman geschrieben, Carini hatte ihn zweimal gelesen, sein alter Vater und sein Sohn kannten das Buch auch.

Er überlegte, ob er jetzt nach draußen gehen sollte, blieb aber am Fenster der Bar stehen, als er sah, dass die Gruppe auf den Eingang zusteuerte. Die beiden Frauen gingen dicht zur Rechten und Linken Hemingways, sie sahen aus wie zwei Musen, die ältere blond, recht klein und mit Sicherheit Amerikanerin, die jüngere schwarzhaarig und ebenso sicher Italienerin. Der Chauffeur ging einige Schritte hinter dem Trio her, überholte es aber kurz vor der Bar und hielt die Tür auf.

Hemingway ließ die beiden Frauen vorangehen und nickte dem Chauffeur zu. Drinnen warf er einen Blick in die Runde und schaute zu Carini herüber, der die Tageszeitung wie zum Schutz vor sich hingelegt hatte. Die vier versammelten sich schließlich am Tresen, auf dem der Barmann die zwei geöffneten Flaschen Prosecco sowie vier Gläser aufbaute. Hemingway grüßte laut und fragte, ob der Prosecco gut gekühlt und trinkbar sei, und der Barmann antwortete lächelnd, es sei ein ordentlicher Prosecco aus der Region, gut gekühlt.

»Trinken Sie einen Schluck mit uns?« fragte Hemingway, und der Barmann bedankte sich und griff nach einem weiteren Glas. »Und der Gast am Fenster? Gibt auch er uns die Ehre und trinkt einen Schluck mit?«

Carini schaute etwas erschrocken auf, er verstand das

Italienisch des berühmten Mannes nicht gut, die Worte kamen erst mit einiger Verzögerung bei ihm an. Er legte die Zeitung beiseite und löste sich vom Fenster. »Ich bedanke mich«, sagte er, »und ich fühle mich sehr geehrt, Mister Hemingway. Nie hätte ich damit gerechnet, Ihnen hier zu begegnen! Sind Sie es wirklich?«

Hemingway lachte und ließ eine weitere Flasche Prosecco öffnen, dann bestellte er noch ein Glas. Er umarmte die blonde Amerikanerin und sagte lachend: »Was meinst Du, Mary? Bin ich es wirklich? Sag dem Gentleman, dass ich es wirklich bin.« Sie lachte mit ihm, antwortete darauf aber nicht, stattdessen mischte sich die Schwarzhaarige ein: »Ja, er ist es wirklich! Trinken wir auf die Ankunft von Ernest Hemingway in Venedig!«

›Mein Gott, wie sie sich anstellt!‹ dachte Carini, ›sie spielt die Zeremonienmeisterin, vielleicht ist sie aber auch eine Art Managerin, die alles für ihn erledigt und regelt.‹ Er lächelte, so gut er eben konnte, und griff nach dem gefüllten Glas, das ihm Hemingway hinhielt. Dann nahmen sie alle einen Schluck, und es war einige Sekunden still, als wartete man auf die nächsten Worte des großen Mannes. Hemingway hatte sein Glas geleert und gab dem Barmann ein Zeichen, es wieder nachzufüllen, während Carini sich im Stillen ermahnte, auf keinen Fall mehr als ein einziges Glas zu trinken. Er wusste nur zu gut, dass er Alkohol nicht vertrug und schon nach der kleinsten Menge durcheinander und ins Plappern geriet.

Er stellte sein Glas außer Reichweite in der Nähe des Fensters ab und tat so, als wollte er sich zurückziehen. Kurz blickte er zur Anlegestelle, wo er Paolo erkannte, der dort gerade sein Boot festmachte. Während er ihn beobachtete, kam ihm ein Gedanke. Er hob die Rechte und winkte Paolo kurz zu, und er bemerkte, dass Hemingway die kleine Geste nicht entgangen war. Er drehte sich um, schaute ebenfalls nach draußen und ging mit seinem Glas an die Tür.

»Ist das Ihr Sohn?«, fragte er Carini. – »Ja, das ist mein Sohn Paolo.« – »Wir haben eine Menge Gepäck«, sagte Hemingway, »könnte Ihr Sohn sich darum kümmern und es in seinem Boot zum Hotel *Gritti* bringen?« – Carini lächelte, genauso hatte er sich das gedacht. Er beugte sich etwas vor, als machte er eine kurze Verbeugung: »Nichts würde mein Sohn lieber tun. Er verdient sich oft etwas Geld mit solchen Transporten. *Dio!*, wie verblüfft wird er sein, wenn ich ihm sage, wessen Gepäck er gleich zum *Gritti* fahren darf! Er hat viele Ihrer Bücher gelesen, so wie ich. Selbst mein alter Vater hat einiges von Ihnen gelesen, den großen Italienroman, der hier ganz in der Nähe spielt, sogar mehrmals. Ich werde hinausgehen und mit meinem Sohn reden!«

4

Paolo balancierte das Boot noch etwas aus, als er seinen Vater auf sich zukommen sah. Sergio Carini wirkte beschwingt und gut gelaunt, als habe er alles im Griff und könne mit lauter Überraschungen aufwarten.

»Was ist los?« fragte Paolo. – »Allerhand«, antwortete Carini, »Hemingway trinkt drüben in der Bar mit zwei Frauen und seinem Chauffeur ein Glas Prosecco nach dem andern. Fürs Erste hat er drei Flaschen bestellt, stell Dir das vor! Gerade hat er Deine Ankunft bemerkt. Du sollst sein Gepäck hinüber zum *Gritti* fahren. Ich habe gesagt, dass Du sowas häufiger machst.«

»Ich habe so etwas noch nie gemacht, das weißt Du«, antwortete Paolo. – »Behalte es für Dich!« sagte Carini, »der Chauffeur wird Dir helfen, das Gepäck auf Dein Boot zu bringen. Und ich werde mit Dir fahren, hinter den Berühmtheiten her. Sie werden nämlich von einem Taxi des *Gritti* abgeholt, das gleich eintrifft. Hast Du verstanden?«

Paolo wirkte unschlüssig. Er drehte sich zur Seite und schaute skeptisch auf die nahe Stadt. »Ich weiß nicht«, sagte er, »wie soll ich denn mit ihm reden? Englisch oder Italienisch?« – »Du sprichst sehr gut Englisch, aber er wird kein Englisch hören wollen. Als junger Venezianer sprichst Du Italienisch mit leichtem Dialekt. Du könntest sein jüngster Sohn sein, Du hast etwa das Alter, das wird ihm gefallen.«

Paolo schüttelte den Kopf, erwiderte aber nichts. Er kletterte aus dem Boot und folgte seinem Vater Richtung Bar. Als er genauer hinschaute, sah er, dass in der geöffneten Tür ein Mann stand, der ihm zuwinkte. »Siehst Du, er freut sich«, flüsterte Carini, »sei höflich und entgegenkommend, er beißt nicht!«

Carini ging voraus und stellte seinen Sohn vor: »Das ist Paolo, mein einziger Sohn, er ist Fischer wie alle Männer aus unserer Familie. Wir wohnen in der Lagune, genauer gesagt, auf der Insel Burano. Kennen Sie Burano, Mister Hemingway?« – »Murano, Burano, Torcello – das sind die guten Orte in der Lagune, habe ich recht?« antwortete Hemingway. – »Oh, Sie kennen sich aus! Kommen Sie uns einmal besuchen, wir würden uns freuen.«

Hemingway gab Paolo die Hand und schaute ihn genauer an. »Wie alt bist Du, mein Junge?« – »Ich bin sechzehn, Sir!« – »Dann bist Du fast so alt wie mein Jüngster.« – »Wie heißt denn Ihr Jüngster, Sir?« – »Er heißt Gregory.« – »Und wo ist er? Kommt er auch nach Venedig?« – »Irgendwann wird er auch nach Venedig kommen, jetzt aber nicht, er lebt in Amerika. Komm mit herein, trink ein Glas Prosecco mit uns!« – »Ich trinke keinen Alkohol, Sir.« – »Na sowas! Das werden wir ändern, mein Junge. Wenn Ernest Hemingway Dich einlädt, wirst Du ein Glas mit ihm leeren.«

Paolo war es peinlich, dass ihn in der Bar alle anstarrten. Die beiden Frauen grüßten, während Hemingway aus einer noch vollen Flasche Prosecco ein frisches Glas füllte. Wieder mussten alle anstoßen, doch Carini hielt sich an seine Vorsätze und nippte nur.

»Sir, ich muss Ihnen leider sagen, dass ich keine weitere Flasche mehr auf Lager habe«, sagte der Barmann. – Die beiden Frauen lachten laut auf, als machte er einen Scherz oder als hätten sie mit diesem Satz gerechnet. Sie sprachen miteinander, als wären sie enge Vertraute, während Hemingway seinen Fahrer hinaus bat und ihm neue Anweisungen wegen des Gepäcks und des Wagens erteilte.

»Geh mit hinaus«, sagte Carini leise zu Paolo, »hilf dem Chauffeur beim Verladen, mach Dich nützlich. Ich komme nach, wenn das Gepäck im Boot verstaut ist.«

Er faltete die Zeitung zusammen und legte sie zurück auf den Bartresen. Er betrachtete die Phalanx der Flaschen und Gläser und nahm sich vor, davon ein Foto zu machen, Paolo hatte bestimmt eine Kamera mitgebracht ... »Lassen Sie bitte alles so stehen«, sagte er leise zu dem Barmann, »es ist ein zu schönes Bild. Ich fotografiere das später, wenn alle verschwunden sind.«

Er schaute die beiden Frauen an und fragte die blonde, ob sie Hemingways Frau sei. »Ja«, bekam er zu hören, »das bin ich!« – »Und Sie, Signora? Sie sind, lassen Sie mich raten ... – Sie sind eine Italienerin hier aus der Region.« – »Nicht ganz«, erwiderte die Schwarzhaarige, »ich bin aus dem Norden und übersetze die Werke von Mister Hemingway.« – »Dass Sie mit Büchern zu tun haben, habe ich gleich geahnt, Signora«, sagte Carini. – »Und dass Signora Hemingway für große Zeitschriften schreibt und eine bekannte Reporterin ist, haben Sie das auch geahnt?«, antwortete die Schwarzhaarige, als legte sie Wert darauf, Carinis Raterei nicht widerspruchslos hinzunehmen. »Fabelhaft«, sagte Carini, »die große literarische Welt hält Einzug in unser verträumtes Venedig!«

Draußen kam Bewegung in die zuvor noch so ausgestorbene Szene. Das Gepäck wurde umgeladen, und an der Anlegestelle traf das Wassertaxi des Hotels *Gritti* mit gleich drei Angestellten ein, während der Chauffeur sich in den leeren Buick setzte und ihn die breiten Rampen hinauf in einen oberen Stock der Garagen fuhr.

Hemingway ging in die Bar zurück und lud zum Aufbruch ein. »Sehen wir uns später im Hotel?« fragte er Carini. – »Natürlich«, antwortete er, »ich begleite meinen Sohn. Seien Sie unbesorgt.« Er wartete geduldig, bis Hemingway bezahlt und ein anscheinend großes Trinkgeld hinterlassen hatte. Dann verbeugte er sich, öffnete den Fremden die Tür und winkte ihnen nach, als sie zur Anlegestelle verschwanden.

Wenig später kam Paolo in den Raum zurück. »Hast Du die Kamera dabei?« fragte Carini. Paolo griff nach der Ledertasche, die er umgehängt hatte, und holte sie heraus. »Das Foto«, sagte Carini zu dem Barmann, »erscheint morgen auf Seite eins von *Il Gazzettino*.« – Der Barmann tat etwas besorgt. »Ich weiß nicht, geht das in Ordnung? Sind Sie einer dieser Reporter, die hinter allem und jedem herschnüffeln?« – »Neinnein«, antwortete Carini, »natürlich nicht. Ich bin ein einfacher Mann aus Burano und ein begeisterter Hemingway-Leser. Das ist alles.«

Er fotografierte den Bartresen und zählte im Stillen die leeren Flaschen. Es waren vier. Dann beruhigte er den Barmann mit einem Trinkgeld und verabschiedete sich mit seinem Sohn.

›*Fünf Flaschen, fünfzehn Gläser* – das werde ich gleich notieren‹, dachte Carini. Kaum eingetroffen, hat er seine erste *Fiesta* gefeiert und die Garagenarbeiter gleich mit eingeladen. Drei Frauen begleiten ihn – die, mit der er verheiratet ist, die Übersetzerin und eine schöne Unbekannte, die ihr Geheimnis nicht preisgibt. Schöne Unbekannte sind das Feingold von Reportagen, auch wenn sie zunächst gar nicht existieren. Je länger man über sie fantasiert, umso lebendiger werden sie aber, und am Ende tauchen sie wahrhaftig irgendwo auf – als wären sie schon immer vorhanden gewesen. Sergio Carini wird dafür sorgen, *Il Gazzettino* hatte noch nie einen besseren Reporter.

5

Er stand aufrecht neben dem Steuer, und von Weitem sah es so aus, als führe er selbst das Wassertaxi, das sich langsam durch einen schmalen Kanal bewegte. Die beiden Frauen waren in der Kajüte verschwunden, und er hörte, dass sie sich angeregt unterhielten. Er schaute starr nach vorn und blickte auf die Nebelstreifen, die sich jetzt, am Abend, auf die Wasserfläche legten. Die ersten alten Gebäude tauchten auf, und er sah die grünen Algen, die an ihrem Putz dicht über dem Wasser nagten. Die dunkelroten Backsteine der Mauern spiegelten sich in den Wellen, als wären die Mauern beweglich oder als öffneten sie sich für einen Moment wie ein Vorhang.

Die ruhigen Bilder hinterließen einen schwachen, sich allmählich vertiefenden Nachhall. Er wäre gern allein gewesen und hätte noch lieber am Steuer gestanden, um mit dem Boot durch die Kanäle zu fahren. Er hörte, wie das Wasser an den Seiten entlangfuhr und abrupt wieder davonschnellte. Die Geräusche erinnerten ihn an die Kindheit, als er allein mit seinem Vater auf dem Michigan-See in einem Boot unterwegs gewesen war. Er hatte davon geschrieben und danach versucht, diese Szenen zu vergessen, aber sie waren in seinen Träumen erschienen, als säße er noch immer in dem kleinen Boot, um zu rudern. Sein Vater hatte ihm die Ruder überlassen, und er war stolz darauf gewesen, ihn fahren zu dürfen, doch das alles war über vierzig Jahre her, und er fragte sich, wann ihn diese Erinnerungen nicht mehr verfolgen würden.

Er setzte seine Kappe ab und betrachtete sie kurz. Ganz ähnlich war er als Junge bekleidet gewesen, mit Kappe und einer daunengefütterten Jacke. Er wollte nicht mehr daran denken, und so legte er die Kappe beiseite und konzentrierte sich auf die Fahrt. Der Mann am Steuer neben ihm bewegte sich ebenfalls nicht, er trug eine Livree des Hotels und wirkte wie eine Operettenerscheinung. Zum Glück würde ein Mann wie er weder reden noch sonst einen Laut von sich geben. Männer in mittlerem Alter machten das in Venedig nicht, wo Vielrederei verachtet wurde und höchstens eine Sache für die Älteren war.

Einige Zimmer in den Häusern zu beiden Seiten waren bereits erhellt. Das Licht war tiefgelb und füllte das Netzwerk der Räume wie flüssiger Honig. In den kleinen Nischen neben den Fenstern standen hier und da Heiligenstatuen, und er fragte sich, wer sich um sie kümmerte, wenn das Hochwasser kam. Er schaute weiter starr nach vorn, als wäre er ein Kapitän und dürfte den Details rechts und links keine Aufmerksamkeit schenken.

Am liebsten würde er nicht in einem Hotel wie dem *Gritti*, sondern in einer dieser versteckten Wohnungen Zuflucht suchen. Drei Zimmer würden genügen, wenn nur der Schreibtisch groß genug wäre! Ein großer Schreibtisch aus festem, beständigem Holz vor einem Fenster, das würde ihm sehr gefallen. Lange Zeit hatte er kein Buch mehr geschrieben, und es war fraglich, ob er je wieder eines schreiben würde. Noch aber hatte er eine Ahnung davon, wie man das machte: täglich schreiben, an einem Roman oder an einer Erzählung arbeiten. Es war eine der besten Sachen gewesen, die er in seinem Leben getan hatte, und er würde alles tun, um zum Schreiben zurückzufinden, koste es, was es wolle.

Er schaute sich um und zog den Kopf etwas ein. Die beiden Frauen nahmen von der Fahrt kaum Notiz und unterhielten sich weiter in der Kajüte. ›Ich verstehe nicht, wie man sich dort aufhalten kann‹, dachte er, ›ich würde nie in so einem Versteck sitzen und der Stadt den Rücken kehren.‹ Dass sie mit ihm unterwegs waren, freute ihn, aber sie hatten ganz andere Vorlieben als er, was irgendwann zu Spannungen führen konnte. ›Ach was‹, dachte er weiter, ›es wird keine Spannungen geben, Mary achtet auf so etwas und lässt mir jede Freiheit, und Fernanda ist die beste Freundin, die ich mir wünschen kann.‹

Das Wassertaxi bog langsam auf den *Canal Grande* ein, und der Anblick riss ihn so mit, dass er sich einen Moment an der seitlichen Rahmung des Bootes festhielt. Einige kleinere Lastschiffe, mit Holz und Eisenwaren beladen, kamen ihnen entgegen. Jetzt begann zu beiden Seiten der große Tanz der Paläste. ›Mal sehen, ob mir irgendwo der Eintritt gelingt, es wird schwer sein, fast unmöglich, aber ich werde es versuchen. Hat je ein Schriftsteller von ihrem Innenleben erzählt? Henry James, ja, der hat es versucht, aber ich werde mehr zu bieten haben als die sehnsüchtigen Blicke eines früh gealterten Mannes aus den Fenstern von Dachkemenaten‹, dachte er.

Der Fahrer fuhr jetzt etwas schneller, sodass das Taxi fast wie ein Rennboot an den triumphalen Palastfassaden entlangglitt. ›Seit Jahrhunderten sind sie verschlossen‹, dachte er, ›sie rahmen den *Canal*, und jeder einzelne von ihnen trotzt der Zeit. Sie bestehen einfach unverändert fort, und in ihren hohen Räumen treiben sich von Generation zu Generation dieselben, nur scheinbar verjüngten Menschen herum. Familien, die sich ihre eigene Geschichte erzählen und von nichts anderem hören wollen. Wenn sie ihre Märchengebilde verlassen, schleichen sie durch die Gassen und kommen auf immer denselben Wegen zurück. Sie umkreisen das Zuhause und lassen niemand sonst daran teilnehmen. Ich werde es ganz ähnlich machen wie sie, und das *Gritti* wird mein Zuhause sein. Frühmorgens werde ich hinausschleichen und mich in den Gassen verlieren, und wenn im Hotel das Frühstück serviert wird, werde ich auftauchen, und keiner wird ahnen, wie meine Wege verlaufen sind und welche Freundschaften ich geschlossen habe.‹

Auf der rechten Seite erkannte er das Gebäude der *Accademia*. ›Mal sehen, wann sie am Morgen öffnet‹, dachte er, ›ich werde als einer der ersten Besucher hineingehen, um mir nur ein einziges Bild anzuschauen. Etwas von Tintoretto oder von Tizian oder von Veronese, auf jeden Fall aber etwas Venezianisches.‹

Er spürte, dass sich sein Herz plötzlich wie nach einem unerwarteten Sprung auftat und ihn eine merkwürdige Wärme durchströmte. ›In den nächsten Wochen werde ich es hoffentlich besser machen als in den letzten Jahren‹, dachte er und hielt sich wieder an der Rahmung des Bootes fest.

Der schweigsame Mann am Steuer verlangsamte die Fahrt und ließ das Wassertaxi auf die andere Seite des *Canals* gleiten. Er hielt auf die Anlegestelle des *Gritti* zu, wo ein schmächtiger Kellner in ebenfalls blauer Livree auf sie zu warten schien. Als er das Boot gewahr wurde, verschwand er eilig nach drinnen, und im nächsten Augenblick strömte ein dunkler Pulk von Menschen ins Freie.

Obwohl längst Herbst war, standen auf der hölzernen Terrasse vor dem Eingang des Hotels noch immer viele Stühle und Tische mit weißen Tischdecken. ›Als wäre das alles für Dich‹, dachte er und machte einen Schritt nach hinten. Da er größer als der Mann am Steuer war, würde man ihn von der Terrasse aus gut erkennen. Er hielt sich noch etwas zurück, bis das Boot nur noch wenige Meter entfernt war.

›Na los‹, dachte er, ›zeig, wie Du Dich freust!‹

Er zog die alte Jacke aus und reckte sich auf. Dann winkte er dem Pulk der Menschen zu, die sich auf der Terrasse drängten. ›Hey, worauf wartet Ihr?‹ dachte er, ›doch nicht auf mich, Ernest Hemingway. Ihr sehnt Euch nach Eurer Geschichte, wie sie Euch noch nie jemand erzählt hat.‹

6

Er half den beiden Frauen beim Aussteigen und begrüßte auf der Terrasse die Angestellten des Hotels, die vor dem neugierigen Rudel der Gäste eine kleine Kette gebildet hatten. Der Empfangschef machte einen Schritt auf ihn zu und stellte die anderen vor, er hörte die Namen und wiederholte sie laut gegenüber den Frauen, die den Angestellten ebenfalls die Hand gaben. Die beiden hielten sich aber nicht länger im Freien auf, sondern gingen gleich weiter ins Foyer, wohin sie der Empfangschef begleitete.

Einen Moment war er allein und drehte sich um, sodass er die gegenüberliegende Seite des *Canal Grande* genauer betrachten konnte. Er musterte die fließenden Konturen der barocken Kirche *Santa Maria della Salute* und machte ein paar Schritte zur Seite, um sich der Neugierde der anderen Gäste zu entziehen. Die meisten strömten auch schon wieder ins Hotelgebäude zurück und verteilten sich im Foyer, während sich aus der Ferne das Boot mit den Gepäckstücken näherte. Er erkannte seinen Chauffeur und die beiden Männer aus Burano, die an der Garage zur Stelle gewesen waren und sich nun um den Transport bemühten.

Eine schmalere Tür führte von der Terrasse direkt in die Hotelbar. Er streifte das Innere mit einem kurzen Blick: die bequemen Sessel, die Tische mit den Zeitungen und den Kerzenleuchtern und die leeren Barhocker, dicht aneinandergerückt. In wenigen Minuten würde er dort und nirgendwo anders einkehren und von einem der Hocker am Tresen aus seine ersten Erkundigungen über das Hotel und sein Personal einholen.

Mit dem Barkeeper würde er sich rasch verstehen. So etwas war wichtig und mitentscheidend für einen gelungenen Aufenthalt. Ein Barkeeper wusste mehr als jeder Concierge, denn in einer Bar landeten auch jene Auskünfte, die nicht ans Tageslicht dringen sollten. Spätabends, nachts – da konnte man den Geschichtensud abschöpfen. Für die Erkundung solcher Details war er prädestiniert, denn er hatte ein sehr gutes Gedächtnis und konnte sich Namen schon nach einmaligem Hören noch lange merken. ›Ohne ein präzise arbeitendes Hirn bist Du in Kriegsangelegenheiten verloren‹, dachte er und musste kurz grinsen, als er sich daran erinnerte, wie er andere Menschen mit seinen Gedächtnisleistungen verblüfft hatte.

Das Boot mit den Gepäckstücken legte an, und zwei Hotelangestellte waren sofort behilflich, die Sachen ins Innere zu schaffen. Sergio Carini hüpfte auf die Terrasse, und sein Sohn folgte ihm mit einem einzigen, kurzen Schritt, während der Chauffeur im Boot stehen blieb und sich um das Ausladen kümmerte.

Hemingway war guter Laune und ging auf die beiden zu. »Du heißt also Paolo«, sagte er, »und Du bist sechzehn.« Paolo Carini lächelte verlegen und nickte.

»Und Du wohnst mit Deiner Familie in Burano und bist wie alle Männer Deiner Familie ein Fischer.« – »Ja, Sir.« – »Sind von den Männern wirklich alle Fischer?« – »Mein Großvater ist es, und mein Vater war ein Fischer, bis er begonnen hat, für *Il Gazzettino* zu schreiben.«

Hemingway wandte sich zur Seite und schaute Sergio Carini an. »Sie schreiben für die Zeitung?« – »Dann und wann, es macht mir Spaß.« – »Wie heißen Sie?« – »Ich heiße Carini, Sir, Sergio Carini.« – »Sie werden über unsere Ankunft in Venedig berichten?« – »Vielleicht, Sir.« – »Haben Sie sich deshalb in der kleinen Bar an den Garagen aufgehalten?« – »Ja, ich habe im Auftrag der Redaktion auf Sie gewartet, aber nicht daran geglaubt, dass Sie wirklich erscheinen würden.«

Hemingway grinste und drehte sich etwas zur Seite, um den Bartresen wieder in den Blick zu bekommen. Die Hocker waren leer, bestimmt waren die meisten Gäste längst in das Restaurant, das anscheinend direkt an die Bar anschloss, übergesiedelt.

»Haben Sie bereits Fotos gemacht?« fragte Hemingway. – »Ja, aber nur solche von der kleinen Bar in der Garage, die taugen nicht viel.« – »Gut, dann gehen wir die Sache lieber professionell an. Ich bitte meine Frau Mary nach draußen, und Sie machen ein gutes Foto von uns beiden. Mister und Misses Hemingway auf der Terrasse des

Hotels *Gritti* – und im Hintergrund dieses barocke Scheusal von Kirche.« – »Aber Sir, *Santa Maria della Salute* ist doch kein Scheusal, nein, wirklich nicht!« – »Ach nein? Dann schauen Sie einmal genauer hin. Sie sieht aus wie eine in die Jahre gekommene Zwiebel, überlaufen von einem klebrigen Zuckerguss. Aber nun los, beeilen Sie sich, schießen Sie Ihr Foto und bringen Sie es morgen auf Seite eins. Dazu zwei, drei kommentierende Sätze, nicht mehr. Vermeiden Sie, ausufernd oder erfinderisch zu werden.«

Sergio Carini kramte den Apparat aus der Ledertasche, während Hemingway weiter mit Paolo sprach: »Geh ins Foyer und bitte meine Frau für ein Foto nach draußen. Danach begleitest Du Mister Hemingway an die Bar. Du allein bleibst an seiner Seite, und Deinen Vater schicken wir in die Redaktion, damit Foto und Text auch wirklich morgen erscheinen. Machen wir es so, mein Sohn?« – Paolo zögerte einen Moment und schaute nach dem Vater. Dann sagte er: »Ja, Sir, so machen wir es.«

Zusammen mit Mary fotografiert zu werden, war die beste Lösung. Sie wirkte munter, frisch und jugendlich und zog die neugierigen Blicke auf sich. Er selbst stand auf solchen Fotografien meist etwas verdeckt hinter ihr. Als Paar wirkten sie unschlagbar: Der lebenserfahrene Mann in den besten Jahren – und seine vierte Frau, die forsche und neugierige Begleitung für die späten Abenteuer. Dazu im Hintergrund das barocke Motiv, schön abgehangen und kitschig, die Verankerung im venezianischen Kosmos.

Er wies Carini den bestmöglichen Platz für die Aufnahme an und nahm Mary mit einer fast verliebt wirkenden Geste am Arm. »Wir sind wirklich ein schönes Paar«, sagte er leise zu ihr, »Dein Lächeln und mein Altvaterernst, wir gehören in einen Film.« – »Rede nicht so albern!« antwortete sie und streifte vor der Aufnahme noch die Sonnenbrille über. »Perfekt!« rief Sergio Carini ihnen zu, als er in rascher Folge mehrere Fotos gemacht hatte.

»Genug«, rief Hemingway, »ab in die Redaktion, und Ihren Sohn lassen Sie hier. Ich brauche ihn noch.« – »Was haben Sie mit ihm vor?« fragte Carini. – »Das wird sich zeigen«, antwortete Hemingway und redete noch kurz mit seiner Frau. Sie würde den Salon, den sie reserviert hatten, wohnlich herrichten. Er bestand angeblich aus einem großen Eckzimmer mit Bad und pompöser Sitzgarnitur sowie allerhand edlen Truhen und Schränken, so hatte der Empfangschef die Suite jedenfalls am Telefon beschrieben.

Mary würde selbst aus verstaubtem Plunder etwas Ansehnliches machen, das wusste er. Und Fernanda würde ihr beistehen. Er selbst aber wollte sich noch etwas Zeit nehmen, bevor er auf die Zimmer ging. Die Bar mit ihren leeren Hockern wartete, und er spürte den öligen, klaren Geschmack von Gin bereits auf der Zunge.

7

Mary ließ Decken und frische Blumen kommen und gruppierte mit Fernandas Hilfe die Sitzmöbel um.

»Der kleine Tisch ist für seine Zeitungen«, sagte sie, »hier am Fenster wird er morgens nach dem Frühstück sitzen und lesen.« – »Liest er gerne Zeitungen?« – »Oh, Du solltest ihn frühmorgens sehen, er geht zunächst die amerikanischen durch, dann die französischen, dann die aus dieser Region, er frisst Zeitungen.« – »Hört er Radio, während er liest?« – »Wo denkst Du hin?! Niemals.« – »Mag er überhaupt Musik?« – »Ehrlich gesagt, weiß ich das nicht. Er spricht fast nie über Musik, und wenn ja, dann über die Lieder, die er als Kind oder während des Krieges gesungen hat. Singt er selbst, wird er entsetzlich sentimental. Seit er krank ist, ist es noch schlimmer geworden.«

Es war einen Moment still. Fernanda legte drei Decken zur Probe auf eine Chaiselongue und prüfte, welche am besten zum Bezug des Möbels passte.

»Hier im Hotel hält ihn niemand für krank«, sagte sie leise, »er macht einen völlig gesunden Eindruck.« – »Er überspielt seine Krise«, antwortete Mary, »und es ist fatal, wie gut er das kann. Er schreibt nur noch kurze Artikel oder Briefe in alle Welt und tut so, als ersetzten sie ihm das richtige Schreiben. Dabei hat er panische Angst, nie mehr richtig schreiben zu können. Wenn seine Ängste heftiger werden, beginnt er zu trinken, manchmal trinkt er den halben Tag.« – »Wie schafft er das nur?«, sagte Fernanda, »ich habe noch nie einen Menschen so viel trinken gesehen. Und man merkt es ihm nicht einmal an. Er spricht konzentriert und redet höchstens ein wenig mehr als die anderen.« – »Ich halte diese Redseligkeit kaum noch aus. Sie ist der Ersatz für das Schreiben. Eine Geschichte nach der andern, und Du kannst nichts dagegen tun.« – »Vielleicht ist es ein Training oder ein Versuch, in Schwung zu kommen. Ich würde ihm nicht dreinreden.« – »Aber das tue ich nicht, ich lasse ihn reden und schwadronieren und seine Märchen auspacken.« – »Schwindelt er manchmal?« – »Ich bin sicher. Seit Neustem behauptet er, er habe Venedig im Ersten Weltkrieg unter Einsatz seines Lebens verteidigt und gerettet.« – »Aber da ist was dran! Als junger Mann kämpfte er auf italienischer Seite, nicht weit von hier wurde er doch schwer verwundet. Wären die Österreicher vorgerückt, gehörte Venedig vielleicht wieder ihnen, so wie zu den Zeiten der Habsburger.« – »Mag sein – warum übertreibt er aber so?! Als hätte er allein im Ersten Weltkrieg ganze Kompanien zum Halten gebracht und im Zweiten die Deutschen aus Paris vertrieben! Auch diese Geschichten erzählt er immer wieder. Wie er sein geliebtes Paris befreit und seine Jugendfreundin Sylvia Beach in ihrer Buchhandlung vor dem Zugriff der deutschen Soldaten bewahrt hat!«

Fernanda sah, dass Marys Hände zitterten. Hemingway hatte ihr während der letzten Monate des Zweiten Weltkriegs viele Briefe geschrieben, damals waren sie noch nicht verheiratet gewesen. Als Kriegsreporter hatte er um sie geworben und das ganze Elend der Schlachten bis in die letzten Details geschildert.

Sie wollte aber nicht daran erinnert werden, sie konnte diese Briefe nicht mehr lesen. Ein Mann, der so viel Schreckliches erlebt hatte, war in der Hölle gewesen. Seither war er in seinen bitteren Stunden resigniert und oft wie gelähmt. »Ich habe allen Glauben verloren«, hatte er einmal gesagt, »das Vertrauen, die Hoffnung, dieser scheußliche Krieg hat mich niedergemacht.«

»Wann war Ernest eigentlich das letzte Mal in Venedig?« fragte Fernanda. – Mary schüttelte den Kopf: »Keine Ahnung. Manchmal erzählt er von der Stadt, als wäre er schon viele Male hier gewesen. Erst als ich mehrmals nachfragte, gab er zu, noch nie in Venedig gewesen zu sein.« – »Noch nie? Er bewegt sich aber so, als kennte er hier viele Menschen und träfe lauter alte Freunde.« – »Das sollte Dich nicht irritieren. Ernest erkennen sehr viele Menschen auf den ersten Blick, und wenn er in all seiner Größe und Breite erscheint, umarmen sie ihn oder fallen ihm um den Hals, als wäre er der Messias. Seit Beginn unserer Reise ist das so, er zieht die Menschen an, sie folgen ihm, und dann sitzen wir mit wildfremden Leuten nächtelang an einem Tisch und trinken ein Glas nach dem andern.« – »Mag er das denn?« – »Oh ja, er mag es sehr. Ein langer Tisch, viele Leute, und er ist der große Erzähler. Wenn wir danach wieder allein sind, verflucht er diese Stunden und behauptet, er wäre viel lieber allein. Um endlich Zeit für das Schreiben zu haben.« – »In Venedig wird er keine Ruhe finden. Schon morgen werden die Zeitungen über seine Ankunft berichten.« – »Du hast recht, aber ich habe nicht vor, schon jetzt mit ihm über dieses Problem zu sprechen. Lass uns abwarten, wie die Stadt ihm bekommt. Die Spaziergänge werden ihm bestimmt guttun. Keine langen Autofahrten, keine ausgedehnten Sitzpausen – und ich werde darauf achten, dass er nicht gleich in die nächste Gondel springt. Solange er viel zu Fuß unterwegs ist, wird er sich besser fühlen.«

Einen Moment war es still. Sie standen nebeneinander vor einem der hohen Fenster und schauten hinaus auf den *Canal Grande*.

»Wollen wir ein Glas trinken, während wir hier auf ihn warten?« fragte Fernanda. – »Gute Idee«, antwortete Mary, »am besten einen Scotch, vor dem Dinner schmeckt er am besten.« – »Essen wir später mit ihm unten im Restaurant?« – »Ich glaube nicht, dass er das heute mag. Er ist müde von der langen Autofahrt, und wenn seine Kondition nachlässt, zeigt er sich nicht gern.« – »Dann essen wir hier, auf dem Zimmer?« – »Ja, das vermute ich. Aber in seinem Fall weiß man nie. Wir trinken einen Scotch, und Du erzählst mir von Venedig. Ich bin zum ersten Mal hier, und Du kennst diese wunderbare Stadt wie kaum eine andere.«

8

Er berührte Paolo kurz an der Schulter und deutete auf die Hotelbar, deren Tür zur Terrasse inzwischen geöffnet worden war. Der Barmann wartete auf sie, und Hemingway ließ Paolo vorangehen, als wäre der Junge ein ganz besonderer Gast, dem alle Ehre gebührte.

»Was darf ich Ihnen bringen?« fragte der Barmann und zeigte auf zwei pompöse Sessel, zwischen denen ein kleiner Tisch mit Blumen stand. »Wir kommen zu Ihnen«, antwortete Hemingway und setzte sich auf einen Barhocker an die Theke. Paolo blieb etwas unbeholfen neben ihm stehen, als wartete er auf eine Anweisung. »Setz Dich, Junge, trink etwas Gutes mit mir!« – »Ich sagte schon, dass ich keinen Alkohol trinke, Sir!« – »Richtig, das sagtest Du vorhin. Jetzt ist das aber Vergangenheit, und Du bist dabei, eine neue Freundschaft einzugehen.« – »Ich verstehe Sie nicht, Sir.« – »Als ich etwa so alt war wie Du, habe ich zum ersten Mal Alkohol getrunken. Und es gibt bis heute nur wenig, was mir mehr Freude gemacht hat. Ich lade Dich ein, Dein erstes gutes Glas mit mir zu leeren. Und ich versichere Dir, es wird nicht das letzte sein. Bist Du bereit?«

Paolo überlegte einen Moment, dann schaute er den Barmann an. »Was darf ich den beiden Herren servieren?« fragte er, und Paolo musste plötzlich grinsen. Er blickte in die großen Spiegel, die sich an der langen Wand mit den vielen Flaschen hinter der Theke befanden. Dort sah er einen dunkelhaarigen, schmalen, schüchternen Jungen in dickem, schwarzem Pullover, der wie ein Novize vor einem schweren älteren Mann mit breitem Lächeln stand. »Darf ich mich setzen, Sir?« fragte er, und Hemingway klopfte ihm kurz auf die rechte Schulter, als wären sie in der Tat gute Freunde.

»Wir trinken *Gordon's Gin*«, sagte Hemingway zu dem Barmann, »pur, ohne Eis.« Der Mann nickte kurz und holte eine Flasche von den Regalen. Dann postierte er zwei Gläser auf der Theke und schenkte sehr langsam ein. »Etwas Zitrone?« – »Nein«, antwortete Hemingway, »nichts anderes als puren Gin.«

Er hob sein Glas etwas an und wartete, bis auch Paolo nach seinem Glas gegriffen hatte. »Gin ist perfekt als eine Überleitung zum Dinner. Es ist eine reine, klare Sache, und er besetzt die Zunge wie schweres, metallisches Öl. Nimm einen sehr kleinen Schluck und später dann mehr.«

Sie tranken fast zugleich, und Paolo kam es so vor, als besuchte er eine Schule. Der Gin hatte nur einen schwachen Eigengeschmack, der ihn seltsamerweise an den Geschmack von Meerwasser erinnerte. Darin war etwas Bitteres, aber auch ein Hauch von dunklen Beeren, den er von den Wiesen in der Lagune her kannte.

Hemingway schaute durch die Glasfronten der Bar nach draußen. Er reckte sich etwas auf, als käme er nach den Anstrengungen der Fahrt endlich zu sich. Er zog seine Jacke aus und gab sie dem Barmann, der hinter einem Vorhang verschwand, um sie dort aufzuhängen. Plötzlich wirkte er jünger, sportlicher, mit leichtem Schuhwerk, das Paolo erst jetzt auffiel.

»Du heißt Paolo, bist sechzehn und ein Fischer von Burano, wie die meisten Männer Deiner Familie«, sagte Hemingway und starrte weiter auf den *Canal*, wo gerade zwei schwarze Gondeln vorbeitrieben, dicht nebeneinander. »Ja, Sir, das stimmt.« – »Entschuldige, dass ich mich wiederhole, aber ich mache das häufig so. Ich sortiere Deine Geschichte, verstehst Du, ich bringe sie zum Laufen.« – »Nein, Sir, das verstehe ich nicht.« – »In ein paar Tagen wirst Du es verstehen. Machen wir weiter: Du gehst nicht mehr zur Schule?« – »Nein, Sir, ich bin Fischer.« – »Und ein Fischer möchtest Du ein Leben lang bleiben?« – »Mein Onkel Tonio ist Gondoliere, und er hat vor, mir seine Gondel zu vererben, sodass ich in einigen Jahren selbst ein Gondoliere werden könnte.« – »Würde Dir das gefallen?« – »Es wäre eine große Ehre, Sir.« – »Und würde Dir diese große Ehre gefallen?« – »Warum fragen Sie, Sir? Welchem jungen Venezianer in meinem Alter würde eine solche Ehre nicht gefallen?« – »Danach habe ich nicht gefragt. Ich habe gefragt, ob sie *Dir* gefallen würde.« – »Natürlich, Sir.« – »Natürlich? Nun gut, anscheinend bist Du Dir sicher.«

Paolo nahm einen zweiten, größeren Schluck. Ein Getränk wie Gin hatte er noch nie probiert. Manchmal hatte er von dem Weißwein genippt, den die Männer seiner Familie täglich zu den Mahlzeiten tranken. Weißwein setzte sich beim Essen aber nicht durch, er war eine Essensbegleitung, und je mehr man aß, umso weniger Lust hatte man auf den Wein. Jedenfalls war es ihm immer so gegangen.

Gin zu trinken, war etwas ganz anderes. Er war kräftig und besetzte schon nach dem zweiten Schluck den ganzen Kopf. Als enthielte dieses Getränk einen feinen Dunst, der sich in Hals, Nase und Ohren verirrte. Selbst seine Augen schienen bereits davon betroffen, als bekämen die Dinge um ihn herum etwas Weiches, Diffuses.

»Wenn Du die Fremden in einer Gondel durch die Kanäle fährst, wirst Du Englisch oder Französisch sprechen müssen«, sagte Hemingway und leerte sein Glas. – »Ja, Sir, ich weiß. Mein Vater spricht Englisch, wir haben es zusammen gelernt. Ich spreche sogar etwas besser als er.« – »Oh, das ist gescheit, es wird Dir helfen, ein guter Gondoliere zu werden. Momentan aber bist Du noch ein junger Fischer, sechzehn Jahre alt, ein Fischer von der Insel Burano.« – »Sie sagen es, Sir.« – »Ich sage es, ja. Und ich mache weiter: Fährst Du zum Fischen allein in die Lagune?« – »Niemals, Sir. Ich fahre fast immer mit dem Großvater, und wenn der Großvater krank ist, fahre ich mit dem Vater.« – »Ihr geht jetzt im Herbst auch auf Entenjagd?« – »Nein, Sir. Einige Fischer von Burano tun es, wir aber nicht. Fischer sind Fischer, und Jäger sind Jäger. Wir lieben das Meer und seine Fische, und wir fangen sie mit großen Netzen. Die Jäger aber verstecken sich im Grün der Kanäle und erlegen die Wildenten aus ihren Verstecken.« – »Du würdest so etwas nicht tun?« – »Nein, Sir, niemals.«

Hemingway bestellte mit einer kurzen Handbewegung ein zweites Glas, wartete, bis es auf der Theke stand, und nahm sofort einen weiteren Schluck. Er sah die beiden schwarzen Gondeln draußen ruckartig davontreiben, als stocherten ihre Frontschnäbel im Wind. Dann tauchten die alten Bilder wieder vor ihm auf, ganz unerwartet und plötzlich. Vor endlos vielen Jahren war er mit dem Vater in den Ferien zum Fischen hinaus auf den Michigan-See gefahren, Tag für Tag. Schließlich war er geschickter und schneller gewesen, und der Vater hatte stolz notiert, wie viele und welche Fische er gefangen hatte. Sie hatten sich gut verstanden, und er war sehr stolz gewesen, den Vater begleiten zu dürfen.

»Du bist ein ehrlicher Junge, Paolo«, sagte Hemingway und starrte weiter hinaus, »ich bin froh, gleich jemanden wie Dich getroffen zu haben. Ich werde eine Weile in Venedig bleiben, einige Wochen, vielleicht sogar Monate. Ich bin zum ersten Mal hier, und ich freue mich sehr auf diese Zeit. Ich brauche aber jemanden, der mir zur Seite steht, verstehst Du, ich brauche einen jungen Gehilfen, der sich gut auskennt und mir einige Dinge abnimmt. Dieser junge Gehilfe sollte ehrlich sein und vollkommen verschwiegen, darauf muss ich mich verlassen können.«

Paolo leerte sein Glas und schüttelte kurz verneinend mit dem Kopf, als der Barmann nachschenken wollte. Der Gin hatte jetzt den gesamten Raum eingenommen, die Blumen in der Vase auf dem kleinen Tisch waren von einem feinen Pelz überzogen, und das Wasser des *Canal Grande* floss schwerfällig und langsam, als hätte man seine zaghaften Wellen in durchsichtige Folien gepackt. Wovon war noch die Rede? Was hatte der große amerikanische Schriftsteller gerade zu ihm gesagt? Ehrlich sollte er sein und verschwiegen. Natürlich, das war es gewesen.

»Worin würde meine Tätigkeit bestehen?«, fragte er, »soll ich Sie durch Venedig begleiten und Ihnen die Stadt zeigen? Oder …« – »Neinnein, das nicht«, antwortete Hemingway, »ich werde ganz allein durch Venedig gehen, selbst meine Frau wird mich nicht begleiten. Wenn ich eine Stadt wie Venedig kennenlernen will, muss ich allein sein, das versteht sich von selbst. Ich werde alle paar Tage einen Zettel für Dich an der Rezeption des Hotels hinterlegen. Darauf werde ich notieren, was ich von Dir erwarte. Informationen, Recherchen, kleine Einkäufe – Tätigkeiten, mit denen ein junger Einheimischer mir langes Suchen nach diesem und jenem abnimmt. Darauf wird es hinauslaufen.« – »Ich verstehe, Sir. Aber ich weiß nicht, ob ausgerechnet ich der Richtige bin.« – »Du bist der Richtige, ich bin mir sicher. Lass uns morgen Mittag an genau dieser Theke unser zweites gemeinsames Glas trinken! Dann können wir weiterreden. Vor dem Lunch trinke ich gern einen oder auch zwei Martini.« – »Morgen Mittag, Sir?« – »Ja. Den Vormittag werde ich in der Stadt verbringen, am Mittag kehre ich ins Hotel zurück, um dort mit meiner Frau zu essen. Davor trinken wir beide unser zweites Glas, einverstanden?« – »Einverstanden, Sir. Aber es gibt noch ein Problem.« – »Welches?« – »Ich werde meinem Vater sagen, dass Sie einen Gehilfen brauchen.« – »Das geht in Ordnung, Paolo. Du kannst es ihm erzählen, aber Du wirst ihm später nicht mitteilen, was Du im Einzelnen für mich tust. Das bleibt unsere Sache.« – »Ich verstehe, Sir.« – »Ich kann mich also auf Dich verlassen?« – »Ja, Sir. Sie können sich auf Paolo Carini verlassen.«

Paolo rutschte vom Barhocker. Ihm war, als wäre er auf See gewesen und suchte mit den Füßen wieder nach festem Boden. Was ein Glas Gin anrichten konnte! Er machte eine kleine Verbeugung und versuchte, freundlich zu lächeln. »Paolo Carini, Sie können abtreten!« sagte Hemingway und packte ihn mit beiden Händen an den Schultern. – »Es war mir eine Ehre«, antwortete Paolo und machte sich auf den Weg zur Terrassentür. – »Es ist ihm eine Ehre«, rief Hemingway lachend hinter ihm her und drehte sich nach dem Barmann um: »Geben Sie mir noch ein Glas. Und erzählen Sie: Mit welchen Gästen würden Sie an meiner Stelle zu später Stunde etwas Gescheites in dieser Bar trinken? Heraus mit der Sprache! Und reden Sie nicht drumherum, Sie wissen schon, was ich meine.«

9

Am nächsten Morgen verließ er allein das Hotel und ging die paar Schritte zu der Anlegestelle der Gondeln am *Canal Grande*. Noch waren die Gondolieri nicht eingetroffen, aber ein Traghetto war bereit, ihn auf die andere Seite zu bringen. In dem schmalen Fährboot standen dicht hintereinander bereits einige Einheimische, niemand sprach ein Wort.

Hemingway zögerte nicht, sondern betrat das Boot über ein paar hölzerne Treppenstufen. Während des Wartens auf die Abfahrt nahm er eine Brille aus seiner Jackentasche und säuberte sie. Direkt vor ihm stand ein älterer Venezianer und las die Tageszeitung. Hemingway blickte ihm von hinten über die Schulter und erkannte sofort das Foto, das Sergio Carini gestern von seiner Frau und ihm gemacht hatte. Er hatte die Aktion schon fast wieder vergessen, jetzt aber wurde ihm bewusst, dass alle Welt von seiner Ankunft in Venedig wusste.

Gut, dass er die Fotografie gleich zu Beginn seines Gangs durch die Stadt gesehen hatte. Ihr Anblick ließ ihn vorsichtig werden, und er nahm sich vor, Wegen zu folgen, die nicht sehr belebt waren. Er nahm seine Kappe aus der linken Jackentasche und zog sie über, dann schaute er den *Canal* entlang, der hinter der Kirche *Santa Maria della Salute* endete und den Blick auf den Dogenpalast freigab. Einige Gebäude an den Ufern leuchteten in der Morgensonne und wirkten wie Spielzeugpaläste, in denen nie ein Mensch wirklich gewohnt hatte. Wohnen würde man in ihnen nicht, eher schon feiern, ja, diesen Eindruck machten die Szenen: als würde Nacht für Nacht heftig und lange gefeiert und als verschwänden die Besitzer danach wieder in einem Nirgendwo auf dem Festland.

Als der Traghetto voll war, legte der Gondoliere von der *Stazione* ab und überquerte langsam den *Canal*. Die meisten Fahrgäste nahmen von der Umgebung keine Notiz, sie waren in eine Zeitung vertieft oder blickten abwesend auf das jenseitige Ufer, wo sich ein kleiner Platz mit einem Kiosk auftat. Du wirst Dir ein paar Zeitungen kaufen und einem der kleineren Kanäle folgen, dachte er. Bloß keine touristischen Verrenkungen, keine Kirchenstudien, am besten überhaupt keine Besichtigungen – das erledigt Mary für Dich. Nach dem Frühstück im *Gritti* wird sie mit Fernanda unterwegs sein und ein Monument nach dem anderen aufsuchen. Zwischendurch wird sie die Juwelier- und Stoffläden durchgrasen, der Vormittag wird mit diesem Hin und Her von Shopping und Viewing vergehen. Das aber ist nicht Deine Sache. Du wirst den Menschen hier folgen und Dich unter sie mischen, Du wirst die Stadt in Dich aufnehmen und schauen, ob Du ihr ein paar Geschichten abtrotzen kannst.

Auf der anderen Seite des *Canal* ging er betont langsam durch die schmalen Gassen, in die noch kaum ein Sonnenstrahl fiel. Es roch nach einem feinen Moder, der von den teilweise feuchten Häuserwänden ausging. Die kleinen Läden waren noch geschlossen, der Kioskbesitzer aber stand im Innern seines kreisrunden Gehäuses und sprach ein paar Worte mit jedem Kunden.

Hemingway bat um *Il Gazzettino* und kaufte noch weitere Zeitungen, amerikanische, französische, spanische. »So früh schon auf den Beinen, Mister Hemingway?« fragte der Kioskbesitzer, doch Hemingway reagierte nicht. »Rollen Sie die Zeitungen bitte zusammen und tun Sie ein Gummi um die Meute«, antwortete er. Normalerweise hätte er nicht so freundlich geantwortet, aber er war guter Laune. Er zahlte, grüßte kurz und setzte seinen Weg fort.

Seltsam, dass Du so guter Laune bist, dachte er, woher kommt das? Weil Du Dich frei fühlst und auf neuen Wegen. Diese Stadt ist eine ideale Kulisse für gute Laune, sie wird Dich mit allem versorgen, was Du jeweils so brauchst. Kaffee, Wein, eine Kleinigkeit zum Essen, Du wirst Dich treiben lassen und allmählich in sie hineinwachsen. Und wozu dient letztlich der Zauber? Nur und einzig dem Schreiben. Venedig wird Dir die schönen Schriftmanöver wieder beibringen, die in den Kriegsjahren von anderen Manövern zerstört worden sind. Aber pass auf, dass Du nicht den Gondeln und der Lyrik verfällst. Lord Byron und Robert Browning haben ein Gelände bestellt, mit dem Du nichts zu tun haben willst. Es wird verdammt schwer sein, die Gondeln zu meiden und über Venedig zu schreiben. Nicht der Kunst, sondern den Menschen solltest Du folgen, weiß der Teufel, wo sie sich überall versteckt haben!

Er ging an einem schmalen, schnurgeraden Kanal entlang, dessen blassgrünes Wasser jetzt von den Sonnenstrahlen bestäubt wurde. An den Rändern lagen kleine Boote, die anscheinend den Hausbesitzern zu beiden Seiten gehörten. So ein Boot böte die Chance, den Gondeln auszuweichen, das musste er mit Paolo besprechen. Vielleicht konnte der Junge von Burano aus mit einem Fischerboot kommen – dann ließe sich die Stadt durchfahren, ohne dass es sonst jemand bemerkte. Sich den Menschen, Häusern und Dingen zu nähern, wird nur auf heimliche Weise gelingen, das hatte er bereits verstanden.

Es tat gut, an einem solchen schmalen Kanal entlang zu gehen. Man wurde sehr ruhig, weil es keinerlei Verkehr und auch sonst nichts Großstädtisches, Fremdes gab. Das Wasser, die Boote, die menschenleer wirkenden Häuser – was für eine ideale Umgebung!, dachte er, diese Stadt rückt Dir Deinen kaputten Schädel wieder zurecht.

Am Ende des Wegs erreichte er ein stattliches Ufergelände für Spaziergänger, die über einen breiten, von Vaporetti befahrenen Kanal hinüber zu einem bunten Inselstreifen schauten. Niedrige Häuser reihten sich dort dicht aneinander, und er musste grinsen, als er diese Kette gewahr wurde. Ich grüße Euch alle, flüsterte er, als hätte er es mit einem Aufmarsch befreundeter Lebewesen zu tun. Er ging weiter am Ufer entlang, Schritt für Schritt, nicht schlendern, dachte er, nicht schreiten, gehen wie ein Mann im Vollbesitz seiner Kräfte, der heute Morgen bereits etwas getan hat. Natürlich war es nichts Großes oder Wesentliches, doch er spürte, dass er »Fuß gefasst hatte«. So hatte er seine guten Momente bei der Eroberung fremder Städte früher manchmal genannt: »Momente des Fußfassens« – wenn die eigenen Bewegungen sich eingepasst hatten in die Bewegungen um ihn herum.

An dem Spaziergängerufer gab es mehrere kleine Bars, dicht nebeneinander. Du wirst einen ersten Caffè trinken, dachte er, doppio, mit einem winzigen Schuss Milch, ohne Zucker. Und Du wirst einen Schuss Grappa folgen lassen, einen und keineswegs mehr, hast Du verstanden? Er betrat eine Bar und arbeitete sich hinter den an der Theke stehenden Männern bis zum Ende durch. Dort blieb er stehen und schaute sich die Gesichter an, ich wette, dachte er, dass Du bald wieder mit dem Notieren beginnst, diese Schädel taugen bereits für Porträts, wie sie Monsieur Degas gefallen hätten. Das Notieren und Skizzieren hatte er von den guten Zeichnern und Malern gelernt, er hatte viele ihrer Studien gesehen und sich an ihnen berauscht, an der Genauigkeit des Strichs und dem Schwung, der Leben in die wachsweich erscheinenden Körper brachte.

Es brauchte einige Zeit, bis der Barista ihn bemerkte, er ging einen Schritt auf ihn zu, stutzte kurz und fragte: »Einen Caffè, Mister Hemingway?« Als der Name in der Bar fiel, war es sofort still. Die Männer drehten sich nach ihm um und starrten ihn an. »Machen Sie mir einen doppelten, mit einem kleinen Schuss Milch, ohne Zucker«, antwortete er, »und ein Glas Grappa zur Gesellschaft.« Die Männer lachten, und einige machten ein paar dürftige Witze.

Einer von ihnen fasste Hemingway an den Oberarm und rief: »So eine Gesellschaft könnte ich auch gut vertragen, Mister.« Hemingway tat, als bemerkte er die Geste nicht. Er beugte sich etwas vor und schaute an den Gesichtern der Herumstehenden entlang. »Wer von Ihnen verträgt noch etwas Gesellschaft?« fragte er ruhig, und wieder brauste das Gelächter auf. »Schenken Sie den Herren ein Glas ein«, sagte er zu dem Barista, der sofort begann, die Theke mit einer langen Phalanx von Gläsern zu bestücken.

Du spielst hier jetzt nicht den Allmächtigen, dachte Hemingway, nein, bloß nicht. Du sorgst nur für gute Bilder wie das der kleinen Gläser in einer Reihe dicht nebeneinander. Dazu ein wenig Musik, das Gelächter, das Rufen, jetzt trinkst Du Deinen Caffè, hebst das Glas Grappa, stürzt es herunter und lässt Dich auf keine Unterhaltung mehr ein. Er wartete, bis die anderen kleinen Gläser gefüllt waren und tat das, was er sich vorgenommen hatte. Langsam ging er zurück zur Tür und zahlte an der Kasse, ein kurzer Gruß an alle, dann verschwand er wieder ins Freie.

10

An diesem Morgen fuhr Sergio Carini mit seinem Sohn Paolo in einem Fischerboot auf Venedig zu. Sie hatten in der Frühe abgelegt, nachdem Sergio in der kleinen Bar an der Anlegestelle stolz eine frische Nummer von *Il Gazzettino* präsentiert und allen Anwesenden erklärt hatte, dass er persönlich das Foto der Hemingways auf Seite 1 gemacht hatte. »Der Text dazu ist leider sehr dürftig«, hatte der Barbesitzer gesagt, und dieser Kommentar hatte Carini verärgert. Natürlich war der Text dürftig, aber Hemingway hatte ihm das Versprechen abgenommen, über seine Ankunft nicht ausführlich zu berichten. Einen solchen Fehler würde er nicht ein zweites Mal begehen, heute war ein anderer Tag, an dem er einen neuen Anlauf machen wollte.

Dass Hemingway Paolos Dienste beanspruchen würde, war geradezu ideal. Auf diese Weise würde auch er einen Einblick in alles erhalten, was der große Mann in Venedig vorhatte.

»Er hat wirklich gesagt, dass er einige Wochen bleibt?« fragte er seinen Sohn. – »Ja, hat er.« – »Und hat er auch gesagt, warum und wofür?« – »Nein, hat er nicht.« – »Wird er die ganze Zeit im *Gritti* wohnen oder sucht er eine Wohnung?« – »Das weiß ich nicht.« – »Im *Gritti* wochenlang zu wohnen, ist sehr teuer. Warum nimmt er sich nicht eine große, bequeme Wohnung in einem der alten Paläste am *Canal Grande*?« – »Vielleicht wird er das tun.« – »Seine Frau und er – sie werden noch weitere Hilfskräfte brauchen, das ist klar. Du solltest ihm gegenüber Deine Schwester erwähnen, sie könnte den beiden den Haushalt führen. Falls sie wirklich eine Wohnung mieten.« – »Glaubst Du, dass

Marta gerne für sie arbeiten würde?« – »Natürlich. Es ist nicht gut, dass sie noch immer zu Hause ist. Sie könnte längst verheiratet sein und einen eigenen Haushalt haben, stark und tüchtig, wie sie ist.« – »Sie mag Venedig nicht so wie Burano, sie fährt nur hin, wenn es unbedingt sein muss.« – »Das verstehe, wer will! Eine junge, hübsche und zupackende Frau, die Venedig weniger mag als unsere kleinen Hütten! Du solltest einmal mit ihr darüber sprechen. Auf mich hört sie ja nicht.« – »Wie stellst Du Dir so etwas vor? Marta ist fast drei Jahre älter als ich. Soll ihr der jüngere Bruder erklären, was sie verpasst, wenn sie nicht Tag für Tag nach Venedig fährt?« – »Stell Dich nicht so an, sie mag Dich, und Du magst sie auch. In einem ruhigen Moment lässt sich über alles reden, das weißt Du.«

Sergio Carini schüttelte den Kopf und blickte in die Ferne. Er hielt das Steuer des Bootes, während Paolo vorne am Bug saß und seine Schuhe mit einem Lappen säuberte. Dass sein Vater ihn begleiten würde – damit hatte er schon gerechnet. Hemingway in Venedig – das war schließlich eine große Geschichte, deren Verlauf seit diesem Morgen viele Menschen beschäftigen würde. Seinem Vater schwebten tägliche Reportagen vor, am liebsten hätte er Hemingway Schritt für Schritt begleitet und viele Fotos gemacht. Dazu aber würde es bestimmt nicht kommen, das hätte er ihm sagen können, wagte es aber nicht. Wenn sein Vater einen stattlichen Verdienst witterte, konnte man mit ihm nicht reden.

»Was genau sollst Du denn für ihn tun?« fragte sein Vater. – »Das wird er mir heute Mittag genauer erklären.« – »Hast Du gar keine Ahnung?« – »Er sprach von Botengängen und davon, dass ich ihm einige Erkundungen abnehmen könne.« – »Welche Erkundungen? Was meint er damit? Will er über Venedig schreiben?« – »Das glaube ich nicht. Mir kam es so vor, als meinte er sehr praktische Dinge. Wie er an bestimmte Zeitungen kommt. Wo er einen guten Pullover findet und wo einen Blumenstrauß für seine Frau!« – »Einen Blumenstrauß für seine Frau! Und das soll alles sein?! Du bist noch sehr naiv, Paolo! Ein Mann wie Ernest Hemingway hat sein Leben lang recherchiert, um Romane zu schreiben. Er besucht keine Bibliotheken, und er liest keine Bücher, er beschafft sich das Material selbst.« – »Woher willst Du das wissen?« – »Du kennst ihn zwar erst kurz, aber Du hast mit ihm gesprochen. Kannst Du Dir diesen Mann in einer Bibliothek vorstellen? Mit Ausweis und Studentenblock? Wie ein Schüler, der Informationen für den nächsten Aufsatz oder ein Referat einholt? Nein, so einer ist Ernest Hemingway nicht. Er ist ein Jäger, verstehst Du, und das nicht nur ganz direkt und konkret, sondern auch in einem weiteren Sinn. Hinter Geschichten ist er her wie kein anderer, das ist sein Metier, und er wird in Venedig welche finden, die noch kein Schriftsteller vor ihm gefunden hat. Da bin ich sicher.« – »Aber was sollen das für Geschichten sein?« – »Davon haben Leute wie wir keine Ahnung. Wir stellen uns Geschichten vor wie im Märchen: Gondolieri, Gondeln, die Liebe zweier Menschen, von der niemand wissen darf. Über so etwas würde Hemingway niemals schreiben.« – »Soll ich ihn fragen? Ich würde zu gern wissen, wie er seine Geschichten findet.« – »Du kannst ihn vorsichtig darauf ansprechen. Nicht direkt, sondern nebenbei. Frag ihn, für welche Sestieri er sich besonders interessiert und ob Du ihn hierhin oder dorthin begleiten darfst. Vielleicht ist es das abgelegene Castello oder das alte Arsenale, vielleicht sind es Gegenden, in denen die Venezianer sich nicht häufig herumtreiben. Das könnte ich mir vorstellen. Die Gegend um den Rialto, die alle Fremden anzieht, wird es jedenfalls nicht sein – und erst recht nicht San Marco, nein, auf gar keinen Fall.«

Paolo blickte hinüber zu den Salzwiesen, an denen sie entlangfuhren. Auf den kleinen Inseln, die sich zwischen ihnen auftaten, befanden sich Felder mit lauter wild gewachsenen Pflanzen. Auf manchen warteten Tausende von Artischocken vergeblich auf die Ernte. Kam man diesen Inseln zu nahe, rauschten dunkle Schwärme kleiner, nervös wirkender Vögel auf, drehten mehrmals einen Kreis und sackten nach wenigen Runden bereits wie erschöpft zurück auf den Boden.

Jede dieser Inseln kannte er, überall hatte er schon einmal angelegt, um sie zu erkunden. Es gab welche mit zerfallenen, mächtigen Ruinenbauten und andere mit Schlangen, Hasen oder seltenen, großen Vögeln, denen sich kein Mensch jemals näherte. Die Inseln galten als totes Gelände, um das man sich nicht kümmerte. Nur die jungen Männer, die noch an Abenteuer glaubten, fuhren in den Nächten manchmal hin, entzündeten ein großes Feuer, betranken sich und aßen zusammen gebratene Frösche oder Wachteln, die sie in großen Netzen gefangen hatten.

Er selbst hatte Gefallen an solchen Nächten, aber er hatte es noch nicht dazu gebracht, eine junge Frau dorthin zu entführen. Manche seiner Freunde erzählten davon und brüsteten sich damit, eine ganze Nacht mit einer allein auf den Inseln gewesen zu sein. Er träumte von solchen Erlebnissen und malte sich aus, was in einem solchen Fall passieren würde. Und was würde passieren?! *Dio*, es war schwer vorherzusagen. Vielleicht »passierte« rein gar nichts, denn es gab junge Frauen, die sich eine Nacht lang nur unterhalten wollten. Seine Freunde hatten ihm das nicht verschwiegen, hatten dafür aber keine gute Erklärung.

Für nächtelange Unterhaltungen war er nicht der richtige Mann, denn er hätte nicht viel zu erzählen gehabt. Was sollte ein junger Fischer aus Burano einer Venezianerin denn erzählen? Hemingway, ja, der hätte etwas zu erzählen gehabt! Monatelang hätte er von seinen Abenteuern erzählen können. Bestimmt würde er auch in Venedig Geschichten finden, die erzählenswert waren! Aber welche würden das sein?

»Vielleicht schreibt er gar nicht über Venedig«, sagte Paolo, »vielleicht sucht er nur etwas Ruhe.« – »Das wird er behaupten«, sagte sein Vater, »glaub es ihm aber bloß nicht! Du musst lernen, ihn zu durchschauen. Merk Dir genau, was er sagt und von welchen Menschen er spricht. Und erzähl mir davon, hörst Du?« – »Wenn Du davon in der Zeitung berichtest, bin ich meinen Job sofort los.« – »Natürlich, das weiß ich. So etwas würde ich niemals tun.« – »Und was würdest Du tun?« – »Ich würde mir Deine Informationen notieren und aus ihnen später ein Buch machen. *Hemingway in Venedig* – das wäre der schlichte Titel. Das Buch würde sich gut, nein, sehr gut verkaufen, wir könnten ein Jahr oder sogar noch länger davon leben. Großvater und Du – Ihr brauchtet nicht länger fischen zu gehen, und Marta erhielte eine gute Aussteuer und würde von vielen jungen Venezianern umworben.« – »Sag so etwas nicht! Es wäre ein schlimmer Verrat, denn ich habe Hemingway versprochen, niemandem von seinen Vorhaben zu erzählen.« – »Ich weiß, ich weiß! Irgendwann musst Du Dich aber entscheiden, was mehr zählt und wichtiger ist: Die Eitelkeiten eines amerikanischen Schriftstellers, der so viel Geld hat, wie wir in hundert Jahren nie haben werden, oder das Wohl Deiner Familie, für deren Schicksal Du mit verantwortlich bist!«

Paolo schwieg und zog die Schultern hoch. Dass sein Vater diese Alternative ins Spiel bringen würde – damit hatte er schon gerechnet. Entweder – oder, es stimmte, er würde sich spätestens nach Hemingways Abreise entscheiden müssen. Vielleicht konnte er mit ihm darüber sprechen und ihm sagen, dass seine Familie sehr arm war und er sich vorgenommen hatte, ihr auf die eine oder andere Weise ein besseres Leben zu ermöglichen. Doch dafür war es jetzt noch zu früh.

Paolo Carini balancierte das Boot aus, duckte sich und schlich zu seinem Vater ans Steuer. »Lass mich mal«, sagte er leise und griff zu. Das Boot schwankte einen Moment, dann rutschte Sergio Carini zur Seite und gab das Steuer frei.

II

Er ließ die breite Uferpromenade hinter sich und bog in das Innere der Stadt nahe dem Hafengelände ein. Die Kanäle machten hier weite Bögen, und er ging zielstrebig an den verwitterten Häusern entlang, als wäre er ein Bote, der irgendwo eine Nachricht oder eine Post zu überbringen hätte. Schön, so zu gehen, dachte er, nicht mehr geradeaus, stracks und von A nach B, sondern von mehreren möglichen Wegen verführt. Nimmst Du diese Brücke oder die andere dort hinten, biegst Du auf den Campo Dir gegenüber ab oder schleichst Du durch diese enge Gasse zur Linken, durch die keine zwei Personen nebeneinander gehen können? Es fällt schwer, sich zu entscheiden, jeder mögliche Weg hat etwas Verlockendes, und Du könntest enttäuscht werden, wenn Du einen wählst, der sich als trostlos herausstellt.

Schließlich erreichte er einen großen Campo. Die Tauben zogen in einem dichten Pulk an einigen kleineren Verkaufsständen vorbei, und eine Schar von gut genährten Möwen umkreiste einen Stand mit vor Kurzem gefangenen Fischen, die in der Morgensonne glänzten. Der Dunst von salzigem Schleim stieg ihm in die Nase, und er sog ihn tief ein, so beglückend war der Geruch. Als wärest Du auf dem Meer unterwegs, dachte er, als hättest Du ein Netz in den Händen und zögest die gefangenen Fische vorsichtig heraus, um sie in die mit Wasser gefüllte Wanne zu legen. So hast Du es von Deinem Vater gelernt, die Vorsicht im Umgang mit den Netzen und den Respekt vor den Fischen, von denen ihr manche wieder zurück ins Wasser geworfen habt. Wenn sie noch zu klein waren oder zu unruhig, wenn sie sich verzweifelt wehrten und mit den Schwänzen um sich schlugen.

Der Einkauf war in vollem Gange. Von allen Seiten kamen vor allem ältere Frauen auf den Campo, kauften Fische, Gemüse und Obst und verschwanden wieder mit schweren Taschen. Er schaute ihnen zu und ging hinter einigen her, er beobachtete sie bei ihren Verrichtungen und sprach ein paar Worte mit den Verkäufern, die ihm ihre frischen Waren hinhielten.

Wieder fiel mehrmals sein Name, auch sie kannten ihn also, aber sie machten davon anders als die Männer in der Bar kein großes Aufheben. Für einen Moment hatte er sogar das Gefühl, seit Langem schon zu den Bewohnern zu gehören und ein Teil von ihnen zu sein. Ich bin ein Junge aus dem Veneto, dachte er, früher jedenfalls war ich es, als ich achtzehn war und mich wie ein Idiot in die Massaker des Ersten Krieges gestürzt habe, in dem Glauben, es ginge um den Sieg in einem Baseball-Match. *Dio!*, wie naiv war ich, und kein Mensch hat mich gewarnt, weil auch die Älteren den Krieg für ein Jungmännertraining hielten. Ich hätte sie nach meiner Rückkehr, als ich noch verwundet war und an Krücken ging, aufsuchen und ihnen die Meinung sagen sollen. Was?! Hätte ich das tun sollen, wirklich?! Hör auf damit, denk jetzt nicht darüber nach, das ist lange her …

Aus einer großen Kirche an der Breitseite des Campo strömten plötzlich viele dunkel gekleidete Menschen. Er beobachtete auch sie genau, wie sie vor dem Portal in kleinen Gruppen stehen blieben und das Gespräch eröffneten, wie sie sich Mut machten und einander an Armen und Händen berührten, wie sie sich trösteten und voneinander nicht lassen wollten. Frühmorgens in eine Messe gehen, das wirst Du bald auch einmal tun, dann gehörst Du für eine Stunde zu ihnen. Du wirst mit ihnen singen und zur Kommunion gehen, und sie werden Dich nicht beachten. Nach dem Gottesdienst aber, draußen vor der Kirche, werden sie Dir die Hand drücken und sich danach erkundigen, was Du vorhast. Einige werden Dich nach Hause zu einem kleinen Essen einladen, und die älteren Männer werden Dich zu einem Glas Rotwein in die nächste Locanda bitten.

Er wartete, bis sich die Gottesdienstbesucher in alle Richtungen verteilt hatten, dann wandte er sich ab und suchte nach einer Stelle, wo er im Freien ein Glas hätte trinken können. Er entdeckte eine kleine Bar, in der anscheinend nur Kaffee getrunken wurde, sie hatte eine Fensteröffnung zum Campo, und er versuchte es, in dem er sich vor die Öffnung stellte und den Barista anschaute. »Ein Glas Valpolicella«, sagte er, als das Fenster geöffnet wurde und er sah, wie der Barista lächelte. »Habe ich richtig gehört?« fragte er, »Valpolicella?« – »Nun tun Sie nicht so«, sagte Hemingway, »Sie haben alles verstanden. Machen Sie einem alten Mann keine Probleme.« – »Würde ich niemals tun, Mister Hemingway«, antwortete der Mann und füllte ein Glas mit dem dunkelroten Wein. »Erfüllen Sie mir einen Wunsch?« fragte er weiter und setzte noch hinzu: »Wenn ja, ist ein zweites Glas für Sie drin.«

Er drehte sich um und öffnete eine schmale Schranktür. Er entnahm dem Schränkchen ein Buch und schob es neben das Glas. »Schreiben Sie bitte einen Gruß hinein«, sagte er, »für mich und meine Schönste.« Hemingway holte seine Brille aus dem Etui. Der Band enthielt eine Sammlung seiner Erzählungen, gute Arbeiten, dachte er, aus der Zeit, als Du noch schreiben konntest. Er nahm einen Federhalter aus der Jackentasche und schrieb seinen Namen, das Datum und eine Ortsangabe (»Im Veneto«). Dann schob er das Buch zurück, er wollte nicht weiter hineinschauen, weil es ihn an die Tage erinnerte, in denen er in kurzer Zeit eine ganze Geschichte zustande gebracht hatte.

Er nahm einen Schluck Valpolicella, und der leichte Wein ließ ihn die düsteren Gedanken schon beim ersten Probieren vergessen. Wäre gelacht, wenn Du nicht wieder zu einer passablen Form auflaufen könntest, dachte er. Aber er war noch nicht so weit, sodass er ein »Mach Dir nichts vor« hinterherschickte, zur Sicherheit.

»Woran arbeiten Sie gerade, Mister Hemingway?« fragte ihn der Barista, und er schaute etwas zur Seite, als er ruhig antwortete: »An meiner vierten Ehe. Gar nicht so leicht, so etwas hinzubekommen, sage ich Ihnen. Haben Sie Erfahrung damit, sind Sie verheiratet?« – »Werde es mir noch etwas überlegen«, sagte der Barista, »bin eigentlich nicht der Typ, der viel Zeit für so etwas braucht, es reden einem aber eine Menge anderer hinein. Das ist die Pest bei diesem Thema.« – »Richtig, die Meinungen der anderen sind nichts als eine Pest. Lassen Sie sich nicht durcheinanderbringen. Gehen Sie eine halbe Stunde allein in die nächste Kirche und reden mit einem erfahrenen Priester, falls es so jemanden hier gibt.« – »Ist das Ihr Ernst?« – »Natürlich. Sie unterschätzen gute Priester. Wenn sie alt genug sind, betrachten sie das Leben aus der richtigen, kühlen Distanz. Sie sind von ihren Gefühlen her nicht betroffen, sie haben den gewissen stoischen Blick und viele Schicksale studiert. Wenn sie gescheit und aufmerksam sind, taugen sie mehr als alle Psychiater der Welt.« – »Von Psychiatern halte ich nichts, Mister Hemingway.« – »Nicht? Na denn, dann wählen Sie lieber gleich die altmodische Methode und gehen zu einem Priester. Unterschätzen Sie ihn nicht, er wird Ihnen helfen, wenn Sie dazu bereit sind.« – »Ich wusste gar nicht, dass Sie ein so gläubiger Mann sind.« – »Reden wir nicht vom Glauben, das ist eine andere, schwierige Sache. Wir haben von der Ehe gesprochen, bleiben wir beim Thema.« – »Ich hatte Sie nicht nach der Ehe, sondern nach Ihrer Arbeit gefragt. Schreiben Sie gerade an einem neuen Buch?« – »Ich schreibe immer an einem Buch, ich lebe nicht, ohne daran zu schreiben. Die Frage ist nur, ob es ein gutes Schreiben ist und ob ich es präzise genug höre.« – »Sir, tut mir leid, das verstehe ich nicht.« – »Stellen Sie es sich so vor: In meinem alten Schädel kreist das Schreiben, selbst jetzt, wenn ich mit Ihnen rede. Noch etwas mehr gehört aber dazu, dieses wilde Schreiben einzufangen und aus ihm etwas Dauerhaftes zu machen. Dann müssen Sie versuchen, das kreisende Schreiben in Worte und Sätze zu gießen, die Ihnen so vorkommen, als hätte sie Ihnen ein anderer diktiert.« – »Und wer ist dieser andere, Sir?« – »Das sind Sie selbst, aber in zweiter Gestalt.« – »Sir, frühmorgens sind solche Gedanken gar nichts für mich. Trinken Sie noch ein Glas Valpolicella?« – »Ja, schenken Sie mir noch eins ein. Wenn ich trinke, wachsen meine beiden Gestalten zusammen und liefern einen meisterhaften Satz nach dem andern, verstehen Sie das?« – »Wenn ich etwas trinke, Sir, wächst überhaupt nichts zusammen, sondern strebt auseinander.«

Sie lachten beide zugleich, und er setzte das zweite, gefüllte Glas an die Lippen und nahm einen kleinen Schluck. Wenn er jetzt so weitermachte, würde er am Mittag todmüde sein. Mary würde keine Freude an ihm haben und eine Weile nicht mit ihm sprechen.

Er schaute auf die Uhr und stellte sich vor, wie sie mit Fernanda unterwegs war. Sicher hatte sie sich zumindest ein großes Monument verschrieben, den Dogenpalast oder die *Accademia*, mit Hunderten von venezianischen Gemälden, deren Titel sie mit ihrer hastigen Schrift auf ein paar Blockseiten mit Spiralbindung notiert. Später würde sie in einem Führer lesen und gesteigertes Interesse für die einzelnen Maler zeigen, sie würde ihre Daten auswendig lernen und einen von ihnen zu ihrem Favoriten erklären. Vieles ist in ihren Augen wie ein schöner Sport, sogar das Malen. Die Maler treten auf einer Rennbahn gegeneinander an und überbieten sich in Malrekorden: Bildbreite mal Bildhöhe mal Einsatz der Figuren – macht XYZ.

Er leerte das Glas und zog kurz seine Kappe. »Das soll es für heute sein«, sagte er, »ich bedanke mich für die Unterhaltung. In den nächsten Tagen komme ich bestimmt wieder vorbei. Wenn Sie mich ertragen.« Er wollte bezahlen, aber der Barista winkte ab: »Sie zahlen nichts, Sie sind ab heute zuständig für meine Eheberatung. Den Gang in die Kirche werde ich mir noch überlegen, ich wäre nie darauf gekommen.« – »Tun Sie es, dann sprechen wir beim nächsten Mal drüber«, sagte Hemingway und zog seine Kappe wieder auf. »Bin ich weit von der *Accademia* entfernt?« – »Vielleicht zehn Minuten.« – »Deuten Sie mal an, wohin ich mich bewegen sollte.«

Der Barista gab eine Richtung vor und empfahl ihm, sich nicht irritieren zu lassen. »Halten Sie die Richtung und folgen Sie keinen Hinweisschildern!« – »Danke, mein Freund«, antwortete Hemingway, »das hört sich gut an, als hätte mein zweites Ich es diktiert.« Der Barista grinste und schloss das kleine Fenster wieder. Hemingway entfernte sich, doch als er sich nach einigen Metern noch einmal umdrehte, sah er, dass der junge Mann das Buch nicht weggelegt hatte. Welche Geschichte er gerade wohl liest?, dachte er und überlegte, ob er die Titel der Sammlung noch zusammenbekam. Natürlich erinnerte er sich an alle, aber er wollte das nicht länger tun, und so trug er sich auf, die Richtung einzuhalten und eine Direttissima zur Gemäldegalerie anzustreben. Du folgst jetzt den Möwen, dachte er, sie zieht es dahin, wo viele Menschen sind und Ehefrauen mit dicken Schreibblöcken sich bevorzugt aufhalten.

Seltsam, mit einem Mal war er ganz sicher, dass Mary und Fernanda gerade die große Galerie durchstreiften, er glaubte schon fast ihre Stimmen zu hören. Hier und da nachzufragen, verbietest Du Dir, sagte er, Du folgst nur Deinem Instinkt, und der reagiert gerade auf zwei Frauen, die sich mit den Namen berühmter Maler und ihren Biografien traktieren.

12

Er ging jetzt recht schnell, und er spürte, wie der Genuss des Rotweins ihm Tempo machte. Wäre ihm jemand gefolgt, hätte er wohl angenommen, er kennte sich aus. Die ersten Einkäufe waren längst erledigt, und manche Gassen waren wieder in einem kühlen Schatten versunken. Aus den geöffneten Fenstern der Häuser waren hier und da Stimmen und vereinzelt sogar Vogellaute zu hören. Ich gäbe etwas darum, in eines dieser Häuser einzukehren und mit den Bewohnern zu plaudern. Wir würden uns ans offene Fenster setzen, und sie würden vom Wasser erzählen, von seinem Steigen und Sinken, vom Gefühl, ein Meeresbewohner zu sein, abgetaucht, bis auf den Grund.

Nach einigen Minuten sah er ein Schild mit der Aufschrift *Accademia*. Du hast es allein geschafft, das Schild tut nichts zur Sache, dachte er und folgte dem Hinweis. Dann stand er vor dem Portal der Gemäldegalerie, ging rasch hinein und zahlte eine Karte. »Nehmen Sie diesen Plan, Sir«, sagte der Mann an der Kasse, aber er nahm den Plan nicht. »Ich bin nicht zum ersten Mal hier«, sagte er, »ich kenne mich einigermaßen aus.« – »Entschuldigen Sie, Sir«, sagte der Mann und fixierte ihn. »Sie kommen mir bekannt vor, ich kenne Sie irgendwoher.« – »Ich war vor einigen Jahren mal der Inspizient dieses Ladens«, antwortete Hemingway, »ich schrieb Berichte für den *Großen Rat* und plädierte dafür, Veronese und Tintoretto mehr Platz einzuräumen. Warum hat Venedig kein eigenes Tintoretto-Museum? Ich habe es hunderte Male in den geheimen Sitzungen des *Großen Rats* gefordert.« – »Sir, Sie sind sehr gut gelaunt. Deshalb verzeihe ich Ihnen alles, selbst den Unsinn, den Sie gerade reden.« – »Kein Wort mehr, mein Lieber, sonst lasse ich Sie verhaften. Der Krieg ist noch nicht vorbei, wissen Sie …« – »Der Krieg ist vorbei, Sir, die Bilder haben ihre Ruhe wiedergefunden.«

Hemingway starrte den Mann an und schwieg. Was hatte er gerade gesagt? Er zog seine Kappe vom Kopf, entledigte sich seiner Jacke und brachte beides zusammen mit dem Bund von Zeitungen zur Garderobe. Dann suchte er eine Toilette auf und holte den kleinen Kamm, den er immer bei sich trug, aus seiner Hosentasche. Er stellte sich vor den Spiegel, ließ das Wasser laufen und hielt den Kamm unter den Strahl. Danach fuhr er sich damit durch die Haare, bis sie eng anlagen. Er schaute sich von vorn und im Profil an, dann ging er ins Foyer zurück.

»Der Krieg ist wirklich vorbei«, sagte er zu dem Mann an der Kasse, »verzeihen Sie, wenn ich allerhand Unsinn geredet habe.« – »Ich habe Sie schon verstanden, Mister Hemingway«, sagte der Mann, »hätten Sie mir gleich Ihren Namen genannt, wären Sie umsonst hineingekommen.« – »Beim nächsten Mal gehen wir meinen halben Stammbaum durch, und ich bekomme eine Jahreskarte«, sagte Hemingway, drehte sich um und ging die Treppe hinauf zu den Sälen mit den Werken alter Meister.

Schon im zweiten Saal hörte er die beiden Stimmen. Mary und Fernanda waren ganz in der Nähe und unterhielten sich laut. Weitere Museumsbesucher waren nicht unterwegs, die Säle waren leer, und in den hohen offenen Türen standen ältere Wärter und schlichen abwechselnd hinter ihm her. Dass ihn jemand auf Schritt und Tritt begleitete, machte ihn nervös. Er wollte nicht dabei beobachtet werden, wie er sich Bilder anschaute und auf sie reagierte.

Er blieb stehen und sprach einen der Wärter an. »Ich bin in friedlicher Absicht gekommen, verstehen Sie?« sagte er. – »Kann ich Ihnen helfen?« antwortete der Mann. – »Ich wäre dankbar, wenn Sie mich allein durch die Räume gehen ließen. Der Krieg ist noch nicht lange vorbei, und ich leide unter Verfolgungswahn.« – »Sir, das hier ist ein Museum und kein Schauspielhaus.« – »Da wäre ich mir nicht sicher«, antwortete er.

Er kam nicht gegen den Mann an, das war zu erwarten gewesen. Vor einem Gemälde, das ihn nicht interessierte, machte er Halt und zählte die Minuten. Sein Verfolger blieb wenige Schritte hinter ihm stehen und nahm nach einer Weile mit einem Kollegen Kontakt auf, der ebenfalls den Saal betrat. Sie redeten sehr leise miteinander, wahrscheinlich hatte er sich verdächtig gemacht.

Er hielt das langsame Gehen und Beobachtetwerden nicht länger aus und ging auf die beiden Männer zu. »Haben Sie meine Frau gesehen?« fragte er, »eigentlich bin ich nur meiner Frau wegen hier.« – »Wie sieht Ihre Frau denn aus?« fragte der Mann, der ihn verfolgte. – »Hinreißend«, antwortete Hemingway, »sie ist relativ groß, schwarzhaarig und hat etwas Rassiges. Sie ist in Genua geboren und eine Italienerin mit mütterlicherseits schottischen Ahnen. In Turin hat sie die besten Schulen besucht. Sie spricht fünf Sprachen fließend und ist eine exzellente Kunsttheoretikerin.« – »Kommen Sie bitte mal mit«, sagte der Mann und ging langsam voraus.

Der Rotwein macht Dich oft zu einem dreisten Rhetor, dachte Hemingway, im *Großen Rat* Venedigs hättest Du zu seinen Glanzzeiten eine führende Rolle gespielt. Reden statt schreiben, das hätte Dir vielleicht weitergeholfen.

Die beiden Stimmen der Frauen wurden lauter. Sie sprachen so angeregt miteinander, als wären sie ganz allein im Museum. Dicht nebeneinander standen sie vor einem gewaltigen Gemälde, das die ganze Breitseite eines Saales füllte. Er warf einen kurzen Blick auf das Bild und vermutete, dass es sich um eine Abendmahlszene handelte. An einem langen, die Bildbreite durchlaufenden Tisch thronte eine Festgesellschaft. Jesus befand sich genau in der Mitte und sprach mit zwein seiner Jünger. Der Blick des Betrachters blieb aber nicht an ihm hängen, sondern streifte eher die vielen Menschen, die es sich an der Tafel gutgehen ließen. Die meisten waren in Aktion, ein Zeremonienmeister dirigierte das Schauspiel, und im Vordergrund waren ein Hund, Soldaten und Zwerge zu sehen.

Der Wärter schaute ihn an und fragte: »Ist eine der beiden Damen dort Ihre Frau?« – »Sehen Sie das große Schauspiel?«, antwortete Hemingway und deutete auf das Bild, »ich habe es ja gesagt. Das ist kein Abendmahl, sondern ein Trinkgelage.« –

Als die beiden Frauen sich umdrehten, ging er auf sie zu. Er umarmte Fernanda und küsste sie. »Mein treues Weib …«, sagte er, »habe ich Dich endlich gefunden.« Fernanda Pivano lachte laut, während Mary einen Schritt rückwärts tat und sich von ihm entfernte. »Was soll das Theater?« fragte sie. – »Ich habe Euch aus der Ferne gewittert und bin Euren Spuren gefolgt«, sagte er, »Ihr könnt mir dazu gratulieren, wie leicht ich Euch ohne große Hilfe gefunden habe.« – »Bravo!« antwortete Fernanda, »dann haben wir jetzt eine kundige Begleitung.« – »O nein«, sagte Mary, »da kennst Du ihn schlecht! Ernest ist keine gute Begleitung in Museen wie diesen. Er bedenkt jedes zweite Bild mit sarkastischen Kommentaren und gibt sich nicht die geringste Mühe, die Gemälde zu verstehen.« – »Das kann ich mir nicht vorstellen«, antwortete Fernanda. – »Leider hat Mary recht«, sagte Hemingway, »ich bin kein leicht zu beeindruckender Museumsbesucher. Viele Gemälde in dichter Folge machen mich unruhig, und ich möchte sie nicht bis ins letzte Detail anschauen. Ich habe meine eigene Methode, durch ein Museum wie dieses zu gehen.« – »Und die wäre?« fragte Fernanda. – »Ich gehe durch die Räume, als ginge ich durch eine Stadt. Ich bleibe hier und da stehen und schaue mir ein kleines Detail genauer an, sonst aber bleibe ich in Bewegung, wie ein Spaziergänger, der sich umschaut und ein paar Eindrücke sammelt. Ich kümmere mich also nicht um das, was rechts oder links und oben oder unten irgendwo an den Wänden geschrieben steht. Ich will keine Namen wissen und keine Bildunterschriften lesen, ich will hinschauen, wegschauen, mich treiben lassen. Das ist alles.« – »Na bitte«, sagte Mary, »in manchen Museen spielt er den Banausen.«

Hemingway tat, als hätte er ihre Worte nicht gehört, und betrachtete das große Gemälde etwas länger. Er ging langsam an ihm vorbei, aber es schien ihn nicht sehr zu fesseln. »Das ist Veroneses *Gastmahl des Levi*«, sagte Fernanda, »Veronese musste sich wegen der Darstellung der Soldaten, Hunde und Zwerge vor einem Gericht verantworten …« – »Solche Geschichten machen das Bild nicht interessanter«, sagte Hemingway. – »Habe ich es nicht gesagt?!« rief Mary zu Fernanda, »Hintergrundgeschichten interessieren ihn erst recht nicht! Am besten gehen wir zwei weiter von Bild zu Bild, während er spazieren geht. – »Einverstanden!« sagte Hemingway, »ich überlasse Euch all den Madonnen und biblischen Szenen und mache mich auf die Suche nach nüchternem Gelände. Sehen wir uns später am Ausgang?« – »Nein, Du brauchst nicht auf uns zu warten. Gegen Mittag treffen wir uns zum Lunch im Hotel«, sagte Mary. – »Zum Lunch im Hotel«, antwortete Hemingway, »ich werde einen Tisch reservieren. Bis später!«

Er war froh, so leicht und schnell zu entkommen. In der Tat war es undenkbar, dass er andere Museumsbesucher – und wären es auch sehr vertraute, bekannte – während eines Rundgangs begleitete. Sich vor alten Gemälden fachmännisch zu unterhalten, hasste er geradezu, wie er überhaupt zu viel Gelehrtheit angesichts von Kunst nicht ertrug. Er hatte seine eigene Methode, sich Bildern zu nähern, und sie beruhte auf seinem persönlichen Geschmack. Ein Detail, das ihn an eine Szene des eigenen Lebens erinnerte, konnte ihn sehr beschäftigen, während ihm ein anerkanntes Meisterwerk, in das sich die Kunstgemeinde vertiefte, nicht viel bedeutete. Was auch immer er sah, verknüpfte er, ohne es manchmal selbst zu merken, mit seiner Vergangenheit, und so konnten ihm manche Bilder etwas von dem illustrieren, was er selbst einmal gefühlt oder empfunden hatte.

Das *Gastmahl des Levi* hatte ihm durchaus gefallen, aber er hatte es nicht zugeben wollen. Ein anderes Mal würde er es sich in Ruhe anschauen, vorerst hatte ihn nur verblüfft, dass die große Gesellschaft der Feiernden fast ausschließlich aus Männern bestand. Sie aßen und tranken angeregt, doch es kam ihm so vor, als wären die Frauen bewusst ausgesperrt. Hielten sie sich nebenan auf, in einem anderen Raum? Oder war dieses Gastmahl in Wahrheit eine Szene mit lauter Soldaten und Jägern, die, gerade zurück von der Jagd oder einem anderen Einsatz, ihren Triumph feierten? Er würde es herausbekommen, indem er das Bild studierte und sich eine Auslegung zurechtlegte, und genau diese eigene Auslegung wäre im Weiteren für sein Verständnis des Bildes bindend, egal, was irgendwelche Forscher gesagt hatten.

Er blieb stehen und lauschte. Die Stimmen der beiden Frauen hallten durch die Räume, und er musste grinsen, als er sich die Themen ihrer Debatten vorstellte. Gelang die Darstellung seidener, fließender Stoffe Veronese besser als Tintoretto? Welcher venezianische Maler hatte die schönsten Frauenfrisuren gemalt? Und welche Formen von Nacktheit waren anziehend, im Gegensatz zu jenen, die nur verblüffen oder provozieren sollten?

Einer der Wärter war wieder hinter ihm her, er beschleunigte und versuchte, ihn durch rasches Gehen loszuwerden, aber der Mann ließ sich nicht abschütteln. Er drehte sich nach ihm um und war erstaunt, eine eher jüngere Person vor sich zu haben. »Ich dachte, in diesem Museum bewachen nur Greise die Bilder und ihre Betrachter«, sagte er zu ihm. – »Ich bin Kunststudent, Mister Hemingway, und ich mache diese Arbeit umsonst. Deshalb hat man mich eingestellt.« – »Verstehe. Welche Fragen der Besucher haben Sie bisher am häufigsten zu hören bekommen?« – »Fragen?! Welche Fragen?!« – »Wenn Besucher durch ein Museum gehen, stellen sie doch laufend Fragen. Warum ist Veroneses *Gastmahl des Levi* so breit? Warum hat Giovanni Bellini immer wieder Madonnen gemalt? War Veronese oder Tintoretto der bedeutendere Maler?« – »Sie glauben, dass die Besucher solche Fragen stellen? Eher nicht. Die meisten Besucher wollen Geschichten hören. Die Lebensgeschichte eines Malers oder die Geschichte einzelner Figuren auf einem Bild.« – »Das wollen die meisten hören? Anscheinend sehnen sie sich nach Erzählung und Literatur, weil die Bilder zu stumm sind, das wird es sein. Machen wir einen Test?« – »Einen Test?!« – »Ja, zeigen Sie mir ein Bild, das Ihnen gefällt, und erzählen Sie mir eine Geschichte dazu. Haben Sie keine Hemmungen. Ich höre gerne zu, ich liebe Geschichten, wie Sie sich vielleicht denken können. Na los, schauen wir uns ein Bild an, Sie können es auswählen.« – »Wenn Sie es wirklich wünschen, zeige ich Ihnen eines, das ich sehr mag. Es ist das Bildnis eines jungen Mannes etwa in meinem Alter. Lorenzo Lotto hat es gemalt.« – »Sehr gut. Führen Sie mich hin.«

Sie gingen nebeneinander durch einige Räume und machten vor einem Bild Halt, auf dem ein elegant gekleideter junger Mann vornübergebeugt an einem Tisch stand. Er blätterte in einem schweren Buch, auf dessen Seiten handschriftliche Vermerke zu erkennen waren. Daneben lagen Blütenblätter, willkürlich hingestreut. Eine Eidechse schaute zu dem jungen Mann auf, und im Hintergrund erkannte man ein Tintenfass und an anderer Stelle ein Jagdhorn und eine Laute. Schaute man noch genauer hin, entdeckte man auch eine Halskette und einen Ring. Das sonst dunkle Zimmer gab am äußersten Rand einen Blick in die weite Natur frei, der blaue Himmel war leicht bewölkt, einige Berge in der Ferne waren schwach zu erkennen.

Hemingway sagte nichts, das Bild gefiel ihm. Keine biblische Szene, keine Figurenvielfalt in manieristischen Posen, sondern das ernste Porträt eines jungen Mannes an einem Scheidepunkt seines Lebens. »Legen Sie los!« sagte er zu dem Wärter, »aber verschonen Sie mich mit der Lebensgeschichte dieses Mannes, die ein eifriger Forscher bestimmt in irgendwelchen Archiven entdeckt hat.« – »Damit verschone ich Sie, und es fällt mir leicht, weil wir nämlich gar nicht wissen, wen dieses Bild darstellt.« – »Gott sei Dank!« – »Ja, Gott sei Dank! Wir sehen einen jungen Mann, der uns etwas unschlüssig und fragend anschaut.« – »Einverstanden.« – »Die Unschlüssigkeit hat ihren Grund darin, dass er mit zu vielen Dingen gleichzeitig beschäftigt ist. Das dicke Buch enthält handschriftliche Notizen von Lebensdaten und Ereignissen seiner Familie, es enthält aber auch Kontenaufstellungen von Einkauf und Verkauf. Die hingestreuten Blütenblätter erzählen von einer wohl gerade beendeten Liebe. Halskette und Ring waren vielleicht ihre Insignien. Das Tintenfass steht für den nächsten Eintrag in das Familienbuch bereit, vielleicht wird eine Notiz darüber festgehalten, dass der junge Mann sich von seiner Verlobten getrennt hat. Das Jagdhorn hängt noch bereit für die aktiven Freuden geselliger Unterhaltung, und die Laute könnte dazu eine melancholische Musik anstimmen, in ruhigeren Momenten.« – »Sie vergessen die Eidechse«, sagte Hemingway. – »Die Eidechse ist das einzige allegorische Zeichen, bereits in römischer Zeit ist sie das Symbol der Wiedergeburt.« – »Es ist ein gutes Bild«, sagte Hemingway, »es zeigt einen jungen Mann, den die Realität eingeholt hat. Die Jugendträume sind vorbei, der dicke Wälzer des Lebens verlangt nach Eintragungen, denn dieses Leben, das ja immer auch das Leben der Familie ist, muss weitergehen. Wenn man das einmal verstanden hat und dazu steht, wird man ein anderer, das kann ich Ihnen sagen. Plötzlich fühlen Sie sich alt, Sie spüren den Tod, Sie wissen, dass er Sie jederzeit heimholen könnte, denn Sie gehören nicht mehr zum Kreis der Munteren, Einfältigen, die auf die Jagd gehen und abends die passenden Lautenlieder anstimmen.«

Der junge Wärter blickte Hemingway von der Seite her an. Warum sprach er plötzlich so engagiert? Was war mit ihm los? Er fragte aber nicht nach, sondern wartete, was als Nächstes passieren würde.

»Das Bild ist fabelhaft«, sagte Hemingway zu ihm, »Sie haben mir die Augen geöffnet – Lorenzo Lotto, *Bildnis eines jungen Mannes*. Von wann ist es?« – »Lotto hat es in Venedig gemalt, während seines Aufenthaltes in den Jahren zwischen 1525 und 1533.« – »Es ist also aller Wahrscheinlichkeit nach ein junger Mann von venezianischem Adel.« – »Ja, das kann man vermuten.« – »Großartig. Ich habe einen direkten Einblick in venezianische Lebensverhältnisse erhalten. Und sie berühren mich, obwohl sie mehr als vierhundertfünfzig Jahre zurückliegen.« – »Ja, da haben Sie recht. Sie berühren einen.« – »Ach ja? Sie denken auch darüber nach?« – »Ich auch, ja, aber warum ich das tue, darüber kann ich nichts sagen, entschuldigen Sie.« – »Keine Sorge, ich frage nicht länger nach. Über Bilder können wir sprechen, über uns selbst aber meist nicht – da besteht ein Unterschied. Und weil es diesen Unterschied gibt, brauchen wir die Literatur. Verstehen Sie?« – »Jedes Wort, Mister Hemingway.« – »Ich danke Ihnen. Wie heißen Sie mit Vornamen?« – »Carlo, ich heiße Carlo.« – »Vielleicht sehen wir uns wieder, Carlo. Jetzt aber verschwinde ich, meine Frau wünscht sich einen Lunch, und ich habe noch keinen Tisch reserviert.« – »Guten Appetit, Mister Hemingway.«

Er wandte sich abrupt von dem Bild ab und ging die Treppe herunter zur Garderobe. Er streifte die Jacke über, zog die Kappe auf und klemmte die Zeitungen unter die Achsel des rechten Arms. Jetzt bist Du passend bewaffnet, dachte er, für eine Weile wird Dich niemand erkennen. Er blickte nicht auf, sondern richtete den Blick starr auf den Boden, als wäre er kurzsichtig und müsste sich in Acht nehmen.

Das *Gritti* war nicht weit entfernt. Er würde wieder ein Traghetto besteigen, wie am frühen Morgen. Die Anlegestelle würde er finden, auf jeden Fall. Als er wieder an dem bekannten Zeitungskiosk vorbeikam, winkte ihm der Besitzer zu. »Tragen Sie die Zeitungen den halben Tag mit sich herum?« rief er ihm zu. – »Verdammt«, sagte Hemingway, »ich hätte sie bei Ihnen liegen lassen und jetzt erst mitnehmen können.« – »Nächstens lässt sich das gerne einrichten«, sagte der Mann. – »Danke. Ich schicke jemanden vom Hotel vorbei, der sie für mich abholt. Geht das in Ordnung?« – »Sehr gerne, Mister Hemingway.«

Als er auf dem Traghetto stand und auf die Abfahrt warten musste, holte er seine Brille hervor und versuchte, in einer der Zeitungen zu lesen. Es ging aber nicht so, wie er gehofft hatte. Die Zeitungen ließen sich wegen des Schwankens des Fährbootes nicht gut stillhalten. Er ließ sie sinken, zog die Brille wieder ab und schaute hinüber zum Hotel. Vor dem Eingang stand eine große Traube von Menschen. Er sah einige Fotografen und Männer, die jeweils ein einzelnes Buch in der Hand hielten.

Lasst mich bitte in Ruhe!, dachte er. Wenn wir das nicht hinbekommen, verschwinde ich wieder, oder ich suche mir ein Versteck, wo mich keiner von Euch findet.

13

Sergio Carini stand auf der Holzterrasse des *Gritti* und unterhielt sich mit seinem Sohn Paolo, als er Hemingway in dem näher kommenden Fährboot erkannte. Sofort drehte er sich um und ging auf die Menge zu, die vor dem Eingang des Hotels wartete.

»Bitte machen Sie Platz für Mister Hemingway!« rief er laut, »treten Sie bitte zur Seite, er hat jetzt keine Zeit!« Carini ruderte aufgeregt mit den Armen und bahnte eine

Gasse, während viele der Wartenden protestierten und die Fotografen sich zur Anlegestelle des Fährbootes hinbewegten. Als Hemingway mit einem kurzen Sprung an Land kam, flammten mehrere Blitzlichter auf, während aus dem Hotel der Portier erschien und ebenfalls lauthals bat, Hemingway passieren zu lassen.

Der aber blieb mitten in der Traube stehen, zog die Kappe ab und hob kurz die Hand, um für etwas mehr Ruhe zu sorgen: »Meine Herren! Es tut mir leid! Ich habe nicht mit so vielen Aficionados gerechnet! Ich sehe, dass einige von Ihnen ein Buch von mir dabeihaben und vielleicht ein Autogramm wünschen. Hinterlegen Sie Ihr Exemplar an der Rezeption, ich werde mich darum kümmern. Für Fotografien stehe ich jetzt nicht zur Verfügung, für Interviews ebenfalls nicht. Wenn Sie mich fotografieren oder interviewen wollen, hinterlassen Sie bitte ebenfalls an der Rezeption eine Nachricht mit Telefonnummer. Ich werde mich auch darum kümmern. Lassen Sie mich zum Schluss aber noch sagen, dass ich zum Schreiben nach Venedig gekommen bin und viel Ruhe und Konzentration brauche. Ich denke, Sie haben Verständnis. Und jetzt treten Sie bitte zur Seite und lassen Sie mich passieren. Ich freue mich sehr, in Ihrer Stadt zu sein, lassen Sie uns gemeinsam dafür sorgen, dass es ein guter Aufenthalt wird!«

Er verbeugte sich kurz, während um ihn herum Beifall aufbrauste. Hinter dem Portier betrat er das Hotel, dicht gefolgt von Sergio Carini und seinem Sohn. »Was sich diese

Meute nicht alles erlaubt!« sagte Carini und deutete auf den Eingang zur Bar. »Die Bar wurde bereits vor einer Stunde abgesperrt, Mister Hemingway! Sie wollen dort mit meinem Sohn sprechen, habe ich recht? Ich habe mich um alles gekümmert und werde, wie von Ihnen verlangt, rasch verschwinden. Es sei denn, Sie benötigen noch meine Anwesenheit.«

Hemingway antwortete zunächst nicht, folgte den Winken Carinis aber in die Bar, in der sich wirklich keine weiteren Personen aufhielten. »Wie steht es mit dem Lunch?« fragte er den Portier, der ihnen gefolgt war, »das Restaurant werden Sie doch hoffentlich nicht auch noch gesperrt haben?« – »Im Restaurant ist ein kleiner Ecktisch für Sie reserviert«, sagte der Portier, »Sie werden dort ausschließlich Hotelgästen begegnen, die gemeinhin zurückhaltend sind. Ich werde die Leute vorher aber noch einzeln darauf ansprechen. Ich denke, Sie werden in Ruhe zusammen mit Ihrer Frau zu Mittag essen können.« – »Fein«, antwortete Hemingway, »das freut mich, und stellen Sie eine Flasche Champagner kalt und einen leichten Valpolicella. Vielleicht wird Signora Fernanda Pivano uns Gesellschaft leisten, das wird sich zeigen.«

Er ging hinüber zur Bartheke und nahm genau dort Platz, wo er am Abend zuvor mit Paolo gesessen hatte. »Komm her, mein Sohn«, sagte er und schob ihm einen Hocker hin, Du übernimmst die Bestellung, denn Du erinnerst Dich an das, was ich gestern gesagt habe, stimmt's?« – »Ja, Sir«, antwortete Paolo und grinste. Dann wandte er sich an den Barmann und sagte: »Zwei trockene Martini bitte, ohne Eis.« – »Ich wusste ja, ich kann mich auf Dich verlassen!« sagte Hemingway und lachte so laut, dass der Barmann ihn länger anschaute.

»Kann ich irgendwie behilflich sein?« fragte Sergio Carini und blieb an der Theke stehen. »Momentan nicht«, antwortete Hemingway, »hier handelt es sich um eine private Begegnung mit Ihrem Sohn.« – »So habe ich es auch verstanden«, sagte Carini, »freuen würde ich mich aber, wenn Sie bald für ein Interview oder eine Reportage zur Verfügung stünden. Die Redaktion von *Il Gazzettino* hat mich gedrängt, mit Ihnen erneut Kontakt aufzunehmen. Sie können sich denken, dass es dringend ist, sehr dringend sogar.« – »Keine Sorge, ich überlege es mir. Jetzt aber spreche ich mit Ihrem Sohn, und danach esse ich mit meiner Frau zu Mittag.«

Sergio Carini umarmte Paolo, grüßte und entfernte sich. Seine Stimme war aber noch einige Zeit zu hören, anscheinend unterhielt er sich im Foyer angeregt mit dem Portier.

Der Anblick der beiden Gläser Martini machte Hemingway gute Laune. Er hob sein Glas und prostete Paolo zu, der ebenfalls den ersten Schluck nahm. An diesem Tag fühlte er sich mutiger als am Tag zuvor, er hatte die ganze Nacht über die Details von Hemingways Ankunft in Venedig rekapituliert und längere Passagen in einem seiner Bücher gelesen.

»Sie sind ein sehr höflicher und freundlicher Mann, Mister Hemingway«, sagte er. – »Bin ich das?« – »Ja, sind Sie. Sie hätten die Menschen draußen auch stehen lassen und wortlos an ihnen vorbei ins Hotel gehen können.« – »Das hätte sich nicht gehört, mein Sohn. Die Leute sind hier, weil sie meine Bücher lesen und mögen. Das schätze ich, und ich werde versuchen, ihre Wünsche zu erfüllen, auch wenn diese Flut von Enthusiasten übertrieben groß ist.« – »Wie war der Vormittag, Sir?« – »Sehr gut, mein Sohn. Ich habe schon einige gute Bekanntschaften geschlossen. Mit einem Kioskbesitzer, einem Barista und einem jungen Museumswärter in der *Accademia*. Alles prima Kerle, hilfsbereit, offen und einem alten Mann wie mir zugewandt.« – »Sie sind doch kein alter Mann, Sir, Sie sind noch keine fünfzig. Mein Großvater ist ein alter Mann, er ist siebzig, aber selbst er würde von sich niemals sagen, dass er alt sei.« – »Gut, Du hast recht. Lassen wir den alten Mann beiseite und geben wir uns Mühe, aktiv und aufgeschlossen zu bleiben.« – »Wie kann ich Ihnen helfen, Sir?« – »Richtig, widmen wir uns lieber diesem Thema. Ich war den Vormittag über unterwegs, aber ich konnte mich nicht frei bewegen. Überall werde ich erkannt, man geht hinter mir her, man will mit mir anstoßen, man möchte einen originellen Satz von mir hören. Das ist alles in Ordnung, aber es lässt mir nicht die Ruhe und Freiheit, Venedig kennenzulernen. Wie wäre es, wenn Du mit Deinem Boot aus Burano hierherkämst und mit mir durch die Kanäle fahren würdest? Ich wäre von niemandem zu erkennen, und ich hätte einen fantastischen Blick hinter die Kulissen. Wäre das möglich?« – »Natürlich, Sir, aber nicht vormittags, sondern eher am frühen Abend. Das wäre die beste Zeit, und wir könnten unterwegs sein, bis es dunkel wird.« – »Sehr gut. Dann werden wir beide auf abendliche Fahrt gehen, ohne meine Frau, ohne Deinen Vater, niemand wird davon etwas erfahren.« – »Ich verstehe, Sir.« – »Machen wir weiter. Ich möchte morgen oder an den nächsten Tagen den großen Fischmarkt am Rialto aufsuchen. Wahrscheinlich werden sich dort wieder Heerscharen versammeln, um mich von Stand zu Stand zu begleiten. Ich werde mir alle möglichen Fischsorten zeigen lassen und die genauen Namen notieren. Ich liebe Fisch, am liebsten würde ich hier in Venedig Tag für Tag Fisch essen. Aber nicht in einem Restaurant, sondern bei mir zu Hause. Ich würde die Fische selbst zubereiten, am offenen Feuer, und am besten im Freien. Das wäre mein Traum, aber ich vermute, dass so etwas in Venedig nicht möglich ist.« – »In Venedig nicht, Sir, wohl aber auf den menschenleeren Inseln in der Lagune.« – »Was sind das für Inseln?« – »Einsame Ländereien mit seltenen Pflanzen und Tieren, mit verfallenen Ruinenbauten und mit kaputten Unterständen für die Jäger, die dort vor einiger Zeit noch übernachtet haben.« – »Du kennst Dich aus?« – »Natürlich, Sir, ich kenne diese Inseln, kaum jemand kennt sie so gut wie ich.« – »Sehr gut. Ich werde Dir eine Liste mit den Namen der Fische geben, die Du für uns beide kaufen solltest. Wir werden dann zusammen auf eine der Inseln fahren und sie dort zubereiten.« – »Das würde mir große Freude machen, Sir. Ich werde meine Mutter um Gläser, Besteck und anderes Notwendige bitten. Ich habe das früher schon häufiger getan und mit Freunden eine Nacht auf einer der Inseln verbracht. Meine Mutter wird also nicht misstrauisch werden. Außerdem ist sie eine sehr gute Köchin, von der ich das Zubereiten von Fischen gelernt habe. Ich war als Gehilfe und Koch oft dabei, wenn die älteren Fischer tage- und nächtelang in der Lagune unterwegs waren und Teile ihrer frischen Beute verzehrten.« – »Ich staune, mein Sohn. Und ich bin stolz auf mich selbst. Ich hätte niemand Besseren als Dich für meine Venedig-Exkursionen finden können.« – »Sagen Sie das nicht, Sir, sonst bilde ich mir noch ein, dass es wirklich so ist. Wird Ihre Frau uns gar nicht begleiten?« – »Nein, Paolo. Meine Frau mag keinen Fisch, und diese Ausflüge auf einsame Inseln sind nichts für sie. Sie wird Venedig als Touristin durchstreifen, und sie wird sich nach schönen Dingen wie Schmuck, Möbeln oder Stoffen umschauen. Das Problem ist nur, dass sie kein Wort Italienisch spricht. Sie wird sich schlecht verständigen können, und sie wird sich ausgeschlossen fühlen. Ich kenne meine Frau. Wenn sie das Gefühl hat, nicht ernst genommen zu werden, wird sie nicht in Venedig bleiben. Ich habe gestern schon mit ihr über dieses Thema gesprochen, aber wir haben noch keine Lösung gefunden. Meine Übersetzerin wird uns bald verlassen, und dann wird meine Frau allein durch die Stadt ziehen müssen.« – »Ich hätte eine Idee, Sir.« – »Dann leg los!« – »Meine Schwester Marta ist beinahe drei Jahre älter als ich. Sie lebt noch bei uns zu Hause, obwohl wir alle sie drängen, häufiger nach Venedig zu fahren, um dort andere Menschen kennenzulernen. Marta ist eine ruhige und kluge Frau, Sir, sie hat ihren eigenen Kopf, und sie lässt sich von niemandem sagen, dass es Zeit wäre, dies oder das zu tun. Sie verstehen, Sir?« – »Ja, ich verstehe. Und ich vermute, dass Du von Deiner Schwester sprichst, weil sie eine gute Begleitung für meine Frau wäre.« – »Exakt, Sir. Denn das wäre sie wirklich. Marta würde sich bestimmt freuen, wenn sie Ihre Frau begleiten dürfte. So etwas macht ihr Spaß. Mit Gleichaltrigen durch Venedig zu ziehen, mag sie dagegen nicht. Sie hält es für vertane Zeit.« – »Spricht Deine Schwester auch Englisch?« – »Ja, natürlich. Außer meiner Großmutter sprechen alle in meiner Familie Englisch, mehr oder minder gut. Marta hatte auf der Schule sogar Bestnoten in dieser Sprache.« – »Das hört sich sehr gut an, Paolo. Ich werde meine Frau gleich beim Lunch fragen, was sie von dieser Idee hält. Trinken wir noch einen zweiten Martini?« – »Danke, Sir, einen zweiten möchte ich nicht. Wenn Sie nichts dagegen haben, werde ich jetzt gehen. Wollen wir morgen mit einer abendlichen Fahrt durch die Kanäle beginnen? Ich werde einen Zettel an der Rezeption hinterlegen, auf dem ich notiere, wo ich Sie erwarte.« – »Genauso machen wir es, Paolo. Und morgen wirst Du mir sagen, ob Deine Schwester sich um meine Frau kümmern wird. Ich danke Dir, Du bist ein guter Junge.«

Er schaute hinter Paolo her, der draußen, an der Rezeption, anscheinend wieder seinem Vater begegnete. Sergio Carinis Stimme war nicht zu überhören, sie tönte herüber bis in die Bar, und Hemingway stellte sich vor, wie er seinen Sohn bedrängen würde, von der Begegnung zu erzählen. Er hat mir versprochen, diese Angelegenheiten für sich zu behalten, und genau das wird er tun!, dachte er. Mein Gott, Du hast Glück gehabt und gleich die richtige Person für diesen Aufenthalt gefunden. Jetzt könnte wirklich etwas daraus werden, und es könnte gelingen, Dir das Schreiben wieder anzugewöhnen!

Er bestellte ein zweites Glas Martini und schaute sich die Getränke in den Regalen genauer an. »Hier werden Sie nicht finden, was Sie suchen«, sagte der Barmann leise. – »Was meinen Sie?« – »In dieser Bar werden Sie fast ausschließlich den Hotelgästen aus aller Welt begegnen, Venezianer aber kommen nicht hierher. Hier servieren wir Ihnen Getränke, wie man sie überall bekommt, nichts Typisches, Charakteristisches.« – »Sie haben recht, ich habe das auch schon bedauert. Haben Sie einen Rat?« – »Ja, Sir – und zwar einen sehr guten. Gehen Sie hinüber nach *Harry's Bar*. Arrigo Cipriani hat sie als Familienunternehmen gegründet. Sie ist nur ein paar Schritte entfernt. Dort treffen Sie lauter Venezianer, und dort bekommen Sie Getränke und kleine Speisen, die es nur in diesen schönen, alten Räumen gibt.« – »Das hört sich sehr gut an.« – »Es wird Ihnen gefallen, Sir, ich weiß es.« – »Venedig, mein Lieber, ist eine Stadt, die es verdammt gut mit mir meint. Jedenfalls, was seine Ureinwohner betrifft. Sie scheinen genau zu wissen, was ich suche und womit man mir eine Freude machen kann.« – »Danke, Sir, ich werde mein Bestes tun, Ihnen noch weitere Freuden zu verschaffen.«

Hemingway lachte, leerte das Glas und erhob sich. »Man hat mir einen Ecktisch und die Zurückhaltung der Hotelgäste beim Lunch versprochen. Leiten Sie meine Frau und meine Übersetzerin doch bitte zu mir weiter, wenn sie hier erscheinen. Ich werde schon einmal mit einem ersten Schluck Champagner beginnen.« – »Bestellen Sie auf jeden Fall Fisch, Sir, und keinesfalls Fleisch.« – »Sie sind mir unheimlich, mein Lieber. Denn genau das habe ich vor. Ich danke Ihnen.«

Er lachte wieder und löste sich von der Theke. Einige Minuten blieb er an der Glasfront der Bar stehen und schaute still hinaus auf den *Canal Grande*. Dann betrat er das Restaurant und ging zu dem Ecktisch, der für drei Personen reserviert war. Er setzte sich und las die Karte. Als er sie durchhatte, begann er von vorne. Auch das genaue Lesen will wieder gelernt sein, dachte er und bat den herbeieilenden Kellner, die in einem Eiskübel bereits gelagerte Flasche Champagner zu öffnen.

Der Barmann räumte das leere Glas ab und erkannte Sergio Carini, der an der Theke auftauchte. »Hat er angebissen?« fragte er den Barmann. – »Hat er. Noch heute wird er *Harry's Bar* seinen ersten Besuch abstatten. Er kann es gar nicht erwarten.« – »Danke, das hast Du fein gemacht«, antwortete Carini und drückte seinem Freund einen Geldschein in die Hand. – »Na sowas. Werde ich doch noch ein reicher Mann«, sagte der Barmann. – »Ja«, antwortete Carini, »durch leicht verdientes Geld, und es könnte nicht das letzte sein. Bis bald!«

Er verließ die Bar, grüßte den Portier und ging nach draußen. Paolo wartete auf ihn. »Was gibt es?« fragte Paolo. – »Nichts Besonderes, mein Sohn«, antwortete Carini, »ich habe meinen Freund an der Bar nur gebeten, die beiden Martini auf meine Rechnung zu schreiben. Hemingway sollte unser Gast sein, wenn er sich mit Dir bespricht.« – »Das hast Du gerade veranlasst?« – »Ja, mein Sohn. Wir sind nicht reich, aber wir sollten gerade deshalb nicht geizig erscheinen, sondern großzügig. Mister Hemingway wird uns schließlich auch nicht kleinlich bedenken, warte nur ab.«

14

Nach dem Essen saß er in dem bequemen Sessel des Hotelzimmers und schaute durch das hohe Fenster auf den *Canal Grande*. Sie hatten zu dritt sehr gut gegessen, und er hatte gegrillte Scampi und vorher einen kleinen Risotto mit Meeresfrüchten bestellt. Sie hatten Champagner und den leichten Valpolicella getrunken, und er hatte sich eine weitere Flasche aufs Zimmer kommen lassen, wo sie jetzt, bereits geöffnet, neben den Zeitungen auf dem Lesetisch stand.

Er beobachtete die Gondeln, die den *Canal* passierten, und er schloss aus, sich jemals in eine Gondel zu setzen, die Teil eines Rudels von Gondeln war. Das *Gritti* ist Deine Ablege- und Anlegestelle, mehr aber auch nicht, dachte er. Von hier aus wirst Du zum Späher, der das Dickicht dieser Stadt in kaum befahrenen Zonen durchstreift. Seltsam, dass Du in Deinem Leben fast immer in einem Haus direkt am Meer oder zumindest am Wasser gewohnt hast. Ohne das Meer konntest Du nicht leben, das ist ein Relikt Deiner Kindheit, als ihr die langen Sommertage am Michigan-See verbracht habt. Das war das Schönste an diesen Tagen, der Blick auf das Wasser am frühen Morgen, die leichte Kleidung und die Aufbrüche mit dem Vater und später allein zum Fischen und Jagen.

Er stand auf und schenkte sich ein Glas Valpolicella ein. Mary hatte ihm verboten, so rasch weiter zu trinken, aber das war ihm gleichgültig, er war schließlich in festlicher Stimmung, die er mit Mineralwasser abtöten würde. Jetzt war seine Frau mit Fernanda schon wieder unterwegs, sie brauchte und wollte keine Ruhe, sondern laufend angeblich Neues, einen starken Caffè auf der Piazza San Marco oder einen Gang durch den Dogenpalast. So etwas würde er sich niemals antun, sondern lieber sein eigenes Leben führen, das aus der heimlichen Erkundung der geheimnisvollen und entlegenen Sphären dieser Stadt bestand.

Er setzte sich wieder und trank einen Schluck Valpolicella, dann hob er das Glas und tat so, als grüßte er damit die gegenüberliegende Kirche *Santa Maria della Salute*. Ich glaube, ich habe Dich neulich nicht gut behandelt, dachte er, das war nicht in Ordnung. Jetzt bin ich besser in Form und auch bei Verstand. Ich ernenne Dich zu meiner Schönen, Santa Maria, Du sollst für diese ersten Tage diejenige sein, die auf mich achtgibt, mich Unvernünftigen beschützt und bewahrt und einem alten Mann wie mir sein Geschwätz nicht übel nimmt.

Sein Blick wurde starr, und er nahm nur noch das milchige Hellgrün des *Canal* wahr, in das er am liebsten eingetaucht wäre. Er dachte an das schmale Boot, mit dem er in der Kindheit oft hinaus auf den See gefahren war. Nach einigen hundert Metern hatte er es treiben lassen und die Ruder eingezogen, und er hatte die Angel mit den Ködern präpariert. Manchmal hatte er zwei oder auch drei Stunden mit Angeln verbracht, und wenn sein Vater ihn begleitet hatte, hatten sie zu zweit geangelt und die geangelten größeren Fische in eine Wanne mit frischem Wasser gelegt.

An Land hatten sie später einige Fische gegrillt. Seine Mutter war dazu nicht erschienen, sie hatte an solchen Mahlzeiten nie teilgenommen, und er hatte ihr das (wie so vieles andere) übel genommen. Als Kind und später als Junge hatte er alles, was ihm Freude gemacht hatte, zusammen mit dem Vater erlebt, und die Mutter hatte nichts von diesen Freuden verstanden, ja wohl noch nicht einmal erfahren. Sie hatte einen korrekten Typ in Anzug oder Zweireiher aus ihm machen wollen, einen Anwalt, einen

Arzt oder einen Lehrer, aber sie hatte damit keinen Erfolg gehabt.

Und nun würde es vielleicht wieder solche Ausfahrten aufs offene Wasser geben wie damals in seiner Kindheit! Der junge Paolo kannte sich aus und würde ihm die versteckten Inseln der Lagune zeigen, und sie würden dort ihre kleinen Mahlzeiten abhalten, ohne dass es jemand gewahr wurde. Zu zweit gestalteten sich solche Erlebnisse gut, aber natürlich auch, wenn man allein unterwegs war. Nach seinen Jahren mit dem Vater war er viel allein unterwegs gewesen, und er hatte sich in den Wäldern und ihren Verstecken das einsame Leben und Überleben beigebracht. Noch immer sehnte er sich nach solchen abenteuerlichen Tagen und Nächten zurück, die er jetzt, mit seinen bald fünfzig Jahren, auf seinem Schiff vor Cuba im Golfstrom nachzuerleben versuchte. Auch auf diesem Schiff war er meist allein oder mit einem Bootsmann unterwegs, manchmal lud er Mary noch als dritte Person zu den Ausfahrten aufs Meer ein, dann aber war es bereits etwas ganz anderes, keine Fahrt ins Freie, sondern ein Schippern an der Küste entlang.

Er stand auf, schenkte sich nach und kam mit den Zeitungen zurück, die er neben den Sessel auf den Boden legte. Er nahm sich eine nach der andern vor, aber er hatte keine große Lust auf Nachrichten. All diese Meldungen berühren nicht, was Du hier erlebst, sie gehören in eine andere Welt. In Deinem Pariser Domizil kommst Du ohne Zeitungen nie aus, denn um in Paris zu bestehen, brauchst Du diesen Weltstaub, der sich in den Straßen auf die Schultern legt. Venedig hat damit rein gar nichts zu tun, längst ist es eine Stadt ohne Weltzeit und eher so etwas wie ein Dasein im Abseits von Uhren, Zeitmessern und anderen tickenden Instrumenten. Wenn Du Dich auf den Weg durch seine Gassen machst, verlierst Du Deine Geschichte, die Stadt nimmt Dich auf und versieht Dich mit ihrem Stempel, und Du tust genau das, was alle, die hier wohnen, seit Urzeiten tun. Jede Abweichung von diesem alten Leben wirkt lächerlich und künstlich, sie erledigt sich von selbst und wird fortgespült vom Hochwasser, das die Stadt in regelmäßigen Abständen von allem Schnickschnack befreit und säubert.

Er lachte kurz auf und stellte sich vor, wie Mary bei Hochwasser bestehen würde. Wahrscheinlich würde sie das Zimmer nicht verlassen und mit einer Reportage beginnen. Manchmal fing sie wieder wie früher zu schreiben an und sprach davon, einige Seiten an den *New Yorker* oder den hilfsbereiten *Gottweißwo* zu schicken, aber meist brach sie das Vorhaben nach kurzer Zeit ab, wenn sie die ersten Schüsse in die Luft gefeuert hatte und nichts als ein kleines Feuerwerk übrig geblieben war.

Er würde darüber nachdenken, ob die Fahrten mit Paolo ein Stoff für eine Reportage waren, das ließ sich im Voraus nicht sagen, möglich wäre auch, dass sie für eine gute Erzählung taugten. Natürlich würde er davon nicht sprechen, er würde es weder Paolo noch sonst jemanden wissen lassen, und er würde sich heimlich ein paar Notizen machen und sie später zu einem längeren Text ausarbeiten.

Wovon hatte der Barmann gesprochen? Von *Harry's Bar*! Mary und Fernanda würden vielleicht zwei, drei Stunden unterwegs sein. Wenn sie in dieses Zimmer zurückkämen, wollte er nicht länger anwesend sein. Ein Aufenthalt in *Harry's Bar* wäre für ihn also genau die richtige Adresse. Keine der beiden würde davon etwas ahnen, sie würden vielmehr annehmen, er wäre zu Fuß unterwegs. Ein langer Gang am Tag reichte aber in seinen Augen, und diesen Gang hatte er heute bereits hinter sich. Die zweite Hälfte des Tages gehörte den guten Getränken und den Gesprächen und all den Wunderdingen, die ein Name wie *Harry's Bar* versprach. Was steckte dahinter?

Er stand wieder auf und ließ die Zeitungen in einen Papierkorb fallen. Staub seid Ihr und Staub werdet Ihr wieder werden, dachte er und wählte die Nummer der Rezeption. Die Stimme des Concierge meldete sich, und er sagte: »Schicken Sie mir jemanden aufs Zimmer, der sich in diesem Paradies von einer Stadt einigermaßen auskennt.« – »Ich komme selbst, Mister Hemingway«, antwortete der Concierge. – »Dürfen Sie Ihre Stellung denn verlassen?« – »In Ausnahmefällen auf jeden Fall, Sir. Und ich erlaube mir zu sagen, dass Sie ein Ausnahmefall sind.« – »Reden Sie nicht so windelweich daher«, sagte Hemingway, »machen Sie sich lieber auf die Beine!«

Manchmal verfiel er noch immer in diesen militärischen Ton. Während des Krieges hatte er oft so geredet und sich ein eigenes Idiom zusammengedrechselt, mit dem er einige Berühmtheit erlangt hatte. Gute Freunde verstanden sofort, was er meinte, sie spielten den Unsinn mit, andere fassten sich, wenn er nicht hinschaute, an den Kopf und hielten ihn für einen Wichtigtuer und Angeber. Ein Wichtigtuer war er auf keinen Fall, den Angeber dagegen hatte er durchaus manchmal drauf, einfach deshalb, weil er schlichte Sätze zu so elenden Verhältnissen wie denen des Krieges nicht ertrug. Angeberei war ein Mittel, sich an Worten zu besaufen und den Krieg zu ersticken, man verlieh sich eigene, selbst gemachte Orden, und man führte sie aus, indem man die Umgebung herunterredete.

Es klopfte, und er ging zur Tür und öffnete sie. »Kommen Sie herein«, sagte er, und der Concierge schlüpfte in den Raum und blickte sich kurz um. »Was kann ich für Sie tun, Sir?« – »Ich habe von *Harry's Bar* gehört. Ich weiß, ich spreche von der Konkurrenz. Versuchen Sie trotzdem, aufrichtig zu sein, und sagen Sie mir, was mich dort erwartet.« – »*Harry's Bar*, Sir, ist eine Institution. Sie wurde von Giuseppe Cipriani, einem Urvenezianer, gegründet. Giuseppe hatte damals nicht das Kapital, wohl aber die Idee. Sein Glück bestand darin, dass ihm ein amerikanischer Freund mit Namen Harry Pickering das notwendige Kapital lieh. Daher der Name *Harry's Bar*.« – »Es ist also ein amerikanisches Vorhaben?« – »Nur, was das Anfangskapital betrifft, Sir. Giuseppe Cipriani hat etwas sehr Venezianisches daraus gemacht. Ein Eckzimmer in Form eines Salons. Mit kleiner Theke und kleinen Tischen, direkt am *Canal Grande* in einer Gasse gelegen, an der die Fremden vorbeilaufen.« – »Ein Salon? Was für ein Salon?« – »In meinen Augen ist es ein Schiffssalon, Sir, und in meinen Augen befindet man sich an Deck, wenn man in *Harry's Bar* einen *Bellini* oder einen anderen Cocktail des Hauses bestellt.« – »Einen *Bellini*?« – »Einen Cocktail aus dem Saft weißer Weinbergpfirsiche und einem reichlichen Schuss Champagner.« – »Also nicht unbedingt etwas für mich.« – »Stimmt, da hätte ich auch meine Zweifel. Die Barmänner von *Harry's Bar* sind aber eine unter uns Venezianern berühmte Crew. Es gibt in Venedig keine besseren. Und, was die Küche betrifft, so bekommen sie kleine Spezialitäten zu essen, die ebenfalls nirgends sonst zu bekommen sind. Sie sind genau auf die guten Getränke abgestimmt. Selbst die einfachsten Sandwiches haben Klasse, Sir.« – »Sie haben mich schon überzeugt. Wenn ich vor der schwierigen Wahl stünde, Sie noch um eine weitere Flasche Valpolicella hier aufs Zimmer zu bitten oder den Gang zu *Harry's Bar* anzutreten, würden Sie mir zu Letzterem raten.« – »Unter uns: Ja, Sir, dazu würde ich Ihnen sogar sehr raten.« – »Hat *Harry's* bereits geöffnet?« – »Ab morgens um etwa elf, durchgängig zwölf Stunden.« – »Zwölf Stunden? Das könnte gefährlich werden.« – »Nicht für Sie, Sir, Sie schaffen spielend zwölf Stunden.« – »Wir wollen uns die Angeberei abgewöhnen, mein Lieber.« – »Ungern, Mister

Hemingway, die Angeberei sollte ihr Recht in Notfällen behalten. Und leider sind wir aus dem Zeitalter der Notfälle noch nicht ganz heraus.« – »Mann, Sie reden wirklich wie ein Chefredakteur. Wo haben Sie das her?« – »Von den vielen etwas angestaubten Weltbürgern in unserem alten Hotel.« – »Das dachte ich mir. Nun gut, nehmen Sie die leere Flasche Valpolicella und das Glas mit und befreien Sie mich von den Zeitungen im Papierkorb. Ich verschwinde zu *Harry's Bar*, und Sie richten hier alles so wieder her, als hätte ich dieses Zimmer noch nie betreten. Bringen Sie etwas Noblesse für Miss Mary hinein, einen großen Blumenstrauß oder ein anderes Spielzeug für die Augen. Aber hüten Sie sich, ihr zu verraten, wohin es mich verschlagen hat. Richten Sie ihr einen herzlichen Gruß aus und sagen Sie, ich sei in der Stadt unterwegs und werde mich am frühen Abend wieder einfinden. Zum Tee, zu Mineralwasser, zu welchen Narkotika der ewig Gesunden auch immer.«

Der Concierge lächelte und begann, die Möbel des Zimmers wieder an ihre alte Stelle zu rücken. Hemingway ging zum Schrank und zog ein Sacco über. Dann verließ er das Zimmer und ging hinunter zur Rezeption. Er überlegte einen Moment und ging dann nach draußen. Der Portier stand vor dem Eingang und blickte ihn an. »*Harry's Bar* – wo finde ich das?« fragte Hemingway leise. – »Sie gehen an der nächsten Kreuzung nach rechts und folgen der Gasse bis zum *Campo San Moisé*. Wenig später biegt wieder rechts die schmale *Calle Valleresso* ab, die gehen Sie bis zum Ende. Fünf

Minuten, länger brauchen Sie nicht.« – »Ich danke Ihnen. Und ich verlasse mich auf Ihre Geheimhaltung.« – »Natürlich, Sir, das bleibt zwischen uns, niemand in diesem Hotel wird erfahren, dass wir über diese Adresse gesprochen haben. Alteingesessene Venezianer wie ich sind die verschwiegensten Menschen überhaupt.« – »Das hoffe ich«, antwortete Hemingway und machte sich grinsend auf den Weg.

15

Sergio Carini stand an der Theke von *Harry's Bar* und wartete darauf, dass das Telefon neben der Kasse klingelte. Er unterhielt sich bei einem Glas Wasser mit seinem Freund Enrico, der an diesem Nachmittag als Barmann fungierte. Auch Enrico lebte in Burano, die beiden kannten sich seit der gemeinsamen Schulzeit.

Carini hatte seinem Freund von Hemingway erzählt: dass er wahrscheinlich bald vorbeikommen und mit der »Eroberung« dieses ehrwürdigen Etablissements beginnen würde. »Was meinst Du, was wird er tun?« hatte ihn Enrico gefragt. – »Ganz einfach, er wird sich einen Stammplatz aussuchen, und an dem wird er Tag für Tag erscheinen. Überlege genau, wo Du ihn unterbringst. Bloß nicht an der Theke, besser an einem Ecktisch.« – »Wieso nicht an der Theke?« – »Weil er viele Gäste anziehen wird. Sie werden sich zu ihm gesellen, und die Theke wird umlagert sein, sodass die anderen Gäste sich nur schwer einen Weg nach hinten bahnen können. Aber lass mich nur machen, ich werde ihm den Ecktisch andrehen, und er wird nicht widersprechen. Wenigstens eine halbe Stunde möchte ich mit ihm reden. Ich werde ihn interviewen, die Redaktion wartet dringend darauf.«

Das Telefon klingelte, und Enrico hob den Hörer ab. »Ist gut, ich habe verstanden, in etwa fünf Minuten ist er hier, ja, danke!« – »Ich mache mich aus dem Staub«, sagte Carini, »bewirte ihn zunächst mit einem ersten Drink an der Theke, dann erscheine ich und begleite ihn an den Ecktisch.« Er trank das Glas Wasser aus, Enrico räumte es rasch weg und fuhr mit einem kleinen Putztuch über die Mahagoniplatte. Guten Tag, Mister Hemingway, was für eine Überraschung! – wäre das eine gute Begrüßung? Er war nervös, leider war der Chef nicht da, der für solche Aufgaben zuständig war.

Dann öffnete sich die Tür, und Hemingway betrat den Raum. Enrico machte unwillkürlich einen kleinen Schritt nach hinten. Selten hatte er einen Menschen gesehen, der eine solche Vitalität ausstrahlte. Das Gesicht war leicht gerötet, und die Augen glänzten etwas, als überbrächte er gleich lauter gute Nachrichten. Wie sollte man einen Mann begrüßen, der so voller Energie und Lebenslust war? Ihm gegenüber fühlte man sich hilflos und wie ein Anfänger in der Kunst, dem Leben so viel Freude wie möglich abzugewinnen.

Hemingway blieb an der Tür stehen und schaute sich um. Dann machte er einen Schritt auf die Theke zu und grüßte. »Das scheint heute ein guter Tag zu werden! Mindestens drei meiner Freunde haben mir geraten, hier zu erscheinen und es mir gutgehen zu lassen. Was meinen Sie, bekommen wir das einigermaßen hin?« – Enrico lächelte verkrampft und antwortete: »Ich wünsche Ihnen auch einen guten Tag, Mister Hemingway! Haben Sie mühelos hierher gefunden? Viele verlaufen sich vor ihrem ersten Besuch.« – »Ich verlaufe mich nicht, mein Lieber. Ich wittere Eure guten Essenzen und folge den Gerüchen.« – »Wunderbar, Sir! Womit wollen Sie beginnen?« – »Ich werde mich an einen Tisch setzen, obwohl ich das in einer guten Bar normalerweise nicht tue. Die Gegend um die Theke ist aber eine Einbahnstraße, da halte ich mich lieber fern.« – »Der Ecktisch ganz hinten rechts wäre geeignet, Sir! Ich könnte ihn, wenn Sie es wünschen, auch in Zukunft eigens nur für Sie reservieren. Dann könnten Sie ihn als Ihren Stammplatz betrachten und sich an den Tisch holen, wen immer Sie dort sehen möchten.« – »Wie heißen Sie, mein Lieber?« – »Nennen Sie mich Enrico, Sir!« – »Sie lesen mir meine Wünsche von den Augen ab, Enrico. Ich nehme den Ecktisch, und Sie bringen mir einen *Montgomery*. Gin und Vermouth, Zehn zu Eins, Sie verstehen?« – »Ich habe von dieser gefährlichen Ladung gehört, Sir, aber ich habe sie noch nie hergestellt.« – »Sie werden es hinbekommen, und wenn nicht, erteile ich Ihnen einen Schnellkurs.«

Enrico kam hinter der Theke hervor und begleitete den Gast zu dem Ecktisch, auf den er ein Reservierungsschild stellte. »Zur Sicherheit«, sagte er, grinste und zog sich wieder hinter die Theke zurück. Hemingway nahm Platz und säuberte seine Brille mit einem kleinen Tuch. Es ist ein guter Raum, dachte er, wie für Dich geschaffen! Nicht zu groß, eher ein intimes Zimmer. Das Licht dämmert durch die Fenster am *Canal Grande* herein, und wo es nicht hinreicht, kommen ein paar einfache Lampen zu Hilfe. Hellbraune Holztische, manche mit weißen Tischtüchern. Sehr leger und auf das Wesentliche beschränkt, nirgends etwas Protziges, das mehr als nötig von sich hermacht. Und jetzt am Nachmittag eine angenehme Stille! Keine Musik, keine Alleinunterhalter, zwei ältere Ehepaare, die mich zum Glück nicht erkennen, und ein kleiner Kreis von Teetrinkern, die sich bald wieder verabschieden werden. Hier werde ich meine Übergangsstunden zwischen dem Morgen und dem Mittag oder zwischen Nachmittag und Abend bestreiten, und dazu werde ich nur Leute bitten, mit denen ich mich unangestrengt unterhalten kann. Ob *Harry's Bar* etwas für Mary ist? Eher nicht. Andererseits wäre es aber eine Freude, sich genau hier mit einer Frau zu unterhalten. Im Zwiegespräch – oder wie nennt man diesen uralten Ritus noch einmal? Eine Venezianerin wäre am besten, eine mit altem Stammbaum, die Dir die halbe Geschichte Venedigs als Familiengeschichte erzählt. Das würde Dir Vergnügen bereiten, aber sie müsste Deine Launen allesamt mit Dir teilen, ohne sie bei jeder Gelegenheit zu kommentieren. Wie zum Beispiel den *Montgomery*, Zehn zu Eins. Du träumst, ja, in solchen Räumen gerät man in ein gutes Träumen, was das beste Anzeichen dafür ist, dass sie in Ordnung sind.

Enrico servierte den *Montgomery*, als sich die Tür öffnete und Sergio Carini hereinkam. Er starrte zunächst auf die Theke, entdeckte Hemingway dann aber schnell an dem Ecktisch, wo gerade eines seiner Lieblingsgetränke serviert wurde. Carini blieb einige Sekunden stehen, als müsste er sich an den Anblick erst gewöhnen, dann näherte er sich dem Tisch und sagte: »Hier sind Sie also, Mister Hemingway! Ich hätte ahnen können, dass es Sie an diesen wunderbaren Ort zieht. Darf ich mich einige Minuten zu Ihnen setzen?«

Hemingway taxierte ihn, dann antwortete er: »Setzen Sie sich, Carini! Ich entkomme Ihnen ja leider nicht. Trinken Sie mit mir einen *Montgomery*?« – »Lieber nicht, Sir, ich habe heute noch zu arbeiten und der Redaktion versprochen, dass ich Ihnen einige Neuigkeiten über die venezianischen Tage eines bedeutenden amerikanischen Schriftstellers serviere.« – »Sie wollen mich ausgerechnet jetzt interviewen, wo ich gerade beginne, an diesem stillen und wohltuend bescheidenen Raum Gefallen zu finden?« – »Ich habe nur ein paar wenige Fragen, Sir! Es ist auch für Sie besser, wenn wir rasch ein Interview drucken, dann lassen die anderen Zeitungen Sie in Ruhe und die erste Neugierde der Venezianer ist auf einfache Weise gestillt.«

»Sie trinken wirklich keinen *Montgomery* mit? Auch nichts Dürftigeres? Einen *Campari*? Einen *Bloody Mary*? Etwas ausgepresste Zitrone?« – »O, ausgepresste Zitrone ist eine gute Idee, Sir. Dazu lasse ich mich gern überreden.« – »Also gut, ich bestelle, und Sie legen los. Eine halbe Stunde gebe ich Ihnen, danach lassen Sie mich in Ruhe und verschwinden wieder in Ihre Redaktion, wo Sie wahrscheinlich ein Feldlager aufgeschlagen haben. Haben Sie Ihr Handwerkszeug dabei? Papier, einen Stift?« – »Natürlich, Sir, ich habe einen Block und meine Stifte dabei.« – »Dann machen Sie alles startklar, während ich vorher noch einmal in der Toilette verschwinde.«

Hemingway erhob sich etwas schwerfällig und bestellte mit einem Augenzwinkern an der Theke ein Glas ausgepresste Zitrone. Dann schlüpfte er durch eine schmale Tür auf die Toilette und machte vor dem Spiegel Halt. Er ließ kaltes Wasser laufen und fuhr sich damit durch das Gesicht. Pass auf, rede jetzt keinen Unsinn, dachte er, Du solltest hellwach sein und vor allem keine Märchen auftischen. Lass Dich nicht auf Kriegsgeschichten ein, und gib nichts über all das preis, was Mary und Deine Ehe betrifft. Klar?! ... – Ist das klar, Mann?! – Jawohl, Herr General, ich habe verstanden und werde Interviewgelaber Leuten wie Norman Mailer oder anderen Romanstrategen übelster Art überlassen.

Als er zurück an den Tisch kam, wurde das Glas ausgepresste Zitrone serviert. Die Teetrinker hatten sich aus dem Staub gemacht, nur ein einziges Ehepaar saß noch in der fast leeren Nachmittagsstube und teilte sich umständlich einen großen Salat. Hemingway nippte an seinem *Montgomery*, und Carini zog nach und probierte die ausgepresste Zitrone.

»Legen Sie los, Carini«, sagte Hemingway und versuchte, so aufrecht wie möglich zu sitzen. – »Ich stelle nur ein paar wenige Fragen und mache mir ein paar Notizen. Es ist rasch vorbei«, antwortete Carini. – »Mann, wir sind hier weder in der Notaufnahme noch sonst in ärztlicher Behandlung. Mit Interviews habe ich einigermaßen Erfahrung. Machen Sie schon!« – »Gut, Mister Hemingway, dann fange ich einfach irgendwo an. Sie wohnen mit Ihrer Frau im *Gritti*, haben Sie schon entschieden, wie lange Sie genau bleiben?« – »Nein, habe ich nicht. Meine Frau kennt Venedig und die oberitalienischen Gefilde noch nicht. Vielleicht werden wir von hier aus einige Ausflüge unternehmen. Wir haben Freunde weiter nördlich, mit denen wir für ein paar Tage auf Entenjagd gehen könnten. Möglich wäre auch ein Winteraufenthalt in Cortina.« – »So lange wollen Sie bleiben?« – »Vielleicht, wir fühlen uns sehr wohl hier, es ist eine Gegend, die ich sehr liebe.« – »Als junger Mann sind Sie weiter nördlich während des Ersten Weltkriegs schwer verwundet worden. Damals waren Sie einer von uns, Sie haben auf unserer Seite gegen die Österreicher gekämpft, habe ich recht?« – »Ja, ich war als Sanitäter im Einsatz, und mich hat es schwer erwischt damals.« – »Haben Sie die Orte Ihres Einsatzes später einmal wieder aufgesucht?« – »Ja, habe ich, aber ich habe keine Lust, davon zu berichten. Es ist lange her, und es ist allein meine Sache.« – »Sie haben über diese Ereignisse damals einen großen Roman geschrieben.« – »Habe ich das?« – »Ja, Sir, es ist ein Roman, den viele Menschen hier gelesen haben.« – »Dann wird es ein guter Roman sein.« – »Auf jeden Fall, Sir, es ist sogar ein sehr guter Roman. Einige Venezianer vermuten, dass Sie hier sind, um erneut einen sehr guten Roman über diese Region zu schreiben.« – »Was Sie nicht sagen!« – »Sie haben festgestellt, dass Sie lange Zeit keinen Roman mehr veröffentlicht haben und sie vermuten, dass Sie hierhergekommen sind, um Stoff für einen neuen zu sammeln.« – »Hören Sie zu und schreiben Sie auf, dass es sich da um einen gewaltigen Irrtum handelt. Ich habe lange Zeit keinen Roman veröffentlicht, das stimmt, aber ich habe fast jeden Tag geschrieben. Tag für Tag. Ununterbrochen. Ich arbeite an einem gewaltigen Werk, einer mehrbändigen Geschichte …, nein, stopp, streichen Sie das! Sie sollen das streichen, hören Sie! Ich habe kein Wort darüber verloren, verstehen Sie?! Wenn Sie ein Wort über dieses Vorhaben veröffentlichen, fordere ich Sie zum Duell!« – »Aber, Mister Hemingway, ich würde so etwas nie tun. Ich habe nicht verstanden und erst recht nicht gehört, was Sie über diese mehrbändige Geschichte erzählt haben …« – »Nichts habe ich davon erzählt!« – »So ist es, nichts, gar nichts!«

Carini war erschrocken, anscheinend hatte er mit der Frage nach einem neuen Roman einen wunden Punkt berührt. Es setzte Hemingway also zu, dass er lange nichts veröffentlicht hatte, wahrscheinlich machte er sich deshalb Vorwürfe oder er litt sogar darunter. Wie nannte man dieses Phänomen, wenn ein Schriftsteller nicht mehr schreiben konnte und eine Blockade ihn hemmte? Egal, der Name war nicht wichtig, von Bedeutung war eher, dass es sich anscheinend um eine ernstzunehmende Krankheit handelte. Etwas Psychisches. Eine bedrohliche Lähmung. Etwas, das im schlimmsten Fall einen schweren Zusammenbruch auslösen konnte.

Trank Hemingway deshalb solche Mengen? Um die vagen Befürchtungen zu vertreiben und sich in passable Stimmungen zu versetzen? Solche Fragen halfen nicht weiter, und sie führten zudem in sehr dunkles Gelände. Er musste neu ansetzen, harmloser, einfacher ...

»Sie wohnen gegenwärtig in Cuba, Sir, das stimmt doch?« – »Ja, ich wohne nun schon seit einiger Zeit in Cuba. Es ist fantastisch dort. Ich wohne in der Nähe von Havana, und ich habe mein eigenes Schiff, wenn es mich reizt, hinaus aufs Meer zu fahren. In Cuba kann ich arbeiten wie nirgends sonst, ich habe dort Freunde, die sich gut auskennen und das Meer mögen wie ich, und ich lebe das ganze Jahr lang in einem Klima, wie ich es mir wünsche. Großstädte vertrage ich nicht, ich habe nie länger in Großstädten gelebt, sondern immer in kleineren Orten, möglichst direkt am Meer.« – »Fühlt Ihre Frau sich ebenfalls wohl auf Cuba? Es ist Ihre vierte, und Sie sind noch nicht lange verheiratet.« – »Ich spreche nicht über Mary. Wenn Sie wissen wollen, ob sie sich auf Cuba wohlfühlt, sollten Sie meine Frau selbst fragen. Ich wüsste aber nicht, was eine solche Auskunft den Venezianern bedeuten könnte.« – »Dann frage ich lieber, welche unserer historischen Sehenswürdigkeiten Sie auf jeden Fall während Ihres Aufenthaltes besichtigen werden?« – »Hören Sie, ich bin in Venedig keineswegs als Tourist unterwegs. Ich drehe keine Runden von Sehenswürdigkeit zu Sehenswürdigkeit. Ich mache mich eher frühmorgens auf den Weg und durchstreife die Stadt, wie es mir gerade passt. Ich kehre hier ein und dort, höchstens die *Accademia* werde ich vielleicht regelmäßig besuchen.« – »Warum ausgerechnet die?« – »Um jeweils ein einziges gutes Bild genau zu studieren. Präzises Sehtraining ist eine gute Vorübung für präzises Schreiben.« – »Interessant! Haben Sie, was die venezianische Küche betrifft, auch bestimmte Vorlieben?« – »O ja. Ich esse sehr gerne Fisch, gekocht, gebacken, gegrillt. Und dazu ein wenig Gemüse. Risotto mit Meeresfrüchten mag ich auch sehr.« – »Dann sollten Sie möglichst bald unseren Fischmarkt am Rialto aufsuchen.« – »Das habe ich vor.« – »Wissen Sie bereits wann? Und dürfte ich Sie begleiten?« – »Mal sehen, es sollte sich zwanglos ergeben.«

Carini war unzufrieden. Er bekam ihn nicht richtig zu fassen. Dabei hatte er das Gefühl, dass neben ihm ein

Vulkan saß, der jederzeit ausbrechen konnte. Mit Fragen nach seinen Lieblingsgerichten war das allerdings nicht zu schaffen. Die Verwundung im Ersten Weltkrieg, die wahrscheinliche Schreibblockade, die vierte Ehe – das waren Themen, die glühten. Kam man ihnen jedoch zu nahe, wich Hemingway aus. Vielleicht sollte er ihm noch einen zweiten *Montgomery* bestellen?

»Sie haben nichts mehr zu trinken, Sir! Darf ich Ihnen noch etwas bestellen?« – »Ich trinke noch einen *Montgomery*. Bevor er serviert wird, haben Sie noch Zeit für genau drei Fragen. Dann entlasse ich Sie.«

Carini gab seinem Freund Enrico ein Zeichen, und Enrico nickte, er hatte verstanden. »Drei Fragen, Sir! Die erste: Sie haben den Zweiten Weltkrieg als Kriegsreporter erlebt. Worin besteht in Ihren Augen der Unterschied zum Ersten, in dem Sie als junger Mann schwer verwundet wurden?« – »Antwort abgelehnt, Carini. Solche Fragen sollen vorerst Historiker beantworten. Ich habe nur meinen ganz persönlichen Blick auf diese Ereignisse, und den behalte ich so lange für mich, wie ich noch darüber nachdenke.« – »Verstehe, Sir! Zweite Frage: Könnten Sie sich vorstellen, nach den Ereignissen des Zweiten Weltkrieges nicht mehr in Cuba, sondern hier im Veneto zu leben?« – »Wie bitte?! Wie kommen Sie denn darauf?!« – »Ich weiß es nicht, Sir. Ich habe nur das undeutliche Gefühl, dass es Ihnen hier sehr gefallen könnte. Ein Leben im Veneto wäre ein neues Leben für Sie und Ihre Frau!« – »Ah, darauf wollen Sie hinaus! Mit einem neuen Leben kann ich Ihnen aber leider nicht dienen. Mein altes gefällt mir sehr gut, und ich habe nicht vor, das Geringste daran zu ändern.« – »Entschuldigen Sie, Sir! Dritte und letzte Frage: Angenommen, Sie würden hier in Venedig an einem großen Roman arbeiten, könnten Sie das Schreiben daran ohne Weiteres im fernen Cuba fortsetzen?« – »Aber warum denn nicht?!« – »Weil Ihnen Venedig fehlen würde, weil Sie den Stoff in Cuba von Tag zu Tag mehr aus den Augen verlören.« – »Welchen Stoff meinen Sie, Carini?« – »Sir, wenn Sie wirklich vorhaben, monatelang hierzubleiben, werden Sie über Venedig und nichts anderes schreiben. Machen Sie mir und sich selbst bitte nichts vor. Sie mögen mich für einen penetranten Kerl und einen journalistischen Kleindarsteller halten, der Ihnen gewiss nicht das Wasser reichen kann. Ein Vollidiot bin ich aber nicht, und ich kenne mich in Sachen des Schreibens zumindest ein klein wenig aus.«

Der zweite *Montgomery* wurde serviert, es war plötzlich sehr still. Das Ehepaar schaute zu ihnen herüber. Anscheinend hatte es mitbekommen, dass sich die Unterhaltung in einen Disput zu verwandeln begann. »Haben Sie gar keinen Appetit?« fragte der Mann auf Englisch, »ich kann Ihnen den Salat mit Hähnchenstreifen sehr empfehlen. Leicht, gut bekömmlich, dazu ein paar Scheiben Toast. Sie bieten hier einen sehr guten an, noch nie haben meine Frau und ich so guten Toast gegessen. Und wir sind wahrhaftig viel herumgekommen.« – »Wo kommen Sie her?« fragte Hemingway. – »Aus Deutschland«, antwortete der Mann. –

»Und wo wohnen Sie dort?« – »In Hamburg, wenn man das noch wohnen nennen kann.« – »Hamburg wurde schwer zerstört, nicht wahr?« – »Am schwersten bei den Bombenangriffen im Juli 1943. Zigtausend Tote, Hunderttausende von zerstörten Wohnungen. Hamburg ist nicht mehr wiederzuerkennen.« – »Wir sind alle nicht mehr wiederzuerkennen.« – »Wo waren Sie denn während des Krieges?« – »Ende 1944 war ich in Deutschland. Ich war in der Eifel und habe die Schlacht im Hürtgenwald miterlebt. Zigtausend Tote auf amerikanischer Seite.« – »Sie haben das wirklich miterlebt?!« – »Ja, ich habe allerhand miterlebt, aber wir sollten das Thema jetzt ruhen lassen. Ich habe nicht vor, davon zu erzählen.« – »Entschuldigen Sie, ich wollte Sie nicht in Verlegenheit bringen.« – »Sie bringen mich nicht in Verlegenheit, sondern berühren etwas Abwegiges. Ich kenne Sie nicht, deshalb kann ich mit Ihnen darüber nicht sprechen. Bleiben wir lieber bei Ihrem Salat mit Hähnchenstreifen, das ist eine solide Geschichte.«

Der Mann sagte nichts mehr und legte Messer und Gabel nebeneinander auf den noch nicht geleerten Teller. Hemingway richtete sich wieder auf und blickte Carini an: »Sie haben nicht einmal Ihre gepresste Zitrone getrunken!« – »Nein, Sir, ich mag nämlich überhaupt keine gepresste Zitrone. Ich habe sie nur Ihretwegen bestellt.« – »Wissen Sie was, Carini? Sie haben sich gut geschlagen und Ihr Bestes gegeben. Ich bin ein alter, empfindlicher Esel, das weiß ich selbst. Seien Sie aber versichert, dass ich Sie mag. Wir beide müssen uns erst aneinander gewöhnen, dann führen wir Interviews, bei deren Lektüre selbst die Typen vom *New Yorker* erblassen.« – »Glauben Sie, Sir? Ich habe da weniger Hoffnung. Aber wie auch immer: Ich verabschiede mich und werde versuchen, einen ordentlichen Artikel aus unserem Gespräch zu zimmern.« – »In Ordnung, Carini, aber verschweigen Sie bitte, wo es stattgefunden hat.« – »Natürlich, Sir. Auf Wiedersehen!«

Carini stand auf und ging an die Theke, um zu bezahlen. »Sie bezahlen doch nicht etwa unsere Drinks?« rief Hemingway ihm hinterher. – »Das hatte ich vor«, antwortete Carini. – »Kommt nicht in Frage. Lassen Sie das. Und schauen Sie, was ich mit Ihrer gepressten Zitrone mache. Ich gebe meinem *Montgomery* einen unerwarteten Schuss.« Hemingway nahm das Glas mit dem Zitronensaft und leerte es in den Cocktail. »So finden wir doch noch zusammen«, rief er und lachte so laut, dass das Ehepaar ihn wieder anschaute.

Der Mann flüsterte seiner Frau etwas zu, und sie legte ihr Besteck ebenfalls auf dem Teller ab. Dann lupften sie beinahe zugleich ihre Servietten auf den Tisch, standen auf und gingen an die Theke, um zu bezahlen. Hemingway überlegte, ob er ihnen noch etwas zurufen sollte, ließ es aber bleiben. Er fühlte sich gereizt und überanstrengt, und er hatte nicht die geringste Lust, wenig später wieder im *Gritti* aufzukreuzen, um ein paar ruhige Gespräche über die attraktiven Seiten Venedigs zu führen.

Als Carini und das Ehepaar verschwunden waren, wurde ihm erst deutlich bewusst, dass er allein in der Bar saß. Habe ich es mal wieder geschafft, dachte er, ich bin ein Trottel. »Enrico!« rief er etwas zu laut, »alle *Montgomerys* der Welt helfen mir gerade nicht weiter. Dabei will ich etwas notieren, etwas Wichtiges sogar. Was empfehlen Sie für eine kurzfristige Stärkung meiner geschwächten Nerven?« – »Essen Sie eine Kleinigkeit und gehen Sie zum Wein über, Sir. Ich bringe Ihnen einen Weißen aus der Gegend um Friaul, gut gekühlt.« – »Sie marschieren mit, Enrico, das gefällt mir! Bringen Sie Ihren Wein und dazu eine Schale mit Radieschen und gutem Meersalz, nichts sonst.« – »Wird gemacht, Sir, ich beeile mich.«

Er erhob sich kurz und griff in die rechte Tasche des Saccos. Daraus zog er einen Bleistift und einen kleinen Block und legte beides vor sich auf den Tisch. Dann öffnete er den Block, strich die beiden geöffneten Seiten mit der rechten Hand glatt und begann, mit dem Bleistift zu notieren. Er schrieb »Venedig« und setzte das Datum daneben. Dann schaute er sich um und hielt fest, was ihm in *Harry's Bar* alles so auffiel.

16

Am nächsten Morgen machte sich Paolo Carini zusammen mit seiner Schwester Marta in dem Fischerboot, das ihm seit einiger Zeit gehörte, auf den Weg nach Venedig. In Burano standen nur wenige Menschen am Anlegeplatz der Vaporetti, neben dem die Boote der Inselbewohner festgemacht wurden. Es war ein sonniger Herbstmorgen, wie Paolo ihn liebte, und er freute sich auf den Tag, an dem er nachmittags mit dem amerikanischen Schriftsteller durch die Kanäle Venedigs fahren würde.

Er hatte mit seiner Schwester gesprochen und sie überredet, mit ihm zu fahren. Sie waren nicht sicher, ob Hemingways Frau ihre Hilfe benötigte. Wenn es aber so war, sollte Marta sofort zur Stelle sein.

Paolo saß hinten am Steuer und blickte seine Schwester an. Er mochte sie sehr, sie hatten noch nie größeren Streit gehabt. Seit vielen Jahren bildeten sie ein Duo, das gegenüber den Großeltern und Eltern seine Geheimnisse für sich behielt. Sie konnten, wenn das notwendig war, über fast alles reden, und sie wussten, dass der andere diese Gespräche für sich behielt.

»Schau nicht so angestrengt, es wird Dir schon nichts passieren«, sagte Paolo. – »Du hast leicht reden. Vielleicht ist Hemingways Frau eine kapriziöse Erscheinung mit lauter Vorlieben, von denen ich nichts verstehe. Ich mache mir zum Beispiel nichts aus Schmuck, und auch die neuste Mode ist nichts, wovon ich jede Nacht träume.« – »Und wovon träumst Du stattdessen?« – »Von kluger Gesellschaft. Von Männern, die von einem bestimmten Handwerk etwas verstehen, von sportlichen Frauen, die laufend Rekorde aufstellen.« – »Du träumst von Sport?« – »Das weißt Du doch. Ich würde gerne rudern oder Kajak fahren, und ich würde gerne häufiger schwimmen und ernsthaft laufen. In Venedig wäre das in Vereinen möglich, ich mag aber keinem Verein beitreten. Am besten wären gute Trainer, mit denen ich eng zusammenarbeiten würde.« – »Schade, dass ich davon keine Ahnung habe. Ich würde Dich gern trainieren, das würde mir Spaß machen. Ich verstehe aber zu wenig davon, und schon der Gedanke an Wettkämpfe schreckt mich ab. Ich muss niemandem beweisen, was für ein schneller Typ ich doch bin.« – »Darum geht es mir auch nicht. Ich möchte mich nur ausdauernd viel bewegen, im Wasser und auch an Land. Wir leben in Burano mitten in einer weiten Lagune und andererseits auf einer sehr kleinen Insel. In einer Viertelstunde habe ich sie umrundet, und genau das ärgert mich. Ich sehne mich nach mehr Raum und Freiheit. Beides würde der Sport mir verschaffen.«

Das Boot hatte einen älteren, kleinen Motor, sodass sie nicht schnell vorankamen. Wenn ich mehr Geld hätte, würde ich Marta ein schnelleres Boot schenken, dachte Paolo. Er schaute schräg in die Sonne und genoss es, dass der Bootsrumpf manchmal tief in die Wellen tauchte und hohe Spritzer hinterließ. Er konnte sich nicht vorstellen, dass es irgendwo auf der Welt eine schönere Lagune gab.

Mit ihren großen Muschel- und Austernbänken war sie ein idealer Nebenverdienst für die vielen Fischer, die in ihr unterwegs waren. Die meisten fuhren am frühen Morgen allein zu den schmalen Kanälen und Prilen und verbrachten fast den ganzen Tag dort. Sie hätten am Mittag nach ihrem Fang zurückkommen können, taten es aber nicht, weil sie sich von den flachen, im Sonnenlicht schimmernden Wiesen und Feldern nicht trennen konnten. Er war sicher, dass er Burano und die Lagune nie verlassen würde, und er wusste genau, dass auch Marta so dachte.

»Erzähl mir von Signora Hemingway«, sagte Marta und tippte ihren Bruder ans rechte Knie, um ihn aus seiner Träumerei aufzuschrecken. – »Vater sagt, sie sei eine Journalistin, die für amerikanische Magazine und Zeitschriften schreibt. Sie ist noch nicht lange mit Hemingway verheiratet, sie haben sich wohl in den letzten Kriegsjahren kennengelernt. Sie ist wendig, munter und trägt kurz geschnittenes, blondes Haar. Ich vermute, dass sie eine gute Unterhalterin ist, zu zweit bei Tisch und vor allem in großer Gesellschaft.« – »Großartig! Und Du glaubst, dass Sie Freude an einer Fischertochter aus Burano findet, die weiß Gott alles andere ist als eine gute Unterhalterin?« – »Ja, glaube ich. Sie spricht kein Wort Italienisch, damit kannst Du schon mal punkten. Und sie kennt Venedig nicht, weswegen sie Dich nach jedem Detail fragen wird. Du sprichst sehr gut Englisch, Du hast eine ordentliche Schule besucht, Du weißt eine Menge – spiel bitte nicht die scheue Fischertochter! Beweise lieber, dass Du Dich in dieser schönen Region auskennst und eine gute Gastgeberin bist.« – »Eine Gastgeberin soll ich sein?« – »Unsere Familie wohnt seit Generationen in Burano. Es ist unsere Heimat. Mit allen Menschen hier sind wir vertraut. Jetzt, wo lauter Fremde zu uns kommen, sollten wir sie an der Schönheit unserer Heimat teilhaben lassen. Wir sollten keine bloßen Gehilfen oder gar Diener, nein, wir sollten gute Gastgeber sein.« – »Darunter verstehe ich aber noch etwas anderes. Gute Gastgeber bitten ihre Gäste zu Tisch, sie kochen für sie, sie trinken und essen mit ihnen. Das gehört unbedingt dazu.« – »Ja, so ist es. Und warum sollten wir so etwas nicht ebenfalls tun? Seit Hemingway in Venedig angekommen ist, habe ich diese Idee. Ich habe auch mit Vater darüber gesprochen.« – »Und – was hat er gesagt?« – »Er will es sich überlegen.« – »Er hat es nicht von vornherein ausgeschlossen?« – »Nein, er sagt, es hänge davon ab, wie sich die Beziehung zwischen Hemingway und ihm entwickelt.« – »Was soll sich denn da entwickeln?« – »Keine Ahnung. Vater ist eben sehr an ihm interessiert, er verehrt ihn, er will im Umgang mit ihm keine Fehler begehen, und ich vermute, er hofft, von ihm zu lernen.« – »Lernen?! Was soll er denn von Hemingway lernen?« – »Marta! Denk einmal eine Sekunde nach. Was kann man von Ernest Hemingway lernen?« – »Ich komme nicht drauf, nun sag schon!« – »Mein Gott, von Ernest Hemingway kann ein Journalist wie Vater viel über das Schreiben lernen. Ich vermute jedenfalls, dass er genau daran denkt.« – »Ach, das meinst Du also! Ehrlich gesagt, habe ich keine Ahnung, wie einem jemand gutes Schreiben beibringen kann. Wie geht so etwas?« – »Das weiß ich natürlich auch nicht. Ich ahne aber, dass Vater Hemingways Nähe vor allem auch deshalb sucht. Einige seiner Kollegen haben früher einmal behauptet, dass Vater ein besonderer Journalist sei. Nicht das übliche. Nicht der Faktensammler. Sondern ein Journalist, der auch erzählen kann.« – »Ach, Paolo, das waren freundliche Worte. Sie wollten, dass er ihnen einen ausgibt. Mehr nicht.« – »Nun lass mir doch meine Illusionen, Marta!« – »Du hast im Hinblick auf Vater Illusionen?« – »Ja, natürlich, die haben wir doch alle. Jeder macht sich vom anderen Illusionen.« – »Ha, interessant! Und welche machst Du Dir von mir?« – »Dass Du es einmal zu einer hervorragenden Sportlerin bringst. Mehrkampf vielleicht. Schwimmen, Laufen, Rudern, Schießen, etwas in der Richtung.« – »Schießen?! Daran habe ich noch nie gedacht.« – »Dann lass es Dir durch den Kopf gehen. Vater wäre ein sehr guter Trainer, Du weißt, dass er ein exzellenter Schütze ist.«

Sie näherten sich den Inselbauten von Murano und fuhren an den Ziegelsteinhallen der Glasbläserwerkstätten vorbei. Der weiße Leuchtturm einer Anlegestelle tauchte vor ihnen auf, und Marta kam ein Gedanke. »Weißt Du was? Ich könnte mit der Signora hierherfahren. Das wird sie interessieren. Die schönen Leuchter, das Glasbläserhandwerk, sie wird einen Spiegel kaufen oder eine andere Kleinigkeit, ich bin mir fast sicher.« – »Stimmt, eine gute Idee! Ich habe viele Freunde auf Murano. Ich könnte sie fragen, ob sie bereit sind, Euch durch eine Werkstatt zu führen.« – »Tu das! Wenn ich nicht laufend etwas erklären muss, werde ich es auch selbst etwas genießen.«

Zur Linken tauchte der Friedhof San Michele vor ihnen auf. »Und der Friedhof? Wäre das nicht auch ein Ort für die Signora?« fragte Paolo. – »Nein, auf keinen Fall«, antwortete Marta, »San Michele und die vielen Gräber, das geht zu weit. Immer, wenn ich dort war, ging es mir hinterher nicht gut. Wie viele Verwandte haben wir dort schon beerdigt! Nein, auf gar keinen Fall!« – »Ich habe gerade eine etwas perverse Idee, Marta!« – »Nun sag schon!« – »Gleich erreichen wir die *Fondamente nuove*. Und genau dort befinden sich die Räume des Ruder-Vereins!« – »Ja, ich weiß. Und weiter?« – »Wie wäre es, wenn Du die Signora zum Rudern überreden würdest? Ihr beide! Zu zweit! Könnte ihr das nicht gefallen? Es wäre etwas Besonderes, etwas außer der Reihe. Und es käme ihr bestimmt entgegen. Sie wirkt sehr sportlich auf mich.« – »Langsam wird sie mir unheimlich. Wie viele Interessen hat sie denn noch?« – »Ich vermute, sie ist eine gute Schützin.« – »Ach ja?« – »Hemingway jedenfalls soll ein guter Schütze sein, ich habe von ihm Geschichten über die Löwenjagd gelesen. Ich glaube, er hat auch einige Zeit in Afrika gelebt.« – »Um dort Löwen zu jagen?« – »Ja, wahrscheinlich.« – »Löwen in freier Wildbahn?!« – »Na klar, Markuslöwen jedenfalls nicht. Die sind friedlich, lesen in Büchern und kraulen dem heiligen

Markus den Rücken.« – »Sei nicht so albern!« – »Du solltest mehr von Hemingway lesen, ich lege Dir noch heute einige seiner Bücher auf Dein Bett.« – »Danke, ja, Du hast recht, ich sollte mehr von ihm lesen. Ich kenne, ehrlich gesagt, von ihm nur eine kurze Geschichte. Sie heißt *Katze im Regen* und stand in einem Englisch-Schulbuch.« – »O, ich erinnere mich! Es ist eine sehr sentimentale Geschichte, nicht wahr? Ein Paar ist in einem Hotel abgestiegen, und es regnet und regnet. Und die Frau wird eine Katze draußen im Park gewahr und will sie ins Zimmer holen. Aber die Katze ist fort. Ist es nicht so?« – »Ja. Mir hat die Geschichte aber gefallen. Ich finde sie überhaupt nicht sentimental. Die Frau ist sehr einsam, und der Mann, mit dem sie zusammen ist, versteht sie nicht. Deshalb wünscht sie sich eine Katze, unbedingt, sie sagt es immer wieder …« – »Ist ja gut, Marta. Diese Frau ist, wie nennt man es, sie ist hysterisch …, würde Vater wohl sagen.« – »Vater hält viele Frauen für hysterisch, dabei hat er keine Ahnung.« – »Hat er nicht?« – »Nein, auch Mutter nennt er manchmal hysterisch, dabei ist sie es gewiss nicht. Manche Frauen vielleicht schon, Mutter aber bestimmt nicht. Sie ist die Geduld selber.« – »Stimmt. Das ist sie. Und Du bist auch nicht hysterisch, das gebe ich Dir sogar schriftlich.« – »Danke!«

Es schmeichelte ihr, dass Paolo so etwas gesagt hatte, und sie dachte darüber nach, hörte aber wieder damit auf, als sie sich eingestand, über »Hysterie« nicht viel zu wissen. Wahrscheinlich waren viele Heilige hysterisch, Frauen und

Männer, ja, es gab bestimmt auch viele männliche Hysteriker. Der heilige Georg, der heilige Franziskus …, nein, sie wollte darüber nicht nachdenken. War Hemingway am Ende auch ein Hysteriker?! Mein Gott, sie geriet wirklich auf Abwege.

»Wo legen wir eigentlich an?« fragte sie. – »Wir fahren bis zum *Campo Sant' Angelo*. Dort ist die Anlegestelle der Gondel von Onkel Tonio.« – »Willst Du Hemingway einladen, mit Onkel Tonios Gondel zu fahren?« – »Neinnein. Ich werde ihm eine Nachricht im Hotel hinterlegen. Wo er mich findet. Ich vermute, ich soll ihn während einer Spazierfahrt am Nachmittag begleiten.« – »Na toll. Dann könnten wir uns ja sogar begegnen. Du an der Seite des großen Autors, ich an der Seite seiner Frau. Warum tun wir uns nicht gleich zusammen?« – »Er hat Vater in einem Interview erklärt, dass er allein in Venedig unterwegs sein will. Er möchte auf keinen Fall ein Tourist sein. Und er möchte seine Frau nicht beim Einkauf begleiten.« – »Gott, wie kompliziert. Sie gehen sich also gezielt aus dem Weg. Wenn ich frisch mit jemandem verheiratet wäre, würde ich genau das Gegenteil tun. Ich würde meinem Mann nicht von der Seite weichen. Ich würde mein Glück genießen.« – »Vielleicht ist sie nicht glücklich.« – »Wie kommst Du denn darauf?« – »Keine Ahnung. Ich verstehe nichts von der Ehe, aber ich beobachte, wie Eheleute miteinander umgehen.« – »Tust Du das?!« – »Ja, es interessiert mich. Ich glaube, es gibt unendlich viele Ehen, jede Ehe ist anders.« – »Du bereitest Dich also schon darauf vor?« – »Marta, hör auf!

Ich rede nur mit Dir darüber. Und ich würde mich freuen, wenn auch Du mir sagen würdest, was Du beobachtest. Doch darüber redest Du nie. Was Freundschaft, Liebe und Ehe betrifft, bist Du sehr verschwiegen. Fast über alle Themen sprechen wir miteinander. Darüber aber nicht.«

Sie antwortete nicht und tat so, als beobachtete sie die vielen Menschen, die an der Anlegestelle der *Fondamente* auf die Vaporetti nach Burano drängten. Je mehr sie sich auf den *Campo Sant' Angelo* zubewegten, umso unsicherer fühlte sie sich.

»Du wirst Hemingway also eine Nachricht zukommen lassen. Wirst Du auch mich erwähnen?« – »Natürlich. Ich vermute, dass er uns antworten und seine Antwort an der Rezeption des *Gritti* hinterlegen wird. Wir beide werden am frühen Nachmittag hingehen und erfahren, was er für Dich und mich vorgesehen hat.« – »Und bis dahin?« – »Bis dahin geht jeder von uns seiner Wege. Ich zum *Gritti*, um meine Nachricht abzugeben, und Du …, wohin auch immer es Dich zieht.« – »Ich fahre bis zum *Campo Sant'Angelo* mit und werde mich ein wenig mit Onkel Tonio unterhalten. Wollen wir uns in zwei Stunden bei seiner Gondelanlegestelle treffen?« – »Ja, in Ordnung, wir treffen uns bei Onkel Tonio, in zwei Stunden.«

Sie schwiegen. Paolo fuhr das Boot langsam durch die Kanäle, bis er den *Campo* erreichte. Der Onkel war nirgends zu sehen. An der Anlegestelle klebte ein kleiner Zettel an der

Tafel, auf der die Preise für eine Gondelfahrt fixiert waren. »Bin gleich zurück. Tonio Carini« stand darauf.

Paolo machte das Boot direkt neben der Gondel fest. Dann stiegen sie beide an Land. Marta setzte sich auf eine Bank und wartete auf den Onkel, Paolo winkte noch einmal und ging in Richtung des *Gritti*, um dort seine geheime Nachricht an Hemingway abzugeben.

17

Marta hatte den Onkel lange nicht mehr gesehen. Er war älter als sein Bruder, und die Familie hielt etwas Abstand zu ihm, weil es hieß, er halte sich für »etwas Besonderes«. Mit seiner Frau wohnte er in einem stattlichen Haus am großen Kirchplatz von Burano, während Sergio Carini mit seiner Familie am Rand des Ortes in zwei schmalen Fischerhäuschen wohnte, von denen aus man hinüber zum Kloster *San Francesco del Deserto* schauen konnte.

Die beiden Brüder verabredeten sich selten und trafen sich nur nach den Gottesdiensten oder wenn einer von ihnen Hilfe brauchte. Onkel Tonios Welt war die der Gondolieri. Auf die Zugehörigkeit zu diesem erlesenen Kreis war er stolz und bedauerte deshalb oft, keinen Nachkommen zu haben, der seine Lizenz einmal übernehmen würde. Paolo kam dafür in Frage, aber Onkel Tonio ließ sich Zeit damit, die Bedingungen zu klären und beobachtete die Entwicklung des Jungen argwöhnisch.

Marta stand auf und überquerte den *Campo*. Vor einem Zeitungskiosk blieb sie stehen und überflog die Schlagzeilen der Zeitungen. *Ernest Hemingway in Venedig – Risotto mit Meeresfrüchten und gegrillte Scampi – das könnte man mir jeden Tag servieren*, lautete eine besonders große von *Il Gazzettino*. Es musste ein Ausschnitt aus dem Interview sein, das Vater gestern mit Hemingway geführt hatte. Intelligent klang das nicht, eher provinziell und bieder – warum hatte Vater zugelassen, dass man ausgerechnet diese Auskunft Hemingways als Schlagzeile brachte?

Eben erst, während der Überfahrt nach Venedig, war ihr aufgefallen, wie wenig sie von Hemingway gelesen hatte. In der Familie war zwar häufig von seinen Romanen die Rede gewesen, aber nur Großvater, Vater und Paolo kannten sie wirklich. Daneben war oft von Hemingways abenteuerlichem Leben gesprochen worden, von seinen Jahren als junger Reporter in Paris, von seiner Freude am spanischen Stierkampf und auch davon, dass er Erfahrung im Boxen besaß. *Dio!* – was nicht *noch* alles! Dieser Mann war keiner der üblichen Schriftsteller, die ihr Leben am Schreibtisch verbrachten! Im Grunde war er ein Abenteurer, der aus seinen abenteuerlichen Erlebnissen Bücher machte.

Wenn das aber so war – welche Abenteuer würde er ausgerechnet in Venedig erleben? Hier gab es weder wilde Tiere noch spannende, berichtenswerte Ereignisse, Venedig war längst eine stille, fast beschauliche Stadt ohne Helden oder wagemutige Seeleute wie in früheren Jahrhunderten. Auch Hemingways Frau würde das zurückgezogene Leben der Menschen hier vielleicht bald leid sein, als Journalistin, die für amerikanische Magazine schrieb, sehnte sie sich bestimmt auch nach aufregenderen Welten.

Marta schaute sich nach dem Onkel um. Nun war er schon über eine Viertelstunde verschwunden. Wahrscheinlich trank er irgendwo ein Glas Wein und kam erst zurück, wenn sich die ersten Fremden an der Anlegestelle der Gondel zeigten. Mit einer einzigen Fahrt verdiente er so viel wie die Fischer an mehreren Tagen. Das war nicht gerecht, zumal die meisten Fischer besser mit Booten, Barken und kleinen Barkassen umgehen konnten als die Gondolieri.

Der Onkel sprach außerdem nur ein sehr holpriges Englisch, das er in den vielen Jahren mit der Gondel um keinen Deut verbessert hatte. Zum Glück sang er seit einiger Zeit nicht mehr, »dazu bin ich jetzt einfach zu alt«, hatte er erklärt. Seit Kurzem holte er sich manchmal einen jungen Sänger vom *Teatro La Fenice* auf die Gondel, der ihn bei seinen Fahrten begleitete und Gäste von weither mit venezianischen Canzoni unterhielt.

Vater hatte laut darüber nachgedacht, ob man Hemingway mit dem Onkel in Verbindung bringen sollte, aber er hatte die Frage noch nicht für sich beantwortet. »Vielleicht möchte seine Frau mit einer Gondel fahren«, hatte er überlegt, dann aber abgewinkt. »Wir lassen das Thema vorerst einmal ruhen, diese Fragen sollten sich von selbst klären.«

Marta beschloss, sich vom *Campo* zu entfernen. Die Gegend um den Rialto war nicht weit, es war *die* Einkaufsgegend der Stadt. Sie würde wieder mal hindurchschlendern, diesmal aber mit einem genaueren Blick für jene Geschäfte, die Signora Hemingway vielleicht aufsuchen würde. Auch nach den Gesprächen mit Paolo konnte sie sich noch nicht genau vorstellen, wie sich eine solche Begleitung gestalten würde.

Sie kam an einem Laden mit bunten Perlen vorbei, sie lagen in kleinen Kästchen in der Auslage, daraus wurden Ketten verschiedenster Art gefertigt, je nach Geschmack und Belieben. Das wäre bestimmt etwas für die Signora, aber auch ein Laden mit Lederwaren könnte ihr gefallen. Taschen, Gürtel, maßgefertigte Pantoffeln – solche Läden musste sie sich merken, von denen mit besonders ausgefallener Kleidung ganz zu schweigen.

Auf Burano schneiderten die meisten Frauen all die Sachen, die sie tragen wollten, selbst. So hatte es die Mutter gemacht, und so machte auch sie es, bis auf seltene Ausnahmen, wenn es etwa darum ging, zu einer Taufe oder Hochzeit besonders festlich zu erscheinen. In Venedig kaufte man für einen solchen Anlass aber höchstens einen neuen Schal oder eine andere Kleinigkeit, mit der man der selbstgemachten Kleidung einen kleinen Akzent verlieh. Burano war schließlich auch die Insel der Spitzenklöpplerinnen, die für die Bewohner ganz besondere Tücher, Decken und Überwürfe anfertigten, das waren Sachen, die man selbst in Venedig zu schätzen wusste.

Auch Signora Hemingway würde ihre Freude daran haben, da war sie ganz sicher. Paolos Idee, sie gemeinsam mit ihrem Mann nach Burano einzuladen, fand sie gut. So etwas gehörte sich nicht nur, sondern zeigte den beiden Amerikanern auch etwas von dem einfachen Leben in dieser Region, das ihnen bei ihren Touren durch Venedig entging. Die weite Lagune war eine ganz andere Welt als die blendende Stadt, in ihr lebten die Familien der kleinen Inseldörfer, deren Dasein sich seit Jahrzehnten kaum verändert hatte. Cafés und Restaurants gab es dort nicht sehr viele, die meisten Bewohner mochten die Anwesenheit der Fremden nicht, die an den Kais der kleinen Häfen entlangstolzierten und die Fischerboote einzeln fotografierten.

Je mehr sie sich dem Rialto näherte, um so voller wurden die Gassen. Sie überlegte bereits, ob sie nicht wieder umkehren sollte, nahm dann aber doch den Weg über die Brücke ans andere Ufer. Dort befand sich *San Giacomo di Rialto*, eine der ältesten Kirchen der Stadt. In ihr hatte sie während der Schulzeit einmal mit einem Mädchenchor gesungen und sogar zwei Konzerte gegeben. Seither mochte sie diesen Kirchenraum und betrat ihn fast immer, wenn sie in der Gegend war.

Also gut, nichts wie hinein! Einige Minuten Stille und Ruhe und der Geruch von Kerzen und Weihrauch! Die Kirche war leer, sie kniete sich in eine Bank und sprach ein kurzes Gebet. In *San Giacomo di Rialto* konnte sie solche Gebete sprechen, während ihr das in den größeren Kirchen nicht gelang. Dort lenkten Größe und Weite sowie die vielen Bilder und der andere Schmuck ab, es gab viel zu sehen, und das Beten wirkte hilflos und gebremst von der Gewissheit, dass man sich gegen diesen Reichtum sowieso nicht behaupten konnte.

San Giacomo di Rialto aber war eine arme Kirche, hier fanden nur Laienkonzerte statt, und der Erzbischof von Venedig würde sich nie in eine solche Kirche verlieren, sondern lieber in *San Marco* als letztes Glied einer langen Prozession durch den goldenen Kirchenraum mit all seinen glitzernden Mosaiken ziehen.

Sie schloss die Augen und lauschte auf die Geräusche draußen. In der Nähe befanden sich die größten Märkte der Stadt, der Fischmarkt und der Obst- und Gemüsemarkt, und in den Häusern ringsum gab es Fleischereien und Käsehandlungen und Brotläden. Es war die Gegend, in denen die Angestellten der reichen Familien einkauften und ihre Einkaufslisten abarbeiteten, und es war zugleich jene Gegend, in der die Touristen hilflos herumliefen, weil sie nur schauen wollten und nichts einkaufen. Auf dem Fischmarkt boten auch viele Fischer aus Burano ihre Ware an, Marta kannte einige von ihnen, und so ging sie nach dem Verlassen der Kirche in Richtung dieses Marktes. Sie hatte Durst und trank etwas Wasser, das aus einem Kran in ein tiefer gelegenes Brunnenloch perlte, es war frisch und klar, und sie kühlte damit noch ihre Schläfen.

Dann bog sie um eine Ecke und blickte hinüber zu der alten Fischhalle mit ihren weit geöffneten schönen Bögen. Die Fische lagen dort im Licht vieler Lampen in hellen Kisten auf breiten Holzbrettern, und vorn, in der Nähe des Eingangs, stand eine Traube von Menschen um einen Mann in einem Tweed-Jackett, der etwas auf einen Block notierte. Er zog eine Brille mit relativ kleinen, runden Brillengläsern laufend auf und ab, beäugte einige Fische aus der Nähe, fragte die Herumstehenden anscheinend nach ihren Namen und fixierte das Gehörte mit einem Bleistift.

Sie wusste sofort, dass es Ernest Hemingway war, und sie musste einen Moment schlucken, so sehr hatte sein plötzlicher Anblick sie überrascht. Sie stand still und beobachtete die Szene genau, wie die viel kleineren einheimischen Männer zu ihm aufschauten und auf ihn einredeten, wie sie ihn an den Ärmeln berührten und wie einer von ihnen ihm ein gefülltes Glas mit Prosecco hinhielt. Er aber ging darauf nicht ein, sondern bewegte sich nur langsam vorwärts, an jedem Stand verweilend, ein paar Worte mit dem Händler wechselnd, neugierig und konzentriert, als betriebe er Forschungsstudien.

Als sie ihn immer länger fixierte, ohne sich selbst zu bewegen, glaubte sie zu wissen, dass sie mit diesem Mann niemals durch Venedig streifen könnte, nein, das war undenkbar, an der Seite dieses Mannes würde sie ersticken. Er hatte etwas sehr Kraftvolles, Entschiedenes und Fernes, ja, er kam von weither, wie ein Gast von einem fremden

Planeten. Dabei wirkte er höflich und beinahe sogar scheu, als wollte er nicht auffallen und als wäre es ihm peinlich, dass so viele Menschen sich mit ihm beschäftigten. Wie konnte eine Frau aber bereit sein, einen solchen Mann zu heiraten? Vom ersten Moment des Zusammenlebens an wäre sie höchstens seine Begleitung und ein kostbares Fundstück, das er vorzeigte, ohne sich ihm länger zu widmen. Stattdessen wäre das gemeinsame Leben ganz auf seine Ideen und Vorhaben konzentriert, ein Kreisen um seine Boxer-Erscheinung und die kleinen Feste, die er beinahe täglich aus dem Stegreif inszenieren würde, notfalls auch nur für sich selbst.

Marta machte ein paar Schritte auf ihn zu und fragte sich, ob sie Angst vor ihm hatte, Angst?!, nein, so stark war ihre Reaktion nicht, sie empfand es nur als unangenehm, dass er die Menschen in seiner Umgebung mit einer solchen unsichtbaren Kraft an sich zog. Sie taten nichts dagegen, sondern ließen sich von ihm beinahe willenlos ziehen und führen, als wäre er ein Magnet. Sogar in den Türen der benachbarten Läden und Geschäfte standen die Besitzer und Verkäufer und ließen die Arbeit ruhen, als müssten sie unbedingt mitbekommen, was er tun und sagen würde.

Wie hatte Paolo es hinbekommen, mit ihm zu sprechen? fragte sie sich und stellte sich ihren jüngeren Bruder vor, wie er neben Ernest Hemingway wirken würde. Älter natürlich, erfahrener und sogar entschlossener als jemals bei uns zu Hause! dachte sie und empfand plötzlich Respekt vor seiner scheinbaren Unbekümmertheit, mit der er die Sache mit Hemingway anging.

Was tun?! Sich aus dem Staub machen wollte sie nicht, aber sie fand es auch unmöglich, weiter die Beobachterin zu spielen. Ganz in der Tiefe ihrer Erregung meldete sich sogar der schwache Wunsch, auf ihn zuzugehen und ihn anzureden. Was würde er antworten, wenn sie sich als Paolos Schwester vorstellte? Würde er überhaupt ein paar Worte mit ihr wechseln oder sie nur flüchtig begrüßen und weiter seinen Studien nachgehen? Frauen hielten sich in seiner Umgebung nicht auf, es waren ausschließlich jüngere Männer, darunter auch zwei, drei Fotografen, die ihm etwas zuriefen und sich darin überboten, einen Heidenlärm zu machen.

Sie näherte sich der Fischhalle und ging seitwärts an ihr entlang. Dann schlüpfte sie vom anderen Ende in sie hinein und entdeckte einen Stand mit einem jungen Fischer aus ihrer Nachbarschaft. Sie grüßte und wechselte einige Worte mit ihm, dann trat sie hinter den Verkaufsstand und bat ihn um eine Schürze. »Was ist los mit Dir?« fragte er. – »Frag nicht lange, lass mich nur machen. Ich helfe Dir eine halbe Stunde beim Verkauf, dann bin ich schon wieder verschwunden.« – »Aber warum denn? Ich komme allein zurecht, Marta.« – »Natürlich, das weiß ich. Tu mir halt den Gefallen, ich erkläre es Dir später einmal.«

Er schüttelte den Kopf und reichte ihr eine Schürze, und sie band die Schürze um und griff nach einem Paar Handschuhe, die sich in einer Lade unterhalb der ausgelegten Ware befanden. Mit der Rechten fuhr sie locker durch die gefüllten Kisten mit Gamberi und Scampi und beträufelte die Krebse mit etwas Wasser, damit sie im Lampenlicht stärker leuchteten.

Sie spürte, dass der Tross mit Hemingway sich auf sie zubewegte, doch sie schaute nicht hin, sondern widmete sich den Fischen und ihrer Frischhaltung. Mit einem kleinen Messer zerteilte sie einige Zitronen und legte die Hälften zwischen die Fische, das sah gut aus und machte Appetit. Die Schalen der Seespinnen lagen in langen Reihen auf dem Rücken und enthielten das frische Fleisch, man musste es roh essen, es war besonders fein und von unendlicher Zartheit, als bestünde es aus zertrennten, feinen Fasern des Meeres, die seine Aromen in sich aufgenommen hatten.

Gleich war es soweit, er kam näher und beugte sich wie ein Kurzsichtiger tief über die Ware. »Was machen Sie denn?« fragte sie plötzlich, »schauen Sie nur oder wollen Sie auch etwas kaufen?« – Er richtete sich auf und schaute sie an, dann entschuldigte er sich. »Tut mir leid, Signorina, ich kenne die Namen all dieser wunderbaren Wesen leider nicht. Ich notiere sie und stelle eine Wunschliste zusammen. In den nächsten Tagen kommt jemand vorbei, um sie zu kaufen, denn natürlich möchte ich sie auch unbedingt kosten.« – »Sind Sie Amerikaner? Und wohnen Sie in einem Hotel?« – »Ja, ich bin Amerikaner und wohne im *Gritti*.« – »Im *Gritti*! Na denn! Dort werden sie keine dieser wunderbaren Wesen zu kosten bekommen. Man wird Ihnen höchstens frischen Hummer für einen abenteuerlichen Preis servieren, und dazu wird es die übliche Mayonnaise geben, die kein einziger Venezianer dazu essen würde. Die Küche des *Gritti* kocht für die Fremden, nicht für Leute von hier, das werden Sie doch längst bemerkt haben.« – »Ich habe nicht vor, diese Wunderwesen von Fischen, Krebsen und Seespinnen der Küche des *Gritti* anzuvertrauen. Ich werde mich um eine andere Zubereitung an einem anderen Ort kümmern.« – »Na sowas. Sie werden fremdgehen?«

Hemingway lachte und schaute Marta an. »Ja, so können Sie es meinetwegen nennen. Sie sind Venezianerin?« – »Ja und nein. Ich bin in Venedig geboren, aber ich lebe seit meiner Geburt in Burano.« – »Ihre Eltern sind Fischer?« – »Ja, meine Großeltern und meine Eltern. Wir leben vom Fischfang und von den Muschel- und Austernbänken wenige hundert Meter vor unseren kleinen Häusern.« – »Sie lieben Burano?« – »Sehr, ich liebe Burano und die weite Lagune, ich werde das Land und die See hier nie in meinem Leben verlassen.« – »Sie haben Venedig vergessen. Lieben Sie Venedig etwa nicht?« – »Ich mag es nicht so wie Burano oder Torcello und die Lagune. Die Lagune ist das Schönste, das Gott geschaffen hat. Die Menschen hier sagen, Gott habe am siebten Tag keine Lust mehr gehabt, Land und Meer und Wolken zu trennen oder zu teilen. Er habe alles zusammen geschaffen, etwas Land aus Kanälen und Prilen und untergegangenen Inseln – und etwas Meerwasser, grün, blau und grau leuchtend, in das sich die

Wolken senken, um daraus zu trinken.« – »Wie war das?! Wiederholen Sie es bitte noch einmal!« – »Damit Sie auch das aufschreiben?! Warum schreiben Sie alles auf? Können Sie sich nichts merken?!« – »Ich bin Schriftsteller. Was ich hier notiere, verwende ich später vielleicht in einer meiner Erzählungen oder Romane.« – »Was Sie nicht sagen! Sie wollen meine Geschichten ›verwenden‹?! Das halte ich nicht für die feine Art.« – »Sie haben recht, ich sollte Sie um Erlaubnis fragen.« – »Allerdings, das sollten Sie. Aber jetzt kosten Sie endlich einmal etwas, anstatt nur zu notieren.« – »Ich soll gleich hier etwas kosten?« – »Natürlich. Kosten Sie unsere Austern, mein Freund wird Ihnen einige öffnen.«

Marta wandte sich dem jungen Mann zu, der wortlos neben ihr stand und sich das Gespräch unruhig angehört hatte. »Öffne dem Herrn aus Amerika bitte ein paar Austern und zeige ihm, wie man das Austernfleisch mit dem gebogenen Messer heraustrennt. So etwas wird er noch nie gesehen haben.« – »Ich habe so etwas durchaus schon …«, setzte Hemingway an. – »Schauen Sie hin, sonst verpassen Sie es«, unterbrach ihn Marta.

Der junge Mann nahm eine Auster in die rechte Hand und zog einen Handschutz über, dann setzte er mit dem Messer an und öffnete die Muschel mit einer einzigen ruckartigen Bewegung. Die beiden Hälften klappten auseinander, und man sah in der größeren die Bänke des Fleischs in einem salzigen Sud. Das Messer setzte noch einmal an und fuhr an den Rändern der gefüllten Schale entlang, bis das Fleisch sich löste und in den Sud sank.

»Perfekt«, sagte Marta, »so macht man es! Haben Sie genau hingeschaut?« – »Ja, ich habe es mir gemerkt«, antwortete Hemingway und grinste. – »Was gibt es da zu grinsen?« – »Ich habe es genauso bereits als Junge gelernt.« – »Sie haben in Amerika Austern geöffnet und sogar gegessen?« – »Ja, habe ich. Es gibt in Amerika große und sehr schöne Seen, in denen man wie hier angeln und fischen gehen kann. Und natürlich gibt es auch Muscheln und Austern.« – »Mag ja sein, aber so gute wie hier werden Sie noch nie probiert haben.«

»Möchten Sie etwas Zitrone dazu, Mister Hemingway?« sagte plötzlich der junge Mann. – »Kennst Du den Herrn?« fragte Marta, »seid Ihr Euch schon einmal begegnet?« – »Ich weiß, Sir, dass Sie Ernest Hemingway sind. Jeden Tag steht etwas über Sie in der Zeitung. Ich habe auch bereits einige Erzählungen von Ihnen gelesen.« – »Hemingway?! Sie sind Ernest Hemingway?« rief Marta, »während der Schulzeit habe ich eine wunderschöne Geschichte von Ihnen gelesen. Sie hieß *Katze im Regen*, und es ging um ein junges, frisch verheiratetes Paar, das sich aber nicht mehr richtig mochte. Das Paar wohnte in einem Hotel, und draußen regnete es furchtbar, und es gab da eine Katze, draußen, meine ich …« – »Danke, Signorina, ich kenne diese Geschichte sehr gut«, sagte Hemingway und grinste wieder. – »Ach, natürlich, Sie kennen diese Geschichte, Sie haben sie ja geschrieben, nicht wahr?« rief Marta und hätte sich fast auf die Unterlippe gebissen, so dreist wie sie jetzt ihre Rolle als Ahnungslose spielte. Sie übertrieb es wahrhaftig, das wusste sie, ihr Freund aus Burano würde sie für verrückt halten, bei dem Theater, das sie gerade spielte.

»Und – wie schmeckt Ihnen die Auster?« fragte sie und versuchte, etwas ruhiger zu agieren. – »Sehr gut«, antwortete Hemingway, »der Geschmack ist in der Tat mit der unserer Austern nicht zu vergleichen.« – »Ha, Sie sollten einmal bei uns zu Hause in Burano Fisch essen! Das würde Ihnen gefallen!« – »Warum nicht, Signorina? Wenn dies eine Einladung ist, nehme ich sie an. Meine Frau würde mich begleiten, auch wenn sie nicht so eine begeisterte Fischesserin ist wie ich.« – »O, Sie nehmen meine Einladung wirklich an? Das freut mich aber sehr! Meine ganze Familie wird es freuen, ja, das wird ein ganz besonderes Fest werden. Geben Sie Ihren Block einmal her. Ich schreibe Ihnen meine Adresse auf. Und dann hinterlasse ich in einigen Tagen an der Rezeption des *Gritti* eine Nachricht, und wir nehmen wegen eines Abendessens bei uns in Burano Kontakt auf. Einverstanden?« – »Danke, Signorina, das ist sehr großzügig. Ich freue mich schon jetzt auf diese Stunden.«

Er reichte Marta seinen Block, und sie nahm den Bleistift, dessen Spitze etwas feucht war. Die Seiten waren wellig, und seine Schrift sah aus wie die eines Kindes, das nicht fähig war, gerade und auf einer Linie zu schreiben. Manche Buchstaben waren ihm entglitten, als hätte er gezittert oder als hätten sie ihm Widerstand geleistet.

Sie presste den Block gegen ihr rechtes Knie und notierte die Buraner Adresse ihrer Familie in großen Druckbuchstaben. Daneben zeichnete sie mit wenigen Strichen einen Fisch. Dann reichte sie den Block zurück.

»Was ist das für ein Fisch?« fragte Hemingway und grinste schon wieder. – »Ein Petersfisch, Mister Hemingway. Sie werden ihn bei uns zu essen bekommen, und danach können Sie, wenn er Ihnen geschmeckt hat, auch über ihn schreiben. Petersfische sind die geduldigsten Fische überhaupt.«

Er lachte laut auf und steckte den Block in die rechte Tasche des Jacketts. Dann schob er den Bleistift langsam in die äußere Brusttasche und grüßte. »Wir sehen uns wieder«, sagte er und beeilte sich, die Fischhalle zu verlassen. – »Bis bald, Mister Hemingway«, rief Marta, wartete, bis er verschwunden war, und gab dem jungen Mann neben sich kurz darauf einen heftigen Kuss auf die linke Wange.

18

»Ah, da sind Sie ja! Haben Sie leicht hierhergefunden?« fragte Paolo, als Hemingway die Gondelanlegestelle am *Campo Sant' Angelo* erreichte. – »Ich habe höchstens zehn Minuten gebraucht«, antwortete er, »Deine Wegbeschreibung war kurz, aber genau. Ich freue mich auf unsere Tour. Lass uns losfahren, so langsam, wie es irgend geht. Und so geräuschlos …« –

Paolo sah, dass er einen Regenmantel sowie eine dunkle Wollmütze übergestreift hatte. »Sie tragen ja Tarnkleidung«, sagte er und lachte. – »Ja, darin wird mich wirklich niemand erkennen«, antwortete Hemingway und setzte sich an den Bug des Bootes. Onkel Tonio war anscheinend mit seiner Gondel unterwegs, und es gab zum Glück auch keine Touristen, die auf sein Wiedererscheinen warteten. Auf dem *Campo* war es sehr still, nur zwei Hunde liefen dicht nebeneinander an den Häuserwänden entlang und beschnüffelten jede Ecke.

»Wir meiden den *Canal Grande*«, sagte Hemingway, »wir befahren ausschließlich die kleinen Kanäle und machen hier und da Halt. Ich gebe Dir ein Zeichen.« – »Zu Befehl, Sir«, sagte Paolo, warf den Motor an und fuhr langsam los.

Das Boot senkte sich etwas tiefer ins Wasser, als holte es Luft, dann nahm es Fahrt auf. Hemingway beugte sich zur Seite und starrte auf die Wellen, die es hinterließ. Er holte den Bleistift und das Notizbuch hervor und schlug es auf. In riesigen Buchstaben hatte die junge Frau auf dem Markt ihre Burano-Adresse geschrieben! Als wäre er stark weitsichtig!

»Heute Vormittag habe ich auf dem Fischmarkt eine Einladung nach Burano erhalten«, sagte er, »eine junge Frau will für mich kochen, und die ganze Familie soll anwesend sein.« – »Sagten Sie Burano, Sir? Irren Sie sich da nicht?!« – »Nein, schau, sie hat ihre Adresse in mein Notizbuch geschrieben.« – »Und wie heißt sie? Ich werde sie bestimmt kennen.« – »Sie heißt Marta, und die Adresse lautet …« – »Marta?!« – »Ja, kennst Du eine Marta in Burano?« – »Aber ja, ich weiß, wer sie ist. Doch was hatte sie auf dem Fischmarkt zu tun?« – »Sie hat Fische und Austern verkauft. Ich habe welche gekostet.« – »Marta hat auf dem Fischmarkt etwas verkauft?« – »Ja, hat sie. Sie war sehr freundlich. Eine lebenslustige, junge Person. Schlagfertig und gescheit. Sie hat mir gefallen.« – »Sie war schlagfertig?« – »Und wie! Sie hat einen feinen Humor.« – »Und sie hat Sie erkannt?« – »Zunächst nicht! Aber ihr Freund hat mich erkannt!« – »Sie hat einen Freund?« – »Er hat mit ihr zusammen die Fische und Austern verkauft. Ich vermute, er kommt auch aus Burano.« – »Ach den meinen Sie! Ja, er kommt auch aus Burano!«

Paolo schwieg eine Weile. Beim besten Willen konnte er sich nicht erklären, was am Vormittag auf dem Fischmarkt passiert war. Marta hatte keinen Ton darüber verloren, sondern war nach einer gemeinsamen Mittagsmahlzeit am *Campo Sant' Angelo* allein zum *Gritti* gegangen, um dort Kontakt zu Signora Hemingway aufzunehmen. War sie jetzt mit der Signora unterwegs? Und was zum Teufel war auf dem Fischmarkt geschehen?

»Meine Schwester war vor vielleicht einer Stunde im *Gritti*. Wissen Sie, ob Ihre Frau sie getroffen hat?« – »Ja, hat sie. Sie haben sich für morgen um zehn im Foyer des Hotels verabredet. Mary freut sich auf die gemeinsamen Unternehmungen und ist dankbar für das Hilfsangebot.« – »Haben Sie meine Schwester auch kennengelernt?« – »Nein, leider nicht. Aber das wird sich bestimmt auch bald ergeben.« – »Ja, das wird es bestimmt.«

Paolo geriet ins Grübeln. Sprach Hemingway wirklich von seiner Schwester? Und wieso hatte sie auf dem Fischmarkt etwas verkauft? Und war der junge Nachbarssohn aus Burano wirklich ihr Freund? Ausgeschlossen! Davon hätte er doch gewusst, sie hätte es ihm erzählt. Irgendetwas stimmte nicht an dieser Geschichte, aber er hatte nicht die geringste Ahnung, wie er die dunklen Stellen hätte aufklären können.

Das Boot durchstreifte die Mitte eines schmalen Kanals und fuhr unter einer kleinen Brücke hindurch. Plötzlich war Musik zu hören. Sie wurde lauter, es waren einzelne Instrumente und Stimmen während einer Probe. »Das *Teatro La Fenice*«, sagte Paolo und deutete auf den großen Bau, der zur Linken erschien. »Stell den Motor aus«, antwortete Hemingway, »und lenke das Boot etwas zur Seite. Ich möchte die Musik hören, wenigstens ein paar Minuten ...«

Er schloss das Notizbuch und betrachtete den schweren Bau, der inmitten der anderen, alten Häuser wie ein Fremdkörper erschien. Jemand übte auf einer Violine immer dieselbe Passage, aus einem der höher gelegenen, geöffneten Fenster klang eine Posaune. Eine Frauenstimme wurde von einem Klavier begleitet und setzte mehrmals von vorne an.

Hemingway fröstelte. All diese Klänge erinnerten ihn an seine Mutter, die sich eingebildet hatte, eine passable Opernsängerin zu sein. Wenn sie im Wohnhaus zusammen mit einem Pianisten geübt hatte, hatten die Kinder sich in ihre Zimmer zurückziehen und leise sein müssen. Sein Vater hatte sich aus Opern nichts gemacht und die Mutter nur widerwillig begleitet, wenn sie eine Aufführung hatte sehen und hören wollen. Meist hatte er eine Ausrede gefunden, um nicht mitkommen zu müssen, dann war eines der Kinder oder sogar mehrere dran gewesen. Er konnte sich nicht erinnern, dass eine seiner Schwestern gern in die Oper gegangen war, er selbst hatte die Opernbesuche sogar gehasst. Bis heute war das so geblieben, schade im Grunde, aber die Erinnerungen an diese frühen Tage waren noch immer lebendig. Sollte er beim *Teatro La Fenice* eine Ausnahme machen? Schließlich war es eine der berühmtesten Opernbühnen der Welt! Er würde mit Mary darüber nachdenken, denn er wusste genau, dass sie sich einen solchen Besuch wünschen würde.

Nach einigen Minuten hob er die rechte Hand, und Paolo setzte die Fahrt fort. »Hast Du einmal das *Teatro* besucht?« fragte er. – »Ja, Sir, mit der Schulklasse.« – »Welche Oper habt Ihr gehört?« – »Gar keine, wir haben das *Teatro* besichtigt, und man hat uns seinen Aufbau erklärt.« – »Würdest Du gerne einmal hineingehen, um eine richtige Oper zu hören?« – »Ja, Sir, es soll eine Oper geben, in denen ein Chor von Fischern auftritt und singt. Mein Großvater kennt sie, sie heißt *Die Perlenfischer* und ist von einem französischen Komponisten.« – »Nie von gehört.« – »Mein Großvater singt manchmal die Lieder des Chores und begleitet sich dabei auf dem Akkordeon, ich habe die Lieder schon viele Male gehört.« – »Spielst Du auch ein Instrument?« – »Nein, Sir, ich kann nicht einmal singen. Meine Schwester aber …, die … Ist das Tempo in Ordnung, Sir?« – »Ja, sehr gut.« – »Sollen wir ein bestimmtes Ziel ansteuern?« – »Nein, nichts Bestimmtes. Fahr weiter langsam, und dann entscheiden wir spontan, wie es weitergeht.«

Die meisten Häuser hatten nach hinten zum Kanal, den sie gerade durchfuhren, einige vergitterte Fenster, sodass man in die schon hier und da erleuchteten Räume hineinschauen konnte. Der Blick hatte etwas Heimliches, und er erfasste lauter kleine Bühnen, auf denen sich die Bewohner zu ihren stillen Tätigkeiten niedergelassen hatten. Hemingway beobachtete einen alten Antiquar, der an einem großen Tisch saß und in einem dicken Folianten blätterte. Nebenan war eine Näherin mit dem Stopfen eines Lochs in einem Hemd beschäftigt. Aus einem geöffneten Fenster drangen die verhaltenen Stimmen zweier Frauen, von denen die eine anscheinend eine längere Geschichte erzählte, während die andere laufend *è vero?* fragte.

Er konnte sich nicht sattsehen an diesen Bildern, sie wirkten wie fein gemalte Stillleben in ein und demselben Format, schöner und intensiver als Genrebilder, die er aus Museen kannte. Seit Langem hatte er eine Schwäche für solche Bilder, die den Alltag der Menschen einfingen. Er konnte sich vorstellen, darüber Erzählungen zu schreiben, kurze Porträts vom Tun und Treiben einzelner Personen, deren Bekanntschaft er vorher gemacht hätte. Für Venedig kam ein solches Vorhaben vielleicht noch zu früh, aber es war gut und richtig, sich dazu schon einmal ein paar Notizen zu machen. Das Notieren hält Dich wach!, dachte er, egal, was dabei später einmal herauskommt!

Je länger sie fuhren, desto stiller wurde es. Die dunklen Schatten sanken an den Häuserwänden herunter und glitten ins Wasser, Scharen von Möwen drehten ihre Kreise weit oben, über den spitzen Kaminen, aus denen der Rauch kam. Man konnte ihn noch ganz unten, inmitten der vielen Spiegelungen auf dem Wasser, sehen und riechen, es war ein hellgrauer, mit dem Wind tanzender Rauch, der sich manchmal auf der Stelle drehte und dann plötzlich verschwand.

Das Boot fuhr weiter sehr langsam und schien mit den Gebäuden zu atmen. Er sah das helle Grau der Kirchenbauten, aus denen Orgelspiel drang, und er notierte das fleckige Dunkelrot der Dachziegel. Die Stadt hatte ihren Fensterläden ein dunkles Waldgrün verordnet, wodurch sie wohnlich und beruhigend wirkten.

Er hätte endlos so fahren können, es war genau die richtige Methode, sich Venedig zu nähern. Indem man den Touristen und Spaziergängern aus dem Weg ging! Indem man unter den Brücken herfuhr, anstatt sie eine nach der andern hinauf und hinab zu laufen. Unter den Brücken zog man jedes Mal den Kopf ein und schaute nach oben, auf ihre rauen Wölbungen, man spürte die momentane Kühle und sah, wie Algen die Seiten der Brücken flankierten.

In einigen Häusern wurde bereits das Abendessen gekocht. Manche Küchen lagen direkt an einem Kanal, und da die Fenster offen standen, roch er hier und da, was gerade auf dem Herd stand. Der beizige Geruch eines Bratens, die dunstigen Schwaden kochenden Pastawassers oder der unverwechselbare Geruch kleiner Zwiebeln, die in Olivenöl gebraten wurden. Zu gerne hätte er auch in all diese Töpfe und Pfannen geschaut, bestimmt gab es in dieser Stadt herrliche, sonst unbekannte Rezepte für jede Zutat. Auf Burano würde man Mary und ihm vielleicht davon berichten, ja, er wollte die Gelegenheit des Essens dort nutzen, viele Details der venezianischen Küche zu erfahren.

»Ist Marta eine gute Köchin?« fragte er leise. – »Welche Marta, Sir?« – »Na, die aus Burano.« – »Ach die meinen Sie. Ja, sie ist eine sehr gute Köchin, aber ihre Mutter ist eine noch bessere. Sie hat sogar einmal einen Preis bei einem Wettbewerb in Venedig gewonnen, für ihre Fischsuppe!« – »Fischsuppe! Paolo, ich esse Fischsuppe sehr gerne, es gibt kaum eine Suppe, die ich lieber essen würde.« – »Dann werden Sie auf Burano eine zu essen bekommen, die Sie glücklich macht, Sir.«

Jemanden glücklich machen, ja, das war die zentrale Formel für das Leben hier. Alles, was einem sonst an Chaos und Schrecken durch den Kopf ging, geriet langsam in Vergessenheit. Das Künstliche der Stadt nahm einen für sie ein, und man wurde in ein anderes Leben gelockt, in dem die Geschichten des Festlandes Tag für Tag mehr verblassten. Dass er sich einen alten Regenmantel und eine Wollmütze übergezogen hatte, war bereits das erste Anzeichen der Metamorphose. Er hatte sich verkleidet, um unerkannt zu bleiben und heimlich die fremden Gesetze und Regeln dieses Kosmos kennenzulernen.

Außer den Gebäuden und den sich unaufhörlich verändernden Bildern im Wasser sollte seine Aufmerksamkeit aber auch den Menschen gelten. Vom Boot aus betrachtet, hasteten sie wie unruhige Schatten über die Brücken und verschwanden lautlos. Anders als in anderen Städten sah man sie in den schmalen Gassen nicht bei längeren Unterhaltungen, höchstens auf diesem oder jenem *Campo* standen sie in kleinen Gruppen zusammen und murmelten ihre Sprüche. Was für ein weiches, gut klingendes Sprechen! Als schäumte die Sprache! Als lösten die Worte sich in einem Amalgam aus Süßstoffen und Honig auf! Wie in einer *Zabaione*! Wie in einem hellgelben Eierschnee mit einem Schuss Marsala! Wie …, Herrgott, die Glücksnähe konnte einen auch verblöden lassen, sodass man den reinsten Unsinn erfand.

Er steckte das Notizbuch und den Bleistift weg und legte sich mit dem Rücken auf den Boden des Bootes. Beide Hände unter den Kopf, den Blick nach oben, wo die Schrägen der Häuserwände sich näherten und dann zur Seite wegbogen. Er drehte jetzt einen Film, und er begann sich auszudenken, mit welcher Szene er beginnen würde. Mit dem Flug einer Möwe über die Dächer! Wie sie sich in den Spalt einer Gasse stürzen und aus ihr etwas Essbares rauben und wieder in die Höhe emporsteigen würde! Das erschrockene Gesicht eines Kindes, dem das Tier eine Süßigkeit aus der Hand geraubt hatte! Der Schrei und das Fluchen seiner Mutter, die den Flug der Möwe mit der Faust begleitete!

Wenn er so auf dem Holzboden des Bootes lag, konnte er sich einbilden, ein Regisseur der Szenen in der Umgebung zu sein. Ein älterer Mann stand neben einem Kiosk und las aufmerksam in einer Zeitung. Er trug eine Kappe wie zur Jagd, und man konnte sich gut vorstellen, wie er mit einem Gewehr in der Hand in einem Boot sitzen und nach Wildenten Ausschau halten würde. Eine junge Frau schleppte zwei Taschen über einen *Campo*. In jeder Hand hielt sie eine, sie schienen gleich schwer zu sein, und er konnte nicht feststellen, was sich in ihnen befand, weil der Inhalt beider Taschen jeweils mit einer Zeitungsseite abgedeckt war. Zwei Männer diskutierten vor einer Weinstube ein anscheinend nicht sehr erregendes Thema. Sie rauchten beide Zigarren und lachten immer wieder, als hätten sie das Thema im Griff und kennten all seine Nuancen. Eine Nonne lief an einem Kirchengebäude entlang und überprüfte jede einzelne Tür daraufhin, ob sie geschlossen war. Ein Kindermädchen mit einem langen Zopf trieb eine

Gruppe von kleinen Kindern vor sich her und griff immer dann ein, wenn eines der Kinder die Lust am Tragen seines Spielzeugs verlor.

Man müsste ein guter Zeichner wie Degas sein, um all diese Menschen zu porträtieren, dachte er. Auf ein Blatt mit sehr großem Format würden viele von ihnen Platz haben, bunt durcheinander! So etwas hätte er gerne gezeichnet, ein Bild mit unzähligen Menschen, alle in eine jeweils charakteristische Handlung vertieft. Nicht übel wäre auch das Porträtieren einzelner Physiognomien oder schöner Köpfe. Veronese und Tintoretto hatten verdammt schöne Köpfe gemalt, und die schönsten waren die von schwarzhaarigen Venezianerinnen im Profil gewesen.

Schau noch genauer hin, dachte er, schau sehr genau und pick Dir einige Köpfe heraus! Versuche, sie in der einbrechenden Dunkelheit zu fixieren, als hättest Du Dein Fernglas für die Jagd in der Hand! »Fahr bitte noch langsamer, Paolo«, sagte er, »lass uns durch die Kanäle schleichen, als wären wir Biber, die gleich ganz im Wasser verschwinden.« Er lachte auf, und Paolo schaute ihn an. Zu gerne hätte er gewusst, was Hemingway in sein Notizbuch notiert hatte. Jetzt hob er die Hand, er, Paolo, sollte wohl wieder den Motor abstellen. Das Boot befand sich unweit einer Brücke, auf der zwei Frauen standen. Sie unterhielten sich leise, und eine von ihnen hatte ihre Tasche auf dem Brückengeländer abgestellt.

Sie war schwarzhaarig und hatte ein rotes Tuch wegen

der noch anhaltenden abendlichen Wärme vom Kopf gestreift. Wie das Tau eines Schiffes wand es sich jetzt um ihren Hals. An der rechten Hand trug sie einen goldenen Ring, sie gestikulierte mit dieser Hand und berührte mit den Fingern manchmal die obere rechte Schulter der Frau gegenüber, die viel schlichter gekleidet war.

Paolo sah, dass Hemingway sich aufrichtete und wieder Platz auf dem Holzbalken am Bug nahm. Er schaute hinauf zu den beiden Frauen und fuhr sich mit der rechten Hand über die Haare. »Kennst Du eine der beiden Frauen oben auf der Brücke?« fragte er. – Paolo blickte genauer hin und versuchte, die Details zu erkennen. »Eine von ihnen kenne ich, Sir, es ist die Frau mit dem roten Tuch. Sie heißt Adriana Ivancich und gehört einer alten adligen Familie an. Deren Palazzo liegt ganz in der Nähe.« – »Was weißt Du noch über sie?« – »Nicht viel, Sir. Ich glaube, ihr Vater ist eines tragischen Todes gestorben. Angeblich ist er auf offener Straße von politischen Gegnern ermordet worden.« – »Was ist denn das für eine Geschichte?!« – »Ich kenne sie nur vom Hörensagen, meine Schwester weiß vielleicht mehr. Sie ist nicht viel älter als Adriana.« – »Das heißt, Adriana ist höchstens ... wie alt ist sie?« – »Sie ist achtzehn, Sir.« – »Wie bitte? Diese junge, schöne Frau oben auf der Brücke ist achtzehn Jahre alt?! Das kann nicht sein, Paolo. Sie ist mindestens Mitte zwanzig, wenn nicht bereits dreißig. Ist sie verheiratet?« – »Nein, Sir, ich sagte doch, sie ist erst achtzehn.« – »Das kann ich nicht glauben.« – »Sollen wir näher heran an die Brücke? Soll ich ihr ein paar Worte zurufen? Sie kennt mich ein wenig, wir werden sie nicht erschrecken.« – »Auf keinen Fall. Wir wollten unentdeckt und unerkannt bleiben, Paolo, und dabei soll es auch bleiben.« – »Wollen Sie Adriana einmal kennenlernen, Sir? Das kann ich gut verstehen. Viele jüngere Männer wollen ihre Bekanntschaft machen, aber sie geht keine Freundschaften ein. Es heißt, sie schreibe Gedichte und male Bilder und tue das, was Frauen in diesem Alter halt so tun, wenn sie in einem Palazzo wohnen und gut versorgt werden.« – »Sag so etwas nicht, Paolo! Du solltest Respekt vor dieser Frau haben. Die besten Gedichte der Welt wurden von Menschen in frühem Alter geschrieben, das solltest Du wissen!« – »Ist das so, Sir?« – »Ja, bisher war es so.« – »Haben Sie als junger Mann auch Gedichte geschrieben?« – »Dann und wann.« – »Und schreiben Sie noch immer Gedichte?« – »Selten.« – »Sind gute oder sehr gute darunter?« – »Nein, ich habe nur miserable Gedichte geschrieben. Ein furchtbares Zeug! Wenn ich hilflos war, habe ich noch hilflosere Gedichte geschrieben.« – »Sie übertreiben.« – »Nein, ich übertreibe nicht. Aber lassen wir das. Erzähl mir lieber noch mehr von ..., verdammt, wie ist Ihr Nachname?« – »Ivancich, Adriana Ivancich.« – »Das ist kein venezianischer Name.« – »Nein, ist es nicht. Ich glaube, die Familie kam aus Dalmatien. Aber fragen Sie meine Schwester, sie kann Ihnen weiterhelfen.« – »Das werde ich tun. Weißt Du wenigstens, wo genau sich der Palazzo der Familie befindet?« – »Ja, ich kann Ihnen die Adresse aufschreiben, Sir.« – »Sehr gut, danke. Dann habe ich zumindest eine erste Orientierung.« – »Was für eine Orientierung?« – »Vielleicht eine für eine gute Geschichte.« – »Ich verstehe, Sir, jetzt weiß ich, warum Sie laufend nachfragen. Sie suchen eine Orientierung, und Sie haben vielleicht eine gefunden.« – »Lassen wir das auf sich beruhen, Paolo. Und fahren wir jetzt rasch zum *Campo Sant' Angelo* zurück. Ich habe Mary versprochen, mich am Abend mit ihr am Rialto zu treffen. Wir werden meine Übersetzerin verabschieden.« – »Zu Befehl, Sir.«

Paolo bog mit dem Boot in einen Seitenkanal ab. Jetzt war der Wind deutlicher zu spüren, er fuhr wie ein warmer, etwas stickiger Atem über das Wasser. Hemingway holte sein Notizbuch wieder hervor und notierte unaufhörlich. Paolo schaute ihm zu und wünschte sich, jeden Eintrag mitzubekommen. Schrieb er über Adriana und dachte sich etwas aus, oder hielt er nur fest, was er wirklich gesehen hatte? Sie galt als eine der schönsten jungen Frauen Venedigs, das stimmte, aber sie war auch eine der schwierigsten. Mit ihm, Paolo, zum Beispiel würde sie sich nie länger unterhalten, er konnte ihr nichts bieten. Mit Marta hatte sie dagegen schon oft über Musik gesprochen, über die Lieder, die Marta sang, oder über die Gedichte, die auf Burano im Umlauf waren. *Lagunenlyrik* hatte Marta sie genannt, daran erinnerte er sich, aber er verstand nichts von Lyrik.

Das Boot fuhr jetzt schneller und glitt durch die Kanäle, als sollte der Fremde möglichst bald irgendwo abgesetzt werden. Als der *Campo Sant' Angelo* vor ihnen auftauchte, war Onkel Tonio zu erkennen, der an der Anlegestelle stand und anscheinend mit zwei Touristen verhandelte.

Hemingway stieg aus und musterte sie. »Sind Sie Amerikaner?« fragte er. – »Ja, wir kommen aus San Francisco«, rief einer von ihnen. – »Dann seid Ihr ja Landsleute! Wollt Ihr mit der Gondel fahren?« – »Ja, haben wir vor.« – »Sehr gut. Lasst Euch auf den *Canal Grande* rudern, da ist viel los, und dann sollte es weiter bis zum Rialto gehen, da ist am meisten los.« – »Danke für den Tipp, Sir.« – »O, gern geschehen.«

Er lachte kurz auf und hielt Paolo sein Notizbuch hin. Eine Seite blätterte er um, sodass nicht zu erkennen war, was er kurz zuvor geschrieben hatte. »Die Adresse ..., meine Orientierung ..., bitte!« sagte er und wartete, bis Paolo alles notiert hatte. »Ich lasse von mir hören«, sagte er, »meine Nachrichten erhältst Du wie vereinbart an der Rezeption des *Gritti*.« – »Ich weiß, Sir!«

Er gab Paolo noch die Hand, dann machte er sich auf den Weg zum Rialto.

19

Marta war an diesem Abend allein. Elena, ihre Mutter, war für eine Woche nach Padua gereist, um ihre kranke Schwester zu pflegen. Heute würde sie zurückkommen und sicher erstaunt über all die Neuigkeiten sein, die der Vater ihr nur andeutungsweise am Telefon mitgeteilt hatte. Sergio würde sich bald zu Hause einfinden, und vielleicht würde auch Paolo gleich eintreffen, sodass die Familie einmal wieder zusammen war.

Nun gut, bei dieser Gelegenheit könnte man besprechen, was man Hemingway und seiner Frau auftischen würde. Pasta? Oder lieber eine Suppe? Danach gegrillten Fisch? Oder eine Handvoll kleiner Krebse?

Nach ihrer Rückkehr ins Haus war sie gleich zu dem großen Bücherregal gegangen, das der Vater in der Diele angebracht hatte. H wie Hemingway – sie hatte wahrhaftig einige seiner Bücher entdeckt und außerdem welche mit Abhandlungen über sein Werk. In einem befanden sich auch Fotografien, und so hatte sie nach ersten konkreten Eindrücken von dem Leben gesucht, das er geführt hatte und führte. Einen Band mit seinen Erzählungen hatte sie aus dem Regal genommen und auf ihr Zimmer gebracht, und das Buch mit Fotografien hatte sie mit in die Küche genommen, wo sie sich an die Vorbereitung des Abendessens gemacht hatte.

Es sollte etwas Einfaches, Sättigendes geben, das allen

schmeckte. Sie würde *risi e bisi* kochen, Reis mit Erbsen, das brauchte seine Zeit, war aber mühelos herzustellen, sodass sie nebenbei noch in dem Buch blättern konnte. Seit sie Hemingway auf dem Fischmarkt gesehen hatte, ging er ihr nicht mehr aus dem Kopf. Sie hatte das Gefühl, ihm nahe zu sein, und es hatte Eindruck auf sie gemacht, wie freundlich er mit ihr umgegangen war. Ohne jeden Hochmut und ohne jede Besserwisserei! Stattdessen war er neugierig und aufmerksam gewesen.

Was am stärksten an ihm beeindruckte, war seine Ausstrahlung. Er wirkte vital, lebenslustig und draufgängerisch, in seiner Gegenwart würde man sich bestimmt keinen Moment langweilen. Genau das schienen auch seine Freundinnen und Freunde zu schätzen, die auf den Fotografien an seiner Seite zu sehen waren. Meistens saßen alle gemeinsam an einem langen Tisch und hatten gerade gegessen, viele Flaschen waren über das weiße Tischtuch verteilt, und Hemingway blickte lachend in die Kamera, als hätte er gerade Heldentaten vollbracht.

Andere Aufnahmen zeigten ihn auch in Aktion: beim Skifahren, auf der Jagd, beim Fischen. In Shorts und weißem, offenem Hemd mit kurzen Armen saß er an einem schlichten Schreibtisch und korrigierte ein Manuskript. In seinem Arbeitszimmer lagen keine Gegenstände herum, es wirkte vielmehr sehr aufgeräumt, selbst die Bücher in den Regalen standen akkurat nebeneinander und sahen so aus, als würden sie durchaus manchmal zum Nachschlagen oder Wiederlesen in die Hand genommen.

Anscheinend kannte er auch viele bekannte Leute vom Film, Schauspielerinnen wie Marlene Dietrich oder Schauspieler wie Gary Cooper, mit denen er sogar befreundet war. Stierkämpfe hatte er wohl sehr häufig besucht und darüber ein ganzes Buch geschrieben.

Das würde sie gewiss nicht lesen, wohl aber einige Erzählungen und mindestens einen Roman. Sie ging die Titel durch und informierte sich über den jeweiligen Stoff. Zwei Romane gingen über den Krieg, die würde sie sich ebenfalls nicht antun. Ein Buch spielte in Paris und war anscheinend das erste längere, das er veröffentlicht hatte. In ihm kam ein Freundeskreis vor, der vielleicht eine gewisse Ähnlichkeit mit all den Freundeskreisen hatte, die ihn ein Leben lang begleitet hatten. Darüber wollte sie mehr wissen, genauer gesagt, wollte sie wissen, worüber seine Freunde sich unterhielten und wie sie miteinander umgingen.

Dass sie keine richtigen Freundinnen und Freunde hatte, machte ihr sehr zu schaffen. Während der Schulzeit hatten die Gleichaltrigen aus Burano sie gelangweilt, und die Mitschülerinnen aus Venedig waren oft hochnäsig und abweisend gewesen und hatten zu erkennen gegeben, dass sie sich mit einer Fischerstochter aus der Lagune nicht anfreunden wollten.

Nur Adriana Ivancich hatte sich manchmal mit ihr unterhalten, doch es waren keine persönlichen Gespräche gewesen. Adriana hatte sie vielmehr nach den Liedern und Gedichten befragt, die in Burano gesungen wurden, sie hatte sich für Literatur interessiert und keineswegs dafür, was ihr, Marta, Tag und Nacht durch den Kopf ging.

Und was war das?! Na, zum Beispiel, wie man es anstellte, gute Freundinnen und Freunde zu finden! Oder wie man vorging, um einen guten Beruf zu erlernen! Oder wie man es schaffte, Einblicke in das Leben jener Menschen zu erhalten, die ein ganz anderes Leben führten! Wie die Bewohner des armen Burano lebten, wusste sie nur zu genau. Was aber in den Palazzi Venedigs vor sich ging, konnte sie sich nicht einmal ausmalen.

Gerade war ihre Schulzeit zu Ende gegangen, bald würde sie eine Arbeit finden müssen, denn sie wollte nicht den Empfehlungen ihrer Mutter folgen, die ihre einzige Tochter bei sich behalten wollte, damit sie in Zukunft zusammen den Haushalt führten. Das kam nicht in Frage, auf gar keinen Fall! Andererseits konnte sie sich aber auch nicht für eine andere Tätigkeit entscheiden. Das lag daran, dass sie die Welt und das Leben noch nicht gut genug kannte. Lehrerin zu werden, konnte sie sich vorstellen, aber war es wirklich erstrebenswert, gleich wieder in jene Schulen zurückzukehren, denen sie gerade entkommen war? Lehrerin war in Ordnung, aber einfallslos, und sie hasste kaum etwas so sehr wie Einfallslosigkeit.

Sie füllte einen großen Topf mit warmem Wasser, salzte es und stellte den Topf auf den Herd. Sie drehte die Gasflamme auf und setzte sich wieder an den Tisch, um die kleinen Erbsen aus den Schoten zu pulen. Das Buch mit den Fotografien ließ sie neben sich liegen und blätterte dann und wann eine Seite um. Hemingway hatte wohl immer gute Einfälle gehabt, das erkannte man auf den Fotos. Bestimmt hatte er seine Freundinnen und Freunde zu lauter unvorhersehbaren Unternehmungen verführt. Zu abenteuerlichen Geschichten, die sich einfach von selbst ergaben. Weil er dabei war! Weil er sie kommen sah und Schwung hineinbrachte! Weil er keine Angst hatte, selbst vor dem Sterben nicht!

Richtig, wer so ein Leben führte, hatte keine Angst. Vielleicht war er dem Tod schon sehr nahegekommen und hatte dadurch gelernt, dass man ein intensives Leben nur dann führen konnte, wenn man nicht zurückhaltend lebte. Einige Fotografien zeigten ihn als jungen Mann auf einem Krankenlager, und auf einem besonders schönen Foto war er, gestützt auf eine Krücke, neben einer jungen Krankenschwester zu sehen, in die er sich angeblich verliebt hatte. Über diese Liebesgeschichte hatte er in einem Roman geschrieben, sie war nicht gut ausgegangen, denn die junge Krankenschwester hatte einen anderen Mann geheiratet, und im Roman hatte Hemingway sie sogar sterben lassen. Wie man so etwas hinbekam, verstand sie nicht. Eine früher einmal geliebte Person sterben zu lassen – und wenn auch nur auf dem Papier?! Das hatte etwas Brutales.

Liebesgeschichten! Immer wieder Liebesgeschichten! Selbst im Krieg! Gut vorstellen konnte sie sich, dass er beim Sich-Verlieben genauso direkt vorging wie bei der

Jagd. Frauen, in die er sich verliebte, würde er mit ganzer Kraft angehen, bis er sie erobert hatte. Vielleicht nicht auf die feine Art, sondern eher wie ein Jäger, der seine Beute so lange verfolgt, bis sie aufgibt. Die Signora hatte er bestimmt auch auf diese Weise verfolgt, sie hatte sich ihm nicht entziehen können, obwohl sie verheiratet gewesen war und sich von ihrem Mann hatte scheiden lassen müssen, um mit ihm zusammenzuleben.

Sie hatte sich mit ihr eine halbe Stunde in der Bar des *Gritti* unterhalten, und die Signora hatte in sehr vertraulichem Ton mit ihr gesprochen. Dabei hatte sie auch kurz von ihrer früheren Ehe erzählt und davon, dass sie und Hemingway noch in einem frühen Ehestadium seien und vieles sich »noch nicht gesetzt« habe. Ihr, Marta, war nicht klar gewesen, was sich in einem frühen Ehestadium setzen und klären sollte. Solche Bemerkungen gingen ihr nicht mehr aus dem Kopf, sie waren das, was sie von Menschen wie Signora Hemingway hören wollte, denn sie deuteten etwas von dem Leben an, das sie nicht kannte und über das sie unbedingt mehr erfahren wollte.

Das gesalzene Wasser kochte, und sie warf die geleerten Erbsenschoten hinein. Mindestens eine Stunde würde es dauern, bis sie weich waren.

Sie blätterte weiter in dem Band mit den Fotografien, als die Haustür geöffnet wurde und Paolo erschien. Er kam direkt in die Küche, schaute kurz in den Topf und beugte sich dann über den Tisch. »Was liest Du, Schwester?« – »Ich schaue mir Hemingway-Fotos an.« – »Ah ja, ich verstehe. Du bereitest Dich auf seinen Besuch vor, zu dem Du ihn so großzügig eingeladen hast.« – »Wie bitte?! Woher weißt Du das?« – »Er hat mir seinen Notizblock gezeigt, auf den eine gewisse Marta ihre Burano-Adresse notiert hatte. Marta aus Burano hat Fische auf dem Markt am Rialto verkauft, und Marta hat das an der Seite ihres Freundes getan. Ich bin aus dem Staunen nicht herausgekommen, als ich diese Geschichte hörte.« – »Gott, es war ganz harmlos. Ich bin vom *Campo Sant' Angelo* zum *Rialto* geschlendert und noch etwas weiter, bis zum Fischmarkt, gegangen. Da habe ich ihn gesehen. Er wurde von einem Tross junger Männer begleitet, und er ging von Stand zu Stand und notierte die Namen der Fische und lauter Details von Rezepten. Ich habe überlegt, ob ich mich vorstelle und sage: ›Ich heiße Marta und bin die Schwester von Paolo‹ – und so weiter, doch das wollte ich nicht. Es wäre einfallslos und langweilig gewesen, und so habe ich mich heimlich an Brunos Stand geschlichen, habe mir von ihm eine Schürze geben lassen und habe so getan, als gehörte ich zu den Fischverkäuferinnen. Er kam dann auch wirklich an unseren Stand, wir haben uns unterhalten, und ich habe ihn eingeladen. Genau darüber hatten wir beide ja am Vormittag gesprochen. Ich habe nur in die Tat umgesetzt, was wir sowieso schon vorhatten.« – »Wir hatten vereinbart, vorher Vater zu fragen, und wir werden Mutter erst recht fragen müssen, denn sie ahnt noch nichts von dem Glück, Gastgeberin von Ernest Hemingway zu werden.« – »Aber das bekommen wir doch hin! Es wird ein richtiges Abenteuer sein: Der große Schriftsteller mit seiner Frau zu Besuch bei einer einfachen Fischerfamilie von Burano!« – »Du bist ja wirklich Feuer und Flamme! Anscheinend hat er Dich sehr beeindruckt! Du wirst übrigens Fischsuppe für ihn kochen müssen, denn er hat mir verraten, dass er für sein Leben gern Fischsuppe isst. Großvater wird zur Begleitung des Essens die Lieder aus den *Perlenfischern* singen, und Du wirst *Lagunenlyrik* aufsagen, das kannst Du doch so perfekt! Und, nicht zu vergessen: Wir könnten Adriana Ivancich dazuladen, die würde einige ihrer Bilder mitbringen, dann hätten wir Musik, Kunst und Literatur beisammen, fehlt nur noch die Fotografie, aber Fotos bekommen wir auch noch hin, die machen wir einfach selber und leihen uns den besten Apparat bei Bruno von nebenan aus, den Du ja seit Neustem ganz besonders zu schätzen scheinst.« – »Ich schätze niemanden ganz besonders, hör damit auf! Bruno war verschwiegen und hat mir geholfen, meine Rolle zu spielen! Aber warum erwähnst Du Adriana?« – »Ich habe Hemingway durch Venedig begleitet, und wir sind Adriana begegnet.« – »Haben sie sich kennengelernt?« – »Nein, das nicht. Ich spüre, dass er sie kennenlernen wollte, aber er machte dazu keinerlei Anstalten. Er hat sie wie ein Weltwunder betrachtet und sich aus dem Staub gemacht. Ich musste ihm ihre Adresse geben, und er hat unaufhörlich etwas in sein Notizbuch notiert.« – »Was hat er notiert?« – »Wie soll ich das wissen? Er wollte es mir nicht zeigen, natürlich nicht.« – »Adriana ist eine sehr schöne Frau. Ich hätte vermutet, dass er keine Minute zögern würde, sie anzusprechen.« – »Marta! Er ist verheiratet, seine Frau kreist wie er durch Venedig! Da läuft man nicht geradewegs auf die nächste Schönheit zu und bittet sie zum Tee!« – »Nicht zum Tee, sondern zu einem Glas Wein.« – »Ach was, nicht zum Wein, sondern zu einem Glas Gin.« – »Nicht zum Gin, sondern zu einem Scotch!« – »Marta, was ist mit Dir los? Du wirst mir etwas unheimlich. Was hat er denn mit Dir angestellt?« – »Ach, er geht mir nicht mehr aus dem Kopf. Er hat etwas Stattliches, Kräftiges, als wüsste er über viele Dinge genau Bescheid. Ich würde mich gerne länger mit ihm unterhalten.« – »Das kannst Du haben. Während Du Fischsuppe kochst, und Großvater singt, und Adriana sich die Lippen schminkt.« – »Wie boshaft Du sein kannst! Du magst Adriana nicht, nicht wahr?« – »Das ist zu viel gesagt. Ich kenne sie ja kaum. Auf mich wirkt sie abweisend, kühl und eitel, sie würde nie mehr als ein paar Worte mit mir wechseln.« – »Du kennst sie nicht, Du sagst es ja selbst. Deshalb solltest Du aufhören, Dir ein Bild von ihr zu machen.« – »Gut, warten wir es ab, ich ahne, dass wir mit Adriana Ivancich noch zu tun bekommen werden.« – »Was Du nicht sagst!«

Paolo ging die schmale, hölzerne Treppe hinauf in sein Zimmer. Marta konnte hören, wie er das Fenster öffnete. Er würde eine Weile hinausschauen, wie er es immer tat, wenn er das Zimmer betrat. Der Blick hinüber zur Insel *San Francesco del Deserto* war einfach zu schön!

Lange war sie nicht mehr dort bei den Mönchen gewesen. Früher war die ganze Familie mit dem Boot zum Gottesdienst herübergefahren, doch mit der Zeit hatte Vater sich an den Predigten der Mönche gestört. »Die reden, als wären alle Gläubige Kinder!« hatte er da gesagt. Immer seltener hatten sie die Insel aufgesucht, und schließlich waren sie nur noch in die Kirche von Burano gegangen, Sonntag für Sonntag. Vater hatte auch an den Predigten in dieser Kirche viel auszusetzen gehabt, aber er hatte keinen Sonntags-Gottesdienst ausgelassen, obwohl es mit seinem Glauben längst nicht mehr so bestellt war wie noch zu Kriegszeiten.

Sie hatte sein Bild genau vor Augen, wie er fast während des ganzen Gottesdienstes trotzig stehen blieb und als einer der ganz wenigen Kirchenbesucher nicht kniete, wenn der Leib Christi hochgehoben wurde. Früher hatte er noch manches Kirchenlied mitgesungen, auch diese Zeiten waren längst vorbei.

Sie dachte an ihn, als die Haustür wieder geöffnet wurde und ihr Vater hereinkam. Wie Paolo ging er zuerst zum Herd und schaute in den Topf. Er gab Marta einen Kuss auf den Hinterkopf und fragte: »*Risi e bisi?*« – »Ja«, sagte sie, »*risi e bisi*. Mutter wird auch bald kommen, dann essen wir wieder einmal zu viert.«

Ihr Vater setzte sich an den Tisch und nahm das Buch in die Hand, das sie aus dem Regal geholt hatte. »Ah, sagte er, nun also auch Du! Die ganze Familie steckt anscheinend im Hemingway-Fieber! Paolo begleitet ihn, Du begleitest seine Frau, und ich bekomme die Brotkrumen ab, die in Interviewform vom Tisch fallen! Wenn ich nur mehr von ihm erführe! Paolo aber schweigt, er hat dem großen Autor versprochen, dass er über seine Aktionen und Unternehmungen nicht spricht. Ich darf also raten, höchstens das, und genau das wurmt mich. Verstehst Du?« – »Ich habe Hemingway heute auf dem Fischmarkt getroffen.« – »Du?!« – »Ja, noch am Vormittag. Er ging von Stand zu Stand über den Markt und ließ sich die Namen der Fische nennen! Eine ganze Heerschar junger Männer begleitete ihn.« – »Hatte er etwas zu schreiben dabei?« – »Ja, er notierte alles mit einem Bleistift in ein Notizbuch. Auch an den Stand unseres Nachbarn ist er gegangen.« – »Du meinst Bruno?« – »Ja, an Brunos Stand hat er Austern probiert, und Bruno hat sie perfekt geöffnet.« – »Worüber haben sie gesprochen?« – »Darüber, dass das Öffnen von Austern eine Wissenschaft ist. Man kann vieles falsch machen.« – »Und weiter?« – »Darüber, dass er für sein Leben gern Fischsuppe isst.« – »Fischsuppe?! Welche denn? Es gibt viele Arten von Fischsuppe!« – »Er sagte, dass er eine aus unserer Region kennenlernen wolle. Darüber würde er sich freuen.« – »Das hat er gesagt?« – »Ja, hat er.«

Sergio Carini blätterte in dem Band mit Fotografien und las hier und da die Bildunterschriften. Er schwieg eine Weile und klappte das Buch schließlich laut zu, als hätte er einen Entschluss gefasst.

»Ist Dir auch aufgefallen, dass die Hälfte der Fotografien ihn mit Freunden beim Essen zeigt?« – »Ja, gerade eben war ich auch darüber erstaunt, dass er anscheinend viel Zeit seines Lebens mit guten Freunden verbracht hat. Trinkend, essend, feiernd. Den Eindruck erhält man jedenfalls.« – »Wenn das so ist, Marta, wird er sich in Venedig sehr langweilen. Denn wo sind hier gute Freunde?! Im *Gritti* wird er keine finden, und in *Harry's Bar* verkehren lauter Venezianer, die selbst dann nicht mit ihm sprechen würden, wenn er den Nobelpreis gewonnen hätte.« – »Ich glaube, Du siehst zu schwarz. Ein Mann wie er wird überall Freunde finden, er ernennt einfach wildfremde Menschen dazu. Warte ab, in wenigen Tagen wird auch Paolo das Gefühl haben, mit ihm befreundet zu sein.« – »Vielleicht. Vor allem aber dann, wenn Paolo ihm eine gute Fischsuppe servieren würde.« – »Paolo?! Wo sollte Paolo so etwas Gutes herbekommen?« – »Elena und Du – Ihr würdet eine gute Fischsuppe kochen. Hier, auf diesem Herd. Und hierher würden wir Hemingway und seine Frau einladen. Was hältst Du davon?« – »Moment, Moment! Nicht so schnell! Ich stelle es mir gerade vor. Wie die beiden hier an diesem Tisch sitzen. Und wie Elena und ich am Herd stehen, und wie Du Hemingway einige seiner Bücher zum Signieren vorlegst, und wie wir uns alle mit ihm unterhalten und dann zusammen sind. Du solltest ein paar Fotos machen und später über alles schreiben, aber so, dass Du nicht erwähnst, von wem Hemingway eingeladen wurde und wo er Fischsuppe gegessen hast. Jedenfalls hättest Du Stoff für viele Artikel, und es gäbe ein richtiges Fest, und wir ...« – »Marta! Was ist mit Dir los?« – »Was soll mit mir los sein? Deine Idee ist wunderbar, ich freue mich über sie! So eine gute Idee kannst auch nur Du haben!« – »Sag so etwas nicht! Sie liegt ja nahe, nicht wahr, ich meine, sie ist sehr naheliegend, nicht wahr?«

Marta stand auf. »Ich gehe kurz hinauf zu Paolo aufs Zimmer und erzähle ihm, was Du Dir ausgedacht hast. Er wird sehr überrascht sein!« – »Gut, ja, tu das! Aber bleib nicht zu lange, ich verstehe nichts von *risi e bisi*!« – »Von *risi e bisi* braucht man nichts zu verstehen. Du schaust einfach nur nach, ob die Schoten weich sind. Wenn es soweit ist, rufst Du mich, und dann schneiden wir zusammen Zwiebel und Speck.« – »Tochter, ich bin sehr müde.« – »Vater, ich auch.«

Sie lachte und ging schnell die Treppe hinauf. Als sie die Hälfte geschafft hatte, hörte sie, wie die Haustür erneut geöffnet wurde. Sie schielte nach unten und sah, wie ihre Mutter zwei schwere Taschen in der Diele abstellte.

»Sergio!« rief Marta laut, »Elena ist wieder zurück! Geh in die Diele und begrüße sie!« Sie rief ihrer Mutter auch einen Gruß zu und winkte kurz: »Wir haben eine große Überraschung für Dich!« sagte sie. – »Es riecht nach *risi e bisi*«, antwortete ihre Mutter und zog ihren Mantel aus. – »Richtig, es riecht nach *risi e bisi*, und es riecht auch bereits nach Fischsuppe und Wein, ja, es riecht sogar nach sehr viel Wein.« – »Bist Du etwa betrunken, Marta?« – »Ach was, ich bin doch nicht betrunken. Ich habe nur vor, jemanden trunken zu machen. Wie sagt man? Trunken vor ... – trunken vor Sehnsucht, trunken vor Glück, trunken vor Freude ... – so sagt man doch?!«

Ihre Mutter schaute mit offenem Mund zu ihr hinauf. Die Tür zur Küche öffnete sich, und Sergio kam heraus. Er umarmte seine Frau, deutete auf Marta und sagte: »Sie ist leider etwas außer sich. Ich kann es Dir aber erklären, Elena. Es ist eine schöne Geschichte.«

20

Mit den Tagen fand er seinen Rhythmus. Er frühstückte morgens mit seiner Frau im Hotel und brach danach allein in die Stadt auf. Mary ging meist noch einmal aufs Zimmer zurück und schrieb Tagebuch. Er amüsierte sich darüber, wie akribisch sie alles festhielt. Was sie am Abend zuvor gegessen, worüber sie sich unterhalten hatten, wie es um sein Schreiben stand. Erst wenn es etwas wärmer geworden war, machte auch sie sich auf und ließ sich von der jungen Marta Carini begleiten.

Er liebte es, seine Gänge mit der kurzen Fahrt auf dem Traghetto zu beginnen. Das Stehen in dem oft etwas schwankenden Fährboot erschien ihm wie ein Aufbruch in eine andere, dunkle Welt. Vorbei am Kiosk des gut gelaunten Besitzers, mit dem er einige Worte wechselte, ließ er sich treiben und speicherte im Kopf genau, welche Wege er bereits gegangen war. Er wollte die Stadt von den verschiedensten Richtungen her angehen, und er kam sich wie ein Eroberer vor, der professionell wie ein Feldherr vorging.

Der Besuch der *Accademia* und das Studium weniger Bilder gehörten dazu. Wenn der junge Wärter anwesend war, unternahmen sie das gemeinsam und betrachteten Bilder venezianischer Maler, auf denen Figuren zu sehen waren, die etwas Gegenwärtiges, Lebensnahes hatten. »Nichts hat sich wirklich verändert«, sagte er einmal, »diese weiblichen Köpfe mit den weichen Gesichtszügen, den hoch sitzenden Augenbrauen und dem dichten Haar findet man noch heute genauso auf den *Campi* der Stadt.«

Nach jedem Besuch kaufte er sich in dem Kiosk an der *Accademia*-Brücke Postkarten mit Details der Bilder, und meist waren es solche, auf denen ausschließlich die Köpfe abgebildet waren. Er steckte sie in die Innentasche seines Jacketts und nahm sie manchmal hervor, wenn er eine kurze Pause in einer Bar einlegte. Dann setzte er sich an einen Tisch, bestellte einen starken Caffè, trank später einen Grappa und schickte die Postkarten an Bekannte und Freunde.

Sein Schreiben bestand vorläufig darin – im Dialog mit den fernen Menschen, denen er von seinen Funden und sich selbst etwas erzählte, sowie in den fortlaufenden Notizen, die er nur für sich selbst anfertigte und die er wieder und wieder las, um zu prüfen, ob sie bereits einen tragenden

Ton hatten oder nur wie beliebige Aufzeichnungen wirkten. Gefielen sie ihm nicht, schrieb er sie teilweise ab und verwandelte sie in ganze Sätze, die er sich vorlas und deren Rhythmen er lauschte. Manchmal saß er draußen auf einem *Campo* und brummte sie vor sich hin, sie wirkten schwerfällig und steif, sodass er sich selbst mit lauten Flüchen unterbrach.

Dass er seine Sätze noch wie ein Fremder las, der nach Unstimmigkeiten, holprigen Übergängen und peinlichen Stillständen suchte, lag daran, dass er bisher nicht den richtigen Anschluss an die Umgebung gefunden hatte. Kein Wunder – was war fremder und unbegreiflicher als Venedig und was war gerade deshalb eine der größten Herausforderungen für einen Schriftsteller?! Fast nur fremde Autoren hatten sich über diese Schönheit hergemacht und es mit ihr aufgenommen – und das beinahe ausschließlich in der Form von Gedichten. Natürlich, ein paar Zeilen ließen sich schnell schreiben, dazu genügten Andeutungen, einige Seufzer, etwas Moll, und schon waren zwei Strophen gebaut. Für längere Prosa reichte das aber nicht, man brauchte Figuren, die etwas von der Stadt bewegten und in sich trugen, und man brauchte eine gewisse Ruhe, um nicht in den falschen Drang nach angeblich beeindruckenden Handlungen zu verfallen.

Das Schwierigste war, die Stadt selbst handeln zu lassen. Darauf zu warten, dass sie sich auf besondere Weise zeigte, diese Besonderheit einzufangen und zu begreifen, wie die Einwohner seit ihren Kindertagen auf ihre Veränderungen reagierten. »Lass Dir Zeit«, beruhigte er sich und beendete seinen täglichen Morgengang in der Nähe des *Campo Santa Maria Formosa*.

Er hatte herausgefunden, dass der Palazzo der Familie Ivancich sich ganz in der Nähe befand. Man überquerte zwei, drei Brücken und schaute auf das große Tor im Erdgeschoss, durch das anscheinend die Waren angeliefert wurden. Seitlich, in einer schmalen Gasse, befand sich der Eingang zu den wohl sehr hohen und alten Räumen, die er sich zu gerne genauer angeschaut hätte. Menschen waren jedoch in der Umgebung nur selten zu sehen, und sie schienen nicht zum Personal der Familie zu gehören.

Natürlich hatte er sich in den nahen Cafés und Hotels erkundigt und dabei so getan, als wäre er ein neugieriger Tourist, der den alten Bau bewunderte und mehr über ihn wissen wollte. Das hatte ihn aber keinen Schritt weitergebracht, denn die meisten Besitzer der Nachbargebäude zuckten nur mit den Achseln und brachten gerade noch heraus, dass es sich um den Palazzo der Familie Ivancich handelte. Er fragte nach dem Hausherrn und bekam zu hören, dass er vor wenigen Jahren durch ein Attentat gestorben sei. Seine bedauernswerte Witwe führte die Geschäfte, sie hatte zwei Söhne und zwei Töchter, vom Alter her weit voneinander entfernt. Momentan galt ihre besondere Aufmerksamkeit wohl Adriana, die gerade die Schulzeit beendet hatte und überlegte, wie es mit ihrer Ausbildung weitergehen sollte.

Da er mit seinen Recherchen nicht weiterkam, ging er oft in eine Bar am nahen *Campo* und beobachtete das Treiben. Es gab dort einige Gemüse- und Obststände, und er hoffte, dass Adriana Ivancich sich vielleicht mit einer Frau vom Personal beim gemeinsamen Einkauf zeigen würde. Als sie dann wirklich einmal erschien, wurde sie von einem jungen Mann begleitet, der eine Tasche trug und neben ihr herging, ohne sich mit ihr zu unterhalten. Ihre Erscheinung hatte ihn überrascht, und er hatte sich beeilen müssen, sein Getränk zu bezahlen, um ihr folgen zu können.

Die beiden waren in Richtung der Basilika *Santi Giovanni e Paolo* gegangen und auf dem großen Platz vor der Kirche in ein Café eingekehrt, an das eine gute Konditorei angeschlossen war. Er hatte dieses Café auch bereits einmal besucht, traute sich aber nicht, ebenfalls hineinzugehen, während sie dort ein Getränk zu sich nahm. Es war ein Kakao, wie er von Weitem durch die Scheibe erkannte, und er sah, dass sie dazu einen winzigen Kuchen aß. Sie biss sehr kleine Stücke von ihm ab und setzte ihn laufend wieder auf den Teller zurück, ihr Begleiter schaute sie nicht an, sondern wartete auf sie und leerte währenddessen ein Glas Wasser.

»Ich gehe jetzt hinein in dieses Café und bestelle ein Glas Prosecco und frage sie, ob ich sie ebenfalls zu einem Glas einladen darf«, sagte er leise zu sich, kam jedoch nicht von der Stelle, bis sie das Café verließ, sich von ihrem Begleiter verabschiedete und in das Kircheninnere ging, wo anscheinend gerade eine Andacht begann.

»Ich benehme mich wie ein verliebter Schuljunge«, sagte er weiter und lachte. Er überlegte, ob er auf ihr erneutes Erscheinen warten sollte, ließ dann aber doch von solchen Gedanken ab und ging lieber zurück Richtung *Harry's Bar*, wo er meist eine Stunde vor dem gemeinsamen Mittagessen mit Mary im *Gritti* eintraf. In der Bar hatte er schnell Freunde gefunden, es waren Venezianer, die aber zum Teil auch auf dem Festland wohnten, wo sie große Besitztümer hatten. Das häufigste Thema ihrer Gespräche war die Entenjagd, er wollte alles darüber wissen, wie man sie hier betrieb und wo sie Erfolg versprach. Die Folge dieser Unterhaltungen waren Einladungen zu kurzen Aufenthalten auf dem Land, das war gut gemeint und konnte für Abwechslung sorgen. Noch war er aber nicht richtig mit Venedig liiert und folgte der starken Anziehung dieser Stadt. Sie wollte er weiter auskosten.

Nach den härteren Getränken in *Harry's Bar* musste er sich etwas zügeln und den aufmerksamen Zuhörer spielen. Während des Mittagessens ließ er Mary reden, fragte viel nach und begnügte sich mit einer Flasche Valpolicella, um danach mit ihr auf das Zimmer zu wechseln. Dort machte er eine Pause und las die Zeitungen, die ein Hotelboy am frühen Morgen vom Kiosk auf der anderen Seite des *Canal Grande* geholt hatte. Er blätterte sie gewissenhaft Seite für Seite durch, obwohl sie ihn von Tag zu Tag mehr langweilten. Für eine halbe Stunde schlief er ein, während Mary sich schon wieder über ihr Tagebuch beugte. Von Marta

Carini lernte sie inzwischen Italienisch, ein paar Brocken beherrschte sie schon und notierte sie wie eine eifrige Schülerin untereinander, um sie nicht so rasch zu vergessen.

21

Für Paolo hinterließ er an jedem Morgen eine Nachricht an der Rezeption. Wo sie sich am Nachmittag treffen sollten und was er mitbringen oder beschaffen sollte, damit die gemeinsame Unternehmung Erfolg versprach. Er ließ sich immer etwas anderes einfallen. Die gemeinsame Basis aber bildeten die heimlichen Fahrten mit Paolos Boot, das nach Erkundung der Kanäle im Inneren Venedigs bald auch weite Schleifen um die ganze Stadt zog, sodass er das Gefühl haben konnte, ihr Panorama Stück für Stück von den verschiedensten Seiten aus zusammenzusetzen.

Einmal fuhren sie hinüber zur Insel Giudecca, und er forderte Paolo auf, einem der Kanäle zu folgen, der auf die andere Seite der Insel führte. Die Häuser entlang der schmalen Fahrrinne waren schlichte Wohnhäuser von Handwerkern und Arbeitern, auf vielen Balkonen hing Wäsche, und manchmal spannte sich eine Leine quer über das Wasser, sodass die Wäschestücke im Wind flatterten.

Sie erreichten einen kleinen Park und machten das Boot fest, sie stiegen an Land und setzten sich nebeneinander auf ein Mauerstück am Ufer, von dem aus sie auf die Lagune schauen konnten. Er liebte diesen Blick und das Gefühl, ganz Venedig im Rücken zu haben. Man hatte sich in eine freiere Zone nahe dem Meer begeben, wo man in der Weite einige Inseln erkannte.

Paolo hatte seinen Rucksack dabei und packte aus, was Hemingway für den frühen Abend bestellt hatte. Ein Weißbrot, dünn geschnittene, gute Salami und eine Flasche Valpolicella. Ein scharfes Messer hatte er immer dabei und zwei Gläser von Zuhause. Wenn Hemingway Wein trank, leerte auch er ein oder zwei Gläser, sie sprachen nicht mehr darüber, es war längst selbstverständlich, dass er Alkohol trank. Hemingway allein trinken zu lassen, war unfreundlich und verärgerte ihn, und mit der Zeit war auch Paolo klar, dass zu den gemeinsamen Pausen unbedingt der Genuss von Wein gehörte. Er beruhigte die Nerven, und er lockerte die Stimmung. Und außerdem führte Weingenuss dazu, dass man das paradiesisch Weite der Lagune noch stärker als eine große Freiheitszone empfand.

Paolo schnitt einige Scheiben Weißbrot ab und legte sie nebeneinander auf ein Papier. Daneben legte er die Salamischeiben und füllte schließlich die beiden Gläser.

»Darf ich Sie etwas fragen, Sir, was Ihre Arbeit betrifft?« – »Natürlich, leg los.« – »Wenn wir unterwegs sind, notieren Sie pausenlos. Was aber notieren Sie? Haben Sie Einfälle für Geschichten oder haben Sie bestimmte Personen oder Figuren vor Augen?« – »Weder noch. Ich notiere nur genau, was ich sehe, ich liste es auf, und ich tue es so, als müsste ich es einem Freund in der Ferne erklären.« – »Warum denn das?« – »Ich stelle mir vor, der Freund sei noch nie in Venedig gewesen. Er hat also nicht die geringste Ahnung, wie es hier aussieht. Er weiß zum Beispiel nicht, dass die Häuser auf der Giudecca in bestimmten Zonen alle dieselbe Farbe haben und aussehen, als wären es Vereinshäuser. Und er kann mit dem Hinweis, dass diese Insel auf der einen Seite ganz Venedig und seine Silhouette im Blick hat, auf der andern aber die weite Lagune, nichts anfangen. Zwei sehr verschiedene Welten auf engstem Raum, das mache ich mir und ihm klar, indem ich beschreibe, was diese Welten ausmacht und woraus sie bestehen.« – »Können Sie mit diesen Aufzeichnungen später weiterarbeiten?« – »Vielleicht. Etwas aufschreiben heißt zunächst aber nur, sich etwas bewusst zu machen. Ich belasse es nicht bei einem oberflächlichen Eindruck, sondern schaue genauer hin und fixiere ihn. Ich impfe mir die Welt ein, verstehst Du?« – »Ja, Sir, ich glaube, ich verstehe es zumindest ein wenig. Ich könnte mir allerdings nie vorstellen, so etwas selbst zu machen, denn ich würde mich langweilen. Sich Geschichten auszudenken, das könnte ich mir vielleicht vorstellen. Bloßes Aufschreiben von dem, was ich sehe, aber nicht.« – »Das bloße Aufschreiben ist harte Arbeit, mein Lieber. Es genügt nicht, die Sachen einfach nur zu benennen, Du musst ihre Besonderheit exakt treffen. Mit genau den richtigen Worten.«

Paolo hätte am liebsten darum gebeten, dass Hemingway einmal ein Stück seiner Aufzeichnungen vorlas. Das aber erschien ihm zu dreist und auch zu früh. Wenn sie sich noch besser kannten, würde er es vielleicht einmal versuchen.

»Können Sie in Venedig inzwischen gut arbeiten, Sir?« – »Ich komme langsam voran. Eine Idee für ein größeres Buch habe ich aber noch nicht.« – »Und Ihre Orientierung, was ist mit der, Sie wissen schon, wen ich meine.« – »Du meinst Adriana Ivancich? Ich habe sie mehrmals aus der Ferne gesehen. Wie sie in einer Kirche verschwand. Wie sie einen Fotoladen betrat und sich dort lange aufhielt. Wie sie in einem Café Kuchen aus der Hand aß und dazu einen Kakao trank. Meist ist ein Begleiter dabei, mit dem sie kein Wort spricht. Er schleppt herum, was sie irgendwohin befördern will. Kleidung vielleicht. Bilder. Bücher. Genau weiß ich das nicht.« – »Warum interessiert Sie Signorina Ivancich?« – »Ich möchte sie unbedingt kennenlernen, denn ich glaube, dass sie das Vorbild für eine Romanfigur sein könnte.« – »Und woher wissen Sie das?« – »Ich weiß es nicht, ich spüre es nur. Mehr kann ich erst sagen, wenn ich die Signorina wirklich kennengelernt habe. Schließlich kann ich mich ja auch täuschen und irren.« – »Sie sollten sie möglichst bald kennenlernen, Sir, dann wüssten Sie, ob diese Orientierung weiterführt.« – »Ich überlege, wie ich es anstelle. Alles muss stimmen, ich werde von mir aus nichts forcieren. Der erste Moment einer Begegnung kann über vieles entscheiden.« – »Haben Sie Ihrer Frau von Ihrer Orientierung erzählt?« – »Nein, warum sollte ich? Ich spreche mit ihr nicht über mein Schreiben, das bringt alles durcheinander.« – »Ist die Sache mit Adriana Ivancich eine Sache des Schreibens?« – »Ja, diese Orientierung hat mit meinem Schreiben und Nichtschreiben zu tun. Das macht sie ja so kompliziert.« – »Ihre Frau könnte Ihnen vielleicht helfen. Schließlich schreibt sie selbst und versteht etwas davon.« – »Das ist etwas anderes. Meine Frau schreibt Reportagen und Artikel. Ich rede aber vom literarischen Schreiben, von Erzählungen und Romanen.«

Sie schwiegen eine Weile, aßen von dem Brot und der Salami und leerten zusammen die Flasche. Ich würde ihm so gerne helfen, dachte Paolo, aber ich habe keine Idee, was als Nächstes zu tun wäre. Vielleicht sollte ich mit Marta einmal darüber sprechen, sie könnte wissen, was genau er mit ›Orientierung‹ meint. Ist er etwa verliebt? Nein, das glaube ich nicht, es ist etwas anderes, Schräges. Ich ahne nicht, was mit den Erwachsenen passiert, wenn sie sich verlieben. Es soll schön sein und glücklich machen, andererseits habe ich noch keine Verliebten kennengelernt, die wirklich glücklich waren. Man sagt, dass die Menschen auf Burano sich selten oder nie in andere Menschen verlieben. Sie lieben die Lagune, das Meer, die Fische und das Zusammensein, das reicht ihnen. In Venedig dagegen sollen sich in jedem Haus gleich mehrere Verliebte befinden, und keines dieser armen Geschöpfe soll glücklich sein. So boshaft reden jedenfalls die Leute in Burano darüber.

Er machte einen letzten Anlauf, aber er war mit sich nicht sehr zufrieden, weil die Auskünfte, die er von Hemingway erhielt, nicht weiterführten. Egal, eines musste er unbedingt noch wissen.

»Ich frage laufend, Sir, entschuldigen Sie. Ich würde gerne noch wissen, ob man für das Schreiben nicht allein sein sollte. Ich meine ganz allein. Ohne Freunde und andere Menschen. Käme man dann nicht besser voran? Ohne Ablenkung? Ohne Gespräche über die Jagd oder Palazzi auf dem Festland oder die Gemüseernte auf *San Erasmo*?«

Hemingway antwortete nicht sofort. Er schaute auf die Lagune und hielt die Hand über die Augen, als wollte er ein bestimmtes Detail genauer betrachten. »Hast Du noch eine zweite Flasche dabei?« – »Ja, Sir, das wissen Sie doch. Für den Notfall habe ich immer eine zweite dabei.« – »Dann geh und öffne sie und lass uns noch einen Schluck trinken.«

Paolo stand auf und ging zum Boot zurück. Am Heck hatte er in einer Kiste Weinflaschen gelagert. Zehn, fünfzehn, für sämtliche Notfälle des Lebens. Er nahm eine heraus und brachte sie zurück zu der niedrigen Mauer. Hemingway hatte das Weißbrot und die Salamischeiben in Papier gewickelt und eingepackt nebeneinandergelegt. Paolo wusste, was das bedeutete. Sein Gegenüber würde nun trinken, und wenn er mit seinen Gedanken nicht weiterkam, würde er es lange tun.

Vielleicht hätte er, Paolo, nicht noch einmal vom Schreiben sprechen sollen, dann würde er keinen langen Monolog zu hören bekommen. Der aber war jetzt kaum noch aufzuhalten. Danach würde die Stimmung kippen, und Hemingway würde ihn nicht mehr mit seinem Vornamen, sondern mit ›mein Sohn‹ anreden. Er würde sich fortreißen und treiben lassen, und das alles hätte mit dem genauen Aufzeichnen und den richtigen, zupackenden Worten nichts mehr zu tun.

»Öffne die Flasche, Paolo, und schenk uns ein! Ob man beim Schreiben allein sein sollte, hast Du gefragt. Wenn man einen guten Platz findet, wo man allein ist und wirklich niemand einen für eine Weile stört, ist es das Beste, was Dir passieren kann. In so einem Fall würde ich sogar meine Frau bitten, für einige Zeit zu verreisen. Passt alles zusammen, kommst Du rasch und gut voran. Du stehst am Morgen früh auf und schreibst bis zum Mittag Dein Quantum, und Du schreibst immer dieselbe Menge, fast bis auf das Wort. Ich habe solche Zeiten schon manchmal erlebt, und es waren die besten, an die ich mich erinnern kann. Das sind glückliche Wochen, mein Sohn, in denen Du nichts lieber tun würdest als schreiben und in denen Du weißt, dass Du das Beste tust, was Du überhaupt tun kannst. Du zählst die Tage nicht mehr, sondern nur noch die Worte, und Du notierst, wie viel Du täglich zusammengebracht hast, und Du führst ein Leben, das endlich ganz und nur dem Schreiben dient. Denn dafür bist Du ja letztlich von der obersten Behörde bestimmt: fürs Schreiben und dafür, dass Du es so gut angehst, wie es Deine Kräfte eben zulassen ...«

Paolo lehnte sich etwas zurück. Nach der zweiten würde er noch eine dritte Flasche öffnen müssen ...

Hemingway wollte also durchaus allein sein, das aber würde sich in Venedig nicht einrichten lassen. Allein war man nur weit draußen, in der Lagune, auf die er vielleicht deshalb an den Abendstunden so gerne starrte. Gab es dort einen Ort, wo man ihn nicht mehr finden und belästigen würde? Auf Burano gab es ihn nicht. Dort nicht, aber ... – aber es gab ihn ganz in der Nähe!

Er richtete sich auf und packte Hemingway am Arm. »Sir! Ich habe eine Idee! Ich kenne einen Ort, wo Sie allein wären. Er ist der beste auf der Welt für Ihre Zwecke. Hören Sie mir bitte zu, ich werde Ihnen davon erzählen. Und dann trinken wir zusammen auf diesen wunderbaren Einfall. Er wird alles ordnen und voranbringen und Sie schon bald wieder zum richtigen Schreiben zurückführen ...«

22

Kurze Zeit später war es soweit. Paolo kam mit seinem Vater an einem frühen Nachmittag zum *Gritti*, sie hatten eine Einladung an Hemingway und die Signora ausgesprochen: eine Überraschung als Erstes, ein gemeinsames Abendessen als Zweites. Marta hatte der Signora die Einladung sogar in schriftlicher Form überbracht und dabei gestanden, dass sie Hemingway auf dem Fischmarkt getroffen und ein kurzes, munteres Spiel mit ihm getrieben habe. Mary war amüsiert und bestand darauf, ihm bis zur nächsten Begegnung in Burano nichts davon zu erzählen. Die beiden Frauen wollten ihn verblüffen und sehen, wie er reagierte, wenn er begriff, dass Marta niemand anderes als Paolos Schwester war.

Die Fahrt in Paolos Boot führte an Murano vorbei, wo die Signora und Marta inzwischen die Glasbläserwerkstätten besichtigt hatten. Mary hatte einige Weingläser und eine besonders schöne Karaffe erworben und zum *Gritti* schicken lassen, dort hatte sie die Sachen in einem Schrankversteck untergebracht. Hemingway hatte sie nichts davon erzählt, sie würde die Gefäße zusammen mit anderen Präsenten, die sie erworben hatte, nach Cuba expedieren, wo sie ihren vollen Glanz entfalten sollten.

Einen Hauch von Venedig nach Cuba zu bringen – das hatte sie sich gleich in den ersten Tagen vorgenommen. Nirgendwo sonst hatte sie auf gemeinsamen Reisen an so etwas gedacht, Venedig aber drängte sich auf, als dürfte man die Stadt nur verlassen, wenn man einen Teil von ihr erwarb und mit nach Hause brachte. Fast war es ja so, als dürfte oder könnte man ohne Venedig nicht mehr unbedarft weiterleben und als verlangte diese Stadt, sich täglich an sie zu erinnern. An das mysteriöse Leben. An die

Flucht vor dem schnöden Alltag. An die unendlich vielen Begegnungen mit dem rätselhaft Schönen, das einem seine Entzifferung aufgab.

Mary hätte gerne mit Hemingway darüber gesprochen, aber es kam nicht dazu. Während der gemeinsamen Mahlzeiten war er ungewohnt schweigsam und hörte ihr zu, wenn sie von ihren Gängen durch die Stadt und von ihrer jungen Freundin Marta Carini erzählte, die großen Eindruck auf sie machte. »Sie ist sehr selbständig«, hatte sie zu Hemingway gesagt, »und ganz anders als sich unsereiner die Tochter eines Fischers in der Lagune vorstellt. Sie hat eine große Sehnsucht nach der Fremde, aber sie ist noch viel zu scheu, um sich Träume weiter Reisen zu erfüllen. Venedig erscheint ihr zu eng und zu alt, aber sie hält der Stadt noch die Treue, wie einer betagten Verwandten, die man pflegen muss.«

Hörte Hemingway ihr überhaupt zu? Schon mehrmals hatte er eher höflich nach dem Namen ihrer jungen Begleiterin gefragt und auf die Auskunft hin, sie heiße Marta, grinsend geantwortet, anscheinend hätten fast alle jungen Frauen auf Burano diesen Namen, denn auch er habe auf dem Fischmarkt eine Marta kennengelernt. Eine forsche, patente Person, ohne Zweifel. Warum dachte er aber keine Sekunde an die Möglichkeit, dass diese Person niemand anderes als die junge Begleiterin seiner Frau war?

Er wirkte abgelenkt und beschäftigt. Was sie mit ihm beredete, drang kaum zu ihm durch. Diese Abwesenheit konnte sie zwar als ein gutes Zeichen dafür werten, dass er mit einem großen Stoff beschäftigt war und die Zeiten, in denen er geduldig und kontinuierlich an ihm arbeiten würde, näher rückten. Sie hatte aber das unbestimmte Gefühl, als steckte dahinter noch etwas anderes, das tiefer ging. Holten ihn die Erinnerungen ein an den kaum zurückliegenden Krieg und die Schlachten, die er erlebt hatte? Sie glaubte, Momente einer starken Depression an ihm zu erkennen, die manchmal Züge von Hilflosigkeit annahmen. Dann saß er in seinem Lesesessel, raschelte mit den Zeitungen, ließ sie nach kurzem Überfliegen Blatt für Blatt auf den Boden fallen und bedeckte die Augen mit der rechten Hand, als ekelten ihn die Nachrichten nur noch an.

Vor dem Krieg hatten ihn Meldungen egal welcher Herkunft immer beschäftigt. Täglich hatte er sich welche notiert und Freude an besonders skurrilen gehabt. Stadtnachrichten darüber, wo etwas schiefgegangen war. Unbeholfenheiten von Würdenträgern. Die hatte er sich gemerkt und bei gemeinsamen Mahlzeiten mit Freunden, drastisch kommentiert, zum Besten gegeben. Natürlich ..., solche Freunde, die seinen besonderen Humor liebten und mit ihm teilten, gab es in Venedig nicht. In *Harry's Bar* ging es ernst und gepflegt zu, und die Gespräche mit dem Adel aus der Umgebung waren unsäglich langweilig, zumal sie fast nur um die Jagd kreisten. Wirkliche Freunde mochten ihm fehlen ..., ja, vielleicht war das einer der Gründe dafür, dass er so verstimmt wirkte.

Sie hatte ihn einmal darauf angesprochen und gefragt,

wie ihm seine Gesprächspartner in *Harry's Bar* oder im *Gritti* gefielen, da hatte er nur den Kopf geschüttelt und geantwortet, seine eigentlichen Freunde seien die Fischer in der Lagune. Mit Paolo zum Beispiel verstehe er sich tadellos und mit seinem Vater Sergio von Tag zu Tag besser. Um Venedig näherzukommen, reiche das, zumal er in der Stadt noch weitere junge Freunde habe, mit denen er besprechen könne, was sie bewegte.

»Was bewegt sie denn so?« hatte sie Hemingway gefragt, aber er hatte darauf nicht mehr geantwortet. Stumm hatte er vor sich hingestarrt und ein weiteres Glas Wein geleert, und als sie ihre Frage wiederholt hatte, hatte er geantwortet: »Ich kann mich gerade nicht daran erinnern, Liebes.«

Nach Murano fuhren sie auf Mazzorbo zu. Paolo stand am Steuer und unterhielt die Signora mit Hinweisen auf das, was in der Umgebung zu sehen war. Hemingway saß neben Sergio Carini am Bug, seit Neustem duzten sie sich. »Du hast einen gescheiten Sohn, Sergio«, sagte er, »er ist mir wirklich eine große Hilfe. Er denkt mit und hat viele Ideen, jetzt hat er sich anscheinend wieder etwas Interessantes für mich ausgedacht.« – »Du wirst staunen«, antwortete Carini, »es ist wirklich ein fabelhafter Einfall. Ich bin gespannt, wie Du reagierst. Wird es Dir auch gefallen?! *Dio*, das wird es – und wie!« – »Erreichen wir nach Mazzorbo Euer schönes Burano?!« – »Normalerweise schon. Wir werden aber vorher noch einen Abstecher machen, hinüber nach Torcello.« – »Torcello ist älter als Venedig, habe ich recht? Auf Torcello ließen sich die ersten Siedler in der Lagune nieder. Dort glaubten sie sich sicher vor den Angriffen der Barbaren aus dem Norden. Stimmt das?« – »Sagen wir mal so: Die Sache mit den Barbaren ist eine alte Geschichte. Bequemerweise wird sie immer weiter erzählt. Richtig erforscht und belegt ist sie nicht.« – »Ich mag sie aber, Sergio. Und weil ich sie mag, halte ich an ihr fest und werde sie gleich Mary auftischen.« – »Tu das, Du Geschichtenerzähler! Greif voll hinein ins Märchengenre der Historie.« – »Ich mag Märchen, Sergio.« – »Dann solltest Du bald mal ein venezianisches schreiben.« – »Gute Idee. Sollte ich. Unbedingt. Ein *San Marco*-Märchen!« – »Von *San Marco* und seinem Löwen.« – »Genau davon.«

Nach der Durchquerung des Kanals von Mazzorbo kamen sie in freies Gewässer. Paolo zeigte hinüber zum nahen Burano, dessen schiefen, schlanken Kirchturm sie erkannten. Danach schauten alle in die andere Richtung, nach Torcello, wo gleich mehrere sakrale Bauten über dem satten Grün der Laguneninseln aufleuchteten. Ein gedrungener Rundbau, ein Langhaus und ein mächtiger Campanile. In der Nähe dieser Bauten waren jedoch keine Häuser zu erkennen, sie lagen einsam da, wie uralte Zufluchtsorte, deren Besucher längst die Flucht angetreten hatten.

Mary bemerkte sofort, dass Hemingway sich erhob und seine Kappe vom Kopf nahm. Er hielt sie wie ein Junge mit beiden Händen vor dem Bauch, als grüßte er eine ferne Eminenz. Dann bedeckte er wieder die Augen mit der

Rechten, wie er es neuerdings so häufig tat. Es war eine Schutz suchende, kindliche Geste, die sie jedes Mal rührte, obwohl sie die eigentlichen Beweggründe für sie nicht kannte.

Auch Sergio hatte sich erhoben, und so standen die beiden Männer wie zwei menschliche Säulen dicht nebeneinander, während das Boot auf Torcello zuhielt und kurz vor der Anlegestelle der Vaporetti in einen schmalen Kanal einbog. Nach einer Krümmung führte er schnurgerade zu einem Landhaus, das anscheinend eine *Locanda* war. Es war ein schlichter zweigeschossiger Bau mit vielen Fenstern, zwei Balkonen und den üblichen grünen Holzläden. Links vom Eingang befand sich eine Pergola mit kleinen Olivenbäumchen, Tischen und Stühlen.

Paolo verlangsamte die Fahrt, und sie legten mit dem Boot direkt vor dem Eingang an. Ein paar Stufen führten hinauf auf den gepflasterten Kai, Sergio Carini betrat sie als Erster und streckte eine hilfreiche Hand nach Hemingway aus, der sie ignorierte und die Stufen mit einem einzigen Satz übersprang. Paolo half der Signora beim Aussteigen, bis die kleine Gruppe fast andächtig vor dem Bau stand und ihn wie ein Weltwunder betrachtete.

»Das hättest Du nicht vermutet«, sagte Sergio Carini zu Hemingway, »weit und breit kein einziges Haus – und dann das! Eine *Locanda*! Und schau – dahinter die beiden Kirchen! *Santa Fosca*, das ist der Rundbau, und *Santa Maria della Assunta* das Langschiff, und dahinter der Campanile!«

Er schaute Hemingway siegessicher und triumphierend an, erhielt aber keine Antwort. Mary sprang für ihn ein und sagte etwas Freundliches, Höfliches, doch niemand hörte so recht hin, als Paolo zur Eingangstür ging und klopfte. »Kommen Sie, Sir«, sagte er, »man wartet auf uns.«

Die Tür wurde geöffnet, und zwei Männer erschienen, die Paolo als ersten und dann auch Sergio Carini begrüßten. Einer von ihnen war anscheinend der Verwalter, der andere wohl eine Hilfskraft, sie deuteten nach hinten und machten den Weg ins Innere frei.

Langsam folgte die Gruppe und blieb in der Nähe des Eingangs stehen. Sie befanden sich in einem weiten, offenen Empfangszimmer mit mächtiger Holzdecke. Im Raum verteilt standen kleine, viereckige Tische, die ihm den Charakter einer ländlichen Gastwirtschaft verliehen. Im Hintergrund war ein mächtiger Kamin zu erkennen, das Kaminfeuer brannte und verbreitete einen starken Holzgeruch.

Der Raum passte auf verblüffende Weise zu der Umgebung draußen, zu den Wiesen, Weiden und Feldern, die etwas Großzügiges und doch auch Bescheidenes hatten. Sergio wollte erneut Lobendes sagen, als Hemingway sich räusperte: »Seit wann existiert diese *Locanda*?« – Der Verwalter tat einen Schritt auf ihn zu und antwortete: »Bis vor vierzehn Jahren war dies hier ein einfaches Wirtschaftsgebäude für Wein und Öl. Giuseppe Cipriani hatte die Idee, es zu einer *Locanda* mit Gastwirtschaft und Gästeräumen umzubauen. Dazu gehören die Blumen- und Gemüsegärten rundum, aus denen wir zum Teil unser Speiseangebot beziehen. Signor Cipriani wurde und wird von seiner Schwester Gabriella unterstützt, die seit Beginn die gute Seele des Hauses ist.«

»Die gute Seele ...«, wiederholte Hemingway langsam. Sergio Carini blickte ihn von der Seite her an. Warum wiederholte er diese Wendung? Hatte er dafür nur Ironie übrig? Nein, so sah es nicht aus. Es hatte vielmehr den Anschein, als wäre er bewegt und auch ein wenig ergriffen. »Gefällt es Dir?« fragte Carini, der endlich eine direkte Äußerung hören wollte. Hemingway ging aber nicht auf ihn ein.

»Wo befinden sich die Gästezimmer?« wollte er wissen und fuhr mit lauterer Stimme fort: »Können wir die Gästezimmer sehen?« – Der Verwalter nickte, er schien diese Frage erwartet zu haben. Dann bat er zu einer Tür, durch die man in ein Treppenhaus gelangte. Eine geschwungene Holztreppe führte hinauf zu den Räumen. »Ich zeige Ihnen gleich unser Schmuckstück«, sagte er und schloss eine Tür am Ende eines langen, dunklen Ganges auf.

Er ging voraus, und Hemingway folgte. Sergio Carini und sein Sohn ließen Mary den Vortritt und blieben dann in der Tür stehen. Zwei nicht allzu große Räume gingen ineinander über. Der erste war ein Schlafzimmer mit zwei getrennten, rechts und links an den Wänden stehenden Betten. Der zweite war ein Wohnzimmer mit einem rechteckigen Holztisch, Stühlen, bequemen Sesseln und einem großen

Bücherregal. Auf der einen Seite befand sich ein Fenster, auf der anderen, gegenüber dem Eingang, eine Tür, durch die man anscheinend auf den Balkon treten konnte.

»Würden Sie die Tür bitte öffnen, damit wir hinausgehen können?« sagte Hemingway. Der Verwalter schloss sie auf und blieb im Raum stehen, während Hemingway und seine Frau ins Freie traten. Sie schauten direkt auf die nahen Kirchenbauten, die sich hinter der Gartenmauer der *Locanda* erhoben. Dadurch wirkte sie wie ein Ableger des sakralen Bezirks oder wie ein profaner Anbau, mit Garten, Gastwirtschaft und Festgelände. Auf dem Balkon schwebte man über diesem Ensemble etwa auf Höhe des flachen, gedrungenen Kirchendachs von *Santa Fosca*.

Hemingway fixierte das Panorama: die lang gezogene Gartenmauer, die beiden Kirchen, den Campanile – und die Weite der Lagune zur Rechten, die mit ihren Kanälen und Wiesen wie das vorgelagerte Landschaftsbett all dieser Bauten erschien. Noch immer war nirgends ein Mensch zu sehen, geschweige denn, dass Geräusche zu hören waren. Nicht einmal der Wind war zu spüren, nur das schwere Lasten und Kauern der Landschaft, deren flackernd aufschimmernde Bäume und Sträucher wie Segmente eines impressionistischen Gemäldes wirkten.

»Lassen Sie mich noch etwas ausprobieren«, sagte Hemingway, ging wieder zurück in das Wohnzimmer und sagte zu dem Verwalter: »Machen Sie bitte etwas Platz und gehen

Sie hinüber ins andere Zimmer.« Dann schaute er Mary an und wiederholte: »Liebes, bitte, mach auch Du etwas Platz, nur kurz!«

Die beiden zogen sich zur Eingangstür hin zurück, während Hemingway den Tisch packte und schräg vor die Balkontür rückte. Einen Stuhl platzierte er dahinter und setzte sich. In dieser Position konnte er nach draußen, zu den Kirchen, schauen und sie mit einem Blick fixieren. Er blieb zwei, drei Minuten so sitzen, er schaute, und niemand wagte etwas zu sagen.

Schließlich stand er auf, lächelte dem Verwalter zu und sagte sehr leise: »Nun denn!« – Der Verwalter wartete, bis die Gruppe wieder ins Erdgeschoß zog. Er schloss die Zimmer ab und kam hinterher. Unten standen alle etwas betreten zwischen den kleinen Tischen.

»Haben Sie jetzt im Spätherbst geschlossen?« fragte Hemingway. – »Ja, Sir«, sagte der Verwalter, »unser Personal ist längst in der Stadt oder auf dem Festland.« – »Können Sie uns trotzdem einen Schluck Champagner servieren?« – »Natürlich, Sir, das ist kein Problem. Nehmen Sie bitte Platz, ich bringe eine Flasche!« – »Ist Ihr Telefon intakt? Können Sie den Besitzer erreichen?« – »Dafür kann ich nicht garantieren, aber ich kann es versuchen.« – »Ihm gehört auch *Harry's Bar*, nicht wahr?« – »Richtig, Sie wissen Bescheid.« – »Dann versuchen Sie es doch dort.« – »Genau das habe ich vor, Sir.«

Die Gruppe nahm an einem Tisch in der Nähe der brennenden Kaminscheite Platz. Alle warteten darauf, dass Hemingway seine Eindrücke schildern oder kommentieren würde, aber er saß nur schweigend da, schaute sich um und setzte sich plötzlich auf seine Kappe. »Willst Du die Kappe nicht an der Garderobe ablegen?« fragte Mary, und er antwortete: »Lass uns von etwas anderem reden, Liebes.« Sie verstand nicht, warum er so etwas sagte. Es wirkte kühl und entschieden, als gehörte er einer anderen Fraktion an. Sie schwieg, und Sergio Carini kam ihr zu Hilfe und begann, von den großen Mosaiken zu sprechen, die sich im Innern von *Santa Maria della Assunta* befänden. Ein gewaltiges Jüngstes Gericht an der Front des Langhauses und die Lagunenmadonna in der Apsis.

Hemingway schien endlich einmal hinzuhören, sagte aber plötzlich: »Sergio, lass bitte. Wir haben nicht vor, die Lagunenmadonna zu sehen, so schön sie auch sein mag.« – »Du solltest sie aber sehen«, antwortete Carini etwas gereizt. – »Natürlich, aber nicht jetzt. Jetzt konzentriere ich mich, verstehst Du?« – »Du konzentrierst Dich … –, worauf?« – »Auf ein Telefongespräch, Sergio, auf ein Gespräch um Leben und Tod.«

Er lachte laut auf, und es hörte sich bitter an. Zum Glück kam der Verwalter mit der Flasche Champagner und vier Gläsern. Er entkorkte sie feierlich und schenkte ein. »Wenn Sie den Besitzer erreichen, lassen Sie mich an den Apparat«, sagte Hemingway, »ich möchte ihm ein paar anerkennende Worte sagen.«

Sie stießen mit den gefüllten Gläsern an und tranken, und man spürte, wie gespannt Hemingway wartete. Der Verwalter telefonierte an der Rezeption und schien wirklich eine Verbindung hergestellt zu haben. Er hielt den Hörer in der Rechten und rief Hemingway zu: »Kommen Sie bitte, Sir! *Harry's Bar!*«

Hemingway stand auf und ging auf ihn zu. Er übernahm den Hörer, sprach aber mit einem Mal Englisch. Er drehte sich mit dem Rücken zur Gruppe und wurde immer leiser, die anderen konnten ihn nicht mehr verstehen.

Ich weiß genau, was er sagt, dachte Paolo. Er fragt danach, ob er die beiden Räume oben im ersten Stock mieten kann. Und zwar sofort! Er möchte heraus aus dem *Gritti*, jetzt hat er den Raum für seine Arbeit gefunden, von dem er so lange träumte! Ich wusste es, ich habe ihn hierhergeführt, ich hatte diesen Einfall!

Das Gespräch dauerte nur wenige Minuten, dann kam Hemingway zurück an den Tisch. »Worüber habt ihr gesprochen?« fragte Mary. – »Ich habe Cipriani gesagt, dass ich hingerissen von dieser *Locanda* bin. Alles passt und stimmt. Ich habe ihm gedankt für die Idee, aus einem Wirtschaftsgebäude so etwas Schönes zu machen. Ich fühle mich beinahe zu Hause.« – »Zu Hause?« fragte Mary, »auf Cuba sieht es schon etwas anders aus, Liebster!« – »Was sagst Du, Liebes? Sprichst Du von Cuba? Aber sag mir einmal genau: Wo liegt diese Insel? Mir ist das gerade entfallen.«

Er lachte wieder laut, als hätte er einen verblüffenden Witz gemacht. Sergio Carini bemühte sich, etwas zu lächeln, während Mary und Paolo keine Regung zeigten.

»Das ist wirklich eine fantastische Überraschung«, sagte Hemingway, »und ich weiß auch, wem ich sie verdanke. Nämlich Dir, Paolo! Also: Auf Paolo!« – Er leerte sein Glas rasch, und auch die anderen tranken. Bloß keine zweite Flasche!, dachte Paolo und stand einfach auf. »Danke, Sir! Sie haben recht: Das war die Überraschung, und nun schließt sich das Abendessen bei uns zu Hause an. Raten Sie einmal, was Sie erwartet!« – »Ich weiß es nicht«, antwortete Hemingway. – »Nichts da! Raten Sie!« – »Pasta, ein guter Fisch?« – »Pasta, ein guter Fisch …, Ihnen fällt nichts Besonderes ein. Dann sage ich es Ihnen: Es wird Tagliatelle mit kleinen Calamari in einer scharfen Weißweinsauce geben – und danach unsere einzigartige Fischsuppe.« – »Fischsuppe?!« reagierte Hemingway, »warte mal, da gab es doch diese junge Frau auf dem Markt, wie hieß sie doch gleich? Sie wollte mich auch zu einer Fischsuppe nach Burano einladen.« – »Diese junge Frau heißt Marta und ist meine Schwester«, sagte Paolo. – »Habt Ihr einen Geheimbund gegründet, der mich an der Nase herumführt?« antwortete Hemingway. – »So in etwa, Sir! Aber nun lassen Sie uns hinüber nach Burano fahren. Sie werden meine Mutter Elena und meine Schwester dort kennenlernen, und Sie sollten wissen, dass es nach der Fischsuppe noch etwas ebenso Einzigartiges geben wird: Molecche!« – »Molecche? Meinst Du junge Krebse?!« – »Molecche, frittiert!«

Auch die anderen standen jetzt auf, während Hemingway noch einen Moment in der *Locanda* blieb, um zu zahlen. »Es war wirklich fabelhaft«, sagte er zu dem Verwalter, »geben Sie mir Ihre Telefonnummer. Ich komme bestimmt wieder vorbei.« – »Das würde uns freuen.«

Draußen warteten die drei anderen in Paolos Boot. Er stieg als Letzter hinein und ging nach hinten, zu Paolo, ans Steuer. »Fahr los, Du Zauberer!« sagte er leise, und Paolo warf den Motor an.

Er fuhr den schmalen Kanal zurück zur Vaporetto-Anlegestelle und weiter, nach links, auf Burano zu. »Ich habe Cipriani gefragt, ob er mir und Mary die beiden Zimmer zur Miete überlässt. Zum Arbeiten. Zum Schreiben«, sagte Hemingway. – »Das war meine Idee, Sir!« – »Cipriani sagt, er tue es natürlich sehr gern, habe aber kein Personal, das sich um uns kümmern könne.« – »Ich habe auch an dieses Problem gedacht, Sir! Meine Familie steht Ihnen zur Verfügung. Wenn Signor Cipriani einverstanden ist, werden meine Mutter, Marta und ich das Personal bilden. Vater wird Sie im Gegenzug dreimal täglich interviewen und fotografieren. Einen Vertrag in dieser Richtung müssen Sie allerdings vorher unterschreiben.« – »Du bist ein Teufelskerl, Paolo! Selbstverständlich unterschreibe ich alles! Und ich denke, ich habe nun einen venezianischen Freund, wie ich mir keinen besseren wünschen könnte.« – »Danke, Sir!« – »Danke, Hem! Ab jetzt nur noch Hem und nie mehr Sir!«

Paolo hielt das Steuer fester. Er spürte, dass er sich gegen die Rührung wehren musste. Festhalten!, dachte er, die Zähne zusammenbeißen! Schwächen darfst Du Dir in Zukunft nicht leisten. Du bist verantwortlich für seine Gesundheit, Du bist ein Teil des Arztpersonals. Verdammt, dachte er, ab jetzt bist Du es wirklich, und außerdem bist Du unkündbar.

23

Hemingway stand auf, verließ das Bett und ging leise zur Balkontür. Er öffnete sie und klappte auch die Läden zurück. Dann trat er hinaus auf den Balkon und blickte hinüber zu den beiden Kirchen. Es war früher Morgen, er hatte tief geschlafen, nach dem Frühstück würde er sich ans Schreiben machen. Er musste leise sein, um Mary nicht aufzuwecken. Sie stand später als er auf und ließ sich Zeit …

Meist schlich er vor ihr herunter ins Freie und ging draußen ein paar Schritte, bis gegen neun Uhr das Frühstück serviert wurde. Die Kirchen waren zu dieser Zeit noch geschlossen, aber das machte nichts. Er umrundete sie und traf auf einen Kanal, der sich durch die Wiesen schlängelte, sich verzweigte, nach beiden Seiten hin breiter wurde und sich bis zum Horizont streckte. Am Nachmittag würde er ihn mit Paolo befahren, und sie würden zusammen in der

Ferne verschwinden, zum Fischfang und zur Beobachtung von Enten und anderer kleiner Vögel.

Solche Unternehmungen plante er ein, wenn er nach dem Schreiben etwas Abwechslung brauchte. Nach Venedig aber würde er vorerst keine Abstecher machen, während Mary sich schon bald gelangweilt hatte und bereits mehrmals mit dem Vaporetto in die Stadt aufgebrochen war. Torcello war nichts für sie, das hatte er rasch bemerkt. Sie sagte zwar nichts und wehrte sich nicht gegen die neue Unterkunft, aber es war zu spüren, dass sie sich nach dem Leben in der Stadt sehnte. Was gab es in Torcello schon zu sehen?

Sie hatte mit ihm an der Seite die beiden Kirchen besichtigt und sich Detail für Detail mit dem Mosaik des Jüngsten Gerichts in *Santa Maria Assunta* beschäftigt. Er mochte dieses Mosaik nicht, es war schwer zu entziffern und voller kleinteiliger Darstellungen, von denen jede auf eine andere Passage des Neuen Testamentes verwies. Der große Christus, der Adam aus der Hölle befreite, die Scharen der Verdammten, Luzifer mit dem Antichrist auf dem Schoß – die Drastik dieser Darstellungen gefiel ihm nicht, am liebsten hätte er weggeschaut, was aber beim Verlassen der Kirche kaum möglich war. Das große Mosaik füllte die gesamte Fassadenrückwand, sodass man beim Hinausgehen unweigerlich einen Blick auf all diese Szenen warf, deren ermahnenden Furor er übertrieben fand.

Viel lieber war ihm das Mosaik der Lagunenmadonna in

der gegenüberliegenden Apsis. Sie war ungewöhnlich groß und in ein feines blaues Gewand gehüllt. Der Blick der beiden mandelförmigen Augen war gelassen und selbstbewusst, und auf dem linken Arm trug sie das Jesuskind, das mit einer Rolle in der Linken und einer ausgestreckten Rechten bereits aussah wie ein junger Gelehrter.

Mary hatte sich mit dieser schönen Gestalt jedoch nicht weiter beschäftigt, sondern war nach einem kurzen Blick wieder zum Entziffern übergegangen: Was meinte die Inschrift unterhalb von Marias Füßen? Und was im Einzelnen hielten die zwölf Apostel in Händen? Und waren das Mohnblüten auf der Wiese, auf der die Apostel standen?

Er hatte sich von ihr getrennt und war wieder nach draußen gegangen. Dort hatte er sich eine Anlegestelle für die Fischerboote angeschaut und ans Wasser gesetzt. Die bildlichen Darstellungen brachten etwas Fremdes in diese Oase, er ignorierte sie weitgehend, weil er sich der Natur und ihrer Wildnis überlassen wollte.

Das Frühstück nahmen sie an jedem Tag zusammen ein. Sie saßen an einem Ecktisch im Eingangsraum, während Elena und Marta in der Küche alles vorbereiteten. Es gab frisches Brot und Spiegeleier mit Speck, es gab Käse, Wurst und gesalzene Butter aus dem Veneto, und es gab wunderbare, selbstgemachte Marmeladen. Elena zeigte sich nur selten, Marta bediente, sie strahlte vor guter Laune und erzählte Neuigkeiten vom gestrigen Tag.

Nach dem Frühstück einigten sich alle darauf, wie die

weiteren Mahlzeiten verlaufen sollten. Wenn Mary mit Marta nach Venedig fuhr, blieb Hemingway allein zurück. Elena servierte dann am Mittag Pasta und Fisch, abends dagegen aßen die Eheleute wieder zusammen. Paolo war am Vormittag meist nicht zu sehen, sondern tauchte erst nach dem Mittagessen auf. Danach aber blieb er bis in den Abend, weil er wusste, dass es Hemingway beruhigte, wenn er in der Nähe war.

Nachmittags stiegen sie dann ins Boot und fuhren los, Hemingway hatte fast immer ein Gewehr dabei und hielt es fest in den Händen. Sobald sie sich aber länger unterhielten, ließ er es oft sinken und legte es schließlich weg, als hätte er es sich anders überlegt. Die Jagd auf kleine Vögel war mühsam und beschäftigte einen ganz, was ihm nicht immer gefiel. Stattdessen sprach er von der Entenjagd und den Einladungen, die er dazu erhalten hatte, er hatte sie nicht vergessen, wollte aber erst auf Torcello Wurzeln schlagen.

»Mary wird nicht mehr lange bleiben«, hatte er zu Paolo gesagt, »ich spüre, dass es sie fortzieht. Sie wird einen Ausflug in den Norden machen oder vielleicht zu Freunden nach Florenz fahren.« – »Und?! Wird Dir das zusetzen? Wirst Du sie sehr vermissen?!« – »Natürlich werde ich sie vermissen. Für das Schreiben aber ist es besser. Wenn ich ganz allein bin, wird es leichter gehen.« – »Hast Du schon angefangen mit Deiner Geschichte?« – »Nein, ich schreibe weiter alles ins Reine, was ich bisher flüchtig notiert habe. Und ich überlege, womit ich anfangen könnte. Nicht mit Venedig, eher mit der Lagune. Ich suche eine Figur, die in dieser Gegend hier unterwegs ist. Woher kommt sie? Wie alt ist sie? Was hat sie vor? Gesucht wird: eine männliche Figur in meinem Alter, wahrscheinlich Amerikaner, mit guten Italienisch-Kenntnissen.« – »Verheiratet?« – »Auf keinen Fall!« – »Und wieso nicht?« – »Er muss alle Freiheiten der Welt haben, die Ehe würde sie beschneiden.« – »Welche Freiheiten?« – »Sich umzuschauen, an niemanden gebunden zu sein, den Tag so zu erleben, wie es sich gerade ergibt. Eine solche Figur braucht viel Raum, und jede Frau an ihrer Seite würde diesen Raum einengen.« – »Und wenn er verliebt wäre?« – »Verliebt?! Das ist kompliziert, und es kommt sehr auf die geliebte Person an. Woher kommt nun sie wiederum? Wo begegnen sie sich? Wieviel Zeit am Tag verbringen sie gemeinsam? Viele solcher lästigen Fragen stellen sich dann sofort.«

Sie waren weiter durch die Lagune gefahren, manchmal wollte er unbedingt irgendwo anlegen und ging dann eine Weile allein durch das Inselgelände. Auf den Wiesen stakten Reiher herum, und ein Schwarm kleiner Vögel lauerte in den niedrigen Hecken. Oft hatte er ein Fernglas dabei und beobachtete sie, und wenn Enten aus den Schilfmatten aufstiegen, blickte er ihnen lange nach.

»Warum hast Du so eine Freude an der Jagd?« hatte ihn Paolo gefragt. – »Weil ich seit der Kindheit gejagt und geangelt habe. Fische, Enten und später natürlich die großen Geschöpfe. In Afrika habe ich Jagd auf Löwen gemacht, und das war das Beste. Du bist so konzentriert wie niemals sonst, und Du empfindest die Todesgefahr auch dann, wenn Du Helfer hast, die Dir im Ernstfall beistehen würden.« – »Ich hatte nie Freude am Jagen, das Fischen hat mir gereicht.« – »Vielleicht brauche ich diesen Umgang mit der Natur. Ich mag sie nicht nur anschauen und bewundern, als wäre sie ein Gemälde. Spüren möchte ich sie, und spüren möchte ich vor allem mich selbst. Während der Jagd wirst Du zu einem Triebtäter, all Deine Instinkte sind dann hellwach. Du begegnest der Natur mit Haut und Haar, anstatt sie lediglich zu beäugen wie ein schönes Objekt. So etwas macht mich jedes Mal unruhig, und vielleicht ist das auch der Grund, warum ich es in Museen nicht lange aushalte. Das Leben so intensiv wie möglich wahrzunehmen, ist etwas anderes als Bildbetrachtung, wobei ich nichts gegen Bildbetrachtung habe. Es gibt dafür fabelhafte Verfahren, die etwas von einer Jagd haben. Während der wirklichen Jagd aber gibst Du etwas preis, Du setzt es aufs Spiel, Du suchst den Kampf.« – »Aber Du bist immer der Sieger, und die armen Getöteten haben keinerlei Chance.« – »Sag so etwas nicht, das ist eine verkehrte Art der Betrachtung. Viele von ihnen schenken Dir ein anderes, zweites Leben. Das ist sehr viel, und jedem getöteten Tier gehört deshalb Dein Respekt. Aber es stimmt: Du hast es in der Hand, Dir obliegt die Obergewalt, das ist nun einmal so, und irgendwer hat sich genau das ausgedacht und geplant und so eingerichtet.« – »Sprichst Du gerade von Gott?« – »Ich spreche niemals von Gott. So etwas darf man nicht tun. Man kann ihn spüren und verehren, ja, aber man sollte nicht über ihn sprechen oder verfügen.« – »Und das Beten?« – »Beten ist gut, man sollte beten, wann immer es einen dazu drängt. Aber man sollte Gott weder zu seinem Freund noch zu seinem Helfer erklären. Es reicht, ihm zu schildern, wie man das Leben sieht, worunter man leidet oder wofür man danken möchte.« – »Möchtest Du für etwas danken?« – »Ja. Ich habe bereits viel Zeit damit zugebracht, ihm im Stillen dafür zu danken, dass ich noch am Leben bin. Ich hätte mit achtzehn Jahren auch sterben können, und es hätte nicht einmal viele Menschen erschüttert.« – »Sag so etwas nicht. Du hättest Deine wunderbaren Bücher nicht geschrieben, und Du hättest anderen Menschen mit ihnen nicht helfen können.« – »Oho, was sagst Du denn da? Du glaubst, meine Bücher helfen anderen Menschen?« – »Aber ja, warum solltest Du sie sonst schreiben? Mir helfen sie zum Beispiel, ich lerne von ihnen, wie ich es anstellen könnte, erwachsen zu werden und das Leben nicht nur zu ertragen, sondern auch zu bestehen.« – »Vergiss den Genuss nicht!« – »Das Genießen kommt, glaube ich, später. Es ist etwas für ältere Menschen.« – »Aber nein, das stimmt nicht. Den Genuss musst Du viel früher entdecken, wie eine Wissenschaft. Du solltest wissen, was Dir besonders bekommt, guttut und Freude macht. Einen vitalen Menschen aus Dir zu machen, das ist mit das Schönste. So etwas ergibt sich niemals von selbst, Du musst es betreiben, Dich selbst animieren und

Freunde suchen, die sich Deiner annehmen. Vieles macht man als junger Mensch allein mit sich aus. Ohne Freunde gerät es aber nicht auf den Prüfstand. Dazu sind Freunde da: Um Dir Deine Grenzen und Eigenheiten zu zeigen! Um Dir den Spiegel vorzuhalten ...« – »Mir hält niemand den Spiegel vor.« – »Dann werde ich das übernehmen.« – »Vielen Dank! Das hätte mir gerade noch gefehlt: Ernest Hemingway als Lehrer fürs Leben!« – »Entschuldige, ich gehe Dir auf die Nerven. Tut mir leid. Widmen wir uns lieber Torcello ...«

Während der Bootsfahrten hatte er die Unterhaltungen mit Paolo schätzen gelernt. Manchmal sprachen sie stundenlang miteinander, und er fand, dass es bessere Gespräche waren als all die, die er mit Männern seines Alters bisher in Venedig geführt hatte. Ach was – seit Jahren hatte er sich so nicht mehr unterhalten, während des Krieges schon gar nicht, und danach hatte er für solche Unterhaltungen noch keinen Sinn gehabt. So gesehen, trugen sie zu dem bei, was er im Stillen seine »Wiederbelebung« nannte. Paolo war daran in vorderster Reihe beteiligt, sein Vater auch, dann kam seine Familie, während Mary hier in der Fremde eher eine untergeordnete Rolle spielte ...

Er verließ den Balkon, klappte die Läden wieder vor und zog sich in der Dunkelheit des Schlafzimmers etwas über. Mary war nicht aufgewacht, sondern schlief weiter. Er schlüpfte ohne Strümpfe in seine Schuhe und verließ das

Zimmer. Leise ging er die Holztreppe herunter und gelangte ins Freie.

Die Sonne war eben aufgegangen und breitete sich auf den Wasserflächen vor der *Locanda* aus. Er blieb eine Weile still stehen und schaute zu, wie die Goldfarbe das matte Grün des Wassers aufmischte. Ein Pulk von Enten trieb sich ganz in seiner Nähe herum, schwamm unter einer Brücke hindurch und bildete später eine kleine Prozession, die am Ufer entlangzog.

Langsam ging er hinüber zu den beiden Kirchen und erreichte den alten Campanile. Die Eingangstür war immer verschlossen, und ein Schild warnte davor, den Turm zu betreten. Er rüttelte dennoch an der Tür, und sie öffnete sich plötzlich ganz leicht. Anscheinend hatte jemand vergessen, sie wieder zu verschließen. Drinnen roch es modrig und feucht nach altem Holz, und eine Treppe führte nach oben.

Er überlegte nicht lange, sondern stieg die vielen Stufen hinauf, bis er ganz oben ins Freie gelangte. Der Blick auf die weite Lagunenlandschaft war überraschend, und es kam ihm so vor, als hätte er noch nie derart Schönes gesehen. Die sattgrünen Wiesen hatten weiche, pelzartige Ränder, und überall gruben sich helle Wasserrinnen durch die feuchtbraunen Äcker. Die großen Salzwiesen blinkten violett, und in der Ferne schimmerten die weiten Meerestiefen so hell, dass sie bis ins Weiße, Blendende übergingen.

Ihn überkam eine starke Lust, das alles aufzusuchen, mit Paolo wollte er weit hinausfahren und sich in diesen endlos erscheinenden Urlandschaften verlieren. Sie sahen aus wie die Erde zu Beginn der Schöpfung, funkelnde Materie zwischen Fließen und Stillstand, immer leicht in Bewegung, aber unmerklich, als befänden sich unter ihrer Oberfläche geheime Kräfte. Manchmal hinterließen sie kleine Wellen, sie zischten an den Ufern entlang oder schwappten, von Windstößen getrieben, über die Wiesen und torkelten in ihre niedrigeren Bettstellen.

Ein Bild dieser Welten hätte er sich auf dem großen Mosaik statt des Jüngsten Gerichtes gewünscht. Warum den Blick aufs Ende richten, anstatt die starken Anfänge zu beschwören, aus denen heraus alles entstanden war? Er reckte sich auf und hielt sich am Geländer fest, als ein schwerer Glockenschlag ertönte und die Uhrzeit meldete. Danach tastete er sich weiter auf dem Turmumgang vor, einmal die Runde, um den Ausblick in allen nur möglichen Richtungen zu genießen.

Er atmete tief durch und fuhr sich mit einem Taschentuch durchs Gesicht. Dann kauerte er sich wie ein Kind auf den Boden, streckte die Beine aus, zog die Schuhe aus und ließ sich die Sonne ins Gesicht scheinen. Er blieb lange und achtete auf den Glockenschlag und die Uhrzeit. Schließlich zog er die Schuhe wieder an, säuberte seine Kleidung und ging die alte, knarrende Treppe hinab.

Es war kurz vor neun, und als er den Eingangsraum der *Locanda* betrat, stand Mary vor dem Frühstückstisch und unterhielt sich mit Marta. »Guten Morgen, Liebster«, sagte sie, »wir haben uns gerade überlegt, wo Du wohl sein könntest.« – »Guten Morgen, meine Liebe, guten Morgen, Marta! Ich war ein wenig mit den Vögeln und Wolken unterwegs.« – »Warst Du das?! Wie schön, dass Du wieder zurückgefunden hast!« – »Ja, wie schön. Und nun komm, lass uns frühstücken und erzähle mir, was Du heute vorhast. Eine Fahrt nach Venedig? Eine nach Murano?« – »Nein, ich werde mit Marta und Elena Burano besuchen.« – »Tu das, meine Liebe. Ich werde hierbleiben und arbeiten und mich umschauen, Du weißt …« – »Ja, ich weiß. Ich hätte Dich natürlich lieber dabei, aber Du hast anderes vor …« – »Ja, Mary, momentan habe ich anderes vor. Hab ein wenig Geduld, irgendwann wird auch das wieder vorbei sein.« – »Wird es das?« – »Bestimmt. Ich gebe Dir mein Wort.« – »Nun gut, lass uns frühstücken.«

24

Dann aber war Mary wirklich nach Florenz aufgebrochen, und so frühstückte er morgens allein und unterhielt sich jedes Mal ein wenig mit Marta. Sie sprach mit ihm über ihre Zukunft, dass sie vielleicht Lehrerin oder Erzieherin oder Übersetzerin werden, sich aber noch keineswegs festlegen wolle. Er empfahl ihr, Passagen eines englischen

Buches probeweise ins Italienische zu übersetzen, und sie ging sofort auf den Vorschlag ein und fragte weiter, ob sie eine seiner Erzählungen oder den Anfang eines Romans auswählen dürfe. Er war einverstanden und animierte sie weiter, indem er mit ihr zusammen einige Titel seiner Erzählungen durchging und Vorschläge für eine Übersetzung machte.

Nach dem Frühstück ging er sofort auf die Zimmer und rückte den Schreibtisch schräg vor die Balkontür. Er streifte die Gardine beiseite, sodass er einen freien Blick auf die beiden Kirchen hatte. Er nahm noch einen großen Schluck Wasser aus einem Glas, das neben einer gefüllten Karaffe auf dem Boden stand. Dann zog er die Schuhe aus, legte den Schreibblock vor sich hin auf den Tisch und beugte sich über das Papier ...

Und er sah den Mann seines Alters, wie er zusammen mit einem Bootsmann in der Lagune unterwegs war. Sie waren zu zweit, und sie sprachen sehr wenig, und das Boot hatte keinen Motor, sondern musste mit dem Ruder fortbewegt werden. Der Bootsmann stand hinter dem Mann seines Alters, und er sah, dass der Mann sich nicht bewegte, sondern Ausschau hielt nach den Enten. Er hielt ein Gewehr in der Hand, und es war genau das Gewehr, das auch er während der Fahrten mit Paolo in Händen hielt, ohne es viel zu benutzen. Der Mann seines Alters aber wollte die Enten jagen, nichts sonst, und wenn sie aus dem Schilf aufstiegen, schoss er und traf sie und bewies dem Bootsmann, was für ein fabelhafter Schütze er war.

Vor ein paar Tagen hatte er mit diesen Szenen begonnen, und es war das Erste gewesen, was er seit über zehn Jahren in dem festen Glauben geschrieben hatte, dass es etwas taugte. Ja, der Mann seines Alters hatte Bestand, er mochte ihn von Anfang an, und er verlieh ihm einige seiner Eigenschaften, ließ ihm aber auch Raum, um frei zu handeln oder sich sogar gegen ihn zu wehren.

Noch aber wehrte sich der Mann seines Alters nicht, er hieß Richard Cantwell, der Name stimmte und auch der Beruf, denn Richard Cantwell war ein Colonel der Infanterie in der amerikanischen Armee. Als solcher hatte er den Krieg hinter sich, aber der Krieg steckte noch in ihm, und er erinnerte sich jeden Tag an das, was er Furchtbares erlebt hatte. Wenn es stark in ihm aufstieg, begann er zu trinken, dann wurde es besser, und der Alkohol lenkte ihn ab.

Natürlich trank er im Dienst keinen Tropfen, aber Richard Cantwell war zu Beginn des Buches gar nicht im Dienst, sondern hatte einige freie Tage, die er in Venedig verbringen wollte. Von Triest aus fuhr ihn sein Fahrer auf die Stadt zu, die er kannte und liebte, und sie trafen an der großen Garage ein, wo auch er mit Mary und Fernanda sowie dem gemeinsamen Fahrer eingetroffen war. Im Buch beschrieb er die Szene fast so, wie er sie erlebt hatte, aber er ließ Sergio Carini und Paolo und all die Menschen weg, die er selbst bereits bei der Ankunft kennengelernt hatte.

Was wusste er sonst noch von Richard Cantwell? Er teilte mit ihm die Erlebnisse während der Schlachten im Krieg, und er würde später über sie schreiben, wenn er Cantwell an sich und sich an Cantwell gewöhnt hatte. Vorerst war von Bedeutung, dass Cantwell krank war, der Dienstarzt hatte eine Herzschwäche festgestellt und ihm starke Tabletten verschrieben. Das war auch seine Diagnose gewesen, denn er hatte sich nicht vorstellen können, dass ein Mann dieses Alters den Krieg gesund überstanden hatte. Herzkrank war er nicht wegen des Alters, sondern als Folge des Krieges, aber er machte sich vorerst noch keine Gedanken darüber, wie ernst die Krankheit war und wie sehr sie Cantwells Leben beeinflussen würde.

Mit der Entenjagd und der Arztuntersuchung und der Anfahrt im Wagen auf Venedig zu – mit diesen Szenen hatte er begonnen. Anfangs hatte er noch befürchtet, dass es nur eine längere Erzählung werden würde, doch Richard Cantwell hatte sich bald etabliert und begann mit dem Arzt und seinem Fahrer zu reden, und er hörte ihm zu und fand ihn mürrisch, ließ ihn aber gewähren, weil er ihm nicht von Anfang an vorgeben wollte, wie liebenswürdig und passabel er zu sein habe. Genau das war Cantwell nämlich anfänglich nicht, er schien viel älter als fünfzig zu sein, aber er war es nicht wirklich, nein, sein Alter stand fest, denn es sollte genau sein eigenes Alter sein, und dabei würde es, verdammt noch mal, bleiben.

Er saß an seinem Schreibtisch und trank Wasser und schrieb weiter an der Geschichte, soweit es eben ging, und er konnte sich wieder darauf verlassen, dass er zumindest die Spur einer Fortsetzung sah, der er dann einigermaßen ahnungslos folgte. Er wusste vorher nie, wohin die Geschichte verlief, und aus diesem Nichtwissen bestand ein Großteil des Vergnügens am Schreiben. Verblüffte ihn nach Abschluss des morgendlichen Quantums die Fortsetzung, war das ein untrügliches Zeichen dafür, dass die Geschichte weiter Bestand hatte.

Es kam aber auch vor, dass er sich verrannte und sie kopf- und bedenkenlos gegen seine eigenen Absichten weitererzählte. Dann brach er irgendwann ab und ging hinaus ins Freie und war solange unterwegs, bis er den Grund für sein Versagen gefunden hatte. Später würde er die Sackgasse korrigieren und an der Stelle wieder ansetzen, an der sie sich aufgetan hatte.

Seit er als junger Mann mit dem Schreiben begonnen hatte, hatte er auf genau diese Weise gearbeitet. Er wusste also Bescheid und kannte die Gefahren und Methoden, wie er Missglücktes reparieren konnte. Was ihm aber seit langer Zeit gefehlt hatte, war die Empfindung gewesen, in engem Kontakt mit den Dingen, anderen Menschen und damit dem Leben zu stehen. Seit seiner Ankunft in Venedig hatte sich dieser Kontakt allmählich wieder ergeben, und durch die Verbindung mit den Bewohnern, der Stadt und ihrer Umgebung war wie aus dem Nichts die Figur des Mannes

in seinem Alter entstanden: Richard Cantwell. Auf der
Entenjagd. Während der Anfahrt nach Venedig. Und nun
sogar auf dem Weg zum *Gritti*, wo er ein Zimmer beziehen
würde ...

Er hörte auf zu schreiben, zählte die an diesem Morgen geschriebenen Wörter und trug sie in sein Notizbuch ein. Es
war eine gute Zahl, und er war sehr zufrieden und legte die
Seiten beiseite. Dann griff er nach der Karaffe und stellte
sie auf den Tisch und schenkte sich ein letztes Glas Wasser
ein.

Er atmete tief durch und stand auf und öffnete die Balkontür, und er wartete darauf, dass die frische Luft in die
Zimmer strömte und er den Geruch von Gras und Laub
aus dem Garten in die Nase bekam.

Jetzt war Mittagszeit, und er würde gleich in den Empfangsraum gehen, um dort entweder allein oder mit jemandem aus der Familie Carini zu essen. Sie wechselten sich
bis auf Elena, die stets in der Küche blieb, Tag für Tag
ab, und er fand es wunderbar, immer mit jemand anderem
von ihnen zu essen und über andere Themen zu sprechen
und nicht allein essen zu müssen. Mary meldete sich alle
paar Tage telefonisch, es ging ihr gut in Florenz, und sie
besichtigte, begleitet von einem erfahrenen älteren Kunst-
historiker, alles, was sich besichtigen ließ.

25

Diesmal wartete Sergio auf ihn, sie umarmten sich und nahmen an dem Ecktisch Platz, wo Marta schon bald eine dampfende Minestrone servierte.

»Marta behauptet, Du schreibst ununterbrochen«, sagte Carini und kostete den ersten Löffel. – »Woher will sie das wissen?« – »Sie sagt, es sei derart still, dass man nur annehmen könne, Du seist dauernd mit Schreiben beschäftigt.« – »Ja, Marta hat recht. Ich habe wieder zu schreiben begonnen, eine längere Erzählung, vielleicht ein Roman, wir werden sehen.« – »Verrätst Du mir, wo er spielt?« – »In Venedig.« – »Was Du nicht sagst! Du kannst nicht ahnen, wie sehr mich das freut.« – »Freut es Dich wirklich?« – »Es macht mich sogar glücklich, und ich bin stolz, gerade jetzt an Deiner Seite zu sitzen und mit Dir eine sehr gute Minestrone zu essen.« – »Die Minestrone ist ausgezeichnet, da hast Du recht.« – »Verrätst Du mir das Thema des Buches?« – »Nein, tut mir leid. Ich kenne das Thema noch nicht, vielleicht hat es auch keins.« – »Kommt der Krieg darin vor?« – »Das kann ich nicht sagen. Ich weiß noch sehr wenig über das Ganze, ich habe gerade erst die Bekanntschaft der Hauptfigur gemacht und sie auf die Reise geschickt.« – »Auf die Reise nach Venedig ...« – »Du sagst es.« – »Und wer ist die Hauptfigur?« – »Ein Mann meines Alters.« – »Ein Mann Deines Alters – oder Du selbst?« – »Wenn ich das wüsste ...« – »Du weißt es nicht? Aber wie kann man so etwas als Autor nicht wissen?« – »Ich bin mir über die Identität des Mannes noch nicht im Klaren. Ich weiß nur, er ist ein Mann meines Alters und gerade in Venedig angekommen.« – »Übernachtet er etwa im *Gritti*?« – »Das hat er vor, aber er hat sein Zimmer noch nicht bezogen.« – »Geht er zunächst in die Hotelbar?« – »Könnte sein. Ich bin mir nicht sicher.«

Sergio Carini schwieg und löffelte langsam die Suppe. Er dachte daran, dass er den Venedig-Aufenthalt Hemingways vom ersten Moment an protokolliert hatte. Wie ein akribischer Archivar hatte er den Verlauf dokumentiert, bis auf die Stunde und die Minute genau. Wo er sich aufgehalten, mit wem er gesprochen, was er gegessen oder getrunken hatte. Er hatte vor, aus diesen Daten später sein eigenes Buch zu machen, und er überlegte, was seine Fakten später über die Entstehung von Hemingways Venedig-Roman aussagen würden. Sein Buch würde durch diesen Roman sehr gefragt sein, damit konnte er rechnen. Falls es diesen Roman wirklich geben und falls Hemingway die Arbeit daran nicht einstellen würde.

»Woran denkst Du?« fragte ihn Hemingway. – »Ich überlege, wie lange Dir die Einsamkeit hier wohl bekommt. Brauchst Du nicht dann und wann eine kleine Abwechslung? Ich würde das nicht aushalten, Tag und Nacht in Torcello, und höchstens ein paar freundliche Leutchen aus Burano, die sich ein wenig mit Dir unterhalten.« – »Solange ich schreibe, brauche ich keine Abwechslung. Das Schreiben ersetzt alles, ich habe viele Jahre auf dieses Glück gewartet und werde es jetzt nicht leichtfertig verspielen. In Venedig werde ich auf keinen Fall Abwechslung suchen. Wenn überhaupt, dann auf der Entenjagd mit den vornehmen Leuten vom Land. Denen aus *Harry's Bar*, Du kennst sie.« – »Und wie lange würdest Du es mit ihnen aushalten?« – »Zwei Tage, nicht mehr.« – »Soll ich mich erkundigen, wann es ihnen recht wäre?« – »Meinetwegen. Aber ich lege mich auf keinen Fall fest. Eine Voranfrage, etwas in dieser Art wäre möglich.« – »Eigentlich aber möchtest Du in Torcello bleiben.« – »Richtig, so lange es eben geht.« – »Und wovon hängt das ab?« – »Vom Schreiben und auch von Mary. Sie wird über Weihnachten nicht hier sein wollen. Sie braucht Gesellschaft, sie will in die Berge, Ski fahren, sich austoben.« – »Also will sie all das, was Du nicht willst.« – »Du sagst es. Wir werden uns aber einigen.« – »Welchen Ort hat sie für ihre Pistentouren im Sinn?« – »Das schöne Cortina. Wir sind dort schon auf der Herfahrt gewesen, und ich selbst kenne es aus früheren Zeiten.« – »Du warst dort schon einmal mit Mary?« – »Nein, nicht mit Mary.« – »Mit wem warst Du dort?« – »Das Interview ist jetzt beendet, Sergio. Und ich bitte Dich, nichts davon in der Zeitung zu bringen. Wir beide sind gute Freunde, und es würde das Ende unserer Freundschaft bedeuten, wenn die halbe Welt erführe, woran ich schreibe und was ich im Winter vorhabe.« – »Du kannst Dich auf mich verlassen. Wirst Du nach Cortina hierher zurückkommen?« – »Genau das habe ich vor. Wenn es das Schreiben noch gibt, nur dann …«

Marta kam zu ihnen, räumte die leeren Teller ab und sagte: »Ihr habt etwas von Verschwörern! Als plantet Ihr etwas.« – »Genau das tun wir«, sagte Carini, »wir planen die nächsten Monate und Jahre.« – »Passt etwas Seezunge dazu? Mit ein wenig Spinat?« – »Nichts wäre mir lieber«, antwortete Hemingway und bestellte eine Flasche Weißwein aus der Region.

Auf Entenjagd zu gehen, wäre vielleicht gar nicht so schlecht, dann hätte er weiteren Stoff für den Roman. Cantwell liebte die Jagd und aß für sein Leben gern Enten, leider hatte er keine Familie Carini zur Seite, mit der er sich hätte unterhalten können. Die Fortsetzung der Geschichte wies genau hier eine Leerstelle auf, sodass ihn bald die Frage beschäftigen würde, mit wem zum Teufel Cantwell in Venedig zusammen war. Allein konnte er jedenfalls nicht lange bleiben. Einen Mann seines Alters einen ganzen Roman lang allein durch Venedig laufen zu lassen, das würde kein Leser ertragen, und auch er selbst bekäme als Autor die größten Probleme mit einem so solipsistischen Wesen.

Henry James war einer der wenigen Schriftsteller, die so etwas beherrschten, seine männlichen Wesen waren grundsätzlich allein und genossen sogar das Alleinsein. Wie viele Venedig-Romane hatte er eigentlich geschrieben, und gab es von ihm nicht auch Essays über die Stadt? Marta könnte das herausbekommen und ihm vielleicht in einer Bibliothek solche Lektüren beschaffen. Vielleicht brachte ihn Henry James auf gute Gedanken, denn Henry James war eine erste Adresse.

Die Seezunge wurde serviert, und Hemingway entkorkte die Flasche Weißwein und füllte zwei Gläser. »Stoßen wir an, Du alter Rechercheur!« sagte er, und Carini antwortete nicht. Sie tranken, und Hemingway machte weiter: »Mir geht da gerade was durch den Kopf. Weißt Du, wie viele Venedig-Romane Henry James geschrieben hat? Ich erinnere mich an keinen einzigen Titel. Und gibt es nicht auch Venedig-Essays von ihm? Ich habe irgendwo mal einen Hinweis darauf gelesen.« – »Henry James ... Nein, tut mir leid. Ich weiß es auch nicht, aber ich werde es herausbekommen.« – »Könnte Marta mir Bücher von ihm beschaffen?« – »Aber ja. Ich kann mich aber auch selbst darum kümmern.« – »Nein, kümmere Du Dich um die Jagd und den Adel vom Festland. Um Henry James soll Marta sich kümmern, wir haben dann ein schönes Thema für ihre Übersetzungsarbeiten.« – »Sie hat mir davon erzählt. Glaubst Du, dass Marta Chancen hat, eine gute Übersetzerin zu werden?« – »Wenn ich hier festwachse, wird sie so gut werden wie kaum eine andere.« – »Mach keine Witze. Glaubst Du es wirklich?« – »Sie spricht sehr gut Englisch. Ob sie schriftlich auch so gut ist, werden wir herausfinden.« – »Sollte sie studieren?« – »Vielleicht. Sie sollte schon einmal anfangen zu unterrichten. In Venedig werden sich viele junge Leute einen guten Englisch-Unterricht wünschen. Und darunter werden auch Vermögende sein. Sie könnte etwas Geld verdienen und erste Erfahrungen sammeln. Kennt Ihr denn niemanden, den sie unterrichten könnte?« – »Lass mich überlegen. Doch. Eine Mitschülerin käme vielleicht in Frage. Sie heißt Adriana Ivancich und stammt aus uraltem Adel. Die Familie besitzt einen großen Palazzo nahe der Kirche *Santa Maria Formosa*. Adriana hat ein furchtbares Schicksal erlitten. Man hat ihren Vater vor wenigen Jahren auf offener Straße ermordet.«

Hemingway schwieg. Er hätte nachfragen sollen, aber er brachte keine Frage heraus. Adriana Ivancich – wie es seiner »Orientierung« wohl ging? Er hatte sie nicht vergessen, sich aber angehalten, nicht so oft an sie zu denken. Inzwischen hatte er ja auch bereits eine andere »Orientierung« gefunden, sie hieß Richard Cantwell und war ein Colonel bei der amerikanischen Infanterie. Derzeit wohnhaft im *Gritti*. Vorerst allein in Venedig unterwegs, auf der Suche nach Freunden oder dem, was man »Weggefährten« nannte. Gab es auch »Weggefährtinnen«? Für einen Colonel dieses Alters wohl nicht, der dachte in anderen Kategorien. Solchen des Krieges. Solchen des gewissen Alters.

»Adriana Ivancich …«, sagte Hemingway, »Paolo hat diesen Namen mir gegenüber einmal erwähnt. Und auch diese furchtbare Geschichte. Marta ist mit ihr befreundet, nicht wahr?« – »Ja, die beiden sind Freundinnen, aber sie sehen sich nicht allzu häufig.« – »Wie könnte man Adriana denn helfen? Wie könnte man ihr eine Freude machen? Hast Du eine Idee?« – »Fragen wir Marta, sie weiß da besser Bescheid.« – »Wie wäre es, wenn wir Adriana mit auf die Jagd nähmen?« – »Frauen gehen nicht mit auf die Jagd, nein, ich kann mich jedenfalls nicht erinnern, dass jemals eine Frau dabei gewesen wäre.« – »Und wenn ich es mir wünschen würde?« – »Auch dann nicht. Du kennst diese adligen Scharfschützen. In Begleitung einer Frau, und dann noch einer so jungen, wären sie abgelenkt und würden keine einzige Ente treffen. Außerdem weiß ich nicht, ob Adriana selbst dieser Vorschlag gefiele.« – »Und wenn doch?« – »Wenn doch?! Na dann ...« – »Dann würdest Du Dich darum kümmern?« – »Ich müsste erst einmal einige Vorgespräche führen.« – »Dazu bist Du da, Sergio. Das ist Deine vornehmste Aufgabe. Vorgespräche führen für Ernest Hemingway. Ihn bei Tisch unterhalten. Und später ein Buch über ihn schreiben.« – »Ein Buch?! Was redest Du denn?« – »Irgendwann wirst Du Stoff für ein Buch haben, und ich wette, Du wirst es schreiben. Ich sehe es schon vor mir. Aber behandle den alten Ernest darin anständig. Wenn nicht, komme ich aus Cuba hierher und fordere Dich zum Duell. Ich bin ein ganz ausgezeichneter Schütze, das solltest Du wissen.« – »Ich habe da keine Zweifel, Hem, nicht die geringsten. Aber reden wir nicht davon, denken wir an Deinen Roman. Der soll gedeihen, auf den kommt es an. Und für den führe ich alle Vorgespräche der Welt.«

Sie aßen kleine, frittierte Seezungen und dazu etwas Spinat. Nach der ersten Flasche Weißwein bestellte Hemingway noch eine zweite, leerte sie aber allein, da Carini nicht mehr als ein Glas trinken wollte. Eine Weile aßen sie still, und jeder folgte den Überlegungen, die ihr Gespräch ausgelöst und angeregt hatte.

Hemingway spürte plötzlich die alte Euphorie. Es war eine unbeschreibliche Mischung aus ruhiger Gelassenheit und prickelnder Neugierde. Was ging denn in ihm vor und bewegte ihn so? Er hatte eine Idee für die zweite starke Figur in seinem Roman. Richard Cantwell würde eine junge Frau treffen. Sie wäre nicht älter als achtzehn, neunzehn – und von großer Schönheit. Im *Gritti* oder in *Harry's Bar* könnten sie einander begegnen.

26

»Wie nennt man diese Hütten?« fragte Hemingway, als sie frühmorgens in der Lagune von Caorle mit ihren Booten unterwegs waren. Die Jagdgesellschaft hatte sich am Tag zuvor in einem komfortablen Landhaus getroffen und bewegte sich bei starkem Regen zur Entenjagd auf den schmalen Kanälen zwischen den vielen Inseln und Sandbänken.

Sergio Carini hatte den Termin mit den adligen Bekannten aus *Harry's Bar* vereinbart, und so waren sie mit Hemingways Buick von Venedig aus nach Osten aufgebrochen, um auf Jagd zu gehen. Carini hatte den Chauffeur gespielt, er kümmerte sich um alle Details, hatte aber nicht in Erfahrung bringen können, ob Adriana Ivancich ebenfalls an der Jagd teilnehmen würde. Am Abend war sie nicht zu sehen gewesen, niemand erwähnte ihren Namen, und so hatte auch Carini darauf verzichtet, nach ihr zu fragen.

»Diese Hütten heißen *Casoni*«, sagte er leise, »sie sind

aus Holz und Schilf und waren früher einmal nächtliche Unterkünfte für die Fischer während der Saison.« – »Werden wir eine der Hütten zu sehen bekommen? Ganz aus der Nähe? Oder noch besser. Werden wir eine betreten?« fragte Hemingway. – »Das werden wir bestimmt. Wenn unsere Scharfschützen genügend Enten geschossen haben und sich ein Glas Rotwein erlauben. Dann wird es auch eine kleine Mahlzeit geben.«

Hemingway hielt sein Gewehr in den Händen, während Carini auf ein Gewehr verzichtete. Er betonte, dass er im Nebenberuf Fischer sei und in seinem Leben noch keine einzige Ente geschossen habe. Im Grunde finde er solche Jagden auch schwer erträglich, sie gefielen ihm nicht, und er würde sich an ihnen nicht beteiligen, wenn Hemingway es sich nicht ausdrücklich gewünscht hätte.

»Ich könnte auf solche Unternehmungen auch eine Weile verzichten«, sagte er, »aber den Mann meines Alters zieht es dorthin, wo geschossen wird. Deshalb muss ich ihn begleiten. Außerdem ist es gut, über die Gegend so viel zu erfahren wie nur irgend möglich.« – »Willst Du etwa über die Entenjagd schreiben?« – »Warum nicht? Über das Jagen weiß ich Bescheid, seit Kindertagen. Überall, wo ich gelebt habe, bin ich auf die Jagd gegangen, es ist mir eingeboren.« – »Ich kann das nicht verstehen. Die Fischerei mit ihren Ruten und Netzen ist gegenüber dem Einsatz von scharfen Gewehren ein ungleich feineres Metier.« – »Ich weiß. Jahrelang bin ich mit meinem Vater fischen gegangen und später fast jeden Sommer allein.« – »Warum denn allein? Habt ihr euch nicht mehr vertragen?« – »Mein Vater hat sich das Leben genommen.« – »O, das wusste ich nicht, es tut mir leid.«

Sie schwiegen und zogen die Köpfe ein, als ein besonders heftiger Schauer sie traf. Der Regen zog in Schwaden über das Wasser, zerzauste die kleinen Hecken und Büsche entlang der sandigen Ufer und folgte den kühlen Winden, die sich im Schilf verfingen.

Wenn irgendwo eine Entenschar aufstieg, wurde sofort geschossen, und die vielen Schüsse knallten wie Peitschenhiebe durch die sonst stille Landschaft, die noch wilder und ungezähmter aussah als die Gegenden in der Umgebung Torcellos. Dort gab es flache, sich weit ausdehnende Wiesen und Felder, während die Landschaft hier keine weiten Blicke erlaubte. Sie bestand aus lauter winzigen Parzellen, die man hätte betreten und auf denen man ein Inseldasein hätte führen können. Dazwischen die unwegsamen Kanäle mit krummen Verläufen, die manchmal auf freiere Gewässer zuführten. Sie ähnelten Seenlandschaften und waren auf allen Seiten von Schilf umgeben. Man fühlte sich ausgesetzt, lockte die Enten an und wartete, bis sich die ersten an den Schilfrändern niederließen.

»Werden wir Adriana Ivancich vielleicht doch noch begegnen?« fragte Hemingway. – »Ich hatte es vermutet, weil die Familie hier in der Nähe ein Landhaus besitzt. Es ist allerdings im Krieg zerstört worden, und ich weiß nicht, wie es heute dort aussieht.« – »Hat Marta inzwischen Kontakt mit ihr aufgenommen?« – »Ja, sie haben sich bereits mehrmals gesehen. Marta unterrichtet sie im Englischen, Adriana soll die Sprache nur schlecht beherrschen.« – »Wo treffen sie sich?« – »Wo? Na, im Palazzo der Familie Ivancich.« – »Den würde ich gerne einmal von innen sehen!« – »Soll ich das als einen Auftrag an mich verstehen, wieder aktiv zu werden?« – »Nein, lass nur. Ich werde selber aktiv werden, sobald das möglich ist.« – »Was soll das heißen?! Willst Du auf eigene Faust ihre Bekanntschaft machen? Ich weiß nicht, wie Du das hinkriegen willst. Adriana ist niemals allein unterwegs, immer begleitet sie ein Mann vom Personal oder jemand von der Familie.« – »Wie viele Geschwister hat sie?« – »Es gibt einen älteren Bruder und eine ältere Schwester. Und es soll noch einen jüngeren Bruder geben, den ich allerdings noch nie gesehen habe.« – »Marta könnte mit ihr eine Erzählung von Ernest Hemingway lesen, und nach der Lektüre würde sich der Autor in einem Café nahe *San Marco* zeigen und alle Fragen nach seinem Werk freiwillig und ausführlich beantworten.« – »Ah, so stellst Du es Dir vor! Wie gerissen!« – »Du musst zugeben, die Idee ist nicht schlecht.« – »Ich halte dennoch nicht viel davon. Adriana Ivancich kennt Dich nämlich gar nicht. Sie hat noch nie etwas von Dir gehört, geschweige denn etwas gelesen.« – »Stimmt das?« – »Ja, Marta hat mit ihr über Dich gesprochen. Und sie hat versichert, noch nie von Dir gehört zu haben.« – »Sehr gut. Endlich mal jemand, der mich noch nicht kennt und ohne Vorurteile auf mich zugehen könnte.« – »Auf Dich zugehen?! Was erwartest Du denn?« – »Einen starken Auftritt, eine junge Venezianerin, die mich an der Hand nimmt.« – »Ernest! Wie willst Du das Mary erklären?« – »Gar nicht. Warum sollte ich ihr irgendetwas erklären? Handeln und schweigen – das war schon immer eine meiner Devisen.«

Der Regen wurde langsam schwächer, und sie blieben etwas zurück hinter den vielen anderen Booten, die sich in der Umgebung verteilt hatten. Hemingway hatte das Gewehr beiseitegelegt und holte einen Flachmann aus seiner Tasche. Er schraubte ihn auf und reichte ihn Carini: »Trink einen Schluck, es ist verdammt kalt geworden.«

Carini setzte die Flasche an den Mund, nahm einen Schluck und schaute sie danach prüfend an: »Ist sie aus Silber?« – »Ja, ein Geschenk von Mary.« – »Und was habe ich gerade Furchtbares getrunken?« – »Gin. Sehr guten, puren Gin.« – »Ein Schluck reicht, mein Lieber, sonst schlage ich über die Stränge.« – »Ha! Würde ich gerne mal sehen, wie Du über die Stränge schlägst. Wahrscheinlich erkundigst Du Dich vorher bei Deinem Chefredakteur, in welchem Umfang es erlaubt ist.«

Sie lachten leise und ließen das Boot eine Weile treiben. Aus der Umgebung waren immer wieder Schüsse zu hören, kurze Salven, es waren aber keine niedergehenden Enten zu sehen. »Die spielen anscheinend nur«, sagte Hemingway. –

»Von wegen! Gleich wirst Du sehen, wie viele sie erlegt haben.« – »Wo?« – »Wir werden an der Anlegestelle zweier Casoni haltmachen, dort gibt es einen großen, umzäunten Platz. Wenn wir dort ankommen, werden die geschossenen Tiere schon in Reih und Glied auf dem Boden liegen. Exakt gezählt und exakt jedem Schützen zugeordnet.« – »Mann Gottes, ich habe höchstens eine einzige Ente getroffen, und selbst da bin ich mir keineswegs sicher.« – »Es wird sie erstaunen, aber sie werden kein Wort darüber verlieren. Für einen Mann, der auf Löwenjagd geht, ist eine einzige Ente allerdings etwas wenig.« – »Ich habe nicht ernsthaft gejagt, ich habe zugeschaut. Jagen sollen die anderen, ich dagegen möchte genau wissen, wie sie es tun.« – »Um darüber zu schreiben.« – »Um genau das zu versuchen.«

Sie zögerten noch eine Weile und fuhren dann die Anlegestelle der beiden *Casoni* an. Es waren runde, schilfgedeckte Holzbauten mit spitz zulaufenden Dächern. Auf dem Platz davor lagen die getöteten Enten, und der Jagdaufseher stand hinter ihnen und überprüfte die Zahlen, die er sich notiert hatte.

»Eine stolze Menge«, sagte Hemingway und schaute sich die Tiere genauer an. – »Der Rekord liegt heute bei fünfunddreißig«, antwortete der Jagdaufseher. – »Einer allein hat fünfunddreißig Enten geschossen?« fragte Carini. – »Das ist noch gar nichts«, sagte der Jagdaufseher, »vor zwei Wochen hat es mal jemand auf über fünfzig gebracht.«

Carini antwortete nicht mehr und betrachtete mitleidig

die toten Tiere. Dann ging er voraus in einen der hölzernen Bauten, blieb im offenen Eingang stehen und blickte sich nach Hemingway um. »Es gibt zu trinken und zu essen«, sagte er und betrat den runden Raum, in dessen Mitte sich eine offene Herdstelle befand. Auf einem großen Rost lagen kleine Fische, frisch gegrillt, und neben dem Rost standen Körbe mit Weißbrotscheiben. Er sprach mit den Gehilfen, die dabei waren, die Fische zu wenden, und ließ sich ein Glas geben. Es wurde mit Rotwein gefüllt, und Carini trug es hinüber zu Hemingway, der gerade den Raum betrat und sich umschaute.

Der Fußboden war aus gestampftem Lehm, und rings um die Herdstelle waren an den Wänden Sitzgelegenheiten und Bänke angebracht. »Gefällt es Dir?« fragte Carini und überreichte Hemingway das gefüllte Glas. – »Wie lange hat man früher hier übernachtet? Mehrere Nächte? Bei jedem Wetter?« – »Monatelang, bei jedem Wetter. Damals war die Fischerei noch ein harter Beruf. Jetzt vermieten die Besitzer viele *Casoni* während der Sommerwochen an Feriengäste, und die spielen auf den Inseln Robinson.«

Hemingway trank das Glas auf einen Zug leer und ließ sich noch einmal einschenken, dann drehte er eine Runde und ging langsam am Rand des hohen Baus entlang. Dort war es dunkler, einige Kerzen erhellten die Bänke, und er hatte Mühe zu erkennen, wer dort saß und von den gegrillten Fischen aß.

Eine Gestalt hatte sich fast ganz in das Dunkel zurückgezogen, er schaute etwas länger hin und erkannte eine Frau, die sich mit einem Tuch die Haare trocknete. Er blieb vor ihr stehen und schaute ihr zu, ihr Gesicht blieb verborgen, aber er ging nicht weiter, sondern wartete, bis sie das Tuch sinken ließ und die Gesichtszüge sich zeigten.

Sie hatte schwarze Haare und große Augen und ein Gesicht, das Konzentration und Anspannung zugleich ausstrahlte. »Guten Tag, Signorina«, sagte er, »darf ich Ihnen meinen Kamm anbieten?« – Sie schaute zu ihm auf und antwortete: »Das wäre sehr freundlich. Haben Sie denn einen Kamm dabei?« – »Nicht einen, Signorina, sondern zwei. Einen für Sie, einen für mich.«

Er zog seinen Kamm aus der rechten Hosentasche, brach ihn mit einem harten Ruck durch und reichte ihr eine Hälfte. Sie lachte laut auf, und auch er lachte, als hätten sie sich zusammen einen Spaß ausgedacht. Dann nahm sie die Hälfte und kämmte sich die Haare. Sie hielt den Kopf dabei schräg und fuhr mit dem Kamm sehr langsam durch die schwarze Flut, als wäre das Kämmen ein angenehmer Genuss.

Er blieb in ihrer Nähe stehen, ließ sich noch einmal das Glas füllen und kam mit einem zweiten zu ihr. »Trinken Sie mit mir ein Glas Rotwein?« fragte er. – »Vielen Dank, aber ich trinke keinen Alkohol.« – »Wo habe ich diesen Satz zum letzten Mal gehört?« sagte er und stellte das Glas beiseite. »Darf ich mich neben Sie setzen?« – »O, ja, gern, natürlich.

Wer sind Sie denn? Ich kenne Sie nicht, Sie sind zum ersten Mal hier, oder?« – »Ich heiße Hemingway, Signorina. Ich bin Schriftsteller und zu Besuch in Venedig.« – »Ah, jetzt weiß ich Bescheid. Ich habe schon von Ihnen gehört. Meine Freundin Marta hat mir von Ihnen erzählt. Sie sind anscheinend sogar ein sehr berühmter Schriftsteller, und alle Welt hat etwas von Ihnen gelesen. Ich leider nicht, das muss ich Ihnen gleich gestehen.« – »Sie sind wohltuend ehrlich, Signorina. Ich vermute, Sie heißen Adriana Ivancich. Marta hat Ihren Namen mir gegenüber schon mehrmals erwähnt, ja, ich weiß sogar, dass sie miteinander befreundet sind.« – »Richtig, sie gibt mir Englisch-Unterricht, mein Englisch ist wirklich hundsmiserabel. Wie gut, dass Sie Italienisch sprechen, sonst hätten wir uns kaum derart mühelos kennenlernen können.« – »Bleiben Sie heute noch länger, oder fahren Sie am Nachmittag nach Venedig zurück?« – »Ich würde gerne aufbrechen, aber ich glaube nicht, dass mich jemand dorthin fährt.« – »Das habe ich mir gedacht, Signorina. Darf ich Ihnen meinen Wagen zur Verfügung stellen? Ich habe einen Fahrer dabei, und ich würde ebenfalls gerne am Nachmittag zurückfahren.« – »Wo wohnen Sie denn?« – »Gegenwärtig in der alten *Locanda* in Torcello. Davor im *Gritti*. Und vielleicht bald wieder dort. Lassen Sie uns diesen Jagdausflug doch in der Bar beenden. Vielleicht trinken Sie dann zumindest einen mageren Cocktail mit mir?« – »Was wäre denn ein magerer Cocktail?« – »O, Signorina, Sie müssen es einmal probieren. Es ist ein Getränk aus fernen Landen.«

Er holte wieder seinen silbernen Flachmann hervor, schraubte ihn auf und überreichte ihn fast feierlich. Sie roch an seiner Öffnung, setzte dann aber sofort an und nahm einen Schluck. »Na, was sagen Sie nun?« fragte er. – »Ist das etwa Gin?« antwortete sie. – »Richtig, bester Gin.« – »Er ist tadellos«, sagte sie, »und viel besser als Wein. Das meine jedenfalls ich.«

Sie schaute sich den Flachmann noch genauer an und strich mit zwei Fingern der rechten Hand an seiner silbernen Haut entlang. »Ist das ein Geschenk?« fragte sie. – »Ja«, antwortete er, »das habe ich mir selbst einmal geschenkt. Damit ich in Notfällen etwas Gutes dabeihabe.«

Sie lachten wieder zusammen, und es hörte sich genauso an wie beim ersten Mal. Sergio Carini stand noch immer in der Nähe des Eingangs und schreckte hoch. Wegen der Dunkelheit war nicht zu erkennen, mit wem Hemingway gerade so munter sprach. Carini ging langsam am Rand des Baus entlang, in dem die gegrillten Fische jetzt auf kleine Teller verteilt wurden. Das Gespräch der Jäger wurde lauter, der Wein tat nun auch seine Wirkung. Carini hatte durchaus Appetit, aber er wollte erst klären, mit wem Hemingway sich unterhielt.

Als er Adriana Ivancich erkannte und sah, dass sie neben Hemingway auf einer Bank saß, blieb er im Dunkel stehen. Sie wirkte nicht nur munter, sondern fast ausgelassen. Hatte sie etwa gerade Gin aus dem Flachmann getrunken? Hemingway hatte sich ihr ganz zugewandt und ließ sie nicht aus den Augen. Die beiden machen zusammen einen merkwürdigen Eindruck, dachte Carini, wie Lehrer und Schülerin oder wie Vater und Tochter, genau, eher wie Vater und Tochter. Sie mag ihren Vater anscheinend, sie ist stolz auf ihn, sie bleibt eng an seiner Seite, sie begleitet ihn, sie ..., Herrgott, was reime ich mir denn gerade zusammen?

Er ging auf sie zu und machte sich bemerkbar. »Guten Tag, Signorina«, sagte er, »ich bin Martas Vater, aber ich glaube, Sie kennen mich.« – »Natürlich kenne ich Sie. Marta gibt mir übrigens gerade Englisch-Unterricht. Sie ist sehr geduldig mit mir, wir verstehen uns gut. Mein Englisch ist nämlich hundsmiserabel.« – »Das wird sich legen, Signorina, in ein paar Wochen werden Sie schon viel besser sprechen.« – »Natürlich«, sagte Hemingway, »ich biete Ihnen auch meine Hilfe an. Wir könnten zusammen dies und das übersetzen.« – »Haben Sie das gehört, Signor Carini? Ernest Hemingway möchte einer jungen Venezianerin Englisch beibringen! Ist das nicht gut?«

Sergio Carini lächelte etwas gequält, während Adriana Ivancich und Hemingway wieder ihr lautes Lachen zelebrierten. Carini bemerkte, dass den Jägern im Raum die Annäherung der beiden nicht entgangen war. Er spürte, wie viele Blicke das Paar fixierten.

»Sergio! Adriana und ich – wir haben gerade beschlossen, den Rückweg nach Venedig anzutreten. Wäre Dir das recht?« – »Was habt ihr vor?« fragte Carini. – »Wir wollen einen Drink in der Bar des *Gritti* nehmen und unsere lebhafte Unterhaltung dort fortsetzen. Sicher hast Du noch zu tun?« – »Ich?!« – »Du hast noch zu tun, habe ich recht?« – »Ja, stimmt, ich habe noch zu tun.« – »Gut, dann lass uns aufbrechen! Signorina, kommen Sie mit? Oder möchten Sie noch etwas Fisch essen?« – »Nein, danke, ich mag Fisch nicht besonders, wenn man ihn auf diese Weise zubereitet.« – »Sie mögen ihn lieber gebraten?!« – »In der Pfanne gebraten, mit etwas Olivenöl, Knoblauch und Kräutern.« – »Perfekt, Signorina! So mag ich ihn auch am liebsten.«

Es dauerte noch ein wenig, bis Hemingway sich von seinen Jagdfreunden verabschiedet hatte. Adriana blieb auf ihrem Platz sitzen und kämmte sich weiter das schwarze Haar. Kann sie nicht endlich damit aufhören? dachte Carini, der eine leichte Wut auf sie hatte. Spielte sie sich nicht zu sehr auf? Tat sie nicht alles, um Hemingway zu gefallen? Und war sie dabei nicht zu übermütig und beinahe dreist?

Wie auch immer, er kannte sie nicht gut genug, um ihr Verhalten angemessen beurteilen zu können. Er würde mit Marta darüber sprechen, sie hatte einen genauen Blick dafür. Wie sie sich in Szene setzte. Welche Tricks sie draufhatte. Woher ihre Spleens und Marotten kamen. Marta hatte nichts von alledem, sie war eine ausgeglichene Person ohne jede Allüren. Das verdankte sie Elena, mit der sie gut auskam. Wenn Mutter und Tochter sich verstanden, verlief das Leben in festen Bahnen. War das so? Und spielte er selbst dabei überhaupt keine Rolle?

Carini wartete draußen auf Hemingway, als Adriana den Rundbau verließ. »Sie werden uns fahren?« fragte sie. – »Ja, werde ich. Ich trinke keinen Alkohol, Ernest dagegen ist ein großer Genießer der guten Getränke.« – »Das scheint er zu sein«, antwortete sie, »ich bin gespannt, welche er mir noch zeigen wird.«

Carini wurde unruhig. Was hatte sie vor? Wollte sie ihn etwa näher kennenlernen? Fast hatte es den Anschein. Er stieg in das Boot und reichte Adriana die Hand, damit sie ebenfalls einsteigen konnte. Sie setzten sich, und Carini gab Hemingway ein Zeichen, als er ins Freie trat.

»Am frühen Abend wollen wir in Venedig sein«, rief er und stieg ebenfalls in das Boot. »Sergio, Du wirst uns fahren, und die Signorina und ich werden zusammen hinten sitzen und unseren Spaß haben. Einverstanden, Signorina?« – »Neben Ihnen kann mir nichts passieren«, antwortete sie, »deshalb ist der Platz hinten eindeutig der beste.«

Sie lachten schon wieder laut zusammen. Sergio Carini aber fluchte im Stillen und fragte sich: Was, lieber Gott, habe ich falsch gemacht? Kannst *Du* es mir erklären? Oder läuft alles wieder einmal auf eine Beichte hinaus?

27

Elena und Marta saßen in der Küche der *Locanda* und bereiteten das Mittagessen vor. Es sollte *Risotto nero* geben und danach eine gegrillte Dorade. Hemingway war jedoch am Morgen bereits früh nach Venedig verschwunden, wie er es nun häufig machte. Kurz vor Mittag rief er an und gab durch, ob er zum Essen erscheinen werde oder nicht.

»Alles war perfekt«, sagte Marta, »solange er nicht Adrianas Bekanntschaft gemacht hatte. Er hat jeden Morgen fleißig geschrieben, jetzt ist das vorbei. Schreibt er überhaupt noch eine Zeile am Tag? Er treibt sich von frühmorgens bis in die Nacht in Venedig herum.« – »Ist er denn allein mit Adriana unterwegs? Das kann ich mir nicht vorstellen. Die Familie wird es nicht erlauben«, antwortete ihre Mutter. – »Vielleicht wissen sie nicht, was vor sich geht. Es ist jedenfalls so, dass Hemingway sie vormittags auf dem *Campo Santa Maria Formosa* trifft. Direkt hinter dem Familienpalazzo. Sie gehen als Erstes frühstücken und zwar im *Rosa Salva* gegenüber von *Santi Giovanni e Paolo*. Adriana liebt die frischen *Biscotti alle Mandorle*, sie isst gleich drei Stück hintereinander, und dazu bestellt sie sich einen Kakao. Hemingway trinkt einen Caffè und danach das erste Glas Prosecco des Tages.« – »Woher weißt Du das so genau?« – »Adriana erzählt es mir, sie quillt beinahe über vor lauter Erzählen. Jedes Detail hat sie im Kopf. Was sie essen und trinken. Worüber sie sprechen. Was er ihr alles verspricht. Wozu er sie einlädt.« – »Wozu lädt er sie denn ein?« – »Stell Dir vor, sie soll nach Cuba kommen und bei ihm wohnen.« – »Nein, das ist nicht Dein Ernst.« – »Aber ja, er hat sie nach Cuba eingeladen, auf seine Ranch oder Finca oder wie man es nennt. Er soll dort ein hoch über dem Meer gelegenes riesiges Grundstück mit gleich mehreren

Häusern besitzen. Dort ist für Gäste ausreichend Platz, und sie könnte bleiben, solange sie will.« – »Aber was soll sie dort?« – »In seiner Nähe sein. Er behauptet, er lebe in ihrer Gegenwart auf, sie mache ihn glücklich.« – »Marta! Er ist nicht mehr der Jüngste, um es vorsichtig auszudrücken. Er ist über dreißig Jahre älter als sie und benimmt sich, als wäre er ihr Liebhaber.« – »Stell Dir vor, sie sagt manchmal *Papa* zu ihm, und er nennt sie *meine Tochter*.« – »Na, das stimmt schon eher, obwohl es sich furchtbar anhört. *Papa!* – wie kann er sich bloß so nennen lassen, wenn er doch weiß, dass ihr Vater erst vor Kurzem gestorben ist.« – »Sie spielen jedenfalls Vater und Tochter, und sie sagt, Ernests Gegenwart ersetze ihr den verlorenen Vater, und das tue ihr gut und wirke wie eine Medizin gegen ihre tiefe Trauer.«

Elena säuberte eine Handvoll Tintenfische, während Marta einige Zwiebeln kleinhackte. Sie gab sie in erhitztes Olivenöl, tat etwas Knoblauch hinzu und entfernte ihn wieder, als sein Geruch die Küche erfüllte. Dann die gesäuberten Tintenfische und schließlich die schwarze Tinte, die aus den Tintenbeuteln in die große Pfanne floss. Zuletzt gehörte noch Weißwein hinein, dann ließen die beiden das Gericht vor sich hin köcheln, bis der weiße, sich aber bald schwarz färbende Reis beigegeben und laufend Fischfond nachgefüllt wurde.

»Es riecht fantastisch«, sagte Marta, »er ist ein Idiot, wenn er sich dieses Gericht entgehen lässt.« – »Was sagt Adriana denn zu Cuba? Sie denkt doch nicht ernsthaft daran, ihn dort zu besuchen?« – »Und ob sie daran denkt! Natürlich wird sie nicht allein hinfahren, sondern in Begleitung. Ihr älterer Bruder oder ihre Mutter könnten das übernehmen.« – »Ihre Mutter?! Das kann ich mir nicht vorstellen. Ich kenne sie ja auch ein wenig, sie ist eine Frau, die Venedig nicht gerne verlässt. Sie fühlt sich sehr an die Stadt gebunden, das hat sie mir einmal gesagt.« – »Adriana behauptet, ihre Mutter wolle einmal im Leben die weite Welt sehen. Cuba, die Vereinigten Staaten, New York. Einmal! Und dann nie wieder.« – »Sie sind alle verrückt geworden. Vielleicht betäubt Hemingway sie mit geheimen Drogen, die er ihnen in die Getränke tut.« – »Seit Neustem trinkt Adriana alles und am liebsten das, was sie früher nie getrunken hat. Alkohol in allen Variationen. Prosecco, Champagner, Gin, Whisky, es ist nicht zu fassen.« – »Aber das bekommt ihr doch nicht.« – »O doch! Es bekommt ihr angeblich sogar sehr gut.« – »Hörst Du das Telefon? Geh bitte dran, das wird Hemingway sein.«

Marta verließ die Küche und lief zur Rezeption. Sie nahm den Hörer ab, grüßte, hörte zu und kam zurück. »Wie wir geahnt haben. Er bleibt den ganzen Tag in Venedig und isst mit Adriana zu Mittag im *Gritti*«, sagte sie. – »Der ganze Saal wird die beiden anstarren, wie sie sich vergnügen und miteinander plaudern, als wären sie ein Paar.« – »*Er* ist auf jeden Fall verliebt, sage ich Dir. Ob *sie* es ist, weiß ich noch nicht. Mir gegenüber streitet sie es ab. Sie behauptet, für die Liebe sei er zu alt. Aber sie kichert und lacht dabei so, als sei sie nicht ganz ehrlich.« – »Ist Paolo in seiner Nähe?« – »Nein. Angeblich trifft er ihn erst am Nachmittag. Paolo tut mir leid. Die beiden haben sich wunderbar verstanden. Jeden Tag sind sie zusammen in die Lagune auf Fischfang gefahren und haben sich lange unterhalten. Mit niemand anderem hat Hemingway so viel gesprochen wie mit Paolo. Und Paolo behauptet selbst, Hemingway habe ihm Dinge anvertraut, die er sonst keinem Menschen erzähle. Jetzt ist das vorbei. Paolo wird nur noch für kleine Erledigungen gebraucht. Oder um Adriana und Hemingway in seinem Boot durch das abendliche Venedig zu fahren. Einmal hat er es gemacht, er will es aber nie wieder tun. Ich habe ihn darin bestärkt. Du bist nicht der Chauffeur in seinen Liebesgeschichten, habe ich ihm gesagt, und Paolo hat mich böse angeschaut, als könnte ich etwas dafür, dass Hemingway ein ganz anderes Leben als früher führt.« – »Warte ab, seine Frau kommt in wenigen Tagen aus Florenz zurück. Dann ist dieses Leben vorbei.« – »Glaube ich nicht. Er hat angedeutet, dass sie sofort nach Cortina aufbrechen wird. Sie haben dort ein Haus oder eine Wohnung für die Weihnachtsferien gemietet.« – »Na bitte. Dorthin wird er sie ja wohl begleiten, und Adriana wird Weihnachten ohne ihn feiern.« – »Warte ab! Er wird Mary vorausschicken und noch etwas hierbleiben. Erst in letzter Minute wird er in Cortina eintreffen.« – »Ich verstehe die Welt nicht mehr. Er hat sich anscheinend wirklich sehr verändert.« – »Adriana sagt, er sei vorher sehr depressiv und traurig gewesen. In ihrer Gegenwart sei davon nichts mehr zu spüren.« – »Das bildet er sich doch nur ein. Er wollte schreiben, schreiben und nochmal schreiben – das hatte er vor, und wenn er es jetzt nicht schafft, wird er es nie mehr schaffen, das sage ich Dir.«

Elena stand am Herd und rührte ununterbrochen den schwarzen Reis, sie füllte noch etwas Fischfond und Wein nach und hörte nicht auf zu rühren.

»Was machen wir nun mit dem köstlichen Reis?« fragte Marta. – »Na, wir essen ihn selbst«, antwortete Elena, »ich streue noch ein wenig Parmesan hinein, dann nimmt der Geschmack noch zu. Die Dorade ersparen wir uns, einverstanden? Der *Risotto* ist schließlich eine große Portion.« – »Ja, wir essen den wunderbaren *Risotto* und trinken Weißwein dazu. Eine ganze Flasche. Nur für uns zwei. Was Ernest sich am Mittag leisten würde, das leisten jetzt wir uns. Warum auch nicht?« – »Wein am Mittag macht mich müde, aber ich sage nicht Nein. Komm, lass uns einen Tisch im Essraum decken, und dann servieren wir uns beiden einen *Risotto à la Ernest*!« – »Er hat ihn immer sehr gerne gegessen, aber daran erinnert er sich wahrscheinlich bereits nicht mehr. Was wird er mit Adriana speisen? Sie werden sich einen großen Fisch teilen …« – »Einen Hummer! Sie werden einen Hummer mit Mayonnaise essen. Pfui Teufel.«

Die beiden lachten, und Marta begann, den Tisch im Empfangsraum einzudecken. Sie stellte eine kleine Vase mit Blumen in die Mitte und holte eine Flasche Weißwein, die sie in einem Kübel mit Eiswasser versenkte. Daneben stellte sie eine große Karaffe mit Wasser. Zwei Wein-, zwei Wassergläser, einen geflochtenen Korb mit Weißbrotscheiben.

»Nimm Platz«, sagte Marta zu ihrer Mutter, »wir sind heute bei uns zu Gast!« – Elena setzte sich an den Tisch, und Marta brachte die beiden blendend weißen Teller mit dem schwarzen Risotto. Dann füllte sie Wasser in die Gläser, entkorkte den Wein und schüttete eine kleine Menge in die beiden Weingläser. Sie nahmen erst einen Schluck Wasser, dann kosteten sie den Wein.

Es war vollkommen still, als sie begannen, den *Risotto* zu essen. Hummer mit Mayonnaise!, dachte Elena, der *Risotto* ist tausendmal besser. – Hummer mit Mayonnaise!, dachte Marta, das würde ich auch einmal gerne probieren.

28

Es stimmte, er hatte das morgendliche Schreiben aufgegeben, und er wich aus, wenn Elena und Marta sich nach seiner Arbeit erkundigten. Er wollte darüber nicht sprechen, denn noch war er sich seines Planes nicht sicher. Der Mann seines Alters, den er bisher nach Venedig und bei einigen Gängen durch die Lagunenstadt begleitet hatte, war dabei, Züge und Empfindungen von ihm selbst anzunehmen.

Das hatte mit Adriana Ivancich zu tun, denn er betrachtete die fast täglichen Treffen mit ihr als Lösung für jenes

Problem, das er vor Kurzem »das Problem des Leerraums« genannt hatte. Richard Cantwell allein durch Venedig zu schicken – das reichte nicht für einen Roman. In Begleitung einer jungen Venezianerin dagegen war er gut aufgehoben, mit ihr konnte er sich nicht nur unterhalten, sondern an ihrer Seite auch Gefühle zeigen. Das Mürrische, das er zu Beginn noch gehabt hatte, verschwand immer mehr, fast hätte man sagen können, Cantwell hatte etwas Liebenswertes und Freundliches.

Anders gesagt: Er, Ernest Hemingway, traf sich fast täglich mit Adriana Ivancich, um diese Treffen in seinem Roman zu beschreiben. Dadurch wurde auch dessen »Thema« deutlicher: Die Überwindung von Trauer und Depression aus den Zeiten des kaum zurückliegenden Krieges! Der Beginn eines neuen Lebens an der Seite einer jungen Frau, die seine alte, verloren geglaubte Vitalität wieder hervorlockte! Die zumindest partielle Rückkehr zu jenen schönen und intensiven Momenten, die für ihn früher »das Leben« ausgemacht hatten!

Darüber konnte er mit Elena und Marta nicht sprechen, und auch Sergio gegenüber blieb er zurückhaltend. Sie beäugten ihn laufend und stellten viele Fragen, aber er blieb noch eine Weile verschlossen. Mary hatte sich bereits auf den Weg nach Cortina gemacht, um die dort gemietete Wohnung einzurichten, während er die letzten Tage vor Weihnachten in Torcello und Venedig genoss.

Kurz vor seiner Abreise aß er noch einmal in der *Locanda* zu Mittag, Marta hatte mit ihm am Tisch gesessen, und sie hatte Feinfühligkeit dadurch bewiesen, dass sie mit ihm fast nur über ihre Arbeit als Übersetzerin sprach. Sie hatte seine Geschichte *Katze im Regen* ins Italienische übersetzt, was nach ihrer Ansicht misslungen war. Im Englischen folgte in dieser Geschichte ein kurzer Hauptsatz auf den nächsten, und es kam hinzu, dass bestimmte Satzteile häufig wörtlich wiederholt wurden. Kopierte man das im Italienischen, hörte sich die Übersetzung unlebendig, steif und trocken an. Kein Italiener sprach so, und fast jeder würde zusammenzucken, wenn er die Wiederholungen zu hören bekam.

Sie überlegten, wie diese Fehler zu vermeiden wären, als Paolo den Speiseraum betrat. Er grüßte leise und ging gleich weiter in die Küche, wo er sich mit Elena unterhielt. Hemingway und Marta beachteten ihn nicht weiter, aber als die Mahlzeit beendet war, gingen beide ebenfalls dorthin.

»Brauchst Du mich heute noch?« fragte Paolo. – »Nein«, antwortete Hemingway, »Du hast dienstfrei. Es sei denn, Du hättest Zeit und Lust für eine Fahrt durch die Lagune. Ohne Gewehr. Ohne Absichten. Einfach, weil es Vergnügen macht.« – »Natürlich habe ich Zeit, aber hast Du einmal ein paar freie Minuten? Du bist in letzter Zeit ja viel in Venedig beschäftigt.« – »Bin ich, da hast Du recht. Ich fahre am Abend in die Stadt, jetzt aber habe ich noch nichts vor.« – »Du willst nicht schreiben?« – »Nein, ich habe bereits geschrieben.« – »Wann denn?« – »Komm, lass uns fahren, ich erkläre es Dir.«

Er bat Elena um zwei Flaschen Valpolicella und zwei Gläser, und sie packte alles in eine Tasche, die Paolo mit nach draußen nahm. Sein Boot lag an der Anlegestelle der *Locanda*, und Paolo überfiel eine seltsame Rührung, als er sah, wie Hemingway am Bug Platz nahm. Wie früher! dachte Paolo, wie in alten Zeiten!

Er warf den Motor an, und sie fuhren unter einer Brücke hindurch, bogen nach rechts auf einen schmalen Kanal ab und erreichten einen breiteren. Das Langhaus der Kirche *Santa Maria Assunta* und der mächtige Campanile waren ganz aus der Nähe zu sehen, und Hemingway schaute genau hin und erinnerte sich an die Lagunenmadonna und den frühen Morgen hoch oben auf dem Campanile.

»Nach Weihnachten werde ich hierher zurückkommen«, sagte er zu Paolo. – »Allein oder mit Mary?« – »Ich werde Mary überzeugen, mich zu begleiten.« – »Sie ist nicht besonders gut auf Dich zu sprechen.« – »Ah, das hat sich also herumgesprochen! Du hast recht, das ist sie nicht.« – »Die junge Venezianerin, mit der Du häufig unterwegs bist, ist nicht ihre Freundin.« – »Nein, ist sie nicht. Aber Mary versteht nicht, was die junge Venezianerin und mich verbindet.« – »Das weiß ich auch nicht.« – »Dann sage ich es Dir, und ich sage es niemandem sonst, hörst Du?« – »Hast Du mit meinem Vater über dieses Thema gesprochen?« –

»Nein, ich habe nur Andeutungen über eine Figur meines Romans gemacht.« – »Von denen hat er erzählt.« – »Also gut, Du weißt also, dass ich von einem Mann meines Alters erzähle, der von Triest nach Venedig fährt, um dort ein paar gute Tage zu verbringen. Der Mann ist Colonel der amerikanischen Infanterie und durch den gerade überstandenen Krieg sehr geschwächt. Er ist herzkrank, es geht mit ihm zu Ende. In Venedig jedoch findet er wieder zu sich, und der Grund dafür ist ...« – »Moment mal! Willst Du etwa sagen, dass er als Mann Deines Alters eine blutjunge Freundin hat?« – »Keine Freundin! Eine Geliebte!«

Paolo blickte ihn ungläubig an, sagte aber nichts. Er konnte sich nicht vorstellen, wie Hemingway es anstellen würde, aus Adriana Ivancich eine Romanfigur zu machen.

»Wie heißt sie?« fragte er. – »Renata.« – »Bist Du sicher?« – »Inzwischen ja.« – »Und diese Renata hat eine gewisse Ähnlichkeit mit Adriana Ivancich?« – »Ja, hat sie, eine gewisse, mit dem Unterschied, dass Adriana Ivancich meine Freundin und nicht meine Geliebte ist und dass ich Ernest Hemingway heiße und nicht Richard Cantwell.« – »Ist dieser Unterschied wirklich groß? Kannst Du die verschiedenen Figuren überhaupt noch auseinanderhalten?« – »Natürlich, nichts leichter als das.« – »Also ich könnte das nicht. Beschreibst Du nicht laufend Sachen, die Du mit Adriana erlebt hast? Ein Mittagessen im *Gritti*? Ein Besuch von *Harry's Bar*? Und bist Du nicht neulich sogar mit ihr Gondel gefahren? Onkel Tonio hat davon erzählt.« – »Ja, bin ich. All das habe ich zusammen mit Adriana erlebt, und vieles von diesen Erlebnissen kann ich im Roman verwenden und beschreiben.« – »Ich glaube nicht, dass Adriana das recht ist. Hast Du sie gefragt? Weiß sie, dass Du über sie schreibst?« – »Ich schreibe nicht über sie, ich schreibe über Renata, und die ist eine andere Person. Erinnere Dich, sie ist die Geliebte von Colonel Cantwell.« – »Das ist spitzfindig. Sie ist eben nicht nur Renata, sondern teilweise auch Adriana, schon die Namen klingen ja fast gleich. Also zurück: Hast Du Adriana informiert?« – »Natürlich nicht. Das würde unsere Treffen belasten. Sie hätte das Gefühl, nicht als selbständiger Mensch, sondern wie eine Romanfigur behandelt zu werden.« – »Aber das wird sie doch! Ich wette, Du machst Dir Notizen! Oder?! ... – Ah, jetzt verstehe ich erst, warum Du nicht mehr an jedem Morgen in der *Locanda* schreibst! Du schreibst in der Stadt, wenn Du unterwegs bist! In den Pausen zwischen Euren Begegnungen notierst Du, was Du gerade mit ihr erlebt hast. Du sammelst Stoff und Material, und wenn Du wieder in Cuba bist, schreibst Du alles an einem Stück runter! Stimmt's? Sag, dass es stimmt! Nun verstehe ich auch, warum Du in letzter Zeit so verschwiegen bist. Weil niemand von diesem raffinierten Vorhaben wissen soll. Ein Venedigroman mit einem Mann Deines Alters, der genau das erlebt, was Du gerade erlebst! Ein Roman nach dem Leben!« – »Hey, sei nicht so boshaft! Und untersteh Dich, anderen davon zu erzählen!« – »Das werde ich nicht tun, sei unbesorgt. Ich frage mich auch längst etwas anderes.« – »Also bitte!« – »Ich frage mich, ob es ein guter Roman werden wird. Ein Mann Deines Alters und die Liebe zu einer erheblich jüngeren Frau! Ich möchte so etwas nicht gerne lesen! Und ich hätte es besser gefunden, wenn Dein Colonel allein geblieben wäre. Ohne Geliebte, ohne Ehefrau, ganz allein.« – »Und was sollte er ganz allein den lieben langen Tag in Venedig tun?« – »Hast Du nicht gesagt, dass er schwere Zeiten hinter sich hat? Den Krieg, die Schlachten? Damit hat er genug zu tun.« – »Keine Ausreden! Was konkret könnte er tun, Tag für Tag?« – »Er sollte auf Fischfang gehen.« – »Auf Fischfang?! Warum denn das?!« – »Weil Fischen das Schönste, Beruhigendste und Beste für ihn ist. Es gewöhnt ihn wieder an die Natur. Es lässt ihm Zeit, sein Seelenheil wieder zu finden.« – »Sein Seelenheil? Was soll das sein?« – »Du weißt genau, was ich meine, frag nicht so scheinheilig. Es geht um das Seelenheil, um nichts anderes, und ein so schwierig wiederzufindendes Glück erwirbt man nicht dadurch, dass man mit jungen Frauen durch die Bars von Venedig flaniert.« – »Sondern?!« – »Sondern, indem man weit hinausfährt aufs Meer, weit weg von den Bars, weit weg vom Alkohol und den anderen Spielereien, mit denen man Menschen den Kopf verdreht.«

Hemingway sah, wie erregt Paolo plötzlich war. Er ließ das Steuer los und beugte sich nach vorn. Dann öffnete er die Ledertasche, entnahm ihr die beiden Flaschen Rotwein und warf sie nacheinander in hohem Bogen ins Wasser. Er stand jetzt aufrecht im Boot, mit rotem Gesicht und feuchtem Haar, er war außer sich, Hemingway hatte ihn noch nie so gesehen.

»Setz Dich bitte wieder«, sagte er, »und lass uns hinausfahren, weit weg, Du weißt schon.«

Paolo nahm wieder am Steuer Platz und fuhr mit dem Boot in offeneres Gelände. Die Inselstreifen zu beiden Seiten wurden weniger und gaben eine große Seenplatte frei. Sie redeten nicht, und Paolo überlegte, ob er nicht zu weit gegangen war. Das Gespräch über Hemingways Romanplan hatte ihn sehr verärgert. Wie konnte er nur auf die Idee kommen, ausgerechnet Adriana Ivancich zu einer Romanfigur zu machen? In seinen Augen war sie nichts Besonderes, eine Frau wie viele andere.

Seine Schwester Marta dagegen fand er viel reizvoller. Marta war klug, schnell entschieden und vor allem beständig. Konnte man das auch von Adriana behaupten? Er fand sie überheblich, entschlusslos und wankelmütig. Mal trank sie keinen Alkohol, dann wieder zu viel. Dann wollte sie mit Hemingway die *Accademia* besuchen, konnte sich später aber an kaum ein Bild erinnern, das sie dort gesehen hatte!

Das Leben mit ihr war ein andauerndes Hin und Her, angetrieben von ihrer enormen Reizbarkeit und ihrem Willen, im Mittelpunkt zu stehen und von anderen gefeiert zu werden. Und weswegen?! Weil sie eine zugegeben schöne Erscheinung war! Verlockend …, wie man das nannte, geheimnisvoll …, wie einige sagten, unergründlich …, wie sein Vater Sergio es halbwegs neutral beschrieb.

»Die Hauptfigur unseres Romans ...«, begann Hemingway wieder, »wäre es auch ein Mann meines Alters?« – »Er wäre älter, ja, er wäre ein alter Mann, dann gäbe es keine Frauengeschichten.« – »Und er würde auf Fischfang gehen?« – »Ja, er würde es trotz seines Alters noch einmal versuchen. Die Entenjagd gäbe es in einem solchen Roman jedenfalls nicht. Sie ist etwas für Festlandbewohner, die stolz darauf sind, ein Gewehr spazieren zu fahren und sich von Hunden begleiten zu lassen, die den Rest erledigen.« – »Das stimmt nicht. Die Männer, mit denen Dein Vater und ich unterwegs waren, sind ehrbare Jäger. Du solltest nicht so über sie reden.« – »Entschuldige. Ich bin etwas erregt, ich weiß auch nicht, warum.« – »Das kann ich Dir sagen.« – »Was kannst Du mir sagen?« – »Warum Du so erregt bist.« – »Ach ja?!« – »Du bist so erregt, weil Du in meinem Roman keine Rolle spielst. Vielleicht hast Du angenommen, dass Du in ihm vorkommen würdest. Ausgeschlossen wäre es nicht gewesen, statt einer jungen Frau einen jungen Mann ins Spiel zu bringen. Aber es ist anders gekommen. Wie auch immer. Wir haben uns sehr gut verstanden, und ich hoffe sehr, dass wir uns weiter sehr gut verstehen. Obwohl ich aus Paolo Carini keine Romanfigur gemacht und obwohl ich den Mann meines Alters nicht zu einem Fischer gemacht habe.«

Er hat recht, dachte Paolo, da ist was dran. Vielleicht bin ich wirklich enttäuscht, weil ich Adriana den Platz an seiner Seite neide. Ich finde, sie ist es nicht wert. Dabei geht es mich nichts an, und dabei verstehe ich nicht das Geringste vom Romanschreiben. Vielleicht ist Adriana die einzig richtige Besetzung, und vielleicht wäre ein Junge meines Alters nichts als überflüssig. Was hätte ich als Romanfigur schon zu bieten? Bootsfahrten in der Lagune! Einen Abend auf einer der Inseln! Ein paar Abenteuer für Männer, die ohne Frauen unterwegs sind! Nichts sonst.

»Du wirst nach Weihnachten zurückkommen?« fragte er Hemingway. – »Ja, werde ich.« – »Um noch ein paar Adriana-Geschichten zu sammeln?« – »Hör bitte auf damit!« – »Und im Frühjahr fährst Du nach Cuba?« – »Ja, es wird Zeit, mal wieder einige Monate zu Hause zu sein.« – »Mit Adriana?« – »Das wird sich zeigen, ich habe sie jedenfalls nach Cuba eingeladen.« – »Davon habe ich gehört. Alle, die es erfahren haben, halten es für verrückt.« – »Das ist mir egal.« – »In Cuba soll sie wohl das Romanfeuer am Glimmen halten.« – »Was soll sie?« – »Ich vermute, Du wirst den Roman in Cuba zu Ende schreiben. Und genau dazu brauchst Du vielleicht die Anwesenheit Adrianas. Sie bringt ein Stück Venedig ins Haus.« – »Hör auf, sage ich!« – »Ich verstehe. Sie wird Dir Venedig ersetzen. Wir anderen aber werden nie mehr etwas von Dir hören. Irgendwann wird Dein Roman erscheinen, und wir werden ihn lesen – oder auch nicht. Du wirst uns nicht mehr kennen, sobald Du wieder zum Schreiben zurückgefunden hast. Wir waren und sind für Dich eine Durchgangsstation. Als Nächstes wirst Du wieder über Afrika und die Löwenjagd schreiben. Oder über die Kampfhähne auf Cuba.« – »Ich habe Dich noch nie so bitter erlebt, Paolo. Du übertreibst, und das weißt Du. Ich werde Dir aus Cuba schreiben. Und ich werde zurückkommen, sobald ich den Roman beendet habe.« – »Vergiss bitte nicht, dass ich einen ganz anderen Roman im Kopf habe, den Roman eines alten Mannes, der auf Fischfang geht. So wie wir beide es getan haben.« – »Ich werde den Fischer nicht vergessen, Paolo, und erst recht nicht den Jungen, der auf ihn wartet.« – »Wer sagt denn, dass ich auf Dich warte?!« – »Ich sage es, Paolo, denn ich weiß es genau.«

Paolo drehte sich um und schaute nach hinten. Der Campanile und die anderen Kirchbauten von Torcello entfernten sich immer weiter und schrumpften zusammen. Das dunkle Violett der Salzwiesen flammte in der untergehenden Sonne auf. Sie waren weit hinausgefahren, und er spürte, wie ein heftiger Wind aufkam. Er wischte sich über die Augen. Verdammt, dachte er, jetzt auch noch dieser Wind! Ich sollte mich konzentrieren, um klarer zu sehen. Und ich sollte dafür sorgen, dass diese verdammten Tränen mich nicht mehr behindern. Hört auf, dachte er, sucht Euch einen anderen! Ich bin Paolo, der bald wieder wie früher Tag für Tag auf Fischfang gehen und all diese verwirrenden Geschichten für immer vergessen wird.

29

Während der Weihnachtstage fühlte Adriana sich nicht wohl. Sie verließ den Palazzo nicht und blieb länger als sonst auf ihrem Zimmer. Als Dora, ihre Mutter, sich Sorgen machte, sprach sie von Kopfschmerzen und Übelkeit und davon, dass sie niedergeschlagen sei. Sie wisse nichts mit sich anzufangen, und sie komme in ihren Studien nicht voran.

Welche Studien? Sie sprach von Übersetzungen aus dem Englischen, an denen sie zusammen mit ihrer Freundin Marta arbeitete. Marta beherrschte diese Sprache, sie aber fand Englisch noch immer fremd und kühl und behauptete, es sei eine Sprache für Männer, nicht aber für junge Frauen ihres Alters.

Marta hatte Erzählungen von Hemingway mitgebracht, und sie versuchten, einige kürzere zusammen zu übersetzen. Adriana begann, manche Figuren daraus zu zeichnen, sie behauptete, die Geschichten auf diese Weise besser zu verstehen. Die Zeichnungen hatten etwas dramatisch Venezianisches, aber Marta tat so, als wäre sie begeistert.

Sie versuchte, Adriana nach draußen zu locken, aber es gelang erst nach mehreren Anläufen. Adriana durfte bestimmen, wohin man gehen sollte, und Marta wusste bald, dass sie genau jene Orte aufsuchte, an denen sie mit Hemingway unterwegs gewesen war. Sie sprachen zunächst nicht über ihn, aber Marta wurde von Tag zu Tag deutlicher, dass Adriana unentwegt an ihn dachte. So versuchte sie vorsichtig, ihn im Gespräch häufiger zu erwähnen.

»Hast Du etwas von Ernest gehört?« fragte sie. – »Ja, er schreibt mir Karten aus Cortina«, antwortete Adriana. – »Und? Was schreibt er?« – »Dass Cortina bis auf den letzten Platz belegt ist. Dass ihm die vielen Menschen dort auf die Nerven gehen. Dass er auf der Flucht vor den Fotografen ist. Dass er das Zimmer am Vormittag nicht verlässt, sondern zu arbeiten versucht.« – »Arbeiten? In Cortina? Das wird nicht leicht sein.« – »Mary fährt angeblich von morgens bis abends Ski, er aber nicht. Den Teufel werde er tun, schreibt er, er sei nicht kräftig und gesund genug für das Skifahren. Und außerdem habe er dazu nicht die geringste Lust.« – »Ach wirklich?! Ich hätte vermutet, er ist ununterbrochen auf Skiern unterwegs. Rasant schnell, so stelle ich mir ihn vor.« – »Nein, so ist es eben nicht. Er sitzt in seinem Zimmer, arbeitet und schreibt mir Karten. Fast jeden Tag eine. Fast.« – »Erwähnt er, wann er zurückkommt?« – »Nein, tut er nicht. Und genau das ärgert mich. Er lässt dieses Thema aus, obwohl er mir versprochen hatte, bald wieder hier zu sein.« – »Darf ich Dich etwas Persönliches fragen, Adriana?« – »Natürlich.« – »Vermisst Du ihn? Und wenn es so ist – solltest Du Dir nicht überlegen, ebenfalls nach Cortina zu fahren? Ihr habt Freunde dort, wie Du mir erzählt hast.« – »Ja, wir haben Freunde dort. Ich habe auch schon daran gedacht. Dann könnte ich ihn überraschen. Sicher würde er sich freuen.« – »Bestimmt würde er das.« – »Ich werde noch einige Tage warten. Wenn er die Rückkehr dann noch nicht erwähnt, werde ich nach Cortina fahren.« – »Das ist gut, Adriana. Dann wird es Dir bestimmt besser gehen.« – »Meinst Du?« – »Auf jeden Fall. Schreib mir aus Cortina. Halte mich auf dem Laufenden.« – »Keine Sorge, das werde ich.«

Hemingway schrieb ihr weiter Karten, sparte aber die Rückkehr aus. Da brach sie mit zwei großen Koffern und ein Paar Skiern nach Cortina zu Freunden der Familie auf. Vorher telefonierte sie mit ihm, und sie verabredeten sich noch für denselben Tag. Sie bestand darauf, ihn auf der Piste zu treffen, zusammen mit einer Freundin. Sie hatte die Skier angeschnallt, obwohl sie gar nicht Ski fahren wollte. Einem Fotografen hatte sie mitgeteilt, wo er eine Aufnahme von Ernest Hemingway machen könne. Er war zur Stelle und fotografierte den großen Mann zusammen mit zwei jungen Frauen, von denen die eine Skier trug und sich wie eine Rennläuferin gekleidet hatte.

Rasch fand sie heraus, dass Mary sehr abgelenkt war. Sie kümmerte sich um das gemietete Haus und die vielen Freunde, die seit Weihnachten in Cortina eingetroffen waren. Jeden Tag gab es neue Unternehmungen, und oft verlor sie Hemingway aus den Augen. Er verabredete sich mit den beiden Mädchen und lud sie zu Autofahrten in seinem Buick durch die Schneelandschaften ein. Adriana und ihre Freundin saßen hinten, und Hemingway hatte nicht vergessen, einige Flaschen Gin mitzunehmen.

Es ging ihr, wie Marta vorausgesagt hatte, rasch besser. Sie zeigte ihm ihre Zeichnungen, und er schlug vor, dass sie die Cover für seine nächsten Bücher entwerfen sollte. Die Buchcover?! Sie, die jetzt neunzehnjährige Adriana Ivancich?! Natürlich, warum war sie so erstaunt?! Die Zeichnungen waren, wie er behauptete, grandios und genau so, wie er sich Buchcover immer gewünscht habe. Wenige Figuren, dramatisch und nah in Szene gesetzt! Er würde persönlich den Kontakt zu seinem Verlag herstellen, und er würde auch dafür sorgen, dass sie anständig bezahlt wurde. Einer Karriere als Illustratorin stünde nichts mehr im Wege!

Sie fühlte sich wie berauscht und wich kaum noch von seiner Seite. Er war nicht nur *Papa*, sondern viel mehr: Ihr Führer in die Welt der Erwachsenen! Ihr Mäzen! Die große Gestalt, in deren Nähe sie ihr Fort- und Weiterkommen in den nächsten Jahren planen würde!

Als Mutter Dora sie bat, wieder nach Hause zu kommen, ließ sie nicht locker und bestand darauf, dass Ernest sie in seinem Buick nach Venedig fuhr. Abends speisten sie zu zweit im *Gritti*, Mary gegenüber hatte Ernest erklärt, er wolle mit den adligen Freunden wieder einmal auf Entenjagd gehen. Erste Szenen, in denen er solche Jagden beschrieben hatte, waren ihr in der Tat in die Hände gefallen. Als er erklärte, es handelte sich um Bruchstücke seines neuen Romans, war sie zufrieden.

Die Szenen gefielen ihr, sie waren voller treffender, klarer Beschreibungen der Jagd, in denen Frauen nicht vorkamen. Dabei konnte es natürlich nicht bleiben, das wusste sie auch. Frauen waren aber an den üblichen Jagden nicht beteiligt, so dachte sie, und außerdem würde der Roman ja hoffentlich nicht nur von der Entenjagd handeln. »Vergiss Venedig nicht!« sagte sie zu ihm und lächelte, und er erwiderte: »Warte ab, der Roman wird ein Hymnus auf unsere Stadt.«

Statt Ernest zu folgen, blieb sie in Cortina und setzte ihr Pistenleben fort. Ernest hatte sie gewarnt, aber sie fuhr immer schneller und waghalsiger, bis sie sich während einer besonders rasanten Abfahrt den rechten Knöchel brach. Er tat mitleidig, aber auch ernst und sagte, er habe es vorhergesehen. Mit ihrem Gipsfuß konnte sie sich nur sporadisch aus dem Haus bewegen. Er wurde von Tag zu Tag ungeduldiger und plante, allein nach Venedig zurückzukehren. Wegen einer starken Grippe musste er den endgültigen Aufbruch noch einmal verschieben.

An Paolo schrieb er einen Brief: Mein lieber Junge, Cortina war nicht so, wie ich es mir vorgestellt hatte. Zu viele Menschen, zu viel Alkohol – und die ewigen Gespräche über das Skifahren. Vor Jahrzehnten habe ich es gemocht, doch das ist längst vorbei. Mein Körper ist nicht mehr derselbe wie früher, und meine Muskeln sind nicht darauf vorbereitet, das Fahren an steilen Hängen im Neuschnee zu meistern. Immerhin war ich, anders als Mary, einsichtig genug, es von vornherein sein zu lassen. Mary aber hat sich während einer Abfahrt den rechten Knöchel gebrochen, und so hatten diese Ferien am Ende noch ihren tragischen Höhepunkt. Ich denke oft an unseren Roman und stelle mir den Anfang vor. Wir hatten die Idee, ihn zusammen anzupacken, erinnerst Du Dich? Schreib mir, was Du darüber denkst, aber sprich mit niemandem darüber. Ich mache es genauso. Vieles von dem, was Du über mein Venedig-Buch gesagt hast, geht mir ebenfalls nicht aus dem Kopf. Ich ahne, dass ich in große Schwierigkeiten kommen werde. Mit den Szenen, mit dem Personal, vor allem aber mit den Gesprächen. Das alles macht mir Sorgen. Zum Stand der Dinge ist zu sagen, dass ich mit Mary im April nach Cuba aufbrechen werde. Ob Adriana Ivancich uns begleiten wird, ist noch nicht sicher. Mary ist strikt dagegen, und ich habe nicht vor, mich mit Mary anzulegen. Es wird auf Verhandlungen hinauslaufen, wie alles Entscheidende zwischen Männern und Frauen. Überlege Dir gut, ob und wann und vor allem wen Du einmal heiraten willst. Solltest Du unsicher sein, spiele ich gerne den versierten Berater. Ich melde mich vor der Abfahrt noch einmal bei Dir. Du bist mein Bester! – das weißt Du!

Schließlich fuhr er allein nach Venedig zurück und quartierte sich wieder im *Gritti* ein. Mit niemand anderem als Adriana Ivancich wollte er noch unterwegs sein. Keine Entenjagden mehr, keine Unterhaltungen mit flüchtigen Bekannten in *Harry's Bar*! Er telefonierte jeden Tag mehrmals mit ihr, und sie verabredeten sich jedes Mal an einem anderen Ort. Darauf, dass sie von vielen Menschen gesehen und beobachtet wurden, nahmen sie keine Rücksicht.

Er lobte sie, weil sich ihr Englisch enorm verbessert habe, und er riskierte es, sie in seiner Sprache anzureden. Kam sie nicht mit, wechselten sie wieder ins Italienische. »Wir sind dabei, in zwei Sprachen miteinander zu sprechen, ist das nicht fabelhaft?« fragte er.

Da er ihr wachsendes Vertrauen spürte, wagte er noch einen weiteren Schritt. »Ich habe vor, Dich in meinem Roman auftreten zu lassen. Was hältst Du davon?« – »Ich verstehe nicht, was Du meinst.« – »In meinem Roman wird es eine junge Venezianerin mit Namen Renata geben. Sie wird Dir ähnlich sein. Klug, intelligent, schön, eine hinreißende Gestalt.« – »Ich bitte Dich, ich bin viel zu jung für solche Aufgaben! Wie alt soll Renata denn sein?« – »So alt wie Du!« – »Warum hast Du das vor?« – »Weil Du mir noch näher sein sollst als jetzt. Ich möchte Dich eng an meiner Seite haben, ununterbrochen. Während ich arbeite, denke, während all der Dinge, die ich tue.« – »Das macht mir Angst.« – »Aber nein, das sollte es nicht! Es macht keine Angst, sondern unsterblich. Aus Deinem Leben wird Literatur entstehen, große Literatur. Der Venedig-Roman wird mein bisher bester. Also, antworte bitte: Tust Du mir den Gefallen? Darf ich?!«

Alles ging viel zu schnell, so direkt und beinahe aufdringlich kannte sie ihn bisher nicht. Sie wusste nicht, wie sie darauf reagieren sollte. Abzulehnen war unmöglich, weil es ihm offensichtlich sehr viel bedeutete. Annehmen? Nun gut, dann aber nur unter bestimmten Bedingungen! Aber unter welchen?!

»Gibt es noch andere Menschen hier in Venedig, die in Deinem Roman auftreten werden?« – »Aber ja. Meine guten Bekannten vom Festland. Einige Angestellte des *Gritti*. Und Cipriani natürlich.« – »Sie werden alle vorkommen?« – »Alle. Und Du in ihrer Mitte! Du bist die wichtigste Figur, das verspreche ich Dir.« – »Und was habe ich zu tun?« – »Nichts, außer die männliche Hauptfigur zu begleiten. Sie in gute Stimmung zu versetzen. Sie zu unterhalten. Mit ihr essen und trinken zu gehen.« – »Wer ist dieser Mann, Ernest?« – »Ein Teil von mir selbst, Adriana, ein Mann meines Alters! Bist Du jetzt einverstanden? Wirst Du das für mich tun?«

Sie versuchte, ihre Gedanken zu ordnen. Letztlich war es doch ein faires Angebot, oder? Er holte ihre Zustimmung ein und würde sich um alles Weitere kümmern. Sie hatte nichts zu tun, außer die ihr vertraute Rolle zu spielen. Und sie wäre von nun an noch enger an seiner Seite. Für längere Zeit, für Monate, vielleicht sogar für Jahre!

Schließlich stimmte sie zu, unter der Bedingung, dass er sie im Familienpalazzo besuchte. Ihre Mutter sollte eine offizielle Einladung aussprechen, dabei würde er auch die anderen Mitglieder der Familie kennenlernen. Unter ihren Geschwistern vor allem den älteren Bruder, Gianfranco, der gerade von einem Auslandsaufenthalt zurückgekehrt war. Zufällig hatte er ein Angebot für einen gut bezahlten Job in Havanna. In Havanna auf Cuba?! Zufällig?! Ja, vielleicht würde Ernest etwas für ihn tun können, und vielleicht würde sie, Adriana, ihren Bruder später zusammen mit ihrer Mutter besuchen. Das wäre doch ein respektabler Anlass, gegen den niemand etwas einwenden könne. Oder?!

Hemingway lachte, eine solche Raffinesse hatte er ihr nicht zugetraut. Nach dem Essen im Palazzo der Familie sprach er sie noch einmal auf seinen Vorschlag an. Ob sie die Rolle der Renata übernehmen wolle? Es hörte sich an, als ginge es darum, in einem schönen, rührenden Drama ein wenig Theater zu spielen. Sie dachte nicht mehr länger nach und stimmte zu.

Wenig später stand die Abreise nach Cuba bevor, und Hemingway schrieb an Paolo: Mein lieber Junge, in zwei Tagen werde ich mit Mary nach Cuba aufbrechen. Die letzten Tage waren anstrengend, und ich musste wegen des Romans Himmel und Erde bewegen. Habe einigermaßen gelungen Gottvater gespielt und werde mich in Cuba nun bemühen, das Beste aus allem zu machen. Es gibt Menschen, die dieses Buch bald lesen und für die harte Arbeit sogar gut bezahlen wollen. Ich werde mich daher nicht aus Cuba fortbewegen. Die Verhandlungen mit Mary haben ergeben, dass Adriana und ihre Mutter erst dann dorthin kommen werden, wenn der Roman beendet, gedruckt und erschienen ist. Gianfranco, der ältere Bruder, wird vielleicht die Vorhut bilden, bei uns auf der Finca wohnen und einen Job in Havanna übernehmen. Der Kompromiss hat mich viele Nerven gekostet, aber ich bin nun einverstanden. Um des Friedens willen. Zuerst der Roman. Dann eine weitere Reise nach Venedig. Dann Cuba mit Dora und Adriana Ivancich. So vielleicht. Inzwischen habe ich auf Deinen Rat hin auch die Einwilligung der weiblichen Hauptgestalt eingeholt. Es hat mich ganz nebenbei einige edle Stücke aus Venedigs Juwelierläden gekostet. Macht aber nichts, ich bin zufrieden. An unseren gemeinsamen Roman denke ich jeden Tag. Ich hebe ihn mir wie versprochen für mein nächstes Buch auf. Du hast geschrieben, dass der alte Mann am Anfang zusammen mit dem Jungen zum Fischfang aufs Meer fährt. Immer wieder, ohne Erfolg. Das wäre ein sehr starker Anfang. Wenn ich das Venedig-Buch hinter mir habe, werde ich wie versprochen nach Venedig zurückkommen, und wir werden uns treffen und aufs Meer hinausfahren. Wir beide. Niemand sonst. Dein alter Hem.

30

In Cuba machte er sofort nach der Rückkehr mit dem Roman ernst. Er schrieb die ersten Szenen, die in Torcello entstanden waren, noch einmal um und korrigierte sie. Es waren kurze Kapitel, die er ohne jedes Wissen um eine mögliche Fortsetzung geschrieben hatte. Die Entenjagd, eine medizinische Untersuchung des Colonels, die Anfahrt auf Venedig zu, das *Gritti* und *Harry's Bar* ... – keine einzige Frau tauchte in diesen Szenen auf. Obwohl er sie ins Blaue geschrieben hatte, waren sie noch zu verwenden, er empfand sie als Entrée, kürzte sie mehrmals und breitete die vielen Notizen vor sich aus, die er während der Unternehmungen mit Adriana, ohne ihr etwas davon zu sagen, gemacht hatte.

Wo sollte sie zum ersten Mal erscheinen? Im Freien, in den Gassen der Stadt? Er entschied sich für *Harry's Bar*, und er reservierte dem Colonel und Renata den Ecktisch, an dem er selbst immer gesessen hatte. Genau dort würden die beiden Platz nehmen und mit ihren Gesprächen beginnen.

Und worüber würden sie sich unterhalten?! Über nichts weiter! Es gab kein anderes Thema als ihre Liebe, und diese Liebe stand niemals in Frage. *Ich liebe Dich* ..., würde der Colonel immer wieder beteuern und sagen, und sie würde antworten, dass auch sie ihn liebe, vom ersten Moment ihrer Begegnungen an. Darüber hinaus gab es keine Worte zu machen, von Interesse war höchstens, wie sie die Liebe feiern würden: Wollen wir dies oder das trinken? Wollen wir jenes oder dieses essen? Machen wir einen Spaziergang? Nehmen wir eine Gondel? Gehen wir Arm in Arm?

Wenn er es genau nahm, musste er zugeben, noch nie solche Dialoge geschrieben, geschweige denn irgendwo gelesen zu haben. Sie bestanden aus immer derselben Feier der Liebesempfindung, die weder verteidigt noch überhöht werden musste. Sie war einfach da, sichtbar für alle, die das Paar sahen und beobachteten, und niemand machte sich darüber auch nur einen einzigen komplizierten Gedanken.

Denn der Colonel und Renata gehörten auf eine Weise zusammen, deren Besonderheit in einer einzigartigen, unangreifbaren Statik bestand. Sie war weder eine Ehe noch eine Freundschaft noch eine normale Liebesbeziehung. Solche Verbindungen entstanden, entwickelten sich und hatten eine Geschichte. Die Verbindung zwischen dem Colonel und Renata jedoch hatte immer dieselbe Intensität, von Anfang an. Sie entwickelte sich nicht, sondern existierte fraglos, eine Explosion an sich selbst feiernden und beschwörenden Worten, deren Wiederholungen für Außenstehende kaum erträglich waren.

Am besten war es also, den beiden während ihrer Begegnungen möglichst wenige andere Personen zuzugesellen. Die anderen – sie waren in Form von Oberkellnern und Kellnern, von Liftboys und sonstigen Angestellten fast ausschließlich Staffage. Sie füllten die Gläser und hielten das Essen bereit, sie öffneten Türen und Fenster, und sie ließen alles verschwinden, was der gehobenen Stimmung abträglich war. So waren sie allesamt unauffällige Liebesdiener während des ununterbrochenen Hymnus auf Liebe und Freude, von denen ihr Autor nicht genug bekommen konnte.

Eine Sucht dieser Art spürte er zum ersten Mal in seinem Leben. Sie mischte sich auf gefährliche Art in sein Schreiben, und sie ließ ihn manchmal innehalten, erschrocken darüber, wie viele Wiederholungen er riskierte. Wohin würde das alles führen? Und war es nicht übertrieben und eindeutig zu viel? Nein, war es nicht, er wollte nicht nüchtern werden. Über den Fluss und in die Wälder – so der Titel, den er der Geschichte geben würde – war der erste Roman, den er in eindeutig trunkenem Zustand schrieb, obwohl er keinen alkoholischen Tropfen während des Schreibens zu sich nahm.

Liebe Tochter, ich sitze im obersten Stock des Turms, den Mary den *weißen Turm* getauft hat. Er steht in der Nähe des Wohngebäudes und ist nur für mich und mein Schreiben reserviert. Im untersten Stock haben es sich während unserer Abwesenheit die Katzen bequem gemacht, es sind inzwischen wohl über fünfzig, und ich liebe sie alle unterschiedslos. Sie bewachen also mein Schreibdomizil und sorgen mit dafür, dass es keiner betritt. Finden sich Gäste drüben im Wohnzimmer und (schlimmer noch!) später im Esszimmer ein, kann ich mich jederzeit in den *weißen Turm* zurückziehen. Niemand außer mir wird ihn betreten, und selbst die Angestellten haben mich um Erlaubnis zu fragen, wenn sie wegen der Reinigung oder einer Instandsetzung hineinwollen. Ich schreibe Dir das, damit Du genau weißt, wo Dein Platz wäre, sobald Du in Cuba eingetroffen bist. Im *weißen Turm* und seinem obersten Stock hätten wir einen Platz nur für uns und unsere Arbeit. Du würdest zeichnen, und ich würde schreiben, und in den Pausen würden wir es uns gut gehen lassen. Auf der großen Schreibtischplatte könntest Du Deine Arbeitsgeräte ausbreiten, und in dem hellen Raum gäbe es Platz für eine Staffelei. Habe ich Dir schon gesagt, dass ich heutzutage Maler werden würde, wenn ich noch einmal ganz von vorn anfangen dürfte? Die Malerei hat mich seit den Tagen, die ich als junger Mann in Paris verbracht habe, fasziniert, und ich habe von dieser Kunst so viel für die Kunst der Beschreibung gelernt wie von keinem einzigen Buch. Bilder, die mir besonders gefielen, habe ich meinen Malerfreunden seit den Pariser Tagen abgekauft, und so hängen viele von ihnen in den Zimmern der Finca – Du wirst staunen. Du könntest die Sammlung durch Deine Bilder ergänzen und auf Auktionen Bilder für uns beide erwerben, die wir im *weißen Turm* aufhängen. Davon träume ich, wie ich während des Schreibens auch sonst von Dir träume. Du bist mir so nahe, wie ich es nicht beschreiben kann, Tochter, jeden Tag unterhalte ich mich mit Dir in meinem Roman, und ich fülle Seite um Seite mit unseren Gesprächen. Mit Deiner Mutter und Mary haben wir eine Vereinbarung für Deine Cubareise getroffen, sie gilt nach wie vor, und sie gibt mir die Kraft, an diesem wunderbaren Roman zu schreiben, der von nichts anderem handelt als von *Dir und mir.* Dein *Papa*

Auf der großen Schreibtischplatte im obersten Stock des *weißen Turms* hatte er Notizen, Lagunen- und Ansichtskarten sowie alle Sorten von Schreibgeräten ausgebreitet.

Dem bunten Durcheinander galt der erste Blick nach dem Frühstück. Er erfasste kleine Details, speicherte sie und ließ sie sich setzen. Dann der Blick hinaus durch die hohen Fenster bis nach Havanna und bis zum Meer. Darauf der Beginn des Schreibens – und zwar so, dass er zunächst die am Tag zuvor geschriebenen Passagen korrigierte. Schließlich das Weiterschreiben – und das Abrufen der visuellen Details, die sich in seinem Kopf breitgemacht hatten. So verlief die Arbeit bis zum Mittag, möglichst ohne Unterbrechung. Dann eine kleine Mahlzeit, eine Stunde Ruhe und mehrere Runden Schwimmen im Pool. Den Nachmittag hatte er frei. Entweder las er, oder er ging hinunter zum Hafen, um etwas zu trinken, wovor er sich selbst jedoch warnte, weil er nicht leicht wieder zurückfinden würde. Lieber nicht, lieber den Warnungen Marys Folge leisten, die ihn vom Trinken abzuhalten suchte.

»So konzentriert habe ich Dich noch selten schreiben gesehen«, sagte sie. – »Ja, ich komme sehr gut voran.« – »Du wirst den Roman noch in diesem Jahr beenden?« – »Das habe ich vor und bin guter Dinge.« – »Wenn Du weiter so diszipliniert lebst, könnte es klappen.« – »Ich hasse das Wort *Disziplin*, und ich weiß nicht, was sich letztlich dahinter verbirgt. Wahrscheinlich der Wunsch von Schwachköpfen, anderen das vitale Leben um jeden Preis auszutreiben. Beim Militär geht man so vor.« – »Entschuldige, ich möchte nicht, dass Du Dir Zwänge auferlegst.« – »Danke. Niemand auf der Welt wird es fertigbringen, mich zu so etwas zu bewegen. Schon viele haben es versucht, aber sie sind alle gescheitert. Ich weiß genau, was mir guttut und was nicht. Das Schreiben tut mir gut, und der Alkohol tut mir ebenfalls gut. Beides zu seiner Zeit.« – »Wenn Du trinkst, bist Du oft nicht wiederzuerkennen, das weißt Du.« – »Und wenn ich schreibe, hoffentlich auch nicht. Sonst würde es nämlich nichts taugen. Gar nichts. Null. Wenn jemand mich in meinem Schreiben wiedererkennt, sollte man es vernichten. Haben Sie gehört, Colonel? Und was sagt Ihre schöne Geliebte dazu?!« – »Wovon redest Du, Ernest?« – »Frage lieber, mit wem ich rede! Ich rede mit meinen Gästen. Im obersten Stock des *weißen Turms* haben sie ihr Quartier aufgeschlagen.«

Mary wurde misstrauisch. Warum sprach er mit ihr fast nie über den Roman? Und was genau wusste sie darüber? Er sollte ein Hymnus auf Venedig sein, das hatte er einmal gesagt. Die Entenjagd würde darin vorkommen und vielleicht auch das *Gritti* oder *Harry's Bar*, wo er so viele Stunden verbracht hatte. Würde er auch über Torcello schreiben und käme die Familie Carini vor? Manchmal versuchte sie, ihn auf diese Vermutungen hin anzusprechen, aber er reagierte nicht. Statt in die Details zu gehen, behauptete er, ihr den Roman widmen zu wollen. *Für Mary* sollte vorn auf der ersten Seite stehen.

Sie hatte sich gefragt, wie er zu diesem Entschluss gekommen war. Es freute sie sehr, denn sie hatte damit überhaupt nicht gerechnet. Was also bedeutete dieses *Für*

Mary? Sehr wahrscheinlich, dass sie in diesem Roman vorkam. Vielleicht war eine Frauengestalt, die ihr ähnelte, die weibliche Hauptfigur? Sie stellte sich das gerne vor, und mit der Zeit war sie beinahe sicher, dass er so geheimnisvoll tat, weil er daran arbeitete, ihre noch halbwegs frische Ehe in diesem Roman zu feiern.

Liebe Tochter, Renata hat den Colonel gerade gefragt, wie oft er an sie denke, und er hat geantwortet, dass er es die ganze Zeit über tue und dass es ihn wirklich schlimm gepackt und er keine Ahnung gehabt habe, dass es jemals so schlimm hätte werden können und dass er es jetzt aber wisse, jetzt und für immer … Ich schreibe Dir das, damit Du siehst, wie weit ich mit den beiden bin, die sich so lieben, sehr weit nämlich, ich sitze neben ihnen, begleite sie, spendiere ihnen *Martini* und denke mir seltene Namen für die Sandwiches aus, die sie essen. Sandwiches gefallen mir besser als große Mahlzeiten, denn deren Beschreibung könnte langatmig ausfallen, während Sandwiches in kurzer Zeit geliefert und verspeist werden. Gut, dass die beiden *Harry's Bar* mögen, da können sie alle paar Drinks lang etwas anderes bestellen und darüber sprechen, und das lasse ich sie tun, weil wir beide uns schließlich auskennen und wissen, was wir an einem *Martini* haben und was an einem *Gin*. Weißt Du noch, wie es war, als Du mir zu Beginn unserer Liebe sagtest, dass Du keinen Alkohol trinkst, und erinnerst Du Dich, wie Du sehr bald danach Gin getrunken hast und wie es dann weiterging? Ich bin dabei, es in meinem Roman unterzubringen, dagegen wirst Du nichts haben, denn es erzählt von Deiner Selbständigkeit und Deinem Bestreben, mir zu gefallen und Dir selbst dabei etwas Gutes zu tun ... (Abgebrochen, nicht abgeschickt)

Manchmal gingen das Romanschreiben und die Briefe an Adriana ineinander über, und wenn er hellwach war, bemerkte er es und entschied sich, nur eine Variante gelten zu lassen. Die andere vernichtete er, oder er legte sie beiseite, obwohl das Beiseitelegen gefährlich war, weil er auf diese Weise das Geschriebene nicht loswurde, sodass es sich von selbst wiederbeleben und in den Roman schlüpfen konnte, ganz gegen seinen Willen.

Noch nie hatte ein Roman vorher ein solches Spiel mit ihm getrieben. Er musste zugeben, sich damit nicht auszukennen, aber er tat so, als könnte es dem Roman und ihm selbst nichts anhaben. »Über den Fluss und in die Wälder ...«, flüsterte er, »etwas Ähnliches wie diesen Roman wird man noch nie gelesen haben, und entsprechend wird ihn alle Welt feiern.«

31

Seit Hemingway und seine Frau abgereist waren, hatten sich die Mitglieder der Familie Carini wieder von Torcello nach Burano zurückgezogen. In der *Locanda* übernachteten nur selten ein paar Gäste, und höchstens an den Wochenenden kamen einige Touristen auf die Insel, um die berühmten Kirchen zu besichtigen.

Marta gab Adriana weiter Unterricht im Englischen, sie lasen Hemingways Erzählungen, die Adriana alle kennenlernen wollte. Die meisten gefielen ihr nicht besonders, sie waren zu rau und behandelten Männerprobleme und spielten in Welten, die sie niemals betreten würde. Geschichten, die ihr gefielen, setzte sie dagegen in Zeichnungen um. Dann entstanden Figuren und Räume mit venezianischem Ambiente. Sie sahen aus wie Bilder eines Kostümfilms: Einige Schauspieler von der anderen Seite des Atlantiks hatten sich nach Venedig verirrt und spielten in Stücken, die sich der alte Goldoni ausgedacht haben könnte.

»Und sie zeichnet wirklich lauter Figuren aus Hemingways Erzählungen?« fragte Elena ihre Tochter. Sie saßen draußen, im Freien, es war sommerlich warm, und sie schauten am Abend hinüber zur Insel *San Francesco del Deserto*.

»Ja, sie kann gar nicht genug davon bekommen. Eine heißt *Ein sauberes, gut beleuchtetes Café*, und sie erzählt von einem alten, einsamen Mann, der draußen als letzter Gast vor einem Café sitzt und nicht nach Hause gehen will. Adriana hat einen solchen Alten gezeichnet, aber er sitzt nicht drüben, in Amerika, vor seinem Café, sondern auf der *Piazza San Marco*. Ich habe ihr gesagt, dass es abends und nachts auf der Piazza keine einsam dasitzenden, letzten Gäste gibt, sondern dass auf ihr immer was los ist und neben jedem einsamen Mann immer ein anderer einsamer sitzt, und dass es dadurch ein ganz anderes Leben ist als in Hemingways Geschichte. Aber sie will nicht auf mich hören.« – »Zeichnet sie gut?« – »Nein, sie hat es sich selbst beigebracht und will keine Lehrer.« – »Und was stellt sie mit den Zeichnungen an?« – »Sie sammelt sie und wird sie Hemingway schenken, wenn er wieder in Venedig erscheint. Es werden Hunderte sein, und sie glaubt, dass er gerührt und begeistert ist.« – »Schreiben Sie sich?« – »Er schreibt ihr alle paar Tage einen Brief, der an eine andere Adresse adressiert ist, wo sie ihn heimlich abholen kann. Sie wiederum schreibt ihm nur kurze Postkarten, weil Mary seine Post abfängt und an ihn weiterleitet.« – »Was schreibt er denn in seinen Briefen?« – »Sie hält die Briefe geheim und deutet mir gegenüber nur an, dass es Liebesbriefe sind.« – »Liebesbriefe? Ist er verrückt?« – »Ja, ist er wohl. Vor allem bringt er anscheinend seinen Roman und die Briefe manchmal durcheinander. Neulich hat er sie mit Renata angeredet, und Renata ist der Name der weiblichen Hauptfigur seines Romans.« – »Er ist nicht mehr bei Verstand. Sie ist viel zu jung für solche Avancen.« – »Natürlich, aber ich glaube, er hält sie für älter. Zum Abschied hat er ihr ein teures Zigarettenetui aus Silber geschenkt. Was aber soll das? Sie raucht ja nicht einmal, und ein solches Etui ist darüber hinaus nichts für eine Neunzehnjährige, die ihr Leben mit Zeichnen und Märchenschreiben verbringt.« – »Sie schreibt Märchen?« – »Ja, und natürlich sind es venezianische. Für ihre jüngeren Verwandten. Es sind sehr naive Geschichten, Du würdest Dich wundern.« – »Ich wundere mich über gar nichts mehr. Am Ende fährt sie wirklich nach Cuba.« – »Aber ja, das steht fest. Wenn Hemingway seinen Venedig-Roman beendet hat, wird er wieder hierherkommen. Um sie mitzunehmen nach Cuba.« – »Das könnte die Hochzeitsreise werden …« – »Mamma, sei nicht so giftig!« – »Nein, das will ich nicht sein. Ich bin nur erleichtert, dass meine Tochter Marta hier neben mir sitzt und den Angelhaken des großen Meisters entkam.« – »Aber Mamma, ich habe damit doch gar nichts zu tun. Ich bekomme nur dies und das mit. Tu mir den Gefallen und erzähle Papa nichts davon. Er würde sich sonst sofort auf diese Geschichte stürzen. Das würde Adriana bestimmt nicht gefallen. Versprichst Du es mir?« – »Ja, natürlich. Diese Geschichte geht Sergio nichts an. Sie bleibt geheim, das verspreche ich Dir. Was aber ist bloß mit Paolo? Hat auch er damit zu tun? Ich meine mit Hemingways Geschichten. Ich sehe ihn immer seltener.« – »Ich weiß auch nicht, wo er sich in letzter Zeit herumtreibt. Er ist noch verschwiegener als früher.« – »Stimmt, es wird Zeit, dass Sergio sich wieder einmal mit ihm unterhält.« – »Ja, das sollte er unbedingt tun.«

Fast täglich ging Paolo am Nachmittag hinüber zu seinem Boot, setzte sich hinein und fuhr nach Torcello. Er machte es nahe der Anlegestelle der *Locanda* im Schilf fest, überquerte die kleine Brücke und ging zu dem Campanile, dessen verschlossene Tür er mit einem Kunstgriff öffnete. Er zog die Tür wieder hinter sich zu, stieg die Holztreppe hinauf und setzte sich oben auf dem Rundgang an einen Pfosten.

Er hatte einen schmalen Band mit Hemingways frühsten Erzählungen dabei, und er las sie sehr langsam und war erstaunt, wie viele vom Fischen handelten und davon, wie der Junge, den Hemingway Nick Adams genannt hatte, mit seinem Vater auf den großen See hinausfuhr.

Er hatte Lust, Hemingway wegen dieser Geschichten einen Brief zu schreiben, aber er traute sich nicht, weil er nicht wusste, wie er von seiner Lektüre erzählen sollte. So behielt er seine Gedanken für sich, und er schaute häufig auf während des Lesens und blickte hinaus auf die Lagune. Wenn es Abend wurde, breitete die Sonne ihren letzten Glanz über ihr aus, und er musste schließlich laufend hinschauen und sehen, wie die Abendstrahlen das Grün der Wiesen und Hecken noch einmal durchstreiften, es aufblitzen ließen und im Glimmen der Kanäle verschwanden.

Er hatte den besten Platz gefunden, um das zu beobachten, und er fühlte sich in solchen Augenblicken stark wie niemals sonst. Hinterher würde er wieder ins Boot steigen und in der Dunkelheit, wenn ihn niemand erkannte, die Lagune durchstreifen. Er hatte zwei Dosen Bier dabei und ein paar getrocknete, kleine Fische, und er würde auf einem der Inselstreifen anlegen und sich einbilden, er wäre nicht allein. Er würde das Boot festmachen und dicht ans Land ziehen, und dann würde er dem alten Mann vom festen Boden aus seine Hand reichen und ihm helfen, an Land zu steigen.

Der alte Mann war nicht mehr so wendig wie früher, er musste ihm helfen, aber sie verloren darüber keine Worte. Viele Jahre war es her, dass der alte Mann ihm geholfen hatte. Er hatte ihm das Fischen beigebracht und das Hinausfahren in die Lagune. Seit dieser Zeit gehörten sie zusammen, und sie gingen an guten, windlosen Tagen noch immer auf Fischfang. Der alte Mann war zu ihm wie ein Vater, und er hielt den alten Mann auch dafür, denn er war während seines noch jungen Lebens länger mit ihm zusammen gewesen als mit seinen Eltern.

Seine Eltern kamen in seinem Leben nicht derart vor wie der alte Mann, und sie hatten sich damit längst zufriedengegeben und nichts dagegen einzuwenden gehabt.

Er hatte eine verrußte Decke dabei und breitete sie aus und legte sie auf den Boden, und dann holte er etwas Holz, einige Äste und Reisig, und er machte ein kleines Feuer, während der alte Mann die beiden Dosen öffnete und sie nebeneinander auf einen Baumstumpf stellte. Daneben legte er das Papier mit den getrockneten Fischen, und er nahm einen am Schwanz und aß ihn am Stück. Mit dem Trinken wartete er noch, bis das Feuer brannte, dann setzte sich Paolo zu ihm, und sie aßen und tranken und sprachen von den Ruderern und ihrer Regatta und davon, wer sie gewinnen würde.

Sie unterhielten sich lange, und sie aßen die Fische auf und leerten die beiden Dosen, und dann machten sie sich auf die Heimfahrt. Der alte Mann wohnte nicht in Burano, sondern in einer vergessenen Hütte am Rand von Torcello. Niemand bekam ihn dort zu Gesicht, und er achtete darauf, dass er nie unter Menschen geriet. Er war der alte Mann des Jungen, der nachts mit ihm in der Lagune unterwegs war, und er würde ihn begleiten, wenn er sich aufs offene Meer hinauswagen würde.

Sie würden hinüber zum Lido fahren und durch die Meerenge hinaus, aber sie mussten vorsichtig sein, und möglich war das nur in der Nacht. Niemand würde sie sehen, und sie würden weit hinausfahren und dort auf Fischfang gehen. In Kürze würde er Bescheid wissen über das Fischen auf offener See, und er würde eine gute Geschichte im Kopf haben, wenn Hemingway wieder in Venedig eintreffen würde. Es wäre die Geschichte einer Freundschaft zwischen einem alten Mann und einem Jungen, und sie handelte von ihrer großen, gemeinsamen Liebe zum Meer.

32

Hemingway schrieb unterdessen in Cuba täglich weiter an seinem Venedig-Roman, aber es wurde, je länger es dauerte, ein immer härterer Kampf. In Torcello war das Schreiben ein Vergnügen gewesen. Übersichtliche Rationen bis zum Mittag, keine Störungen und keine Anlässe zur Flucht. Damals hatte er Adriana noch nicht gekannt, die

Geschichte hatte noch schlichte Konturen gehabt, und es hatte lediglich einen Mann mittleren Alters gegeben, der mitmachte und keine Skrupel kannte.

Das aber hatte sich geändert. Richard Cantwell bestand darauf, schwer herzkrank und dem Tode nahe zu sein, das konnte nicht verheimlicht werden. Auch seine Geliebte wusste davon, und manchmal konnte sie ihr Wissen nicht für sich behalten und sagte ganz direkt, dass es sie ängstige. Sie wollte darüber nie sprechen, aber es brach in Momenten der Verzweiflung aus ihr heraus, und dann musste das Gespräch auf Umwegen wieder in ruhigere Bahnen gelenkt werden.

War schon das schwer genug und ging sehr zu Herzen, kamen immer häufiger auch seine Kriegserlebnisse ins Spiel. Cantwell hatte sie anfänglich noch verdrängt und erklärt, nicht gerne darüber zu reden. Renata schien aber zu wissen, wie sehr sie ihn noch belasteten. Deshalb kam sie aus eigenen Stücken darauf zu sprechen und verlangte, vom Krieg erzählt zu bekommen. Konkret, anekdotisch, wie auch immer.

Er versuchte zu kontern und ließ gutes Essen und die besten Getränke auffahren, und dann sprachen sie über *Scaloppine* und den dazu passenden Blumenkohl sowie die kleinen Artischocken mit einer Vinaigrette aus Treviso – es half aber nichts. Der Genuss war eine gute Barriere gegen die Trauer und die Angst, aber irgendwann brach diese Barriere ein, und Cantwell gab nach und erzählte von den letzten Tagen der Schlacht um Paris und von den furchtbaren Schlachten im deutschen Westen. Er verhedderte sich beim Erzählen, weil er einerseits ausholen, andererseits aber knapp bleiben wollte, und so machte er beim Erzählen laufend Schritte nach vorn wie bei einer Attacke und dann wieder zurück in die Regionen hinter der Front.

Renata aber hörte in all ihrer unbedarften Jugend auf jedes Wort und wollte eingeweiht werden in die Grausamkeiten der Welt. An der Morbidität von Cantwells Körper waren sie abzulesen, denn er hatte eine kaputte Hand, und sein Herz war so schwach, dass er keine venezianische Brücke hinauf und hinab gehen konnte, ohne aus dem Atem zu kommen. Der Krieg hatte ihn nicht nur verletzt, sondern fast ganz vernichtet. Er hatte zwar überlebt, existierte aber nur noch mit einem letzten Rest von Lebenswillen, den er in den Gesprächen mit seiner Geliebten mobilisierte.

Das Erschreckende und Anstrengende aber war, dass dieses Leben anscheinend keinerlei Zukunft mehr hatte. Manchmal kämpften die beiden Liebenden heftig dagegen an, dann war von Heirat, gemeinsamen Kindern und einem langen Zusammenleben die Rede. Cantwell gab sich alle Mühe, diese Fantasien zu mäßigen und in den Griff zu bekommen, doch konnte er einer jungen Frau von neunzehn Jahren, die sich heftig in ihn verliebt hatte, wirklich verbieten, die Zukunft zumindest dann und wann zu erwähnen?

Das Schlimmste am Schreiben dieses Romans war jedoch, dass Hemingway sich als der Dritte im Bunde empfand. In jeder Szene saß er mit am Tisch, baute Brücken, war entsetzt, wenn sie zerbrachen, flüsterte dem Colonel eine geschickte Ablenkung von den Todesthemen zu und griff, so oft es ging, nach dem in seinen Augen besten Mittel, die gemeinsamen Stunden aufleben zu lassen.

Dann bestellte er Champagner, einen Drink oder auch Wein, selbst während der Gondelfahrt stand ein gefüllter Eiskübel mit einer guten Flasche am Bug, und wenn alles nichts half, war eine Decke der amerikanischen Army zur Hand, mit deren Hilfe man die erotischen Spiele verbarg. Schlimm genug, dass sie sich in Gondeln ereigneten und es keine gemeinsamen Nächte etwa im Hotel geben konnte! Das Äußerste waren ein paar gemeinsame Minuten in Cantwells Hotelzimmer, dann kam es zu heftigen Küssen, während die Liebesdeklamationen überschäumten und nicht mehr enden wollten. Im Hintergrund aber wartete immer noch Renatas Familie auf das Heimkommen der einzigen Tochter in den alten Palazzo, der Vater war in den letzten Kriegstagen umgebracht worden, doch es gab noch die Mutter und mindestens eine Tante.

Unübersehbar erhielt Renatas Geschichte starke Züge von Adrianas Leben, und genau deshalb wurde das Schreiben schließlich so schwierig, weil Hemingway wie noch nie intensiv spürte, worüber er schrieb. Er litt am letztlich verzweifelten Dasein seiner Figuren, denen nur blieb, die Gegenwart so bedingungslos wie möglich zu feiern, obwohl sie nicht genügend Freiheiten hatten, sich dieser Feier restlos hinzugeben.

Hemingway dachte daher manchmal an Flucht und nutzte jede Abwesenheit Marys, um sich am Nachmittag in eine Bar am Meer zu begeben. Eine Zeitlang hatte sie in Chicago zu tun, und prompt versiegte das Schreiben, weil sich das Trinken bis in die Nacht hinzog.

Eine andere Ablenkung bestand darin, sich auf das Nachbargrundstück zu einem Wanderzirkus zu stehlen. Der Käfig mit den Löwen reizte ihn, er stand lange davor, sprach mit den Tieren und unterhielt sich mit dem Dompteur. Schließlich hatte er ihn soweit, den Käfig betreten zu dürfen. Die Nähe der schweren und langsamen Löwen tat ihm gut, zweimal hielt er sich im Käfig auf, berührte sie an der Stirn und an den Flanken und atmete ihren bitteren Geruch ein. Dieser Geruch hatte etwas von Verwesung, so jedenfalls empfand und genoss er ihn, sodass er das Spiel mit den Tieren immer riskanter betrieb.

Bei seinem dritten Erscheinen aber wurde es ihnen zu viel, und eines der Tiere erwischte ihn mit der rechten Pranke an beiden Armen und an der Brust. Er schilderte Mary die Sache in einem Brief wie eine Lappalie, aber sie ging ihm lange nicht mehr aus dem Kopf. In den Nächten träumte er von den Tieren und der überstandenen großen Gefahr, und er erinnerte sich an die Löwenjagden in Afrika, die er glücklich und ohne Verletzungen überstanden hatte.

Er wollte von den Löwen nicht nur in zwei Sätzen berichten, wusste aber sofort, dass sie in seinem Roman keinen Platz hatten.

Und so brachte er seine Erlebnisse in einem Brief an Paolo unter: Mein lieber Junge, ich schreibe unbeirrt an meinem Venedig-Buch und habe den Roman, an dem wir zusammen arbeiten wollen, weiter im Kopf. Das Schreiben ist hart, und ich komme mir vor wie ein Dompteur, der auf seine wilden Geschöpfe aufpassen muss. Die wilden Geschöpfe sind die Figuren in meinem Buch, sie sind sich sehr nahe und bleiben Tag und Nacht in ihrem Käfig, und wenn sich jemand zu ihnen hineintraut, behandeln sie ihn anfänglich wie einen Freund und schlagen beim dritten Mal zu. Damit beweisen sie Dir, dass sie ungestört bleiben wollen und Du nichts für sie tun kannst. Der Käfig ist ihr einziger Lebensraum, und sie teilen ihn mit niemandem sonst, nicht einmal mit dem Dompteur, der nur dazu da ist, sie vorsichtig zu füttern, und sich dafür einbilden darf, ihre Sprache zu sprechen. Nichts versteht er davon! Er ist ihr Knecht und wird nur geduldet, die wilden Geschöpfe verachten ihn, und alle anderen, die sich ihnen nähern, bringen sie gnadenlos um. Ich schreibe Dir das, damit Du auf Dich aufpasst und in meiner Abwesenheit nichts riskiert, was mir Sorgen machen könnte. Ich habe mein Kommen jetzt immer fester im Blick, und ich freue mich sehr darauf, Dich wiederzusehen. Grüß Deine lieben Eltern von mir und sag Deiner Schwester, dass keine Italienerin in ihrem Alter ein so gutes Englisch spricht. Meine Verehrung!

Es stimmte, er hatte die Rückkehr nach Italien deutlich im Blick, doch er fühlte sich, während er am Roman schrieb, vorerst auf beinahe teuflische Weise gefangen. Die mangelnden Freiheiten, die Richard Cantwell und Renata zu schaffen machten, ließen sich auch in seiner Freundschaft zu Adriana Ivancich entdecken. Immer wenn sie sich begegneten, entstand der Anschein einer größtmöglichen Nähe, während sie beide genau wussten, welche Hindernisse es für ein engeres Zusammenleben gab. Diese sich hinziehenden Überlegungen und die damit verbundene Überreizung mussten ein Ende finden, das sagte er sich häufig, ohne eine Lösung dafür zu wissen.

Wie konnte es denn überhaupt weitergehen? Der erste Schritt, den er machen konnte, bestand in der Fertigstellung des Romans. Der zweite bestand darin, den Roman zum Druck zu bringen und der ganzen Welt von jenem Leben zu zweit zu erzählen, das Colonel Richard Cantwell und die junge Renata geführt hatten. Und der dritte und letzte schließlich bestand darin, auf die Reaktionen der Welt zu warten und aus ihnen die richtigen Schlussfolgerungen zu ziehen.

Was zum Beispiel würde Adriana zu diesem Roman sagen? Wie würde Mary sich verhalten, wenn sie lesen würde, wie weit der Colonel ging? Und welche Kommentare der Venezianer würde er zu hören bekommen, wenn sich in dieser heimlichtuerischen Stadt herumsprach, welche Geheimnisse Adriana Ivancich und er bisher für sich behalten hatten?

Keine noch so erprobte Abwechslung brachte eine Befreiung von den Fesseln, die er sich durch das Schreiben des Romans angelegt hatte. Selbst die Fahrten mit seiner alten Fischerjacht hinaus aufs offene Meer halfen nicht. Er hatte keine Lust zu fischen, denn er würde es nur mit halbem Herzen tun, und er hatte keine Geduld für die Unterhaltungen mit den anderen Fischern, deren Nähe er nach dem Fischfang sonst immer gesucht hatte.

Und so stieg er häufig in den obersten Stock des *weißen Turms*, den er zum Schreiben längst verlassen hatte, weil es dort zu einsam geworden war. Nicht zum Schreiben stieg er hinauf, sondern um still zu warten und aufs Meer zu schauen und sich einzubilden, er finde wieder zu den starken Momenten jenes Lebens zurück, in dem er sich frei gefühlt hatte.

33

Sergio Carini machte sich Sorgen um seinen Sohn. Manchmal kehrte er nicht nach Hause zurück und schlief auswärts, und wenn man ihn danach fragte, wurde er mürrisch und entgegnete, es gehe niemanden etwas an, wo er schlafe. Auch der Kontakt mit seiner Schwester war nicht mehr so eng wie früher, als sie häufig miteinander gesprochen und sich ausgetauscht hatten. Elena Carini schließlich traute sich gar nicht mehr, ihn etwas zu fragen. Wenn sie einander begegneten, wollte sie wissen, was er sich zum Abendessen wünschte, aber er antwortete harsch, dass er keine besonderen Wünsche habe.

»Du musst mit ihm reden«, sagte sie zu Sergio, »irgendetwas geht mit ihm vor, und wir können nur hoffen, dass er nicht in schlechte Gesellschaft geraten ist.« – »Marta sagt, er sei viel mit dem Boot unterwegs, aber sie glaube nicht, dass er damit in die Stadt fahre. Anscheinend hält er sich irgendwo in der Lagune auf.« – »Aber wo? Und mit wem? Was gibt es in der Lagune für einen Jungen seines Alters schon zu sehen oder zu tun?« – »Er sieht älter aus als noch vor einigen Monaten. Und er wirkt bekümmert, als hätte er Sorgen. Wenn alles nichts hilft, werde ich ihm heimlich folgen, wenn er zu einem seiner Ausflüge aufbricht.« – »Wie willst Du das machen? Im flachen Lagunengelände wird er Dich bemerken, und außerdem besitzt er das schnellere Boot.« – »Etwas anderes fällt mir gegenwärtig leider nicht ein. Ich werde mich umhören, ob ihn jemand auf seinen heimlichen Wegen gesehen hat, das könnte ich noch versuchen.«

Sergio Carini hatte den Verdacht, dass Paolos Veränderung mit Hemingways Abwesenheit zu tun hatte. Mehrmals hatte er von ihm einen Brief aus Cuba erhalten und, darauf angesprochen, nur erklärt, Hemingway berichte ihm von seiner Finca, der Einrichtung, seiner Jacht und den Fischern, die er beim Fischfang begleite. Mehr hatte er nicht preisgeben wollen, und diese Verschwiegenheit hatte Sergio Carini geärgert, weil er selbst keinen einzigen Brief bekam und der Strom von Informationen, die er über Hemingway gespeichert hatte, versiegte.

Eine Finca auf Cuba! Er hatte nicht einmal eine schwache Ahnung, wie so ein Gebäude aussah! Wie groß war es, aus wie vielen Räumen bestand es? Gab es drumherum ein großes Grundstück mit Bäumen? Und warum war dieser amerikanische Schriftsteller auf die Idee gekommen, Jahrzehnte auf Cuba zu leben, anstatt sich einen passenden Ort in seinem Heimatland auszusuchen? Cuba war Abenteuer, soviel verstand er, aber war dieses Abenteuer auch etwas für die Frau, mit der er zusammenlebte? Und was bedeutete Cuba für Hemingways Söhne, von denen zwei noch so jung waren, dass sie ihn dann und wann auf seiner Finca besuchten? Sie lebten anscheinend bei ihrer Mutter in den Vereinigten Staaten, aber auch darüber wusste er nichts Genaues, sondern verfügte nur über einige Andeutungen, die Hemingway ihm gegenüber in einem ihrer Gespräche gemacht hatte.

Nach wie vor hatte Carini vor, ein Buch über den großen Autor zu schreiben. Er würde warten, bis der Venedig-Roman erschien, danach musste er bereit sein und sein Werk genau dann veröffentlichen, wenn die italienische Übersetzung auf den Markt kam. Das würde höchstens ein paar Monate nach dem englischen Original sein, vielleicht würde es auch eine Vorveröffentlichung in einer international angesehenen amerikanischen Zeitschrift geben, Hemingway hatte kurz davon gesprochen.

Wie auch immer – wenn er keine weiteren Informationen erhielt, war es um das eigene Buch schlecht bestellt. Es kam ihm so vor, als wäre Hemingway vom Erdboden verschwunden und hätte sich ganz in seine umzäunte und von der Außenwelt abgeschirmte Finca zurückgezogen, damit von seiner Arbeit am Venedig-Roman nichts nach draußen drang. Wovon erzählte er inzwischen? Ging es noch immer um einen Mann seines Alters, einen amerikanischen Colonel, der Venedig erkundete? Und wer, verdammt, war ihm dabei behilflich?

Er hatte Paolo im Verdacht, viel mehr darüber zu wissen, und er vermutete, dass sein geändertes Verhalten eine Reaktion auf die Nachrichten war, die er aus Cuba erhielt. Früher hatte er viele Botengänge für Hemingway erledigt, vielleicht war er jetzt dabei, seine Rückkehr nach Venedig vorzubereiten. Herrgott, er musste mit ihm sprechen, selbst wenn er eine ernsthafte Auseinandersetzung riskierte.

Bisher war es dazu noch nie gekommen, sie hatten sich gut verstanden, jetzt aber war Paolo in einem Alter, in dem er sich nichts mehr sagen ließ und seinen eigenen Willen durchsetzen wollte. Wenn die Konfrontation nicht zu vermeiden war, würde er sie nicht scheuen. Es ging um viel Geld und die Zukunft der Familie, da konnte er auf das Auskommen mit seinem anscheinend pubertierenden Sohn keine Rücksicht nehmen.

Marta hatte sich mit Adriana verabredet und aß mit deren Familie im venezianischen Palazzo zu Abend. Paolo dagegen hatte nichts von sich hören lassen und erschien nicht zum Abendessen mit den Eltern in Burano, sodass Elena und Sergio Carini allein aßen. Es gab eine gute *Frittura*, Paolo mochte dieses Essen besonders, gerade deshalb hatte Elena es zubereitet.

Es war still in der kleinen Küche, in der das Paar saß, als sie Paolo durch die Haustür hereinkommen hörten. »Paolo?!« rief Sergio Carini. Sein Sohn schien sich im Flur aufzuhalten, kam danach aber in die Küche und warf einen flüchtigen Blick auf das Essen.

»Es gibt *Frittura*«, sagte seine Mutter, »eigens für Dich.« – »Ich habe keinen Appetit, und ich verschwinde gleich wieder«, antwortete Paolo. – »Moment mal«, sagte Sergio, »lass uns einige Worte miteinander wechseln. Wir bekommen Dich kaum noch zu sehen.« – »Ich habe keine Zeit«, antwortete Paolo, wandte sich ab, ging in den Flur zurück und nahm die schmale Stiege hinauf in sein Zimmer. »Lass ihn!« sagte Elena, als sie sah, dass Sergio ihm hinterhergehen wollte. – »Ich werde ihn zur Rede stellen, so geht das nicht weiter«, sagte er, aber Elena hielt ihn am

Ärmel fest und wiederholte lauter: »Lass ihn bitte in Ruhe. Ich mag keinen Streit.«

Sie horchten beide, was sich oben in Paolos Zimmer tat, er packte wohl ein paar Sachen zusammen und schien sich nicht lange dort aufhalten, sondern gleich wieder verschwinden zu wollen. Elena stand auf, holte eine Papiertüte und warf eine große Portion *Frittura* hinein. Sie halbierte eine Zitrone und fügte die beiden Hälften hinzu, dann klappte sie die Tüte zusammen und ging auf den Flur. Paolo kam gerade wieder die Stiege herab, als sie vor ihm auftauchte. »Nimm das mit! Eine Portion *Frittura*! Und eine Zitrone!« – »Ich sagte doch, ich habe keinen Appetit«, antwortete er. – »Wo willst Du hin? Es ist dunkel und spät. Ich mache mir Sorgen.« – »Lass mich in Ruhe, Du brauchst Dir keine Sorgen zu machen!« – »Triffst Du Dich mit Freunden?« – »Nein, tue ich nicht.« – »Hast Du seit Neustem eine Freundin?« – »Nein, auch das nicht.« – »Du bist also allein unterwegs und wirst allein bleiben?« – »Das habe ich nicht gesagt.« – »Was denn?!« – »Ich bin Euch keine Rechenschaft schuldig.« – »Ich finde, das bist Du schon.«

Paolo schaute sie an und verdrehte die Augen: »Mamma, ich weiß, was ich tue. Mach Dir keine Sorgen. Ich werde es Euch irgendwann erklären. Aber jetzt nicht.« – »Du versprichst mir, dass Du auf Dich aufpasst?« – »Ja, Mamma, tue ich. Und jetzt ist gut und genug. Gib mir die *Frittura*, ich werde sie unterwegs essen.« – »Mein guter Junge!«

Er beugte sich zu ihr herab, gab ihr einen Kuss, nahm die Papiertüte und steckte sie in seine Tasche. Dann verließ er das Haus. Elena ging in die Küche zurück.

»Du hast ihn einfach laufen lassen?!« fragte Sergio. – »Er hat mir einen Kuss gegeben und die *Frittura* mitgenommen. Er ist ein guter Junge, vergiss das nicht! In seinem ganzen Leben hat er sich noch nie etwas zuschulden kommen lassen. Jetzt gibt es ein paar Dinge, über die er nicht sprechen will. Na und?! Es wird höchste Zeit, dass er eines oder mehrere Geheimnisse hat. Ich gönne sie ihm.« – »Elena, so kann man dieses Thema nicht behandeln! Es geht nicht darum, ihm etwas zu gönnen, sondern darum, dass er auch uns etwas gönnt. Er weiß sehr viel über Hemingways zukünftige Pläne, und davon zu wissen, ist auch für mich wichtig. Wie soll ich über ihn schreiben, wenn ich nichts über ihn weiß? Davon, dass ich von Paolo etwas erfahre, hängt unsere Existenz ab. Deine, meine, die unserer Familie. Ist Dir das klar?« – »Ich weiß, ich weiß. Mit Gewalt wirst Du aber bei Paolo nichts erreichen, bei dem nicht. Er ist ein einfühlsamer, empfindlicher Junge. Er mag keine Menschen, die etwas erzwingen wollen.« – »Ich verstehe. Paolo ist in seiner Sanftmut ein Jünger Jesu, als Nächstes wird er mit ihm auf Fischfang gehen. Und wie bei den Jüngern werden auch diesmal die Eltern das Nachsehen haben, in dem frommen Glauben, im Jenseits für ihre Geduld belohnt zu werden.«

Sergio stand auf und verließ die Küche. »Wo willst Du denn hin?« rief Elena hinter ihm her. Er zog einen Pullover und eine Jacke über und verschwand ins Dunkel. Wenn Paolo unterwegs war, würde er bestimmt sein Boot benutzen, das sich an der Anlegestelle der Boote neben der Vaporetto-Station von Burano befand. Er beeilte sich, ihm zu folgen, machte immer schnellere Schritte und begann zu laufen.

Als er die Anlegestelle erreichte, sah er Paolo in seinem Boot davonfahren. Er sprang sofort in sein eigenes, warf den Motor an und fuhr ihm hinterher. Gut, dass es so dunkel war. Er schaltete das Bootslicht aus und hielt großen Abstand.

Paolo fuhr auf Torcello zu, dort war also anscheinend sein neues Zuhause. Sergio kauerte sich neben das Steuer und machte sich klein. Nein, sein Boot war wohl nicht zu erkennen. Ob Paolo auf die *Locanda* zufuhr, in der Hemingway übernachtet hatte? Nein, er bog nicht in den kleinen Kanal ab, sondern ließ ihn rechts liegen. Wohin aber dann?

Sergio Carini schaltete den Motor aus und ließ sein Boot in den Wellen treiben, als er sah, dass Paolo am Rand der Insel Torcello anlegte. Direkt am Ufer befand sich eine kleine Hütte aus Palmenzweigen und Holzstangen. Paolo holte seine Tasche aus dem Boot, knotete die Leine an einem Pfahl fest und bewegte sich auf die Hütte zu. Die Tür ging auf, und ein Lichtschein fiel nach draußen. Anscheinend brannte in der Hütte ein kleines Feuer.

Dort also würde Paolo die Nacht verbringen. Auf Torcello, in einer Hütte, in der er die Nacht über anscheinend allein war. »Guten Appetit, mein Junge«, sagte Sergio Carini, »lass Dir die *Frittura* schmecken und vergiss den Zitronensaft nicht! Über alles Weitere reden wir später.«

Er wartete noch einige Minuten, dann warf er den Motor an und fuhr nach Burano zurück.

34

Über den Fluss und in die Wälder – Hemingway beschloss, die Arbeit am Roman vorläufig zu beenden. Mit der Zeit war Richard Cantwell immer redseliger geworden und erzählte die Details der Vernichtungsschlachten in der Eifel nur noch sich selbst. Renata bestand zwar anscheinend weiter darauf, diese Geschichten aus den letzten Monaten des Krieges zu hören, konnte ihnen aber immer schlechter folgen, da Cantwell keine Einzelheit ausließ und sogar die militärische Fachsprache bemühte. Und so träumte sie immer häufiger weg oder schlief, im Hotelzimmer des Colonels eng an ihn geschmiegt, ein, während er darauf bestand, seine Kriegsgeschichten zu Ende zu erzählen.

Mach endlich Schluss, flüsterte Hemingway ihm zu, merkst Du denn nicht, dass Du Deine Schöne längst langweilst? Warum soll sie von jedem Hügel, den Du in falschem Eifer erstürmt hast, wissen, und was sagt ihr das

Reden über taktische Manöver, verschobene Luftangriffe und bedauernswerte Fallen für die Infanterie? Du wirst es nie schaffen, diesen Krieg einzufangen, denn Du bist, wie Du richtig erkannt hast, kein Schriftsteller. Sei froh, dass ich Dich noch gewähren lasse und es Dir gönne, Dich derart auszubreiten. Du tust mir leid, Cantwell, deshalb darfst Du noch reden, und natürlich auch deshalb, weil Du mir, verdammt, etwas voraushast. Hättest Du die Schöne nicht an Deiner Seite, hätte ich Dich längst wieder zurück nach Triest oder Gottweißwohin beordert. Was soll ich denn mit Dir machen? Ich werde jetzt zu härteren Mitteln greifen und die Endphase unserer gemeinsamen Geschichte einleiten. Und wie?! Zunächst werde ich Mary erklären, dass ich den Roman abgeschlossen habe. Dann werden wir in New York die *Ile de France* besteigen und über den Atlantik schippern. In Le Havre werden wir von Bord gehen und schleunigst Paris erobern und einnehmen. Im *Ritz* werden wir das Ende der Romanarbeit feiern, und ich werde mir erlauben, Adriana Ivancich dazu einzuladen. Was für ein Dreigestirn: Paris! Das *Ritz*! Und Adriana! Lange wird man dort nicht mehr so ausgelassen gefeiert haben wie an dem Abend, an dem sie eintrifft. Und?! Wie findest Du dieses Planungsmanöver?! Es ist teuflisch gut. Ich beende die Zeit der cubanischen Daueraskese, und ich nehme das Manuskript mit auf die Reise, um es unterwegs, auf der *Ile de France* und in Paris, abzuschließen und fertigzustellen. Aus. Vorbei. Und ab in den Druck!

Hemingway legte die beschriebenen Blätter des Manuskripts zu einem Stapel zusammen und machte einen Strich unter die Zahlen der täglich geschriebenen Worte. Er hatte so konstant gearbeitet wie selten und sich fast keine Aussetzer erlaubt. Jetzt aber war es, wie gesagt, genug, und es würden wieder schönere Zeiten beginnen. Noch eine Entenjagd würde er Cantwell zum Schluss erlauben, danach aber würde sein Fahrer auf ihn warten, um ihn davonzuschaffen. Einsteigen, auf Nimmerwiedersehen! Renata würde ihm einige Tränen nachweinen, sich aber dann wieder den Schönheiten Venedigs zuwenden und sich allmählich in Adriana Ivancich verwandeln. Nein, er würde Adriana nicht vom Krieg erzählen, diese Geschichten hatte er an Cantwell abgetreten und sie auf diese Weise erledigt. Das gute Leben dagegen, das ließ sich beibehalten und steigern. Die Stunden in *Harry's Bar* und im *Gritti*! Und danach, wenn das Buch endlich gedruckt vorliegen würde, die gemeinsame Rückreise nach Cuba. Adriana auf der Finca, Adriana im *weißen Turm*, Adriana auf der alten Fischerjacht, auf hoher See!

Hemingway verließ sein Arbeitszimmer und steuerte den großen Sessel im Wohnzimmer direkt neben dem Bartisch an. Er ließ sich fallen und schenkte sich vor dem Mittagessen einen Scotch ein. Er hielt das gut gefüllte Glas in der Rechten und ließ das Getränk kreisen, dann nahm er einen kleinen Schluck. Wo war Mary? Sollte er ihr mitteilen, dass er den Roman gerade beendet hatte? Etwas Feierlichkeit wäre nicht schlecht, aber brachte er sie auf, obwohl ihm doch klar war, dass nicht alle Arbeit getan war?

Was stand noch bevor? Eine Entenjagd, in Ordnung, die hatte er Cantwell versprochen. Dann die Fahrt zurück nach Triest mit dem Fahrer. Plötzlich auftretende, starke Herzbeschwerden. Ein kurzer Stopp und der Rückzug des Colonels im Wagen nach hinten. Sein geräuschloser Tod.

Ein solches Ende war nicht einfach zu schreiben, denn mit dem Tod des Colonels starb auch ein Teil seines eigenen Schriftstellerlebens. Diesen Teil brachte er um, und er würde es danach spüren. Eine Zeitlang würde er darunter leiden, dass er sich von Cantwell mit Gewalt getrennt hatte, und Cantwell würde ihn in Gedanken verfolgen und nicht loslassen und das Ende in Frage stellen. Nichts war schlimmer als Romanfiguren, die nicht zu sterben bereit waren, sie klammerten sich an einen und empfahlen Varianten des Endes. Aus dem Roman ausscheiden – das wollten sie alle, aber sie sträubten sich gegen jede Art von Vernichtung und plädierten für ein ruhiges, ungestörtes Leben in einem dämmrigen Jenseits.

»Du genehmigst Dir einen Schluck?« fragte ihn Mary, als sie das Wohnzimmer betrat. – »Ja«, antwortete Hemingway, »aus besonderem Anlass.« – »Sagst Du ihn mir?« – »Schenk Dir auch einen Scotch ein, Liebes.« – »Lass mich raten. Es gibt ein gutes Angebot für die Verfilmung Deines Venedigromans.« – »Nein, das ist es nicht. Mein Venedigroman wird nicht verfilmt. Niemals und von niemandem.

Selbst dann nicht, wenn sie es schaffen würden, die Figur der Renata mit Ingrid Bergman zu besetzen. Was die aus meiner Sicht einzig denkbare Besetzung wäre. Die ich aber dennoch nicht absegnen würde.« – »Von wem sprichst Du? Wer ist Renata?« – »Die Geliebte von Colonel Cantwell. Tadelloser Kerl übrigens. Etwas selbstbezogen und eitel, sonst aber tadellos.« – »Ich denke, Du schreibst einen Venedigroman.« – »Ich habe die Arbeit an meinem Venedigroman soeben beendet.« – »Mein Gott! Ist das wahr?! Wie schön! Ich gratuliere! Eine Weile habe ich nicht mehr daran geglaubt, dass Du es schaffen würdest. Du hast so lange keinen Roman mehr geschrieben.« – »Das brauchst Du mir nicht unter die Nase zu reiben, ich weiß es selbst. Und ich hatte meine Gründe. Gute, saubere Gründe. Die niemanden, der es höchstens zu ein paar Artikelchen im Jahr bringt, etwas angehen.« – »Ernest, sprich nicht so! Ich freue mich mit Dir, wir sollten jeden Streit zumindest heute vermeiden.« – »Ich will keinen Streit, Liebes, ich finde es fabelhaft, dass Du Dich so mit mir freust.« – »Ja, ich freue mich wirklich, glaub mir. Und ich bin ganz versessen darauf, Deinen Roman zu lesen. Bitte, lass mich gleich heute damit anfangen. Ich ziehe mich in das Gästezimmer zurück und lese in aller Ruhe. Und ich werde Dir schon am Abend sagen, wie ich den Roman finde.« – »Soweit kommt es noch. Kaum bin ich fertig, schlägt die Kritik zu. Ernest, ist der Colonel nicht etwas zu alt?! Ernest, ist Renata nicht etwas zu jung?! Ernest, hast Du Austern oder Muscheln auf dem Fischmarkt gegessen? Ich vermute, Du verwechselst da etwas.« – »Nein, so nicht! So habe ich noch nie mit Dir geredet!« – »Wie solltest Du auch? Es ist ja der erste Roman unter Deiner Herrschaft!« – »Was hast Du denn? Warum bist Du so grob? Deine Artikel und die anderen Sachen durfte ich immer vor dem Erscheinen lesen. Und gegen kleine Korrekturen hattest Du nichts einzuwenden, wenn sie berechtigt waren.« – »Meine Artikel und die anderen Sachen, wie Du sie nennst, sind allesamt Schrott. Es sind journalistische Arbeiten, die ein guter Schriftsteller verachtet und nur auf sich nimmt, um das Schreiben geschmeidig zu halten. Figuren zu erfinden und ihnen etwas vom eigenen Leben mitzugeben, ist etwas ganz anderes. Es hat mit Dämonie zu tun, mit einer Beschwörung von Geistern, die in einem ruhen.« – »Ich weiß, mein Lieber. Das Schreiben kann einen umbringen, viele gute Schriftsteller hat es umgebracht.« – »Ich weiß nicht, wen Du meinst. Mich jedenfalls wird es nicht umbringen, da kannst Du beruhigt sein.« – »Du bleibst also dabei? Ich bekomme das Manuskript nicht zu lesen?« – »Niemand bekommt es zu lesen. Du nicht, der Verlag nicht und Gottvater auch nicht. Ich werde es mit auf unsere Herbstreise nehmen und für eine Weile sein einziger Leser sein. Der sich an ihm erfreut. Der es Manuskript sein lässt, anstatt ein gut essbares Kritikersandwich aus ihm zu machen.« – »Ich verstehe Dich, mein Liebster! Das Manuskript ist noch zu frisch, um es aus der Hand zu geben. Ich werde Dich nicht nach ihm fragen, solange Du es nicht erwähnst.« – »Endlich hast Du verstanden! Wir wollen das Manuskript auf Eis legen, es wird frisch und dauerhaft bleiben. Und wir werden es mit über den Atlantik nehmen und ihm einen besonderen Platz im *Ritz* reservieren. Ich kümmere mich noch heute um das passende Zimmer, ich habe bereits eines vor Augen.« – »So schnell?! Warum soll jetzt alles so rasch gehen?« – »Ja warum wohl, Mary? Ich habe Monate an diesem Roman gearbeitet, Tag für Tag. Ich brauche jetzt wieder das andere, freie Leben. Wir werden Paris sehen, und von Paris aus Venedig ansteuern, und wir werden Freunde einladen, uns bei dieser herrlichen Reise zu begleiten.« – »Freunde? Wen meinst Du?« – »Venezianische Freunde. Wer auch immer Zeit hat.« – »Wer sollte so viel Zeit haben? Sie haben alle zu tun.« – »Ich dachte an junge, unverbrauchte Menschen. Frische Naturen, deren Anwesenheit älteren Menschen wie uns guttut.« – »Ich ahne, an wen Du denkst. Du denkst an Adriana Ivancich, habe ich recht?« – »Zum Beispiel, und warum auch nicht?! Hast Du etwas an ihr auszusetzen? Wärst Du etwa eifersüchtig, wenn sie uns begleiten würde?! Das fehlte noch. Ich möchte Adriana jedenfalls möglichst bald sehen und sie so schnell wie möglich an meiner Seite haben. Ich werde ihr Paris zeigen und die schönen Städte auf unserer Route, und wir werden in Venedig wie die Könige einfahren, auf die alle Welt wartet.« – »Du willst sagen: Alles soll wieder von vorne beginnen! Deine Treffen mit Adriana! Die Entenjagden in der Lagune! Vielleicht sogar Wintertage in Cortina! Nur Torcello wirst Du auslassen, denn dort warst Du ja zum Glück einmal allein.« – »Bravo! Du hast schnell begriffen! Alles soll wieder von vorne beginnen, diesmal aber noch eine Spur intensiver und packender. Bessere Quartiere, ausgedehntere Mahlzeiten, die besten Getränke! Du kannst Dir nicht vorstellen, wie ich mich darauf freue!« – »Doch, das kann ich. Und weißt Du warum? Weil ich all diese Szenen bereits vor mir sehe. Ich sehe Adriana mit Dir Arm in Arm. Ich sehe sie auf Skiern. Ich sehe eine Neunzehnjährige einen Drink nach dem andern nehmen. Ich sehe sie überall.« – »Nicht zu glauben, Du bist wirklich eifersüchtig!« – »Natürlich bin ich das. Und warum? Für mich werden es grausame Zeiten werden. Du wirst Dich mit ihr vergnügen, und ich werde die Ehre haben, Deine Freunde zu unterhalten. Nicht einmal auf die Entenjagd wirst Du mich mitnehmen. Den Knöchel darf ich mir höchstens brechen, diesmal zur Abwechslung vielleicht einmal den linken. Vielen Dank, sage ich nur, ich danke, ich bin es leid.«

Sie stellte das Glas Scotch, aus dem sie keinen Schluck genommen hatte, vor sich auf den Tisch und verließ das Wohnzimmer. Er blieb sitzen und schüttelte den Kopf. Sollte er ihr hinterhergehen? Das Gespräch hatte leider eine falsche Wendung genommen, das hatte er nicht gewollt. Es war ihm entglitten, und so waren alle Themen durcheinandergeraten. Die Figuren des Romans, das Manuskript, die Reise, Adriana – schauderhaft, welchen Themensalat er angerührt hatte, ohne einen Schritt weiterzukommen. Jetzt war Mary gekränkt und hatte sich ihre Version der nächsten Monate zurechtgelegt. Und – Vorsicht! Sie würde zurückschlagen – und wie! Ein Leben im Beisein Adrianas würde sie nicht ertragen, und alles daransetzen, gemeinsame Unternehmungen zu verhindern.

Er nahm ihr gefülltes Glas und leerte es auf einen Schluck. Dann stand er auf und ging in sein Arbeitszimmer zurück. Der Manuskriptstapel musste in Sicherheit gebracht werden! Wie unvorsichtig war es von ihm gewesen, Renata und die Liebe des Colonels zu erwähnen! Zum Glück hatten sie dieses Thema nicht weiter verfolgt, denn dieses Thema war ein Sprengsatz von immenser Kraft für ihre Ehe.

Er steckte das Manuskript in eine Tasche und trug sie hinauf in den obersten Stock des *weißen Turms*. Dann schloss er das Zimmer ab und ging wieder ins Erdgeschoss. Er hielt es in den Wohnräumen nicht aus und suchte den Pool auf. Das Wasser war lauwarm, und er hatte Lust, einige Runden zu drehen.

Einen Pool hatte es auf vielen seiner Grundstücke gegeben. Mehrmals am Tag stieg er gewöhnlich hinein, schloss die Augen und genoss die Illusion, sich in der Weite der See zu verlieren. Hinausschwimmen, den massigen Körper erleichtern! Den Fischen folgen, die sich in Rudeln um ihn herumbewegen! Keine Stimmen mehr, kein anderes Geräusch als das wiederholte Seufzen des Wassers.

Er schwamm eine halbe Stunde, dann verließ er den Pool und überlegte kurz, wie es weitergehen sollte. Eigentlich war es ein Tag zum Feiern. Er könnte nach draußen in eine der Bars am Hafen gehen und aller Welt verkünden, dass er soeben einen Roman beendet hatte. Er würde einen ausgeben müssen, und die Feier würde sich hinziehen bis tief in die Nacht. An ihrem Ende würde es unangenehm werden und in einer Schlägerei enden, denn es gab immer Leute, die sich nach reichlich Alkohol schlagen wollten und sich nicht davonmachten, ohne jemand anderen niedergestreckt zu haben. Das war unerfreulich, und es verdarb einem die Feier. Wohin aber sonst?!

Unschlüssig ging er noch einmal zurück in sein Arbeitszimmer und betrachtete seinen Schreibtisch. Er hatte sein Bestes gegeben, und es gab keinen Grund für Missmut oder sonstigen Ärger. Der Roman war fast fertig, darüber sollte er sich freuen. Viele Probleme hatte er gelöst, obwohl es zunächst nicht danach ausgesehen hatte. Er hatte sich ein Spiel ausgedacht, um die Geschichte in Gang zu bringen und fortzusetzen, und dieses Spiel hatte darin bestanden, aus Adriana Ivancich die Romanfigur Renata zu machen. Auch Renata wollte sich nun verabschieden und im dämmrigen Nichts verschwinden. Das aber würde er zu verhindern wissen, denn er hatte die Spielregeln aufgestellt und war peinlich genau auf ihre Einhaltung bedacht. Gondelfahrten mussten erlaubt sein. Gemeinsame Aufenthalte in Hotelzimmern auch. Steigerungen des Glücksgefühls waren in jeder Form denkbar.

»Du Hund!« sagte er laut und musste lachen. »Irgendwann wirst Du dem Hund in Dir den Prozess machen. Danach wirst Du wieder allein sein, ganz auf Dich gestellt. Adriana wird Dich verlassen, und Mary wird Dich nicht mehr mit Vornamen anreden. Und Dir wird nichts bleiben als die weite See oder das offene Meer und eine neue Figur zu suchen, die den Heldentod für Dich stirbt. Damit Du noch ein paar Jahre auf diesem schnöden Planeten erträgst. Trinkend, feiernd und abstoßend, wie Du nun einmal bist!«

»Ernest, mit wem redest Du?« fragte ihn Mary, als sie das Wohnzimmer betrat, »müssen wir uns ausgerechnet heute so anfeinden? An einem Tag, den wir beide seit Jahren herbeigesehnt haben? Sollten wir ihn nicht anders verbringen? Glücklich? Zu zweit? An einem Ort, den wir beide lieben?«

Hemingway ging auf sie zu und umarmte sie. »Entschuldige«, sagte er, »ich habe mich gehen lassen und lauter Unsinn geredet. Ich bin erschöpft und durcheinander, ich habe mich nicht mehr im Griff, ja, ich habe nicht einmal einen guten Einfall, wo wir das Ereignis des Tages feiern könnten.« – »Aber das ist doch ganz einfach. Ich werde einen Korb mit guten Getränken und Sandwiches zusammenstellen, und dann werden wir im Hafen unsere geliebte *Pilar* besteigen. Du wirst das Steuer übernehmen, und wir werden den Hafen verlassen und hinaus aufs Meer fahren, so, wie wir es früher immer getan haben. Was hältst Du davon?«

Er schaute sie länger an. Wovon sprach sie?! Von einem Mann, der sein Boot bestieg, um auf Fischfang zu fahren?!

»Ernest, was ist los? Geht es Dir nicht gut?« fragte Mary. – »Es ist alles in Ordnung, mein Liebes«, antwortete er, »stell den Korb zusammen und vergiss den Champagner nicht, und dann wollen wir uns auf die *Pilar* begeben, ablegen und den Fischen zuschauen, die uns begleiten.«

35

Am frühen Morgen verließ Paolo die Hütte und ging auf Fischfang in der Lagune. Er fischte jetzt immer allein, ohne den Großvater oder Sergio, der genug zu tun hatte und kaum Zeit für etwas anderes aufbrachte. Seit Tagen war Sergio noch unruhiger als sonst, weil er erfahren hatte, dass Hemingway bald in Venedig eintreffen würde. Was war über den Venedigroman zu erfahren? War er bereits beendet und konnte man an die Druckfahnen kommen? Sergio vermutete, dass Paolo solche Fragen hätte beantworten können, aber Paolo schüttelte nur den Kopf und behauptete, er sei darüber nicht informiert. Letztlich sei ihm das alles auch gleichgültig, denn ihn interessiere der Venedigroman nicht ...

Solche Kommentare hatten Sergio Carini aufgeregt und wütend gemacht. »Wie kannst Du so etwas sagen?« fuhr er seinen Sohn an, »unsere ganze Existenz hängt davon ab, dass wir mehr über diesen Roman wissen. Sobald ich die Geschichte in ihren Einzelheiten kenne, kann ich mich an die Recherchen machen.« – »Was gibt es da zu recherchieren?« fragte Paolo. – »Viel. Wer von uns Venezianern sich hinter welcher Figur verbirgt, was wirklich passiert ist, was nicht. Mir würde schon weiterhelfen, genauer zu wissen, an welchen Orten Venedigs der Roman spielt.« – »Na, wo soll er spielen?! Jedenfalls nicht an den bekannten Orten, wohin es die Touristen zieht – wenn man den Fischmarkt einmal ausnimmt.« – »Das ist mir zu ungenau, Paolo. Kommt der Markusdom vor, von innen, von außen? Und was ist mit den großen Basiliken? Auf welchen Campi treffen sich die Figuren? Wie viele sind es? Die Hauptfigur ist anscheinend der Colonel in Hemingways Alter, viel mehr weiß ich nicht.« – »Er wohnt im *Gritti*, das weißt Du, und er liebt *Harry's Bar*, das kannst Du Dir denken!« – »Mein Gott, das genügt aber nicht! Er wird sich unterhalten und mit Bewohnern der Stadt unterwegs sein. Aber mit wem?« – »Vielleicht mit Dir. Du warst doch mit Hemingway unterwegs.« – »Ich?! Das fehlte gerade noch, dass er mich in seinem Roman mitspielen lässt. Es wäre ein übler Scherz.« – »Mich hat er nicht untergebracht, das weiß ich.« – »Du weißt das?! Aber woher?« – »Weil ich mit ihm darüber gesprochen habe.« – »Du hast ihn gefragt, ob Du als Romanfigur in seinem Venedigroman vorkommst?« – »Genau das.« – »Herrgott, dann erzähl mir doch davon und lass Dir nicht alles aus der Nase ziehen. Es ist wichtig, jedes Detail ist von großer Bedeutung für das Buch, an das ich denke.« – »Ich mag diese Buchidee nicht. Sie besteht vor allem aus Schnüffelei. Kein Mensch braucht zu wissen, welche Venezianer Hemingway in seinem Venedigroman auftreten lässt. Die Figuren sprechen für sich. Basta.« – »Paolo, Du weißt mehr! Du willst es bloß nicht sagen, warum auch immer.« – »Ich kann Dir sagen, warum«, sagte Paolo und wurde plötzlich laut. »Weil ich glaube, dass Hemingway die Stadt und uns als Kulisse benutzt. Eigentlich gehen wir ihn gar nichts an, er lässt uns reden und trinken und kochen, letztlich aber geht es ihm nur um sich selbst. Dass er seine Kriegserinnerungen loswird. Dass er wieder ins Leben zurückfindet. Dass er Gefühle zeigen kann und sie nicht länger unterdrücken muss.« – »Gefühle?! Welche Gefühle?!« – »Mein Gott, Vater, begreifst Du wirklich so langsam?! Und du willst ein guter Reporter sein? Du warst selbst dabei, als er Adriana Ivancich kennengelernt hat!« – »Adriana Ivancich! Spielt sie wirklich eine so große Rolle?! Sie hat ihn durch die Stadt begleitet, man hat sie häufig zusammen gesehen, das stimmt, aber wie sollte er sie im Roman auftreten lassen, wenn die männliche Hauptfigur fast fünfzig Jahre alt ist?! Das passt nicht, und es würde sich auch nicht gehören.« – »Es ist Hemingway egal, was sich gehört und was nicht. Die Venezianer mögen tuscheln und unken, er hört einfach weg. Irgendwann ist er sowieso wieder verschwunden, dann können sie ihr Leben lang rätseln, was wirklich passiert ist. Sie werden es nie herausbekommen, sage ich Dir. Deshalb werden sie sich an den Roman klammern und ihn vor lauter Hilflosigkeit so lesen, als wäre er ein wahrheitsgemäßer Bericht.« – »Er ist aber kein Bericht. Den exakten Bericht, ich meine die pure Wahrheit – die wird man sich wünschen, und ich werde sie liefern. Als Dokumentation. Jedes Wort belegbar und recherchiert. Zeitliche Angaben auf die Minute genau.« – »Übernimm Dich nicht, Vater. Über so viel Material verfügst Du nicht. Du wirst es erfinden müssen.« – »Wie bitte?! Sag so etwas nicht noch einmal!« – »Vater, wir beide wissen genau, wie Dein Buch aussehen wird. Exakte Recherchen?! Das ist doch nicht Dein Ernst. Du wirst ins Erzählen und Fabulieren geraten, und Du wirst es ausschweifend tun. Mehr Roman als Dokumentation. Wenn Du Glück hast, sogar eine Spur besser als Hemingways eigener Roman, der bei der Kritik bestimmt durchfallen wird. Ich sage Dir was: Ich werde ihn gar nicht lesen. Hemingway hätte einen anderen Stoff wählen sollen. Einen, der seinem wahren Empfinden entspricht und nicht mit Zufallsbekanntschaften ein merkwürdiges Spiel treibt …«

Diese Unterhaltungen gingen Paolo nicht aus dem Kopf. Bis kurz vor Mittag war er zum Fischfang in der Lagune unterwegs. Die sich wiederholenden Gespräche mit seinem Vater gingen ihm auf die Nerven, sodass er danach meist nur kurz zum gemeinsamen Essen mit den Eltern erschien. Wenn seine Mutter allein war, verlief das Essen ruhig, denn mit ihr verstand er sich noch immer so gut wie früher. Sergio aber kam jedes Mal auf seine Themen zurück und ließ nicht locker. Er hätte auch Marta nach Neuigkeiten über Hemingway ausfragen können, aber auf diese Idee kam er nicht.

Bevor Paolo nach Burano zurückfuhr, machte er noch einmal an seiner Hütte Halt. Inzwischen hatte er auf dem Boden in einer Ecke eine bequemere Matratze ausgelegt. Außerdem gab es einen runden Tisch und einen breiten Stuhl mit Lehnen, die er von einem Freund geliehen hatte. Am Rand war eine kleine Feuerstelle, wo er sich mit Holzkohle ein Feuer machte, an dem er in der Nacht einige Kerzen entzündete. Die Hütte war dadurch nachts warm, und an einer Seite war ein Hängeregal angebracht, auf dem ein paar Bücher standen. Zwei Teller, zwei Tassen, Besteck, das Dosenbier kühlte er draußen im Wasser. Eingerichtet erschien die Hütte für zwei, aber er hatte noch keinen Gast eingeladen und hatte das auch nicht vor.

Als er in Burano ankam, kümmerte er sich zuerst um die Fische, die er zum Verkauf an seinen Großvater weitergab. Dann betrat er den Flur des Elternhauses und zog die Schuhe aus.

Diesmal lag auf der Kommode gut sichtbar ein Brief, und er erkannte an der Handschrift sofort, dass es ein Brief von Hemingway war. Er steckte ihn zunächst in die rechte Hosentasche und ging in die Küche, wo er seine Mutter begrüßte. »Essen wir heute allein?« – »Nein, Sergio kommt nur etwas später. In einer halben Stunde.« – »Und was gibt es zu essen?« – »Grobe Wurst mit Polenta.« – »Sehr gut. Ich gehe noch einen Moment nach oben, ruf mich, wenn Sergio da ist.« – »Mach ich ... – und sag bitte noch rasch: Ist alles in Ordnung?« – »Mamma, natürlich ist alles in Ordnung.

Ich hatte heute Glück beim Fischfang, sogar eine Handvoll dicker Aale war dabei.« – »Davon sollten wir selber welche essen.« – »Ich werde es Großvater später sagen. Er bringt sie vorbei, fürs Abendessen.«

Paolo nahm die Stiege in großen Sprüngen und ging auf sein Zimmer. Er setzte sich auf sein Bett und holte den Brief Hemingways aus seiner Tasche. Jetzt wurde es ernst.

Seine Finger zitterten leicht, als er den Brief öffnete. Hemingways schräge Handschrift! Zwei vollgeschriebene Seiten! Nun gut. Paolo war gespannt:

Mein lieber Junge, der alte Mann ist in Venedig! Die *Ile de France* hat Mary und mich zunächst nach Le Havre gebracht. Wir sind Paris angelaufen und haben ein paar Tage die Bar im *Ritz* unsicher gemacht. Ich war sehr unvorsichtig und habe das Manuskript meines Romans im Hotelzimmer liegen gelassen. Als ich ein paar Jungs an der Bar unterhielt, machte Mary es sich mit meinen Fantasien bequem. Es war die Hölle! Cantwells Gespräche mit Renata sind angeblich unmöglich. Banal. Narzisstisch. Und teilweise abstoßend direkt. Dass die Mahlzeiten eine große Rolle spielen, sei infantil, und die vielen Kellner und Angestellten in diversen Bars seien nicht zu unterscheiden und keine ernst zu nehmenden Figuren. Am Ende ihrer freundlichen Kommentare hatte sie noch eine Empfehlung bereit. Das Manuskript brauche ein ordentliches Lektorat. Es müsse gekürzt und in großen Teilen umgeschrieben werden. Was sagst Du dazu?! Du hättest sie hören sollen,

wie sie die Arbeit von vielen Monaten hemmungslos in den
Dreck zog. Und das nur aus Eifersucht, weil sie endlich begriffen hatte, dass sich hinter Renata niemand anderes verbirgt als Adriana Ivancich. Mein Gott! Ich habe mir alles
angehört und bin gefasst und gelassen geblieben, denn ich
weiß, dass ich noch nie einen besseren Roman geschrieben
habe. Hat mir meine Gelassenheit aber geholfen? Ich hatte
Adriana nach Paris einladen wollen, und ich hatte davon
geträumt, sie danach mit auf die Fahrt nach Venedig zu
nehmen. Das aber kam nach Marys Einwänden nicht in
Frage. Und so fuhren wir zu zweit nach Venedig und bezogen zwei Zimmer im *Gritti*, einen schönen Salon mit Blick
auf den *Canal Grande*. Kaum waren wir angekommen, stellte
mich Mary zur Rede: Warum sind wir hier?! Ich kann es Dir
sagen! Weil Du Dich weiter lächerlich machen und an der
Seite dieses aufgeblasenen Görs Tag und Nacht unterwegs
sein willst! In Ordnung! Ich werde Dich nicht daran hindern! ... Lieber Junge, ich breche diesen Höllen-Report ab
und komme zur Sache. Wir haben eine Verabredung, und
ich möchte sie wahrnehmen. Schon bald werde ich Dir eine
Nachricht wegen des genauen Termins zukommen lassen.
Mit dem Vaporetto werde ich dann frühmorgens nach Burano kommen. Ich werde allein sein und an der Anlegestelle auf Dich warten. Komm bitte mit Deinem Boot! Und
lass uns hinausfahren, Du weißt, wohin. Dein alter Hem

Paolo las den Brief noch ein zweites Mal. Marys heftige Reaktionen konnte er sich vorstellen, damit hatte er gerechnet. Wahrscheinlich waren die Übereinstimmungen zwischen ihr und Adriana Ivancich unübersehbar. Sie ließen jeden Leser, der Adriana kannte, vermuten, Hemingway habe mit ihr genau das erlebt, was der Colonel mit Renata erlebt hatte. Aber was war das genau?!

Er wollte es nicht wissen, und er blieb dabei, dass Hemingway sich mit dem Venedig-Roman verrannt hatte. Ungeduldig und gereizt wie er oft ist, war er seinen ersten Impulsen gefolgt und hatte nicht einmal daran gedacht, sie zu kaschieren oder gar zu verwandeln. Jetzt, wo alles anscheinend so gründlich danebengegangen war, wollte er sich noch einmal mit einem jungen Fischer aus Burano treffen. Aber wozu?

Wahrscheinlich würde er auf Marys Einwände eingehen müssen und den Roman überarbeiten. Das würde er gar nicht mögen und sich nach Kräften wehren. Es würde zu einem heftigen Streit kommen, ach was, der heftige Streit hatte längst schon begonnen.

Was war denn zu erwarten?! Sie würden den Venedig-Aufenthalt abkürzen, und Mary würde ihn zwingen, sich in Cuba noch einmal über das Manuskript zu beugen. Was aber wurde dann aus der Einladung für Adriana, nach Cuba zu kommen? Es war unmöglich, dass sie ihn begleitete, solange er noch nicht mit dem Manuskript fertig war und das gedruckte Buch in Händen hielt. So jedenfalls hatte die Verabredung gelautet, die Hemingway nur aufkündigen konnte, wenn er sich von Mary trennte. Würde es soweit kommen?

Eine entscheidende Rolle spielte Adriana. Setzte sie die Kontakte mit Hemingway in der alten Manier fort, würde er sich nicht scheuen, aufs Ganze zu gehen. Zuzutrauen war ihm durchaus, dass er Adriana Ivancich auch gegen Marys Willen mit nach Cuba nehmen würde. Als seine neue Partnerin. Als Herrin der Finca. Als Mittelpunkt der vielen geselligen Abende, die er zum Leben brauchte.

Paolo stand auf und öffnete das Fenster seines Zimmers. Der Blick hinüber nach *San Francesco del Deserto*! Manchmal kam ihm das Leben der Mönche auf der Insel erstrebenswert vor. Niemand von ihnen würde sich mit Themen wie den von Hemingway inszenierten beschäftigen müssen. Sie führten ein stilles Leben abseits der üblichen Intrigen und Hoffnungen. Ein stabiler Glaube ersetzte das ewige Hin und Her von Liebe, Eifersucht und bitterem Hass, das sie verachteten. War es so? Vielleicht, aber er wusste nicht genau Bescheid. Er würde auf die Insel fahren müssen, um mehr zu wissen. »Genau das sollte ich mal wieder tun«, flüsterte er, »eine Woche bei den Mönchen auf der Insel verbringen! Und mit einem klaren Kopf wieder zurückfahren!«

Paolo lachte, faltete Hemingways Brief wieder zusammen, steckte ihn in den Umschlag und legte ihn beiseite. Er hörte Sergios Stimme und ging die Stiege herab. Sein Vater saß schon am Küchentisch, und Elena servierte die groben Würste mit den goldgelben Scheiben Polenta.

»Du hast einen Brief bekommen?« fragte Sergio. – »Ja«, antwortete Paolo, »Hemingway hat wieder geschrieben. Er ist in Venedig, Du kannst ihn jetzt treffen. Übrigens ist er verwundet, Du solltest Dich in Acht nehmen.«

Sergio Carini aß nicht weiter, sondern blickte seinen Sohn an. »Was ist passiert? Würdest Du mir bitte sagen, was vorgefallen ist?« – »Er hat den Venedigroman beendet, aber die ersten Leser sind nicht zufrieden. Sie verlangen Korrekturen und eine gründliche Überarbeitung. Solche Einwände sind neu für ihn. Er ist außer sich und wird jedem, der ihm besserwisserisch in die Quere kommt, die Meinung sagen. Er wird keine Rücksichten mehr nehmen.« – »Hat er das geschrieben?« – »Nicht wörtlich, aber sinngemäß.« – »Und er wohnt wieder im *Gritti*?« – »Du hast es erraten. Im *Gritti*. Mit Blick auf die Traghetto-Station und an der Seite seiner Frau.« – »Welche Rolle spielt denn sie in der Sache?« – »Wenn ich das wüsste! Vielleicht überlässt er die Überarbeitung des Romans ihr und widmet sich lieber den schöneren Seiten des Lebens.« – »Welchen schöneren Seiten?« – »Ausflügen in die Lagune. Picknicks auf den Inseln. Frischem Aal mit Polenta.«

Elena lachte laut auf, und auch Paolo begann plötzlich zu lachen, als nehme er die ganze Sache nicht mehr ernst.

»Was habt Ihr denn?« rief Sergio empört, »das ist nicht zum Lachen! Ihr habt Euren Spaß und wisst doch genau, dass ich all diesen Geschichten auf den Grund gehen muss. Ich werde den Kontakt mit Hemingway suchen und meine

Hilfe anbieten. Natürlich werde ich nicht erwähnen, was ich jetzt weiß, aber ich werde auf geschickte Weise versuchen, das Gespräch auf das Manuskript und seine Fertigstellung zu bringen. Er wird die Arbeit daran gründlich leid sein, und er wird jede Hilfestellung, wie auch immer sie ausfällt, annehmen.«

Er schnitt die beiden Würste, die Elena ihm auf den Teller gelegt hatte, in kleine Stücke und aß sie rasch. Von der Polenta probierte er nur eine halbe Scheibe und ließ den Rest liegen.

»Kommst Du mit?« fragte er Paolo. – »Ich?! Warum sollte ich mitkommen? Das Thema Venedigroman ist für mich erledigt. Und den Hilfsschnüffler werde ich nicht für Dich spielen. Du musst schon allein zusehen, wie Du an Deine präzisen Wahrheiten kommst. Viel Erfolg!«

Sergio stand auf und blickte zu Elena. »Du hast ihn immer in Schutz genommen, jetzt siehst Du, wie weit Du damit gekommen bist. Paolo will mir nicht helfen. Nun gut, dann stelle ich mich der Sache allein. Wollen wir hoffen, dass ich sie gesund überstehe.« – »Vater!« rief Paolo, »jetzt ist aber genug! Du übertreibst! Hemingway ist kein Ekel. Versetze Dich in seine Lage und geh ruhig mit ihm um, dann kannst Du ihm vielleicht wirklich helfen. Mich brauchst Du dazu nicht, Du kommst auch alleine zurecht. Glaub mir!«

Sergio Carini schüttelte den Kopf und verschwand nach draußen. Man hörte ihn tief durchatmen und leise fluchen.

Dann schmetterte er die Haustür ins Schloss und stapfte davon.

Elena und Paolo aßen eine Weile stumm weiter. »Musste das sein?« fragte Elena schließlich. – »Ja, das musste sein«, antwortete Paolo, »Vater sollte die Finger von der Geschichte lassen. Sie geht ihn nichts an, und man macht nicht auf Teufel komm raus Geld mit den Problemen und Sorgen anderer Menschen.« – »Wir brauchen das Geld, Paolo. Vater will zwei neue Boote kaufen und den Dachstuhl erneuern. Marta möchte studieren, und ich würde mich freuen, wenn ich einmal etwas Geld zur freien Verfügung erhielte.« – »Wie viel Geld werdet Ihr brauchen?« – »Da musst Du Vater fragen, er rechnet die geplanten Ausgaben alle paar Wochen durch. Wo können wir noch sparen? fragt er. Er tut mir leid, Paolo, er fühlt sich für uns alle verantwortlich, und er will nicht versagen, wenn es um die Familie geht. Vater ist kein Egoist, das viele Geld möchte er nicht für sich, sondern nur für uns alle. Das musst Du Dir vor Augen halten.« – »Ich weiß es doch, Mutter. Und ich denke oft daran, wie ich Euch helfen könnte. Ich habe sogar eine Idee, aber sie ist noch unausgereift.« – »Was für eine Idee?! Bitte tu nichts Unrechtes! Das ist es nicht wert.« – »Ich tue nichts Unrechtes, sei unbesorgt. Und jetzt lass uns an etwas anderes denken. Vater wird erst spät am Abend oder in der Nacht zurückkehren. Wie wäre es mit frischem Aal zum Abendessen?! Polenta ist noch genug da. Marta würde es auch schmecken, wie ich sie kenne. Einverstanden? Essen wir heute Abend gekochten Aal?! Bitte, sag

Ja.« – »Natürlich sage ich Ja. Komm nicht zu spät, lass uns gegen sieben Uhr essen, dann ist Marta von ihrem Englischunterricht wieder zurück.«

36

Sie trafen sich früh am Morgen vor dem *Gritti* und begannen ihre Spaziergänge zu zweit. Hemingway war es gleichgültig, wenn sie beobachtet wurden, er verlor darüber kein Wort. Auch Adriana sprach darüber nicht, sie gingen oft Arm in Arm, und sie empfand eine so starke Anhänglichkeit an den gut gelaunten und vitalen Mann wie bisher noch nie. In der Zeit des Wartens hatte sie sich immer stärker nach ihm gesehnt, und jetzt, als er endlich in Venedig eingetroffen war, sollte er ihr ganz gehören. Über Mary sprach sie nicht, und wenn es sich zufällig traf, dass Mary bei einer Mahlzeit anwesend war, wurde sie ignoriert, als wäre sie nicht vorhanden.

»Ich lasse Dich nicht mehr los«, flüsterte Adriana, und Hemingway ging auf dieses verliebte Geturtel ein: »Tochter, Du bist meine Schönste! Lass uns auf die Giudecca fahren, um auf Venedig zu blicken. Ich kenne dort eine wunderbare Hostaria, mit einem Speisesaal im ersten Stock.«

Bald reihte sich eine Festivität an die andere, und sie überboten einander in dem Ausfindigmachen von passenden Anlässen. Mal feierten sie das Gedächtnis eines Tagesheiligen, mal das Eintreffen eines Fangs frischer Krebse in einem entlegenen Fischlokal. Dazu Champagner oder auch Sekt, danach Wein – Hemingway erlegte sich keinen Zwang auf und feierte im Stillen das Ende des sklavischen Schreibens.

»Ich habe einen herrlichen Roman geschrieben, Tochter«, sagte er zu Adriana, »darin habe ich Dir ein Denkmal gesetzt.« – »Ein Denkmal?! Das hört sich nicht so gut an …« – »Es gefällt Dir nicht?« – »Ein Denkmal ist etwas für Helden im Krieg …« – »Aber nein, so meine ich es nicht. Es ist auch weniger ein Denkmal als ein Porträt. Ich habe Dich nach bestem Wissen porträtiert, ja, so meinte ich es. Deine schwarzen Haare, Deine Augen, Dein Kinn, Dein Gesicht, Deinen schlanken Körper. Der Colonel ist regelrecht süchtig nach Dir, und Renata ist süchtig nach ihm.« – »Moment! Ich habe mit dem Colonel nichts zu tun. Ich habe noch nicht seine Bekanntschaft gemacht.« – »Aber natürlich hast Du das. Schau mich an, in mir steckt auch ein Teil des Colonels, abgesehen von einem kranken Herzen und einer lästigen Bereitschaft, zu jeder Tageszeit vom Krieg zu erzählen.« – »Der Colonel erzählt laufend vom Krieg? Das gefällt mir auch nicht besonders.« – »Ich weiß. Und weil es Dir nicht gefällt, unterbrichst Du ihn oft und wechselst das Thema, und dann redest Du mit ihm über die Liebe und sagst ihm, dass Du ihn ein Leben lang lieben wirst.« – »Das sage ich wirklich?« – »O ja – und noch viel mehr. Du begehrst ihn, Du möchtest …« – »Ernest, geht das nicht etwas zu weit?« – »Du begehrst ihn mit Deiner ganzen Seele und mit Deinem Körper, und er träumt von Dir unentwegt, wenn Du einmal eine Stunde nicht an seiner Seite bist.« – »Das alles kommt in Deinem Roman vor? Ich meine genau so?« – »Das Schönste an ihm sind die Dialoge. Noch kein Schriftsteller hat solche Dialoge geschrieben, noch nie ist die Liebe derart gefeiert worden. Ohne Wenn und Aber. Ohne lästige Dritte, die nur dumm herumstehen würden. Verstehst Du?« – »Ehrlich gesagt, fällt mir das schwer. Was meinst Du? Lässt Du mich den Roman lesen?« – »Das würde ich gern, die Arbeit daran ist aber noch nicht beendet. Das heißt: Fertig ist er schon, er sollte aber noch einige Zeit ruhen.« – »Warum denn das?« – »Es ist wie bei bestimmten Getränken und Speisen. Der Roman muss sich setzen, er braucht etwas Ruhe, er sollte reifen, verstehst Du? Nach einer Pause lese ich ihn noch einmal. Kürze hier oder dort, füge etwas ein, poliere einige Stellen. Und dann ist er fertig und wird gedruckt.« – »Das kann also noch dauern.« – »Ein wenig kann es noch dauern. Umso stärker wird Deine Vorfreude sein.« – »Aber wie steht es mit meiner Reise nach Cuba? Wird die jetzt verschoben, bis das Buch da ist?« – »Wir werden sehen. Möglich ist alles. Mary wird das entscheiden. Es hängt davon ab, ob sie auf unserer Vereinbarung besteht oder nicht.« – »Ich mag Mary nicht.« – »Ich weiß. Sie hat aber leider noch bestimmte Rechte. Ich bin mit ihr verheiratet.« – »Weißt Du was? Ich vergesse das manchmal. Und denke: Du bist frei, Du bist nicht verheiratet.« – »Denkst Du auch manchmal, *wir* seien verheiratet?« – »Das darf ich nicht sagen, Ernest, sonst hältst Du mich für verrückt.« – »Das würde ich niemals tun, Tochter. Ich selbst denke jedenfalls manchmal, wir seien verheiratet oder ein Paar oder einander versprochen.« – »Einander versprochen … – das ist eine schöne Wendung. Die gefällt mir. Wir sollten so tun, als wären wir einander versprochen.« – »Ja, schöne Tochter, das sollten wir tun. Was haben wir als Nächstes vor? Wollen wir den Campanile von *San Marco* besteigen und unseren Stadtstaat bestaunen? Oder wollen wir in die *Accademia* gehen, wo ich Dir die schönsten Frauenporträts zeige und Du mir die schönsten von Männern?« – »Ich kenne mich mit Malern nicht aus, obwohl ich selbst kaum etwas lieber tue als malen und zeichnen. In Museen aber langweile ich mich.« – »Ich kenne mich auch nicht aus, Tochter. Ich habe mich nie um Kunstepochen, biografische Daten oder dergleichen gekümmert. Ich schaue ein Bild lange an, und dann weiß ich, was ich von ihm zu halten habe. Können wir es so machen?« – »Ja, das müsste gehen. Ich habe aber noch eine andere Idee: Ich werde Dich zeichnen, ja, ich werde ein Porträt von Dir zeichnen. Und vielleicht nicht nur das. Ich könnte auch ein richtig großes Porträt von Dir malen und es Dir aufs Hotelzimmer schicken.« – »Das wäre wunderbar, Tochter. Ich würde mich mit einer kleinen Geschichte nur für Dich revanchieren.« – »Mit was für einer Geschichte?« – »Du magst doch Märchen so sehr …« – »Aber nur venezianische.« – »Nur venezianische, selbstverständlich. Ich würde für Dich ein sehr venezianisches Märchen schreiben.« – »O, das wäre fantastisch! Und wer käme darin vor?!« – »Ein Löwe vielleicht? Der Löwe von *San Marco*?« – »Du meinst den friedlichen Löwen, habe ich recht? Ich mag nur den friedlichen, die anderen Löwen, die Tiere und Menschen fressen, finde ich grausam. Sie sollten in Deinem Märchen nicht vorkommen.« – »Ich werde Dir Deine Wünsche erfüllen, Tochter. Ich erfülle Dir alle Wünsche.« – »Dann lade mich in ein Café an den *Zattere* ein.« – »Wird gemacht. Und danach gehen wir in die kleine Bar am *Campo Santa Margerita*, wo wir meinen jungen Freund treffen.« – »Ist es der, der mit seinem Pfarrer über Liebe und Ehe redet?« – »Genau der. Wir sollten erfahren, was der Pfarrer ihm predigt.« – »Wir sollten aber nicht unbedingt darauf hören und seine Ratschläge befolgen. Pfarrer haben oft ganz eigene, abwegige Ansichten.« – »Du hast recht, Tochter! Komm, lass uns weiterziehen!«

37

Mary stellte ihn nicht zur Rede. Sie notierte Vorschläge für Änderungen im Manuskript und überlegte, wessen Urteil sie einholen könnte, um eine Katastrophe zu verhindern. Am schlimmsten wäre es, wenn das Manuskript völlig unverändert erschiene. Redselig, kitschig, monströs. Offen sagen, konnte sie Hemingway das nicht, es wäre zu einem furchtbaren Streit gekommen, und er hätte das Manuskript schon aus Trotz sofort an den Verlag weitergereicht, versehen mit der dringlichen Order, es ohne jede Korrektur in den Satz zu geben.

Dass er sich mit Adriana auf die ihm eigene, dreiste Weise amüsierte, verstärkte ihre Unruhe. Er legte es auf eine heftige Auseinandersetzung an, und sie hatte ihn in Verdacht, dass seine vielen Stunden mit Adriana die Rache für ihre scharfe Kritik am Manuskript waren. Vor ihren Augen lebte er seinen Roman weiter und schien ihr dadurch beweisen zu wollen, wie großartig und befreiend er letztlich doch war.

Als sie es in Venedig nicht mehr länger aushielt, plädierte sie dafür, nach Cortina zu gehen. Dort hielten sich genug alte Freunde zum Skifahren auf, sodass sie Anschluss finden würde und auch selbst wieder etwas Gesellschaft hatte. Mochte er vorhaben, was auch immer er wollte, sie würde dort auch ohne ihn gute Unterhaltung finden.

»Cortina wäre nicht schlecht«, antwortete er zu ihrer Überraschung, »Du musst mir aber versprechen, Dir nicht wieder den Knöchel zu brechen.« – »Ich habe nicht vor, das zu tun.« – »Wenn es doch wieder passiert, werde ich nicht an Deinem Krankenbett sitzen.« – »Dort hast Du noch nie gesessen, mein Alter.« – »Gut, dann kümmere Dich um ein Hotel. Um ein Hotel und nicht um eine Wohnung, hast Du gehört? Und vergiss nicht, auch für Adriana ein Zimmer zu reservieren.« – »Für Adriana?! Willst Du sie etwa mit nach Cortina nehmen?« – »Ich werde Adriana ab jetzt überall dorthin mitnehmen, wo auch wir uns aufhalten, Liebes.

Nach Cortina, dann nach Venedig, danach nach Paris und schließlich nach Cuba!« – »Du bist wahnsinnig!« – »Ja, ich bin wahnsinnig. Es ist der schöne Wahnsinn meines neuen Romans.« – »Nach Cuba wird Adriana uns auf keinen Fall begleiten! Der Roman ist schließlich noch nicht erschienen.« – »Daran hältst Du fest?! Du entblödest Dich nicht, auf alten, längst überholten Vereinbarungen zu bestehen?!« – »Sie sind nicht überholt. Der Roman ist nicht fertig, er muss gründlich überarbeitet werden. Nicht in Cortina, nicht in Venedig und erst recht nicht im Badezimmer des *Ritz*, in das Du Dich gerne mit Deinen Papierchen vor meinen Blicken zurückziehst. Nur in Cuba wirst Du es halbwegs schaffen, ihm eine neue Statur zu geben. Und das auch nur, wenn Du allein bist.« – »Großartig! Gekonnter Artilleriebeschuss! Unter Begleitschutz feiger Kampfflieger!« – »Ach was, hör endlich auf mit diesem militärischen Nonsense. Dein Roman erstickt ja beinahe daran. Schlimmer noch sind höchstens die Dialoge mit der venezianischen Jungfrau aus adligem Hause.« – »Das nimmst Du sofort zurück!« – »Ich denke nicht dran!« – »Gut, Du wirst es bereuen, das kann ich Dir sagen. Von nun an wird es keine ruhige Eheminute mehr geben. Bestell mir in Cortina bitte ein eigenes Zimmer, und sorge dafür, dass Adrianas Zimmer direkt nebenan liegt.« – »Das machst Du am besten selbst, mein Alter! Und vergiss nicht, Adriana einen kitschigen großen Strauß roter Rosen aufs Zimmer bringen zu lassen. Von ihrem herzkranken Colonel. In aufrichtiger, nicht enden wollender Liebe.«

In Cortina ging Mary wie angekündigt jeden Tag mit den Skiern in die Berge. Adriana aber ließ ihre Ski im Hotel stehen, weil sie Hemingway nicht allein lassen wollte. »Ich möchte, dass es Dir so gut geht wie möglich«, sagte sie. »Wenn ich den halben Tag nicht da wäre, würdest Du leiden, und das möchte ich unbedingt verhindern.«

Sie zogen sich auf sein Zimmer zurück, und sie begann, Porträts von ihm zu zeichnen. Danach musste er für ein größeres Ölbild Modell sitzen und erhielt eine Zeitung in die Hände, was angeblich vorteilhaft aussah. Während sie zeichnete oder malte, wollte sie unterhalten werden, sie redete gerne albernes Zeug, und er musste mitmachen. Das venezianische Märchen, das er für sie schreiben wollte, ging ihr nicht aus dem Kopf.

»Lass uns mit dem Märchen anfangen«, sagte sie, »es handelt von einem venezianischen Löwen, richtig?« – »So ist es, meine Schöne.« – »Also los, fang an! Es war einmal ein venezianischer Löwe …« – »Es war einmal ein kleiner, junger Löwe, der lebte in Afrika bei den großen, bösen Löwen.« – »Stop! Die sollten nicht vorkommen, Du hattest es mir versprochen!« – »Hör bitte zu, meine Tochter!« – »Die großen, bösen Löwen fraßen Zebras und Antilopen und manchmal sogar richtige Menschen.« – »Pfui!« – »Der kleine, gute Löwe aber fraß so etwas nicht. Er aß Pasta mit Scampi.« – »Das ist schon besser.« – »Und außerdem besaß er sehr schöne Flügel.« – »Ein Löwe mit Flügeln?« – »Hör bitte zu, meine Tochter!« – »Die bösen Löwen hänselten ihn wegen der Flügel, das machte ihn traurig. Er sehnte sich danach, zur Pasta mit Scampi einen Negroni zu trinken, aber die bösen Löwen tranken immer nur das Blut wilder Tiere oder sogar das von Menschen.« – »Pfui!« – »Wenn er Tomatensaft bestellte, wurden sie wütend, und schließlich ertrugen sie seine Gegenwart nicht mehr und wollten ihn fressen mit Haut und Haar und mit seinen Flügeln.« – »O mein Gott!« – »Da wurde es dem kleinen, guten Löwen zu viel, und er erhob sich einfach und schlug mit den Flügeln und kreiste noch zwei-, dreimal über den bösen Löwen und flog schließlich heim zu seinem Vater. Der befand sich auf der *Piazza San Marco* in der schönsten Stadt dieser Welt. Als er seinen Sohn landen sah, fragte er ihn, wie es in Afrika gewesen sei. ›Sehr wild‹, antwortete der kleine Löwe, und dann sagte er, dass er furchtbaren Hunger und großen Durst habe und deshalb nach *Harry's Bar* gehen werde, um dort etwas Gutes zu essen und auch zu trinken. Dort warteten all seine Freunde auf ihn, und er bestellte Martini und Gin und erfand aus dem Stand ein neues Sandwich, das ihn an Afrika erinnerte. Und alle feierten mit ihm, und er wurde seines Lebens wieder froh.« »O ..., danke! Was für ein schönes venezianisches Märchen! Du musst es aufschreiben, nur für mich. Und ich werde dazu einige Zeichnungen anfertigen, und wir werden es ... wie nennt man es noch einmal? Wir werden es setzen lassen?!« – »Wir werden es in Satz geben!« – »Das meinte ich. Und Dein Name wird auf dem Cover stehen, und daneben auch meiner. Unsere beiden Namen werden dort stehen, und ich werde mich unglaublich freuen.« – »Das ist eine ganz wunderbare Idee,

Tochter. Dafür bekommst Du einen Kuss!« – »Nein, das nicht.« – »Aber ja doch. Nur einen und auch nur aus Versehen. Du weißt, was ich meine.« – »Nur aus Versehen. Nun gut. Einen aber nur, höchstens zwei. Zwei Küsse müssen genügen.«

So verbrachten sie die Tage zusammen, morgens zu Fuß unterwegs, mittags während einer, wie sie es nannten, »privaten Feier« in einem guten Restaurant, nachmittags zeichnend und lesend und abends in der Hotelbar. Manchmal begegneten sie Mary, wechselten aber nur wenige Worte mit ihr.

Als das Unglück passierte, schrieb Hemingway gerade an seinem venezianischen Märchen. Der Hoteldirektor meldete sich und erklärte, dass seine Frau sich den linken Knöchel gebrochen habe. »Soll das ein Scherz sein?« fragte er lachend. Nein, es war kein Scherz, sie wurde ins Krankenhaus gebracht.

Am Abend telefonierte er mit ihr und erklärte, dass er sich an seine Vorankündigungen halten und nach Venedig zurückfahren werde. »Ich halte Dich nicht auf«, sagte sie. – »Wie solltest Du das auch fertigbringen?« fragte er. – »Nimmst Du Deine junge Betreuerin mit?« – »Ja, ich reise mit Adriana. Sie ist das Herumsitzen in diesem Kaff ebenfalls leid.« – »Dann grüße sie von mir. Ich wünsche ihr mehr Standfestigkeit als ich sie gegenwärtig habe.« – »Das hast Du schön gesagt, mein Liebling. Du triffst einfach immer das passende Wort. Ich sollte Dich als meine Lektorin einstellen.« – »Ich glaube nicht, dass mein brillantes Lektorat einer Leiche wie Deinem Roman noch Leben einhauchen könnte.« – »Du unterschätzt Dich, mein Liebling! Während Deiner ersten Ehe hast Du einer viel kaputteren Leiche Tag für Tag Leben eingehaucht.« – »Ernest, mein Gott! Muss das sein?! Bist Du überhaupt noch bei Sinnen?!« – »Nein, Liebling, bin ich nicht. Ich lebe inzwischen woanders als Du, und da hat man es nicht so mit der Vernunft. Bis bald. Kuriere Dich gründlich aus.«

38

Wie angekündigt reiste er am folgenden Tag mit Adriana ab. Er bezog wieder den Salon im *Gritti*, und sie erhielt einen Schlüssel. Die Idee, sie nach Cuba mitzunehmen, war ihm nicht auszureden. Jeden Tag sprach er davon und überlegte, wie er eine solche gemeinsame Reise doch noch einfädeln konnte. Schließlich lud er Adrianas Mutter zu einem Dinner in *Harry's Bar*. Mit Adriana hatte er alles genau abgesprochen. Wie er vorgehen, welche Argumente er anführen und wie er die Sache zu einem guten Ende bringen konnte. Er behauptete, wenig Erfahrung in solchen Gesprächen zu haben. Ältere Damen machten ihn unsicher, weil er in ihrer Gegenwart oft den gehorsamen Jungen oder den dreisten Flegel spielte. »Entweder – oder«, sagte er zu Adriana, »das ist mir durch das Leben mit meiner Mutter geblieben.«

Er traf eine halbe Stunde vor der Verabredung in *Harry's Bar* ein. Adriana hatte ihn gebeten, nicht aus Nervosität vorher zu trinken, aber er hielt sich nicht daran und trank vor dem Erscheinen ihrer Mutter Dora drei Gläser Gin. Als sie erschien, saß er noch auf einem Barhocker und rutschte unbeholfen herunter. Er begrüßte Dora und hatte plötzlich den mulmigen Verdacht, »nett zu seiner Schwiegermutter« sein zu müssen. Was war los? Wie kam er auf diese kranke Idee?

Sie setzten sich an seinen Ecktisch, und er bestellte, ohne sie vorher zu fragen, eine Flasche Champagner. Sie reagierte darauf nicht und sagte ein paar höfliche Worte, erklärte aber, als der Champagner serviert wurde, dass sie keinen Champagner möge. Angeblich erinnerte er ihn an ihren Mann, der oft mit ihr Champagner getrunken habe. Die Wunde seines Todes sei noch nicht verheilt. Vier Kinder habe er ihr zurückgelassen, um jedes kümmere sie sich mit aller Energie, die sie noch besitze.

Hemingway hörte zu und schwieg. »Du darfst sie nicht unterbrechen«, hatte Adriana ihm eingeschärft, und wenigstens daran wollte er sich halten, während er in rascher Folge ein Glas nach dem anderen leerte. Dora aber trank Tomatensaft, keinen Bloody Mary, wie sie ausdrücklich betonte, sondern nur Saft von Tomaten, die auf Laguneninseln geerntet worden waren.

Dora Ivancich sprach von Adrianas Zukunftsplänen. Dass sie Zeichnerin oder Malerin werden und ihr großes künstlerisches Talent entwickeln wolle. Dass sie davon träume, nach Paris, in die Welthauptstadt der Künste, zu gehen und sich dort unterrichten zu lassen. »Wenn sie auf Paris zu sprechen kommt, musst Du loslegen und von früher erzählen«, hatte Adriana gesagt. Er leerte ein weiteres Glas und erzählte von den Zwanzigerjahren, als er als junger Reporter nach Paris gekommen sei und dort die bedeutendsten Künstler der Zeit kennengelernt habe.

»Picasso, Braque, Gris ... – ich habe sie alle gekannt«, sagte er, »es war eine fabelhafte Zeit, und wir waren glücklich und vital, obwohl wir kein Geld hatten.« – »Sie lebten allein in Paris?« – »Wie bitte?! Ach so. Nein, ich hatte viele Freunde, auch unter den Schriftstellern. Ich nenne nur James Joyce und Ezra Pound, es war einfach eine fantastische Zeit.« – »Mein Mann schwärmte auch von den Zwanzigern, er war eine sehr noble Gestalt, Sie hätten ihn kennenlernen sollen.« – »Ja, schade, dass er nicht mehr am Leben ist. Wir hätten über Paris sprechen können. Oder über Cuba.« – »Richtig, das ist interessant, ich weiß ja, Sie leben dort. Cuba muss ein geheimnisvolles, wunderschönes Land sein.« – »Das ist es, Signora. Für eine angehende Künstlerin wie Adriana wäre es ein enormer Ort der Inspiration und Kreativität. Weswegen ich mir vorgenommen habe, sie nach Cuba einzuladen. Platz ist auf unserer Finca genug. Sie würde ein großes Zimmer, ein ideales Atelier und Hausangestellte vorfinden, die ihr wie hier in Venedig jeden Wunsch von den Augen ablesen.« – »Adriana deutete mir gegenüber eine solche Reise an, Mister Hemingway.

Und ich habe mir darüber Gedanken gemacht. Zum ersten: Ich kann sie nicht allein reisen lassen. Das wäre gegen jede Vernunft und gegen die guten Sitten. Zum zweiten: Ich möchte mit Ihrer Frau darüber sprechen und von ihr persönlich erfahren, was sie von der Idee hält.« – »Ganz wie Sie wünschen, Signora. Ich freue mich, dass Sie nicht grundsätzlich gegen den Vorschlag sind. Adriana soll nicht allein reisen. Nun gut. Wer könnte sie denn begleiten? Eine ihrer Freundinnen? Vielleicht die junge Marta, die so vorzüglich Englisch spricht?« – »Vielleicht. Vielleicht aber auch ich selbst, ich spreche ebenfalls ein recht gutes Englisch.« – »Sie selbst?! Sie wollen nach Cuba reisen?« – »Ich habe daran gedacht. Einmal in meinem Leben möchte ich noch die weite Welt sehen. Cuba, New York, ja, das würde ich gerne noch sehen, bevor es mir vielleicht schlechter geht. Aber, wie gesagt: Ich sollte erst noch mit Ihrer Frau sprechen. Von ihrer Zustimmung hängt alles ab.« – »Ich verstehe, Signora. Und ich werde meine Frau, sobald wie möglich, verständigen. Sie hat sich in Cortina leider den Knöchel gebrochen. Wenn sie wieder hier ist, wird sie zu einem Gespräch bereit sein. Sind Sie einverstanden?« – »Ja, Mister Hemingway, ich bin einverstanden.«

Sie aßen zusammen gegrillten Fisch, aber das Essen schmeckte ihm nicht. Zusammengesunken saß er auf seinem Platz, bestellte Wasser und rührte die Champagnerflasche nicht mehr an. Er tat, als hörte er zu, fragte manchmal nach, erzählte aber selbst nicht mehr weiter.

Dora Ivancich kannte, wie er bald feststellte, weder die Künstler noch die Schriftsteller der Zwanzigerjahre. Nur der Name Picasso kam ihr bekannt vor. »Mit dem verbinde ich etwas«, sagte sie, und Hemingway biss sich auf die Unterlippe. Er aß langsamer als sonst und lud sie noch zu einem Dessert ein. Als sie ablehnte, war er erleichtert. Zum Abschied umarmte er sie.

Als sie *Harry's Bar* endlich verlassen hatte, ging er zurück zu seinem Barhocker. »Bringen Sie drei *Montgomery* direkt vor mir in Stellung«, sagte er zu dem Barmann. Und der Mann antwortete: »Wird sofort gemacht, Colonel!«

39

Paolo verließ seine Hütte, löste die Leine vom Holzpfahl, ließ sie in das Boot gleiten und sprang hinterher. Dann warf er den Motor an und fuhr los, Richtung Burano. Der Himmel war bedeckt und trüb, und der Wind strich über das Wasser und hinterließ in seinem Gesicht erste Spritzer. Wenn es bloß nicht regnet, dachte er, heute soll es nicht regnen!

Er freute sich auf die Begegnung mit Hemingway, lange hatte er ihn nicht mehr gesehen und doch viel über ihn gehört. Sergio hatte eifrig weiterrecherchiert und herausbekommen, wo Hemingway sich aufgehalten hatte. Eine

Zeitlang in Cortina, danach wieder im *Gritti*, dort aber ohne Ehefrau und stattdessen mit Adriana Ivancich! Die halbe Stadt redete bereits über das Paar und verband damit viele Gerüchte, Paolo hatte das nicht gefallen, und so hatte er sich nicht daran beteiligt.

Wenn jemand genauer Bescheid wusste, dann Marta. Sie hatte ihm erzählt, dass Adriana Ivancich wahrhaftig mit ihrer Mutter nach Cuba reisen werde. Sie würden Hemingway und seine Frau jedoch nicht begleiten, sondern sich erst einige Zeit später auf die Reise begeben. Wenn der große Schriftsteller sein Romanmanuskript endgültig an seinen Verlag geschickt und der es zum Druck befördert hatte.

Marta hatte behauptet, Mary habe sich durchgesetzt. Anscheinend war es zu einem erbitterten Streit zwischen den Eheleuten gekommen, auch darüber redete man in Venedig. Die heftigen Wortwechsel waren durch die meist geöffneten Fenster des Hemingway-Salons bis auf den *Canal Grande* zu hören gewesen, und die Gondolieri hatten jedes Wort aufgeschnappt und die englischkundigen unter ihnen um Übersetzung gebeten.

Paolo hielt mit dem Boot auf die Anlegestelle der Vaporetti zu. Er war ein wenig nervös und gespannt darauf, was Hemingway mit ihm besprechen wollte. Vor ein paar Tagen hatte er vermutet, dass Hemingway auch ihn nach Cuba einladen werde. Eine solche Einladung würde er aber nicht annehmen. Er hatte nicht vor, die weite Welt kennenzulernen, nein, er wollte hier in diesem heimatlichen Dreieck bleiben. In Burano, Torcello, Venedig. Als Fischer. Ein Leben lang.

Er strengte sich an, die Menschen auf den Kaimauern zu erkennen. Er hatte gute Augen, sie waren besser als die seines Großvaters und die seines Vaters. Sergio hatte schon früh eine Brille getragen, und jetzt kam er ohne Brillen kaum noch aus. Meist führte er gleich mehrere mit sich, spielte mit ihnen, fuchtelte damit herum und schlüpfte mit ihrer Hilfe in die Rolle des Intellektuellen. Wenn es ihm Spaß machte!

Neben dem Fahrkartenhaus stand eine Traube von Menschen mit bunten Einkaufstaschen. Sie würden gleich nach Venedig aufbrechen oder auf eine der Inseln, wo man frisches Gemüse verkaufte. Weiter rechts warteten auch noch ein paar Einzelgänger auf die Ankunft des Schiffes, das sich gerade auf die Anlegestelle zubewegte.

Er erkannte Hemingway an seinem Tweed-Jackett. Dazu trug er wieder die alte Kappe, und er hatte einen dunklen Schnauzer, der ihn um Jahre älter machte.

Paolo fuhr dicht an den Kai und blieb in seinem Boot. Er sah zu, wie das aus Venedig ankommende Schiff sich langsam leerte und auch Hemingway von Bord ging. Er blieb zunächst am Ufer stehen und blickte hinüber zu den Kirchen von Torcello. Der hohe Campanile war im regnerischen Dunst gerade noch zu erkennen.

Paolo wartete, bis Hemingway sich umgeschaut hatte, dann winkte er ihm zu. Er blieb weiter in seinem Boot und sah, wie Hemingway sich näherte und dabei vor sich hin lachte. Als er nur noch einige Schritte entfernt war, rief er: »Paolo! Sohn des Veneto! Wie freue ich mich, Dich zu sehen!« Paolo musste grinsen, es kam ihm vor, als wären sie gute Freunde gewesen und würden sich nach vielen bestandenen Abenteuern wiedersehen.

Er reichte Hemingway die rechte Hand und ließ ihn in das Boot springen. Es schwankte einen Moment heftig, dann umarmten sie sich, und Paolo sagte: »Du siehst gesund und kräftig aus! Du hast es Dir gut gehen lassen!« – »Das habe ich, mein Junge! Und wie! Aber ich habe noch Steigerungen vor, ich werde Dir gleich davon erzählen!« – »Bleiben wir bei unserer Verabredung?! Fahren wir raus aufs offene Meer?« – »Natürlich. Durch die Lagune sind wir lange genug getourt. Das waren sehr schöne Fahrten, mein Lieber. Und die Tage, an denen ich allein in Torcello war, gehören zu den schönsten in meinem Leben.« – »Dann solltest Du bald wieder dorthin zurückkehren.« – »Nein, das werde ich nicht. Man soll das Glück, sagt man bei uns zu Hause, nicht zweimal aufsuchen. Beim zweiten Mal stellt es sich dumm und zeigt einem die Fratze.«

Paolo warf den Motor an, ließ das Boot eine kleine Runde drehen und bewegte es dann von der Anlegestelle weg zu einem breiten Kanal.

»Wie geht es Dir?« fragte Hemingway. »Gehst Du jetzt allein auf Fischfang?« – »Ja, tue ich. Und ich wohne nicht mehr bei den Eltern. Ich habe mir ein Haus gebaut.« – »Was?! Ist das Dein Ernst?!« – »Ja, ein eigenes, kleines Haus. Ich komme nur noch zu den Mahlzeiten nach Burano – und auch das nicht regelmäßig.« – »Hattest Du Streit mit den Eltern?« – »Nein, so schlimm war es nicht. Es gab ein paar Meinungsverschiedenheiten mit Sergio. Die sind aber beigelegt. Elena war und ist auf meiner Seite. Und Marta sowieso. Das Haus brauche ich, weil ich allein sein will.« – »Und?! Fühlst Du Dich darin wohl?« – »Sehr. Ich habe alles, was ich brauche. Eine Liege, einen Tisch, einen Stuhl, eine Kochstelle – und ein paar Bücher.« – »Ich hoffe, darunter sind auch welche von mir.« – »Ich habe die Geschichten über den jungen Nick Adams entdeckt. Sie sind großartig, ich habe sie mehrere Male gelesen.« – »Der junge Nick! In manchen Geschichten ist er etwa in Deinem Alter.« – »Ja, die meine ich. Manchmal habe ich gedacht, dass es in ihnen nicht um Nick, sondern um mich geht. Dann war ich die Hauptfigur dieser Erzählungen.« – »Was hat Dir an ihnen gefallen?« – »Dass Nick sehr selbständig ist. Dass er viel vom Fischen versteht. Dass er die Fische genau beobachtet, so, als schlüpfte er in sie hinein. Dass er mit niemandem Streit sucht. Dass er die See, die Flüsse und Bäche sehr mag. Dass er verschwiegen ist.« – »O, das ist ja allerhand! Ich sehe, Du hast die Geschichten wirklich mehrmals gelesen.« – »Ja, sie haben mir geholfen. Ich bin jetzt auch selbständiger. Und ich beobachte die Fische genau und überlege, welche ich dem Großvater für den Verkauf gebe und welche ich ins Wasser zurückwerfe. Ich lebe jetzt mehr mit den Tieren als früher. Die Fische und ich – wir gehören zusammen, und dazu gehören noch die Lagune und das Meer. Wir sind alle eins, und man kann uns nicht trennen. Ich werde mein Leben lang Fischer bleiben, und ich werde die Lagune niemals verlassen.« – »Auch nicht für einige Wochen? Für Ferien in, sagen wir, Frankreich?« – »Nein, auf keinen Fall. Und bestimmt nicht für Ferien in Cuba, falls Du daran denkst.« – »Daran habe ich wahrhaftig gedacht! Ich möchte Dich nach Cuba einladen! Wann immer Du willst, kannst Du Mary und mich dort besuchen. Wir würden zusammen auf Fischfang gehen. Das würde Dir gefallen, und Du würdest viel Neues lernen über das Fischen im Meer. Meine Jacht stünde Dir zur Verfügung, und wir würden mächtige Schwertfische fangen, gewaltige Kolosse, die uns Fischern heftige Kämpfe liefern. So etwas hast Du noch nicht gesehen. Du würdest Dich wundern, glaube mir!«

Paolo schwieg. Natürlich reizte es ihn, einmal den Fischfang im großen Ozean zu erleben. Fischen im Golfstrom! Neben Hemingway auf der Brücke einer Jacht stehen! Mit einer kräftigen Rute angeln! Sich einen Kampf mit einem Schwertfisch liefern!

Dieses Fischen war etwas anderes als das Fischen hier in der Lagune. Es war eine Art Kampfsport, so wie die Jagd auf Löwen im tiefsten Afrika! Es passte zum Film und zu

Schauspielern, ja, es war ein großes Theater, mit Effekten und einem Hafenfeuerwerk hinterher. Zu einem Fischerjungen in der Lagune Venedigs aber passte es nicht. Ein solcher Junge brauchte weder Theater noch Feuerwerk, denn im Grunde hasste er alles, was vom Fischen ablenkte oder etwas übertrieben Gigantisches daraus machte.

In der Lagune konnte man den Fischen etwas zuflüstern und mit ihnen sprechen. Dann bewegten sie sich im Tempo der Dialoge, quicklebendig, freundlich, intelligent und hellwach. Die Fische im Ozean dagegen mästeten sich für ihre Kämpfe und wurden später von den Behörden als Schwergewichte registriert.

Paolo dachte weiter über die Unterschiede nach, und Hemingway musterte die Inselstreifen, an denen sie vorbeifuhren. »Rechts liegt die Insel *San Erasmo*, wo unser Gemüse angebaut wird«, rief Paolo, »und auf der anderen Seite siehst Du *Treporti*. Gleich biegen wir nach links ab und nehmen die Straße hinaus aufs offene Meer.«

Es begann, leicht zu regnen, und Paolo überlegte, ob er den Motor nicht mit einem Tuch gegen den Regen schützen sollte. Wenn die Zündkerzen nass wurden, drohte die Gefahr, mitten auf dem Meer liegenzubleiben.

»Ich habe Sergio lange nicht gesehen«, sagte Hemingway und rückte auf ihn zu. Der Wind wurde stärker, und seine Stimme war nur noch schwer zu verstehen. – »Sprichst Du von Sergio?« rief Paolo. – »Ja, von Deinem Vater. Früher war er zutraulicher und suchte das Gespräch. Jetzt sehe ich ihn nur dann und wann. Er grüßt lachend und verschwindet sofort wieder.« – »Du weißt, dass er ein Buch schreibt. Über Hemingway in Venedig. Und er hat jede Menge Fotografien, die er Freunden abgekauft hat. Du bist auf jeder in einer anderen Pose und an einem anderen Ort zu sehen.« – »Das hört sich ja schrecklich an! Ernest Hemingway als Venedig-Tourist!« – »Ja, es ist schrecklich, und ich möchte mit diesem Buch nichts zu tun haben. Sergio wartet natürlich brennend auf Deinen Roman. Hält er ihn in Händen, wird er ihn ausschlachten und seinen Lesern vorfabulieren, wie er entstanden ist.« – »Kein Mensch außer mir weiß, wie er entstanden ist. Das kann niemand wissen, es ist unmöglich.« – »Ich vermute, Du weißt es am Ende selbst nicht genau.« – »Doch. Ich hatte den Roman stets im Griff, und ich habe Satz für Satz hart mit ihm gerungen.« – »Hat ihn außer Mary bereits jemand gelesen?« – »Nein.« – »Auch Adriana Ivancich nicht?« – »Nein. Sie bekommt das Manuskript nicht zu lesen. Sie erhält stattdessen das fertige Buch.« – »Aber sie kommt doch in diesem Roman vor. Und nicht nur das. Sie ist die zweite Hauptfigur.« – »Die zweite Hauptfigur heißt Renata.« – »Sie mag so heißen, aber diese zweite Hauptfigur ist letztlich Adriana. Weswegen ich ihr das Manuskript zu lesen geben würde.« – »Damit sie Änderungen vorschlägt?« – »Genau das. Damit sie Passagen streichen kann, die ihr nicht gefallen.« – »Paolo! Das geht zu weit! Auf diese Weise sind noch nie Romane entstanden! Der Schriftsteller muss stets die Obergewalt über seine Figuren behalten.« – »Wie bei der Jagd auf Löwen.

Das hast Du mir schon einmal erklärt. Dann ist Romanschreiben auch eine Art Jagd. Diesmal aber auf Menschen, die dem Autor ein zweites Leben verschaffen. Ist es so?«

Paolo sah, wie Hemingway aus seiner rechten Tasche ein Brillenetui zog. Er öffnete es, nahm die Brille heraus und setzte sie auf. Dann griff er erneut in die Tasche und entnahm ihr sein Notizbuch und einen Bleistift. Er öffnete das kleine Heft und schirmte es gegen den Regen mit der linken Hand ab. Paolo bekam den Blick nicht von dem Stift weg. Wie er sich in das Papier grub und eine kleine Front schwarzer Buchstaben auffuhr. Eine Kolonne, stark in Bewegung, schwankend, wie auf einem Boot!

»Wir sprachen von Deinem Vater«, rief Hemingway, als er einige Zeilen notiert hatte, »ich möchte nicht, dass dieses touristische Machwerk erscheint. Was kann ich dagegen tun?« – »Keine Ahnung. Du bist da wohl machtlos. Mein Vater braucht das Geld unbedingt. Nicht für sich, sondern für die Familie. Es soll allerhand angeschafft und instandgesetzt werden. Und er ist nicht mehr der Jüngste.« – »Ich verstehe. Wie wäre es, wenn ich ihm einen Betrag überweisen würde, der ihn von diesen Sorgen befreit? Im Gegenzug müsste er auf das Buch verzichten. Wäre das eine Lösung?« – »Das sähe nach Bestechung aus.« – »Wäre es aber nicht! Das Geld würde verhindern, dass sich Sergio blamiert. Und es wäre eine Anerkennung für alles, was

Sergios Familie für mich getan hat.« – »Wenn Du es dafür hergeben würdest, hielte ich das für eine gute Lösung. Du solltest das Geld aber nicht Sergio, sondern Elena übermitteln. Als Dankesgabe, verbunden mit einem großen Strauß Blumen und einem kleinen Präsent aus den Juwelierläden, in denen Du Dich auskennst.«

Hemingway lachte. »Du entwickelst Dich immer mehr zu einem gerissenen Burschen. Ein junger Mann mit eigenem Haus, der sich nebenbei um seine Familie kümmert und sie versorgt. Hast Du etwa auch ein eigenes Konto und vielleicht sogar eine Braut, die Du bald heimführst?« – »Nein, das nicht. Ich brauche kein Konto, und die passende Braut wird sich irgendwann finden. Noch ist es dafür zu früh, denn noch bin ich Nick Adams. Du solltest viel mehr von diesen Geschichten schreiben. Und nicht solche Romane wie den über Venedig. Ich werde ihn nicht lesen.« – »Du bist Nick, ja, in Ordnung. Ich aber bin kein junger Mann mehr, ich bin schon recht alt.« – »Richtig, das bist Du. Du bist ein alter Mann, den es hinaus auf das Meer zieht. Diese Geschichte hättest Du schreiben sollen, anstatt Adriana Ivancich ins Spiel zu bringen und dazu einen Colonel, der sich vor den Augen der Venezianer lächerlich macht.«

Das Boot hatte jetzt die schmale Öffnung zwischen den Inseln erreicht und fuhr aufs offene Meer hinaus. Der Wind holte plötzlich aus, und Paolo zog eine Kapuze über. Er sah, wie Hemingway sich ebenfalls gegen den Regen schützte.

Er schlug den Kragen der Jacke hoch und knöpfte sie oben zusammen.

»Was hast Du gerade gesagt?« rief er Paolo zu, »was ist das für eine Geschichte?« – »Es ist die Geschichte von einem alten Mann und dem Meer. Er ist allein und fährt hinaus auf die offene See. Keine Jacht, keine Motoren. Einfache Ruder und eine Angel.« – »Wer denkt sich denn so etwas aus?« – »Du solltest sie schreiben! Wenn Du Deinen Venedigroman verabschiedet hast.« – »Der alte Mann und das Meer – soll es so heißen?« – »Ja. Der alte Mann stellt sich dem Kampf mit den großen, gefährlichen Fischen. Er geht nicht in Bars und im *Gritti* spazieren, sondern fährt weit hinaus. Vielleicht zu weit. Vielleicht kommt er auf offener See sogar ums Leben. Im Kampf mit einem gigantischen Fisch oder im Kampf mit den Haien. Herrje, ich fantasiere ja bloß ...«

Die Wellen schlugen immer höher über das Boot und bildeten auf dem Boden kleine Pfützen. »Schalte den Motor aus!« rief Hemingway. Paolo tat es und holte aus einem Kasten am Bug zwei Decken. Er reichte Hemingway eine, und so saßen sie geduckt einander gegenüber, dem Regen und dem Atmen des Meeres ausgesetzt.

»Der alte Mann und das Meer ...«, flüsterte Hemingway. – »Ja, so könnte die Geschichte doch heißen.« – »Kein Roman. Eine Erzählung.« – »Kein Roman, sondern eine Erzählung, die man an einem Tag liest.« – »Es gäbe den alten Mann und vielleicht noch eine zweite Figur.« – »Keine zweite Figur, nur der alte Mann kommt darin vor.« – »Nein, die Geschichte hat noch eine zweite Figur. Hör zu: Er war ein alter Mann, der zusammen mit einem Jungen in einem kleinen Boot im Golfstrom fischte ...« – »Was ist das?« – »Vielleicht der Anfang.« – »Und wer ist der Junge?« – »Wer der Junge ist?! Paolo! Muss ich diese Frage wirklich beantworten?«

Hemingway streifte die Decke ab und nahm wieder sein Notizbuch aus der Tasche. »Ich notiere das jetzt«, sagte er. »Eine Erzählung von vielleicht hundert Seiten. In einem Tag zu lesen. Das Beste, was ich je geschrieben haben werde.«

Paolo klopfte das Herz. Er sah wieder, wie der Stift sich bewegte und den Anfang der Erzählung notierte. Eine Erzählung, in der auch er vorkam! Der Junge, der auf den alten Mann aufpasste. Sein bester und einziger Freund!

Was fantasierte er sich denn da alles zusammen?! Hemingway schrieb und reckte sich plötzlich auf. Ein Windstoß schlug ihm die Kappe vom Kopf. Sie flog ins Meer und rauschte davon. »Sollen wir sie jagen?« rief Paolo. – »Nein, lass! Wir opfern sie unserer Geschichte.« – »Wir sollten umkehren.« – »Ja, das sollten wir! Wir haben das Meer begrüßt, und es hat sich bedankt. Jetzt schickt es uns heim zu unseren Pflichten. Bei unserer nächsten Fahrt wird es freundlicher sein. Wenn wir fleißig waren.« – »Wenn *Du* fleißig warst!« – »Ich werde fleißig sein, das verspreche ich Dir. Aber ich brauche Deine Hilfe.« – »Ich habe Dir bereits gesagt, dass ich nicht nach Cuba komme.« – »Du brauchst nicht nach Cuba zu kommen. Du solltest an mich denken. An den alten Mann, das Meer und unsere Geschichte. Wenn Du das tust, wird sich die Geschichte entwickeln und leben. Und nun wirf den Motor wieder an.«

Paolo versuchte es, aber es gelang nicht. Er probierte es mehrmals, doch es half alles nichts. »Wir müssen rudern«, rief er. – »Ja«, entgegnete Hemingway, »und ich weiß auch, wer damit anfängt. Zuerst rudert der alte Mann. Bis wir das offene Meer hinter uns haben.« – »Kommt nicht in Frage, das ist meine Aufgabe.« – »Das wäre es früher einmal gewesen, jetzt ist es das nicht mehr. Jetzt sind wir beide Teil *einer* Geschichte. Los, mach mir Platz, und reich mir die Ruder.«

Paolo überlegte einen Moment, dann griff er nach den Rudern und tauschte seinen Platz mit Hemingway. Er hakte die Ruder ein, zog das Jackett aus, streifte die Decke wieder über und tauchte die Ruder ins Wasser. Als sie sich *Treporti* näherten, übernahm Paolo.

Sie sprachen nicht mehr miteinander, Paolo ruderte kraftvoll Richtung Torcello. Es war später Nachmittag, als sie an seiner Hütte anlegten. Der Regen hatte aufgehört, und Paolo machte die Leine des Bootes an dem Holzpfahl fest.

»Das ist meine Behausung«, sagte er zu Hemingway, »Du bist der erste Gast, der sie sehen und betreten darf.« – »Ich hoffe, Du hast etwas zu trinken auf Lager.« – »Keinen Valpolicella, aber gekühltes Dosenbier. So, wie Nick Adams es mag.« – »Nick Adams verzehrt dann und wann auch eine Kleinigkeit.« – »Natürlich. Es gibt gutes Weißbrot und geräucherte Wurst und rohen Schinken. Alles vorhanden. Tritt ein!«

40

»Marta!« Elena stand am späten Morgen mit einer Einkaufstasche im Flur des Hauses. Sie wartete auf ihre Tochter, die sie begleiten wollte. »Marta! Ich möchte losgehen! Du wolltest mitkommen und mir etwas Gesellschaft leisten!« – »Ich komme in fünf Minuten, ich lese gerade noch Adrianas Brief zu Ende! Sie hat wieder einmal geschrieben!« – »Aus Cuba?!« – »Ja, aus Cuba! Es gibt interessante Neuigkeiten!«

Elena Carini überflog den Einkaufszettel. Früher hatte sie keinen Zettel gebraucht, denn es waren immer dieselben Dinge gewesen, die sie für die Familie gekauft hatte. Jetzt aber war das anders. Hemingway hatte ihr einen beträchtlichen Betrag zukommen lassen, als Dank für alles, was die

Familie während seiner Anwesenheit in Venedig für ihn getan hatte. Der Betrag war so hoch, dass die Familie vereinbart hatte, mit niemandem darüber zu sprechen. Man leistete sich heimlich etwas mehr als zuvor, und Sergio Carini deutete an, er habe eine kleine Erbschaft gemacht. Zwei neue Boote waren gekauft worden, eines für den Großvater, das zweite für Sergio. Paolo dagegen hatte darauf bestanden, weiter sein altes Boot zu benutzen.

Inzwischen war die amerikanische Ausgabe von *Über den Fluss und in die Wälder* erschienen. Hemingway hatte in Cuba noch ein wenig an dem Manuskript gefeilt und einige Passagen korrigiert. Einen größeren Anlauf, es zu verbessern, hatte er jedoch nicht mehr unternommen. In ehrlichen Momenten gab er zu, den Roman leid zu sein. Aufwendige, sich lange hinziehende Korrekturen hatte er noch nie an ein Werk verschwendet. Der Venedigroman aber war in dieser Hinsicht von Anfang an anders gewesen. Schwierig. Eigensinnig. Nicht leicht zu lenken. Während der gesamten Arbeit daran war es ihm so vorgekommen, als wollte der Roman ihm den Text diktieren und als müsste er dem Roman den eigenen Text gegen seinen Willen aufzwingen.

Als er die ersten Buchexemplare in Händen hielt, war er stolz. Er hatte es also doch geschafft und die Bestie in ihre Schranken verwiesen. In seinen Augen war es ein sehr guter Roman. Anders als alles, was er bisher geschrieben hatte. Von psychologischer Raffinesse. Mit einem erlesenen Sinn für das venezianische Ambiente.

Dass die Kritik ganz anderer Meinung war, verblüffte und ärgerte ihn. Einige Kritiker glaubten, er sei ausgeschrieben und der Roman ein totes Konstrukt. Andere machten sich offen über bestimmte Passagen lustig und verhöhnten sie in satirischer Manier. Nur ein paar gute Freunde lobten das Buch und erklärten, es handle sich um »besten Hemingway«, auf der Höhe der alten Meisterschaft!

War es das?! Manchmal schaute er noch einmal vorsichtig hinein und las ein paar Seiten. Nein, er brachte es nicht fertig, sie kühl und distanziert zu lesen. Jedes Wort erinnerte ihn an die Begegnungen mit Adriana, die nun mit ihrer Mutter in Cuba eingetroffen war. Er hatte den beiden jeweils ein Exemplar geschenkt, aber es hatte sich herausgestellt, dass sie den Text nicht verstanden. Weder das Englisch von Adriana noch das von Dora reichte aus, den Roman flüssig zu lesen. Und so blieben sie laufend stecken, ermüdeten rasch und legten das Buch wieder beiseite.

Wichtiger als das genaue Verständnis war für beide, dass Adrianas Coverentwurf verwendet worden war. Er verschaffte ihr die Illusion, an diesem Buch stark beteiligt gewesen zu sein. Dass es sich bei der Figur der Renata angeblich um sie selbst handelte, schmeichelte ihr noch mehr. Einige der einfacheren Sätze, die diese Figur ihrem Geliebten zuflüsterte, pickte sie heraus und benutzte sie im Kontakt mit Hemingway, der nichts lieber hören wollte als Renatas Liebeserklärungen.

Er hatte alle Bedingungen, die Mary mit dem Aufenthalt von Mutter und Tochter in Cuba verbunden hatte, erfüllt. Jetzt legte er sich keinen Zwang mehr auf. Den Roman empfand er wie eine Schlangenhaut, die er abgeworfen und zurückgelassen hatte. Nun ging es darum, mit den lebenden Schlangen zu verkehren und mit ihnen das passende Zusammenleben auszuhandeln.

Sofort nachdem die korrigierten Druckfahnen an den Verlag geschickt worden waren, hatte er mit der Arbeit an einem neuen Stoff begonnen. Adriana und Dora waren damals noch nicht in Cuba eingetroffen. Zügig und beinahe euphorisch hatte er die ersten Seiten der Geschichte vom alten Mann und dem Meer geschrieben und gespürt, dass er wieder zu seinem alten Schreiben zurückfand. Er hatte den Verlauf der Erzählung bis auf den Schluss genau vor Augen. Es war die Geschichte eines alten Fischers, der in seinem Boot aufs offene Meer fuhr und sich einen Kampf mit einem großen Fisch lieferte. Tagelang zog sich dieser Kampf hin, und tagelang wartete der Junge, der sein bester und einziger Freund war, an Land auf seine Rückkehr.

Es gab also zwei Figuren und einen übersichtlichen, klaren Verlauf. Er brauchte die Geschichte nicht zu forcieren, sondern konnte sie langsam, Stück für Stück, entwickeln. Mit den Details kannte er sich aus, denn was das Fischen anging, machte ihm niemand etwas vor. Er sah den alten Mann immer deutlicher vor sich, seine sonnengegerbte Haut, seine faltigen Hände, und er lauschte auf die Gespräche, die er zu Beginn der Erzählung mit dem Jungen führte.

Der Aufenthalt von Adriana und Dora in der Finca hatte der Geschichte nichts anhaben können. Er hatte von ihr nicht gesprochen, ja, sie nicht einmal erwähnt. Adriana hatte er mit der Niederschrift des venezianischen Märchens unterhalten, das er einmal aus dem Stegreif für sie erfunden hatte. Auch dieser kurze, an Venedig erinnernde Text sollte veröffentlicht werden, und auch für dieses Buch sollte sie das Cover liefern. So war sie im oberen Stock des *weißen Turms* mit Entwürfen beschäftigt, während ihre Mutter sich vom Hauschauffeur nach Havanna fahren ließ. Mary wirkte im Hintergrund und hielt sich mit Kommentaren über das neue, seltsame Leben zu viert weitgehend zurück.

Bis die ersten Nachrichten aus Venedig eintrafen, wo die amerikanische Ausgabe des Venedigromans die Runde machte. Freunde der Familie Ivancich sprachen gut genug Englisch und verstanden den Text, und so wurde die Empörung darüber, was Hemingway sich mit diesem Roman geleistet hatte, allmählich lauter. Ein alter, vom Krieg gezeichneter Colonel, der sich mit einer achtzehnjährigen Venezianerin aus adligem Hause vergnügte! Und das nicht einmal heimlich, sondern vor den Augen der Einheimischen und an bekannten Orten, wo das Liebesspiel seine Höhepunkte im Genuss von exquisiten Getränken und Speisen fand.

Nicht nur im Freundeskreis der Ivancichs braute sich etwas zusammen, nein, schon bald erzählte man sich in der ganzen Stadt, was Hemingway und die junge Adriana während seines langen Aufenthaltes angeblich so alles zusammen erlebt hatten. Hatte Mutter Dora überhaupt etwas davon geahnt? Und wenn ja – warum hatte sie nicht zu verhindern gewusst, dass der Lebenswandel ihrer Tochter üblen Vermutungen ausgesetzt war?

Am schlimmsten an der Geschichte aber war, dass Mutter und Tochter nach Cuba aufgebrochen waren, um im Haus des offensichtlichen Unholds zu wohnen. Ließ dieser gemeinsame Aufbruch nicht erkennen, dass sie Hemingways Frau vor Ort ausschalten wollten? Um Hemingway eine womöglich dauerhafte Verbindung mit Adriana zu ermöglichen?

In Venedig hatte sich die Gerüchteküche so sehr erhitzt, dass schließlich auch die Zeitungen voll davon waren. Einige besonders hässliche Kommentare hatten auch den Weg nach Cuba gefunden, und es war Dora Ivancich gewesen, die sie als Erste gelesen hatte ...

»Marta?! Ich gehe jetzt!« rief Elena und steckte ihren Einkaufszettel in die Manteltasche. – »Ich komme!« antwortete Marta. Man hörte, wie sie die Tür ihres Zimmers öffnete und die Stiege herunterging. »Was ist denn bloß los?« fragte Elena. »Komm, lass uns gehen und erzähl mir!«

Die beiden Frauen verließen das Haus und machten sich auf den Weg zu einer Bäckerei. »Also ...«, begann Marta,

»Dora und Adriana haben Post von ihren venezianischen Freunden erhalten. Die haben ihnen einige Zeitungsartikel über Hemingways Roman geschickt und sind anscheinend empört. Dora bekam eine Herzattacke, sie war angeblich mit den Details der Romanhandlung überhaupt nicht vertraut. Obwohl das Buch doch auf ihrem Nachttisch lag! Auch Adriana hat nicht begriffen, wie kompromittierend der Inhalt ist. Sie ist stolz, dass sie in einem Roman eines weltberühmten Schriftstellers eine große Rolle spielt. Jetzt aber wiegeln die beiden ab. Es handle sich nur um einen Freundschaftsbesuch und damit um etwas ganz und gar Harmloses. Und um das zu unterstreichen, sind sie aus Hemingways Finca in ein Hotel gezogen. Um zuletzt noch zu verkünden, dass sie bald über Florida die Heimreise antreten werden. Ist das nicht verrückt?« – »So kannst Du es nennen! Ich hätte nie gedacht, dass Dora einmal nach Cuba fahren würde. Und ich kann mir noch jetzt nicht vorstellen, wie sie durch Havanna geht und sich in einer Finca an einen Tisch mit Hemingway setzt, um Haifischsteaks zu essen. Dora und Adriana – und Haifischsteaks und Maiskolben und Bohnen mit Speck!« – »Woher weißt Du denn, dass es das alles in Hemingways Finca zu essen gibt?« – »Ich habe mich informiert und in einem Kochbuch ein paar Seiten über die Küche der Karibik gelesen. Sie haben dort wunderbaren Fisch, aber sie können nicht kochen. Stell Dir das vor! Sie grillen die Fische zu Tode, oder sie lassen sie in zu viel Gemüse zergehen. Fischsuppen kennen sie überhaupt nicht, und wie man einen Aal frisch zubereitet und kocht – davon haben sie nicht die geringste Ahnung. Es muss furchtbar sein!« – »Ach, Du übertreibst! Man sollte es mit eigenen Augen sehen und einmal probieren – erst dann kann man sich ein Urteil erlauben.« – »Wehe, Du machst Dich auch noch auf den Weg in die Karibik!« – »Du könntest mich begleiten, dann käme die zweite Mutter-Tochter-Besetzung an Land! Und ich sage Dir: Wir beide, wir wären besser!« – »Besser?! Inwiefern?!« – »Ach, uns wären irgendwelche Gerüchte egal. Vor allem dann, wenn sie von eifersüchtigen Freunden kämen. Wir würden uns in den Bars von Havanna vergnügen, und Signor Hemingway wäre unser tapferer Wachmann.« – »Unser Wachmann?!« – »Ja, das wäre er. Ich habe gelesen, er habe früher geboxt, und er sei nicht einmal ein schlechter Boxer gewesen. Obwohl er jetzt schon ein älterer Mann ist, hat er sich eine Boxerstatur erhalten. Meinst Du nicht auch?« – »Marta! Ich mag nicht, wenn Du so von ihm schwärmst!« – »Ach, lass mich doch schwärmen. Ich hätte mich gefreut, wenn er mich einmal eingeladen hätte, zu diesen wunderbaren Drinks, die man in *Harry's Bar* zu sich nimmt. Stattdessen musste er sich unbedingt mit Adriana langweilen. Und Adriana kann verdammt langweilig sein. Das weiß ich aus Erfahrung.« – »Kind, mir wird angst und bange, wenn Du so sprichst. Zum Glück ist Signor Hemingway weit genug entfernt und wird so schnell nicht mehr nach Venedig kommen. Aber was wird denn nun aus Dora und Adriana?!« – »Na, wie gesagt, sie leben jetzt in einem Hotel und werden bald abreisen. Eine einzige Niederlage ist das für sie. Sie sind einfach zu feige und ängstlich. Hier werden sie sich wieder in ihren Palazzo verkriechen und so tun, als wäre nie etwas gewesen. Dora wird einen Mann für Adriana suchen, und irgendwann wird sie einen armen Kerl finden, der nicht weiß, wer Ernest Hemingway ist und welchen Skandal er einmal in Venedig angezettelt hat. Einen wunderbaren Skandal!« – »Marta!« – »Ja?! Einen ganz und gar wunderbaren, ekstatischen, leidenschaftlichen Skandal!«

Die beiden Frauen betraten die kleine Bäckerei, die sich an der belebten Straße hin zum Kirchplatz befand. Sie grüßten die Angestellte, und Elena sagte: »Sofia! Was habt Ihr denn heute Besonderes? *Biscotti delle Mandorle*? Nein?! *Amaretti*?! Auch nicht?! Dann vielleicht *Cannoli*?! Sofia, wir sind enttäuscht! Sollen wir Tag für Tag Euer staubtrockenes Gebäck in den Caffè tunken? Fällt Euch nicht einmal etwas Besseres ein?! Etwas mit Früchten und Alkohol?! Mit Rum? Oder mit Süßwein? Gut, dann gehen wir und warten darauf, dass Ihr Euch endlich einmal auf die gute Küche Venetiens besinnt. Komm, Marta! Auf Wiedersehen!«

Draußen blieb Elena stehen. »Na, wie war ich?« fragte sie ihre Tochter. – »Großartig!«, lachte Marta, »ein feuriger, cubanischer Auftritt! Sollten wir häufiger machen. Lass mich auch einmal. Beim Fleischer bin ich dran …«

41

Dora und Adriana Ivancich waren längst wieder in Venedig zurück, als Paolo eine Büchersendung aus Cuba erhielt. Er vermutete, dass sich Hemingways Venedigroman darin befand, und öffnete sie deshalb zunächst nicht. Mit Marta und seiner Mutter aß er zu Abend und hörte, welche Neuigkeiten seine Schwester verbreitete.

»Adriana traut sich nicht mehr aus dem Haus, aus Angst, auf Hemingway und den Roman angesprochen zu werden. Viele machen sich über sie lustig, über ihre Eitelkeit und über den Unsinn, den sie angeblich im Roman redet. Einige ihrer Verwandten wollen verhindern, dass er im Italienischen erscheint. Sie haben einen Brief an Hemingways Verlag aufgesetzt«, sagte Marta. – »Haben denn viele Venezianer das Buch auf Englisch gelesen?« fragte Paolo. – »Nein, das glaube ich nicht«, antwortete Marta. »Sie haben alles nur aus den Zeitungen erfahren. Die aber haben ausführlich berichtet und sogar eine Serie mit den Fotografien jener Orte gebracht, wo sich die beiden Hauptfiguren vergnügen. Daneben gab es Interviews mit den Hotelangestellten und sogar Rezepte der Cocktails, die Hemingway am liebsten trank.« – »Gut, dass Sergio sich daran nicht beteiligt hat«, sagte Elena, »es ist würdelos, wie man mit Hemingway umgeht.« – »Gut ist vor allem, dass Vater kein Buch über Hemingway in Venedig schreiben wird. Wir hätten einen sehr guten Freund verloren, denn Hemingway hätte ihm den zu erwartenden Klatsch nicht verziehen.« – »Man musste Vater nicht lange bitten«, sagte Elena, »das Geld, das Hemingway uns gespendet hat, war Argument genug.« – »Wie ist er bloß auf diesen Gedanken gekommen?« fragte Marta. – »Ganz einfach«, antwortete Paolo, »Hemingway ist ein guter Geschäftsmann. Die Honorare, die er erhält, sollen die höchsten sein, die auf der Welt gegenwärtig für Erzählungen und Romane gezahlt werden.« – »Wirst Du seinen Roman bald lesen?« fragte Marta. – »Nein, diesen Roman lese ich nicht.« – »Und was stellst Du dann mit dem Buch an? Er hat es Dir doch jetzt eigens geschickt. Vielleicht sogar mit einer Widmung.« – »Willst *Du* es lesen?« – »Gerne. Schenkst Du es mir?« – »Lass uns mal nachschauen.«

Paolo öffnete die Büchersendung und entnahm ihr ein schmales Buch. *The Old Man and the Sea* stand auf dem Cover.

»Was ist denn das?« fragte Marta. – »Es ist die Geschichte von einem alten Fischer, den es aufs Meer hinaus zieht«, antwortete Paolo. – »Kennst Du sie etwa schon?« – »Nein, sie ist ja ganz neu.« – »Und wieso weißt Du etwas über den Inhalt?« – »Weil ich mit Hemingway darüber gesprochen habe.« – »Über diese Geschichte?!« – »Ja.« – »Na sowas. Hast Du ihm etwa einen Rat gegeben? Was das Fischen betrifft?« – »Nein, er weiß da gut genug Bescheid.« – »Aber was hast Du ihm denn gesagt?« – »Ich habe ihm geraten, keinen Roman, sondern eine Erzählung zu schreiben. Eine, die man an einem Tag liest. Und eine, in der es höchstens zwei Figuren gibt. Nichts über Liebe und Leidenschaft. Sondern etwas über das Meer und den Tod.« – »Wie kommst Du denn auf sowas?« fragte Elena. – »Ich glaube ihn ein wenig zu kennen. Und deshalb habe ich mich getraut, ihm zu einer Geschichte zu raten. Zu einer, die zu ihm gehört. Statt der künstlichen Geschichte, die er sich zuletzt ausgedacht hat.« – »Du meinst den Adriana-Roman?« fragte Marta. – »Genau den meine ich.« – »Schade«, sagte Marta, »jetzt erhalte ich kein Buchgeschenk. Jetzt wirst Du das Buch selbst lesen wollen. Schlag es mal auf.«

Paolo schlug das Buch auf und stieß sofort auf Hemingways handschriftliche Widmung: *Für Paolo – in Dankbarkeit und Freundschaft – von dem alten Mann, der sich aufs Meer hinausgewagt hat.*

»Was für eine schöne Widmung!« sagte Marta. – »Ja, sie ist wirklich sehr schön«, antwortete Paolo, »ich werde die Erzählung morgen lesen. Mal schauen, ob ich es an einem Tag schaffe. Wenn ich sie gelesen habe, gebe ich das Buch an Dich weiter.« – »Danke, mein Bruder!« – »Ich lasse Euch jetzt mal allein«, sagte Paolo, »ich bin nämlich etwas nervös. Ich fahre rüber in meine Hütte und verbringe dort den Abend.« – »Wann dürfen wir Dich denn einmal besuchen?« fragte Elena. – »Übermorgen. Wenn ich die Erzählung gelesen habe.« – »Im Ernst?« – »Ja, Ihr seid eingeladen. Statt nach Cuba zu reisen, reist Ihr in meine Hütte.«

Er steckte das Buch in den dicken Umschlag zurück, verabschiedete sich und verließ das Haus. *The Old Man and the Sea* – Hemingway hatte sich genau an den Titel, den er vorgeschlagen hatte, gehalten. Es war ein einfacher, klarer Titel und viel besser als *Across the River and into the Trees*. Der hatte etwas Wichtigtuerisches, als handelte es sich um Gott weiß was.

Langsam ging er zu der Anlegestelle der Vaporetti, wo sich sein Boot befand. Er stieg hinein, warf den Motor an, drehte mit dem Boot einen Kreis und fuhr auf Torcello zu. Sollte er sofort zu seiner Hütte fahren? Rasch näherte er sich dem schmalen Kanal, der auf die *Locanda* zuführte. Er bog in ihn ein und drosselte die Geschwindigkeit. In der Nähe der *Locanda* stellte er den Motor ab und ließ das Boot treiben. Er befestigte es mit der Leine am Kai und ging auf die kleine Brücke, von der aus man die beiden Kirchen gut übersehen konnte. Daneben der mächtige Campanile! Auf ihn würde er morgen in der Frühe hinaufsteigen, um dort Hemingways Erzählung zu lesen. Einen ganzen Tag lang. Bis in den Abend. Etwa hundert Seiten.

Er blickte hinüber zum Eingang der *Locanda*, als sich die Tür öffnete. »Guten Abend, Paolo!« rief der Kellner, »was hast Du vor?« – »Nichts Bestimmtes«, antwortete Paolo, »ich versuche, mich an den amerikanischen Gast zu erinnern, der hier einige Zeit gelebt hat.« – »Meinst Du Hemingway?« – »Ja.« – »Du hast ihn etwas besser gekannt, stimmt's?« – »Etwas besser als viele andere, die jetzt dummes Zeug über ihn reden.« – »Möchtest Du einen Schluck trinken?« – »Was schlägst Du denn vor?« – »Ein Glas Wein? – »Nun gut. Ein Glas Valpolicella würde ich trinken.« – »Komm rein! Du bist eingeladen.«

Er betrat den großen Empfangsraum, in dem sich nichts verändert hatte. Im Kamin brannten einige Holzscheite, und auf den kleinen, viereckigen Tischen standen winzige Vasen mit Blumen.

Er setzte sich, und der Kellner brachte ein Glas Wein. »Nicht viel los«, sagte Paolo. – »Nein, momentan nicht. Nur an den Wochenenden.« – »Hemingway war hier der einzige Gast. Die *Locanda* hatte damals geschlossen, ihm zuliebe hatte man sie geöffnet. Da er allein war, konnte er ungestört arbeiten. Jeden Morgen hat er sich hingesetzt und einige Stunden geschrieben. Er kam richtig in Fahrt, besonders, als seine Frau nach Florenz gefahren war.« – »Hast Du mit ihm gesprochen?« – »Nachmittags sind wir oft mit meinem Boot in die Lagune gefahren. Dann haben wir uns lange unterhalten.« – »Das heißt, Du hast ihn richtig gut kennengelernt, oder?« – »Ja, wir sind Freunde geworden.« – »Und? Besteht die Freundschaft noch?!« – »Ja, sie hat noch Bestand.« – »Wirst Du ihn einmal in Cuba besuchen?« – »Nein, werde ich nicht. Ich verlasse Venedig nicht, auf gar keinen Fall.« – »Ich würde es tun, Cuba fände ich interessant. Havanna. Den Golfstrom.« – »Ja, es ist sicher interessant. Ich bleibe aber lieber hier.« – »Du solltest aufschreiben, was Du mit Hemingway erlebt hast.« –

»Nein, das geht Fremde nichts an.« – »Du solltest es nur für Dich aufschreiben.« – »Ach, so meinst Du es. Ja, das könnte ich tun. Mal sehen.« – »Ich würde es unbedingt tun, bevor Du alles vergisst.« – »Ich werde es nicht vergessen.« – »Das weiß man nie.« – »Doch, ich weiß genau, dass ich es nie vergessen werde.«

Sie unterhielten sich noch eine Weile, und Paolo trank ein zweites Glas Wein. Dann verabschiedete er sich und ging zu seinem Boot zurück. Er fuhr zu seiner Hütte und überlegte, was er tun sollte. Etwas aufschreiben? Etwas von dem, was Hemingway zu ihm gesagt hatte? Über das Schreiben? Über Gott? Über das Beten? Vielleicht war es gar keine so schlechte Idee. An welche markanten Sätze erinnerte er sich denn? O, da gab es viele. Solche über das Heiraten, die Ehe, die Jagd, das Fischen – und über Tiere gab es auch viele Sätze. Häufig hatte er über Löwen gesprochen und über die schnellen Tiere Afrikas. Über Antilopen. Über Zebras. Das könnte er aufschreiben, denn solche Details gerieten vielleicht wirklich irgendwann in Vergessenheit.

Er entzündete mehrere Kerzen und stellte sie auf den Tisch. Die Kochstelle befand sich noch immer auf dem Boden, am Rand der Hütte hatte er viele Holzscheite gestapelt. Er nahm von dem Stoß drei Stück herunter und machte mit etwas Zeitungspapier ein kleines Feuer. Dann öffnete er die Tür, damit der Rauch besser abziehen konnte, und legte sich einige Blätter Papier und einen Bleistift zurecht. »Also ...«, sagte er laut und erschrak über die eigene Stimme. »Also ...«, sagte er noch einmal, etwas leiser. »Mit den Löwen fange ich an ...« sagte er und stockte. »Was genau hat er denn über Löwen gesagt?«

Er schaute dem Rauch hinterher, der sich durch die Tür ins Freie schlängelte. Dann begann er zu schreiben.

42

Am nächsten Morgen stand Paolo früh auf und steckte etwas Weißbrot und geräucherte Wurst zusammen mit zwei Dosen Bier und einem Messer in seine Umhängetasche. Hemingways Buch nahm er in die rechte Hand und ging los. Bis zum Campanile war es nicht weit, er konnte ihn zu Fuß erreichen. Die grünen Läden der *Locanda* waren noch geschlossen, und die beiden alten Kirchen lagen still in der Morgensonne. Er öffnete die verschlossene Holztür des Campanile mit dem Trick, den nur er kannte, und stieg die Stufen der Treppe bis ganz nach oben. Dann setzte er sich in die Sonne und schlug das Buch auf.

Und er las von dem alten Fischer, der vierzig Tage lang mit dem Jungen hinaus aufs Meer gefahren war, ohne einen einzigen Fisch zu fangen. Längst glaubte er nicht mehr an sein Glück, aber der Junge sprach ihm gut zu und holte ihm etwas zu essen und kümmerte sich um den alten Mann. Am frühen Morgen brachte er ihm vor seinem Aufbruch aufs

Meer einen Kaffee und begleitete ihn zum Hafen. Der alte Mann lief mit den anderen Fischern aus und ruderte weit hinaus auf das offene Meer, in der Hoffnung, nach vierzig vergeblichen Tagen endlich einen großen Fang zu tun ...

Paolo schloss die Augen und konnte ihn genau sehen, wie er gleichmäßig ruderte und das Meer beobachtete und sich sagte, dass er diesmal aufs Ganze gehen und sehr weit hinausrudern müsse, weiter als die anderen Fischer. Er sah ihn die Köder auswerfen, und er bemerkte plötzlich, dass er die Schultern hochgezogen hatte, als hätte er Angst um den alten Mann, der alles aufs Spiel setzte.

Paolo legte das Buch zur Seite und schaute herunter auf die weite Lagunenlandschaft und in die weiße Ferne, wo einige Tanker am Horizont aufgelaufen waren und auf Venedig zufuhren. Die Bilder verschwammen aber rasch vor seinen Augen, und er hatte wieder den alten Mann im Blick, den die höher stehende Sonne jetzt ins Visier nahm. So weit draußen auf dem Meer spürte er, wie allein er war, und er begann, mit sich zu reden. Es erschien ihm seltsam, dass er das tat, aber er setzte es fort, und er wurde lauter und lauter, als er bemerkte, wie ein mächtiger Fisch begann, an den Ködern zu zupfen und sie zu fressen. Dann hatte er ihn am Haken, doch der Fisch war nicht zu sehen, sondern zog das Boot mit dem alten Mann mit all seiner Kraft weiter hinaus aufs offene Meer.

Der alte Mann konnte dagegen nichts tun und ließ ihn gewähren, er verhielt sich still und trank dann und wann etwas Wasser ... Und Paolo begleitete ihn und spürte, wie sein Mund in der Hitze trockener wurde. Er nahm eine Dose Bier aus der Tasche und öffnete sie, und dann trank er sie leer, ohne nur ein einziges Mal abzusetzen. Da er stark schwitzte, hinterließ das Bier einen leichten Salzgeschmack, und als er wieder die Augen schloss, glaubte er, in seinem schwankenden Boot im tiefen Blau des Meeres zu sitzen. Mit Fischen von der Größe, mit denen der alte Mann zu tun bekam, hatte er noch nie zu tun gehabt. Paolo versuchte, sich einen solchen Fisch vorzustellen, und er dachte ihn sich als einen Schwertfisch, vielleicht drei oder vier Meter lang.

Er las weiter und weiter, und die Sonne stieg höher, und es wurde Mittag, und er konnte sich von dem alten Mann, der in seinem Boot ausharrte und dem großen Fisch einen letzten Kampf lieferte, nicht trennen. Im Stillen redete er ihm gut zu und feuerte ihn an, bloß nicht nachlassen!, dachte er und glaubte plötzlich zu wissen, wie die Erzählung endete. Der alte Fischer würde im Kampf mit dem großen Fisch unterliegen. Und er krallte die Finger zusammen, als er las, dass der alte Mann sich wünschte, den Jungen bei sich zu haben. Die Eltern hatten ihm aber verboten, nach vierzig vergeblichen Tagen noch einmal mit dem alten Mann aufs Meer zu fahren, und der Junge hatte sich daran halten müssen und war an Land geblieben, um auf die Rückkehr des alten Mannes zu warten und ihn danach mit allem Notwendigen zu versorgen.

Mit so großen Fischen, die ein Boot immer weiter aufs offene Meer ziehen, kenne ich mich nicht aus, dachte Paolo, tut mir leid, alter Mann, ich kann Dir nicht helfen! Und er stand auf und drehte auf dem Umgang eine Runde und hörte die schwere Glocke des Campanile schlagen. Wie oft hat sie wohl schon so laut geschlagen? fragte er sich. Keine Ahnung, er hatte es zuvor nicht bemerkt. Ich wünschte, ich hätte den Jungen da, sagte der alte Mann immer wieder, und Paolo wiederholte: Ich kann Dir nicht helfen, hörst Du? Ich kann nicht.

Und dann sagte der alte Mann einen furchtbaren Satz, und Paolo musste innehalten, um ihn langsam und mehrmals zu lesen. Der alte Mann sagte: Fisch, ich bleibe bei Dir, bis ich tot bin. Das darf doch nicht sein, dachte Paolo, Du darfst Dich nicht aufgeben, Du bist da, um zu kämpfen. Und der alte Mann setzte seinen Kampf fort, als er den großen Fisch zum ersten Mal sah. Er tauchte aus der Tiefe der See plötzlich auf und sprang mit aller Gewalt in die Sonne, und der alte Mann begriff, dass der große Fisch länger war als das Boot und er noch nie einen so großen Fisch an der Angel gehabt hatte. Von da an empfand er eine wachsende Furcht, und so begann er zu beten, und Paolo hörte ihm zu, wie er seine Gebete aufsagte.

Dann wurde es Nacht, und der alte Mann versuchte zu schlafen, aber das gelang ihm nur kurz, und schließlich begann der große Fisch, unaufhörlich zu kreisen. Der Kampf dauerte länger und länger, und der alte Mann hatte starke Schmerzen von der Leine, die er oft mit beiden Händen halten und straffen musste. Es wird darauf hinauslaufen, dass einer der beiden so ermüdet, dass er nicht mehr kämpfen kann, dachte Paolo. Entweder der große Fisch gibt auf oder der alte Mann. Und Paolo wurde immer unruhiger, als der alte Mann die Harpune anlegte und den großen Fisch näher ans Boot heranzog und zustieß, mehrmals, mit aller Kraft, und er hätte fast gejubelt, als er begriff, dass der alte Mann den großen Fisch mit dem letzten Stoß seiner Harpune getötet hatte.

Er stand wieder auf und machte seinen Rundgang, aber er schaute nicht mehr auf die Landschaft ringsum, sondern nur noch auf den langsam dunkler werdenden Boden. Er hat es geschafft!, dachte Paolo, und ich habe es nicht mehr für möglich gehalten. Aber er hat es geschafft! Jetzt muss er den schweren Fisch eng am Boot halten und die weite Strecke zurücksegeln und das tote Tier in den Hafen bringen! Der alte Mann richtete das Segel auf, und dann bewegte sich wahrhaftig das Boot mitsamt dem daran festgemachten großen Fisch, und sie nahmen Fahrt auf.

Paolo war jetzt sehr ruhig, und er glaubte fest, dass die Geschichte ein gutes Ende nahm, und er lehnte sich zurück gegen das Gitter des Umgangs und streckte die Beine aus. Einen Moment lang glaubte er schon den Hafen zu sehen, doch dann schaute er mit den Augen des alten Mannes genauer hin. Plötzlich sah er einen Schwarm hässlicher Haie kommen, und sie umkreisten schließlich das Boot. Sie begannen, an dem toten Fisch zu zerren und große Stücke von seinem Fleisch abzubeißen, und es waren so viele, dass der alte Mann mit seiner Harpune machtlos gegen sie war. Doch er nahm den Kampf wieder auf, und er erlegte einige, bis es wieder Nacht wurde, und ein letzter, großer Schwarm kam. Sie griffen das tote Tier von allen Seiten an, und sie hörten nicht auf, bis sie es vollständig zerfetzt und das letzte Stück Fleisch verschlungen hatten. Der alte Mann hatte weiter mit ihnen gekämpft und alles eingesetzt, was er in seinem Boot an Kampfmitteln liegen gehabt hatte. Dann hatte er nichts mehr in Händen, und so segelte er mit dem riesigen Skelett des toten Fisches zurück in den Hafen.

Es war Nacht, als er ankam, und er schaffte es mitsamt dem Mast auf der Schulter gerade noch bis in seine Hütte. Dort warf er sich auf das Bett, zog die Decke über seine kaputten Schultern und schlief mit dem Gesicht nach unten. Der Junge, der einige Tage und Nächte auf ihn gewartet hatte, schlief noch, doch am nächsten Morgen fand er ihn in seiner Hütte und versuchte, sich um ihn zu kümmern. Er sprach einige Worte mit ihm und holte Kaffee, und er weinte ununterbrochen, und unten am Hafen liefen die anderen Fischer zusammen, um das große Skelett auszumessen.

Dann war die Geschichte zu Ende, und Paolo hatte Tränen in den Augen, und er klappte das Buch zu und steckte es in seine Tasche. Er stand auf und ging viermal die Runde um den Turm, und dann wagte er es, wieder in die Ferne zu schauen, und er sah, dass einige größere Fischerboote aufs offene Meer fuhren.

Es war früher Abend, und er ging die vielen Stufen langsam die Treppe herunter, und dann verließ er den Campanile und vergaß, die Holztür wieder zu schließen. Er kam an der *Locanda* vorbei, und er hatte einen seltsam bitteren Geschmack im Mund, und er fühlte sich wie tot oder erledigt. Als er sich seiner Hütte näherte, spürte er auf einmal wieder die Tränen, und er wischte sich über die Augen und dachte daran, dass er am nächsten Tag seine Mutter und seine Schwester auf Torcello empfangen würde.

Sie sind nicht anspruchsvoll, dachte er, nein, das sind sie nicht. Ich werde sie mit *Biscotti delle Mandorle* überraschen, und vielleicht werde ich es schaffen, einen Kakao für sie zu kochen. Hinterher wird es Marsala geben, und wir werden uns nach draußen setzen und zuschauen, wenn einige Fischerboote vorbeifahren. Ich werde ihnen die Geschichte vom alten Mann und dem Meer nicht erzählen, und ich werde das Buch eine Weile bei mir behalten, um die Erzählung noch mehrmals zu lesen.

Irgendwann werde ich dem alten Mann in Cuba einen Brief schreiben, und ich werde ihm davon erzählen, wie ich seine Geschichte hoch oben auf dem Campanile von Torcello gelesen habe, solange, bis ich Tränen in den Augen hatte. Und ich werde ihm schreiben, dass ich in meinem ganzen Leben keine schöneren und wahreren Sätze gehört und gelesen habe als die, mit denen *Der alte Mann und das Meer* endet.

Und wie endet es? Komm, schlag das Buch noch einmal auf! Und lies: *Der alte Mann in seiner Hütte oben an der Straße schlief wieder. Er schlief immer noch mit dem Gesicht nach unten, und der Junge saß neben ihm und gab auf ihn acht. Der alte Mann schlief und träumte von den Löwen.*

Sollte diese Publikation Links auf Webseiten Dritter enthalten, so übernehmen wir für deren Inhalte keine Haftung, da wir uns diese nicht zu eigen machen, sondern lediglich auf deren Stand zum Zeitpunkt der Erstveröffentlichung verweisen.

Dieses Buch ist auch als E-Book erhältlich.

Penguin Random House Verlagsgruppe FSC® N001967

1. Auflage
Genehmigte Taschenbuchausgabe Dezember 2020
btb Verlag in der Verlagsgruppe Random House GmbH,
Neumarkter Straße 28, 81673 München
Copyright © 2019 Luchterhand Literaturverlag in der
Penguin Random House Verlagsgruppe GmbH, München
Covergestaltung: semper smile, München
nach einem Entwurf von buxdesign, München,
unter Verwendung von Motiven © Graziano Arici /eyevine/laif
Druck und Einband: GGP Media GmbH, Pößneck
cb · Herstellung: sc
Printed in Germany
ISBN 978-3-442-77037-3

www.btb-verlag.de
www.facebook.com/btbverlag